Herbjørg Wassmo

Der stumme Raum

Tora-Trilogie Band 2

Diese Neuübersetzung entstand mit finanzieller
Unterstützung von NORLA.

Titel der norwegischen Originalausgabe:
Det stumme rommet

Umschlaggestaltung: Martin Grundmann
Foto: © Francesca Woodman, Space², Providence, Rhode Island 1975–1978, courtesy George and Betty Woodman
Druck und Bindung: Totem s.c., Inowrocław
Printed in Poland
Gedruckt auf säure- und chlorfreiem Papier
ISBN 978-3-88619-493-3
Erste Auflage 2014

Herbjørg Wassmo

Der stumme Raum

Tora-Trilogie Band 2

Deutsche Neufassung von Gabriele Haefs

Literaturbibliothek
Argument · Ariadne

1

Es hämmerte! Hämmerte und hämmerte. Das Herz war ein Ungeheuer, das sie verschlang.

Sie versuchte sich aufzusetzen. Wollte das Kissen hinter den Rücken stopfen, um aufrecht sitzen zu können. Aber sie fand kein Kissen. Luft! Sie beugte sich zum Kopfende des Bettes zurück, um besser atmen zu können.

Sie glaubte, in der Dachstube von Bekkejordet zu liegen, bei Tante Rakel und Onkel Simon. In dem weißen Bett. Mit der rosa Nachttischlampe daneben. Bestimmt. Sie erkannte das alles ja wieder. Aber nein …

Sie riss den Mund weit auf. Sie keuchte. Es half ein wenig. Seltsam, wie unruhig die rosa Nachttischlampe an diesem Abend brannte. Sie flackerte wie das Nordlicht – oder …

Wo war sie jetzt? Das Gesicht und der Hals. Schweiß. Scharfer, stickiger Geruch. Dann war es doch nicht Bekkejordet. Auch nicht die Nachttischlampe. Es war die Truhe. Die Truhe an der Wand von der Tobiashütte. Sie war in die Truhe geglitten. Und dort hinten auf der Tür war sein Gesicht. Es wuchs ihr entgegen. Sickerte in ihr klopfendes Herz hinein. Wurde größer und größer. Sie spürte, dass sie nahe daran war aufzugeben. Einfach aufzugeben. Aber nein, das durfte sie nicht.

Dann war er also tot? Ja! Sie wippten ihn mit der Tür, die sie aus den Angeln gehoben hatten, auf und nieder und versuchten ihn ins Leben zurückzuholen. Versuchten das Salzwasser aus ihm herauszupressen. Aber sie schafften es nicht! Niemand schaffte das. Denn Tora hatte ihn in den Tangbüscheln gelassen. Sie hatte ihn ertrinken lassen. Sie würde niemals mehr im Meer baden. Wenn sie nur Luft bekäme. »Lieber Gott, ich hatte doch nur die Strümpfe an, das weißt du vielleicht noch. Es ging so langsam … deshalb konnte ich erst dort sein, als …«

Er hatte ein Gesicht bekommen. Es leuchtete ihr blau entgegen, mit alten dunklen Bartstoppeln. Die Augen waren geschlossen und doch offen. Sie sah deutlich die großen weißen Zähne zwischen den halboffenen bläulichen Lippen. Er war also tot! Jetzt stand sie ganz oben auf dem Gerüst von Onkel Simons Baustelle. Der Wind strich über ihre Haut. Über alles. Und die Stiefel fielen und fielen. Fielen sie wirklich? Nein, sie selbst fiel. Sie fiel in den Regenbogen, in die Flötentöne, in das Feuer. Aber er war tot.

War es nicht so, dass die Menschen, wenn sie jemanden sterben sahen, das Böse abschütteln konnten, das sich zwischen ihnen abgespielt hatte? Dann konnte er doch nicht tot sein!

Endlich konnte sie sein Gesicht ansehen, ohne sich abzuwenden. Es war ein ganz normales Männergesicht, wie sie es in Været jeden Tag sah. Eines, wie es alle Männer hatten. Ein ganz gewöhnliches – man brauchte sich davor nicht in Sicherheit zu bringen. Und endlich bekam sie wieder Luft. Langsam beruhigte sich ihr Herz. Alles versank in einer wirbelnden nebligen Dunkelheit.

Sie kam am Küchenschrank wieder zu sich. Die Mutter hielt ihr einen nassen Lappen ans Gesicht. Die Übelkeit war nicht schlimm. Die erlebte sie nicht zum ersten Mal. Sie nahm Mutters Hand und hielt sie fest. Sie spürte, dass viele Wörter im Raum hingen, die keine ausgesprochen hatte. Die Dunkelheit stand in dem offenen Fenster wie eine Wand. Es zog wohltuend. Kühl. Frisch.

Die Mutter war blass, aber nicht ratlos. Es gab etwas für sie zu tun. Sie war schon mit schwierigeren Dingen fertiggeworden als mit einer Ohnmacht.

Es war an dem Tag, als Henrik Toste abgeholt und wegen Brandstiftung in Simon Bekkejordets Fischereibetrieb und den Fischerhütten ins Gefängnis gebracht worden war. Es war an dem Tag, als Tora zu Ingrid gesagt hatte, dass jetzt wohl die Preiselbeeren oben am Veten reif seien.

Jetzt brannte es nicht, weder in Simons Fischerhütten noch in der Dachstube von Bekkejordet, wohl aber an dem alten Küchenschrank, an den Tora sich lehnte. Rund um die Griffe der Schranktüren sah man keine Farbe mehr. Denn die Mutter fand abgebeizte Farbe und nacktes Holz besser als alten Schmutz.

Erst jetzt begriff Tora, was geschehen war. Die Wirklichkeit war wie durch eine Explosion aus den Fugen gerissen worden. Erst nach einer halben Stunde sagte sie endlich etwas. Ingrid blieb ganz ruhig und machte sich an allem Möglichen zu schaffen.

Dreimal holte sie frisches kaltes Wasser aus der Leitung und gab der Tochter zu trinken, ohne dass diese darum gebeten hätte. Gegen sechs Uhr machte sie sich für die Abendschicht in der Fischfabrik fertig. Suchte in aller Ruhe ihre Sachen zusammen. Ihre Stimme war wie immer, als sie Tora bat, so lange liegen zu bleiben, bis sie zurückkäme. Und Tora nickte. Sie hatte Farbe bekommen. Aber Ingrid beunruhigte diese Farbe. Sie passte gar nicht zu Tora. Vielleicht sollte sie doch den Arzt holen? Ob sie in der Fabrik Bescheid sagte, dass sie heute Abend eine Aushilfe für sie kommen lassen mussten? Aber nein. Nicht heute Abend. Sie musste da durch. Da half gar nichts. Tora musste allein zurechtkommen. Sie war zäh.

»Haste etwa Fieber?«

»Fieber? Wieso das denn?« Toras Stimme war matt, aber wiederum auch nicht so, dass man auf eine ernstliche Erkrankung hätte schließen können.

»Nein, denn sonst bleib ich lieber zu Hause.«

»Nein, ich hab kein Fieber.«

Tora hatte verstanden.

Elisif, die unter dem Dach wohnte, hatte Sol mit einem Zettel zu Ingrid hinuntergeschickt. Darauf stand, dass Ingrid, falls sie geistlichen Trost brauche, um sechs Uhr an diesem Abend im Gebetshaus zusammen mit den anderen das Knie beugen könne. Ingrid antwortete nicht. Sondern ging zur Abendschicht.

Unten im Dorf beeilte sie sich so sehr, dass ihr der Schweiß ausbrach. Aber es gab keinen anderen Ort, nach dem sie sich weniger gesehnt hätte. Sie band sich die weiße Schürze und das Kopftuch um. Ihre Hände zitterten ein wenig, als sie sich an den Tisch mit den Schachteln und dem Cellophan setzte. Sowie die drei anderen Frauen auf ihrem Platz saßen, richteten sie ihre Augen auf Ingrid. Dann kamen die Männer. Auch sie hatten Augen. Ingrid blickte nicht auf. Wartete nur. Starrte auf die Stahlplatte. Ihr Gesicht war wie eine Maske.

Hätte sie aufgeschaut – dann hätte sie vielleicht so manchen Blick eingefangen, der weder feindselig noch schadenfroh war. Aber Ingrid saß wie in einer Kapsel.

Sie saß vornübergebeugt und wartete. Dann kam der Fisch. Und sie legte ein unglaubliches Tempo vor und schuftete wie ein Teufel. Bereits in den ersten fünf Minuten wurde ihr gereizt mitgeteilt, dass sie ihr Tempo herunterschrauben solle. Da saß eine junge ungeübte Frau an Gretes Stelle. Anlaug. Aber Ingrid dachte: Soll die doch sehn, wie sie zurechtkommt. Soll sich die Zähne ausbeißen. Soll lernen, sich nach den Gesetzen in Været zu richten.

Nach fünf Stunden Schicht holte Ingrid zusammen mit den drei anderen ihren Mantel. Hansine schwankte ein wenig, als sie sich die Gummistiefel anzog. Sie war ganz blass. »Biste krank?«, fragte Anlaug. Ingrid merkte, dass Frieda sie schief ansah. Sie band ganz schnell die Schürze ab und drehte mit steifen Fingern den Deckel der Thermosflasche zu. Es lag etwas in der Luft.

»Nein, nicht grad krank. Nur müde.« Hansine lehnte sich gegen die Wand. Dann sah Ingrid, dass Tränen über die grauen Wangen liefen. Sie schien jetzt erst aufzuwachen. Es bewegte sich etwas in ihr. Etwas, auf dem sie so lange herumgetrampelt hatte. Sie hatte sehr wohl Hansines kleinen, runden Bauch gesehen. Vierter, fünfter Monat etwa. Hansine hatte schon drei Kinder. Sie waren dicht hintereinander gekommen. In der Fischfabrik arbeitete sie erst seit einem Jahr. Seit sie das Jüngste nicht mehr stillte. Ingrid erinnerte sich noch, dass sie in der ersten Zeit in den Fünf-Minuten-Pausen Milch abgepumpt hatte. Hansine weinte.

»Komm, ich fahr dich aufm Fahrrad nach Hause«, sagte Frieda, suchte Hansines Sachen zusammen und stopfte sie in das Netz. Die harten Blicke trafen Ingrid in den Nacken. Sie spürte, wie sie brannten. Wollte sich umdrehen und sagen, dass sie tatsächlich das Tempo ganz unnötig so hochgeschraubt hatte. Wollte die Hand hinstrecken. Aber sie brachte es nicht fertig. Sie hatte nie richtig zu ihnen gehört. Drängte sich auch nicht auf. Wollte ihnen beweisen, dass sie außerhalb stehen konnte und trotzdem zurechtkam. Dann ging ihr auf, dass man ihre kleine Gruppe leicht entzweien könnte. Das taten die, die am Ende an allem verdienten. Solche wie Dahl. Sie klappten die Brieftaschen zu, wenn die Schiffe mit so und so viel Tonnen Fischfilets vom Kai ablegten. Es war richtig, was Grete predigte: Man arbeitete für einenUeckslohn, auch wenn man bis zum Umfallen schuftete.

Das war der Grund, warum keine Freundschaft überlebte in dem engen, verräucherten Pausenraum mit dem nüchternen Resopaltisch und dem brandfleckigen Metallaschenbecher, auf dem »Bodø-Aktienbrauerei« stand. Das war der Grund, warum keine Zeit für ein freundliches Wort blieb, kein Raum für etwas anderes als die Hetzerei, um das Tempo zu halten! Nein, Ingrid, sagte ihr eine innere Stimme. Ist es denn heute Abend darum gegangen? Bist du ehrlich? Ist es nicht so, dass du dich in deine eigene prächtige Verbitterung einschließt und es die anderen büßen lässt? Hättest du das Tempo nicht so hochgeschraubt, dann wäre der Fisch vielleicht in den Kühlraum gestellt und auf zwei Schichten verteilt worden, und Hansine wäre nach Hause gegangen, hätte ihre Wäsche waschen und hinterher ihren Rücken ausruhen können.

Es brachte so wenig, dass sie das Tempo forcierte. So wenig ... Ingrid machte sich auf den Heimweg. Sie blickte nicht zurück – wie es mit den drei anderen ging. Sie wusste, dass sie redeten. Mit leisen, rauen Nachtstimmen voll müder Ohnmacht. Ein einsilbiges Gespräch. Mit Seitenhieben. Härte. Heftiger Abneigung. Gegen sie, Ingrid. Aber sie würde gutes Geld in der Lohntüte haben. Sie konnte in diesem Monat die Verantwortung für sich übernehmen. In jeder Hinsicht! Sie würde Rakel den Kleiderstoff bezahlen, den sie damals in Breiland von ihr bekommen hatte.

Die Zahlen standen in Ottars Laden dicht wie ein Heringsschwarm unter ihrem Namen. Sie würde die Schulden bezahlen! Und sie würde noch genug übrig haben, um nach Bodø zu fahren und Henrik zu besuchen, wenn sie nicht in der Nacht, die sie für die Reise brauchen würde, irgendwo übernachtete.

Ingrid verspürte einen gewaltigen Trotz. Und der machte es für sie möglich, hocherhobenen Hauptes über die Hügel zu gehen. Sie kam gar nicht auf die Idee, sich darüber zu wundern.

Sie ging schnell. Aber es machte ihr nichts aus. Sie hatte sich von der Umwelt abgekapselt. Als sie zu Hause die Türklinke in die Hand nahm, war sie noch genauso blass wie in der Frosterei, als sie die Schürze zusammengefaltet hatte.

Sie schaute bei Tora herein und wechselte ein paar Worte mit ihr. »Ich bin ... müd, ich leg mich jetzt hin«, sagte sie schließlich. Vor allem, um nicht mehr sagen zu müssen.

Ingrid ging ins Zimmer zu dem großen, leeren Bett. Sie wusste nicht, ob sie etwas vermisste. Sie war wohl auch zu müde. Dann zog sie die Gardinen vor und wusch sich mit kaltem Wasser. Um den schlimmsten Fischgeruch zu tilgen. Sie glaubte, dass ihr das gelang.

Tora lag in der Kammer und wunderte sich, dass die Mutter kein heißes Wasser aus der Küche geholt hatte. Eine schreckliche Angst um die Mutter überfiel sie. Aber an diesem Abend war sie wohl nicht mehr stark genug für so viel Angst. Ihr Herz drohte wieder wie wild loszuhämmern. Sie drehte sich zur Wand um, versuchte die Astlöcher getrennt von der restlichen, glatten Fläche zu sehen. Aber das war ihr auch keine Hilfe.

2

Henrik wurde zu einer Gefängnisstrafe verurteilt. Ihm wurden zwei Brandstiftungen an Simons Kai und den dazugehörigen Gebäuden zur Last gelegt. Die erste Brandstiftung wog angeblich schwerer. Bei den Vernehmungen hatte sich herausgestellt, dass Henrik gewusst hatte, dass zu der fraglichen Zeit Menschen in den Fischerhütten schliefen. Insgesamt hätten sieben Männer den Tod finden können. Als bekannt wurde, dass Rakel als Zeugin über ihren Schwager nur Gutes gesagt hatte, obwohl es doch gerade Simon gewesen war, der ihn angezeigt hatte, war das Erstaunen groß. Leise und augenzwinkernd wurde darüber getuschelt.

Als mildernde Umstände war geltend gemacht worden, dass der Brandstifter seit langem an Depressionen litt und deshalb auch über längere Zeit hinweg stark getrunken hatte. Und dass er das Verbrechen unter Alkoholeinfluss begangen hatte.

Die Leute auf der Insel murrten und wussten nichts von Henriks Depressionen. Entschuldigungen würden immer gefunden, wenn es galt, den Abschaum der Menschheit zu retten. Depressionen! Henrik! Ein Narr und ein Schmarotzer. Das war er. Ein Parasit. Die Männer standen in Ottars Laden und erinnerten sich daran, wie großspurig Henrik gewesen war, als davon gesprochen wurde, dass Simon nach dem Brand in der Webstube saß und jammerte. Die Männer winkten verächtlich ab. Und es war, als ob Ingrid in ihren Augen wuchs, je mehr sie sich über den Faulenzer ausließen, über diesen Henrik – und seine Meriten. Die Geschichten waren lang und verwickelt und wurden in ihrer ganzen breiten Vielfalt aus der Zeit ausgegraben, als Henrik und Ingrid noch nicht zusammen gewesen waren. Einige wussten auch zu berichten, dass es vor der Heirat eine Art

Tausch gegeben habe. Ob Simon und Ingrid früher ein Paar gewesen waren – oder Rakel und Henrik, darüber war man sich nicht einig. Aber es hatte einen Tausch gegeben! Es konnte passieren, dass einer von ihnen ernstlich wütend auf einen anderen wurde, weil der etwas Falsches erzählte. Und die Übrigen fuhren dazwischen, und der Vormittag ging vor lauter Diskutieren schnell herum. Über eines waren sich alle einig: Henrik war und blieb ein Taugenichts. Und niemand verstand, wie Ingrid es mit so einem aushielt. Denn was Recht war, musste Recht bleiben. Auch wenn Ingrid ein Verhältnis mit einem Deutschen gehabt und sich ein Kind zugelegt hatte, so war sie jetzt doch eine anständige Frau. Rakel war gescheit. Aber zugunsten dieses Herumtreibers auszusagen? Depressionen! Ja, ja. Nur Simons Frau konnte mit so feinen Worten alle anderen in ihre Schranken weisen.

Simon machte sich allerlei Gedanken und wusste nicht, dass er der große Held der Insel war. Er hatte den Eindruck, dass er den letzten Kredit gegen zu hohe Zinsen aufgenommen hatte. Außerdem machte er sich Sorgen um Rakel. Es ging ihr nicht gut. Er merkte es an vielen Kleinigkeiten. Sie lachte nicht mehr so gern und herzlich. War am liebsten allein. Ging kaum ins Dorf hinunter. Entschuldigte sich mit Müdigkeit oder zu viel Arbeit. Simon schob alles auf den Prozess gegen Henrik. Denn für Rakel war es ebenso sehr ein Prozess gegen Ingrid. Das tat weh. Simon wusste von dem, was sich zwischen den beiden Frauen abgespielt hatte, nicht mehr, als was er selbst gesehen und gehört hatte. Das war nicht viel. Und Tora hatte er nicht mehr gesehen, seit er den Mann und sie gerettet und mit dem zitternden Mädchen im Arm in der Tobiashütte gestanden hatte. Immer noch überkam ihn ein ganz sonderbar weiches Gefühl, wenn er daran dachte, wie fest sie sich an ihn geklammert hatte. Vielleicht lag es daran, dass er selbst keine Kinder hatte.

Es wäre besser gewesen, wenn ihnen die Gerichtsverhandlung erspart geblieben wäre. Aber jetzt, wo das Ganze durchgestanden war, mussten sie alles nehmen, wie es eben kam. Rakel hatte also doch recht gehabt, als sie einmal sagte: »Genau so sind die Leute. Legen einfach ein Feuer.«

So war jedenfalls Henrik. Die meisten waren nicht so. Trotzdem war es schlimm genug. Simon hätte gerne etwas für Ingrid und das Mädchen getan. Aber immer stand er vor verschlossener Tür, wenn er mit Ingrid reden wollte.

Er konnte deutlich sehen, dass sie zu Hause war. Und da half es ihm nichts, dass er keinerlei Schuld fühlte, weil er die Anzeige nicht Henrik zuliebe zurückgenommen hatte. Er konnte und wollte einen solchen Menschen nicht frei herumlaufen lassen. Im tiefsten Herzen verachtete Simon solche Taten und distanzierte sich von ihnen. Er konnte diese Leute einfach nicht verstehen. Der sonst so sanftmütige Simon war unnachgiebig gewesen. Die Wahrheit sollte ans Licht.

Der Mann war schließlich selbst schuld. War er nicht mit einer großartigen Frau verheiratet? Konnte er sich nicht anständig benehmen wie andere Leute auch? War das Leben für Henrik so viel schwieriger als für andere? Henrik hatte Simons Überzeugung ins Wanken gebracht, dass dort, wo Simon war, keine bösen Taten möglich seien. Die gab es für Simon nur irgendwo in weiter Ferne. Er hatte Rakel einen langen und wütenden Vortrag darüber gehalten. Hatte nicht gemerkt, dass sie ungewöhnlich still blieb – für ihre Verhältnisse. Am Ende hatte er Zustimmung von ihr verlangt. Aber sie hatte ihn nur angesehen und gesagt, dass er selbst wissen müsse, was er zu tun habe. Dann hatte sie in wütendem Tempo angefangen zu spülen.

Simon war mitten im Raum stehen geblieben. Es war ihm aufgegangen, dass Rakel es nicht richtig fand, dass er seinen Schwager wegen Brandstiftung angezeigt hatte. Und er begriff nicht, dass sie das anders sehen konnte. Hatte der Mann sich vielleicht nicht selbst für schuldig erklärt? Sogar mit einem Grinsen – und das vor Gericht! Vor den Augen von Simon und den Richtern und dem ganzen Saal. Hatte der Mann nicht ganz abgebrüht gewirkt bei dem Geständnis, gewusst zu haben, dass in den Hütten sieben Männer schliefen? Er wurde aus Rakel nicht klug. Sie hatte ihre eigenen Gesetze und ihre eigene Gerechtigkeit. Simon musste immer daran denken. Er wusste gar nicht, dass er ein großer Held auf der Insel war. Dass er der solide und ehrgeizige Simon war, der sich in all seiner Majestät erhob und den Schwager ins Gefängnis schickte – weil die Gerechtigkeit schließlich ihren Lauf nehmen musste. Er war in den Augen der Leute so einzigartig, dass sie für eine Zeitlang Gesprächsstoff hatten und der Herbst ihnen deshalb nicht so grau und kalt vorkam.

Simon ging auf die Baustelle und kontrollierte und kommandierte ein wenig. Vielleicht würde er in der nächsten Saison wieder voll in Gang kommen. Die Männer hatten unbegrenztes Vertrauen zu ihm und trauten ihm zu, das Unmögliche zu schaffen.

3

Wie sie sich verhalten hatte, das musste doch einfach richtig gewesen sein. Musste es sein! Außerdem hatte Onkel Simon ja begriffen, wer den Brand gelegt hatte, auch wenn sie es ihm nicht gesagt hatte. Scham? Warum schämte sie sich nicht, weil er im Gefängnis saß? So wie sich ihrer Meinung nach ihre Mutter schämte? Lag es daran, dass sie irgendwo einen Vater hatte? Tot und unter der Erde, schon vor ihrer Geburt. Aber trotzdem. Oder schämte sie sich nicht, weil sie so froh war, dass sie sich in der Kammer sicher vor der Gefahr fühlen konnte? Mit diesem Mann hatte sie nichts zu schaffen.

Tora schlenderte an Ottars großem neuem Schaufenster vorbei. Ottar hatte seinen Laden erweitert. Die Straße musste jetzt einen großen Bogen machen. Die Leute redeten darüber, dass Ottar so protzig geworden war und nur deshalb angebaut hatte, damit er ein Schaufenster bekam und man seine Waren sehen konnte – und er hatte es so unpraktisch gemacht, dass der Weg jetzt einen Bogen um den Anbau machen musste. Aber sie fanden es eigentlich ganz schön. Waren stolz auf das Fenster, als ob es ihr eigenes wäre. Ottar führte jetzt auch Kleider. Er hatte Baumwollpullover ausgestellt, mit einem hohen Kragen und einem Gürtel um die Taille. Die Pullover waren gestreift, »in delikaten Farben«, wie Ottar sagte.

Ja, und dann waren Teddyjacken eingetroffen. Die auf beiden Seiten getragen werden konnten. Ottar strich sich die Haare glatt und drehte die Jacken um, so dass die rote Seite innen saß und die graue, flauschige außen. Er drückte die Knöpfe auf der verkehrten Seite wieder zu – und alles war ein Wunder.

Tora presste die Stirn an die Scheibe und starrte hinein. Wer doch eine solche Jacke haben könnte.

Sol und sie hatten es eines Tages gewagt, in den Laden zu gehen und eine Jacke anzuprobieren. Sie war wunderschön und warm und roch so gut.

Sol passte sie nicht, und sie war froh darüber – denn dann brauche sie nicht länger daran zu denken, sagte sie. Aber Tora hatte die wasserblauen Augen gesehen. Sie waren unnatürlich groß gewesen. Ohne Grenzen.

Der plumpe Körper von Sol aus dem Tausendheim. Sie machte sich selbst darüber lustig. Dann ließen es die anderen sein. Alles, was sie mit Putzen verdiente, gab sie zu Hause ab. Tora wusste es, auch wenn Sol es nie erwähnte. Elisif, die eigentlich die Mutter hätte sein sollen, hatte genug damit zu tun, ihren Gott zu verehren, so dass alle Arbeit an Sol hängen blieb.

Tora glaubte, Sols Hand zu sehen, wie sie sich liebevoll mit der Teddyjacke im Schaufenster befasste, wie an dem Nachmittag beim Anprobieren. Der kräftige große Daumen wirkte seltsam fehl am Platze auf dem neuen Kleidungsstück. Es war dieselbe Hand, die Tora unzählige Male bei der Arbeit gesehen hatte. Sie hatte abgeknabberte Bleistiftstummel festgehalten, wenn Sol mit ihren Aufgaben am Küchenschrank saß – und alle Stühle weggeschoben waren, damit die Kleinen nicht an ihr hochklettern konnten. Deutliche schwarze Ränder unter den Nägeln. Es lag nicht daran, dass Sol unsauber war. Aber bevor sie sich an die Aufgaben setzte, wischte sie meist noch den Boden auf. Um sie herum musste es ordentlich sein, wenn sie ihre Schularbeiten machte. In dieser Beziehung ähnelt sie meiner Mutter, dachte Tora.

Treppe putzen setzt sich unter den Nägeln ab. Asche ausleeren. Setzt sich auch unter den Nägeln ab. Kohle schaufeln. Heizen. Alles setzt sich wie ein Trauerrand unter den Nägeln einer Arbeitshand ab. Wie unermüdlich Sol auch an ihren Nägeln kaute, es waren doch immer Ränder da.

Sie waren noch intensiver rot geworden, ihre Hände –

seitdem Sol mit der Schule fertig war und den ganzen Tag putzen ging. Hellbraune Sommersprossen schmückten die Arme oberhalb der Handgelenke. Aber sie waren hier eigentlich fehl am Platz. Die Hände waren trocken und rissig. Runzelig und zerknittert auf der Oberseite, glatt wie vom Meer abgeschliffene Steinen auf der Unterseite. Hie und da kleine Wunden und Schrammen. Nicht der Rede wert. Nicht groß genug, um einen Lappen oder ein Pflaster aufkleben zu müssen. Sie waren einfach da … Sol trug sie mit sich, wo sie auch hinging. Und die Jacke passte nicht. Weder zu dem Körper noch zu den Händen. Tora empfand plötzlich eine unerklärliche Zärtlichkeit für Mutters und für Sols Hände. Es war wie das Gefühl, das sie ab und zu hatte, wenn sie einen kleinen Fisch vom Haken losmachte und ein oder zwei Sekunden zögerte, ehe sie ihn wieder ins Meer warf, weil sie überlegte, ob er wohl zu schwer verletzt sei, um zu überleben. Und der Gedanke beschäftigte sie noch lange danach. Sie glaubte, den Fisch dort unten zu sehen. In Schräglage, mit unkontrollierten, kraftlosen Schwanzschlägen. Sah, dass der Kieferknochen quer abgerissen war. Sah, dass ein Knochensplitter aus der grauen Fischhaut ragte. Aber es war ein so kleiner Fisch – ein so kleiner Knochen. Es gab so viele Fische im Meer. So viele Hände. So viele Wunden. Die größer waren.

Auf dem Heimweg ging Tora an der Hütte von Frits und Randi vorbei. Drinnen war alles dunkel. Da waren sie wohl nicht zu Hause.

Er war auch wie eine Wunde, unter der Haut. Frits. Nicht so sehr, weil er taub war und nicht sprechen konnte. Eher, weil sie immer an die Gefahr dachte, wenn sie ihn sah. An dem Morgen, als sie unter dem Fischgestell von ihm fortgelaufen war, hatte sie ihn verloren. Weil er nicht wusste. Niemals wissen durfte, dass er der Erste war, der sie angefasst hatte, nachdem … er …

Später ging sie ungern in die Nähe des Kais und der Hütte,

wo Frits wohnte. Den Sommer über hatte sie am Strand auf den Steinen gesessen und über die kleinen Inseln hinweggestarrt, während der feuchtkalte Wind sich ungebeten unter die schäbige Strickjacke geschlichen und ihr das Wasser aus den Augen getrieben hatte. Und es gab etwas, wofür sie keinen Namen finden konnte.

Sie wusste nicht, was ihr am meisten fehlte: Randi, die Bücher, die Musik – oder Frits.

Später dachte sie nicht mehr darüber nach. Es war etwas Fremdes in ihre Gedanken gekommen, soweit es ihn betraf. Es war eine Art gefühllose Erwartung. Den ganzen Sommer über hätte sie ihn gern getroffen. Und sie wollte es auch wieder nicht. Sie wollte zu ihm gehen. Dort sitzen mit der roten Decke über den Beinen und lesen. Wollte ihn anschauen – sein Gesicht erforschen, wenn er es nicht merkte. Aber gleichzeitig – wollte sie es nicht. Nun lag Mutters Schande wie ein Deckel über dem Ganzen. Er saß im Gefängnis. Tora konnte nicht mehr zu Frits gehen. Wäre am liebsten nirgendwo mehr hingegangen.

Trotzdem schlich sie oft bei Frits vorbei, wenn sie allein war. In der letzten Zeit hatte es sich ergeben, dass sie immer allein war. Nun war er in seine Taubstummenschule gefahren. Frits … Er würde erst zu Weihnachten wieder nach Hause kommen. Randi hatte Sol getroffen und nach Tora gefragt. Hatte ihr einen Gruß ausrichten lassen und dass sie doch herunterkommen solle, bevor Frits wegfuhr. Es würde Kuchen geben – ein Fest. Aber das war an dem Donnerstag gewesen, an dem die Mutter mit der Fähre allein aus der Stadt zurückgekommen war, und Tora brachte es nicht über sich, zu Frits und Randi zu gehen.

Später gab es so viel, womit sie nicht fertigwurde. Sie kam gleichsam nicht von der Stelle. Drückte sich nur im Dorf herum und nickte, wenn jemand grüßte. Tora wunderte sich, dass alle sie grüßten. Ihr ging plötzlich auf, dass es wohl daran lag, dass sie ihnen leidtat. Und schon krochen ihr die Ameisen über den Rücken und den Hals. Sie konnte glühend rot werden – auch wenn niemand sie ansah.

Und dann war da noch die Mutter. Sie wollte offenbar nicht, dass Tora zu irgendjemandem ging. Und Tora konnte sich auch nicht vorstellen, nach Bekkejordet zu gehen.

Die Küchendecke, die sie für die Tante sticken sollte, war fertig geworden, während die Mutter bei der Arbeit war, aber Tora hatte sie unter der Matratze versteckt und sich nicht aufraffen können, sie nach Bekkejordet zu bringen. Natürlich hätte sie es tun können, ohne dass die Mutter davon wusste. Aber es stand jetzt schon genug zwischen ihnen.

An diesem Tag hatte die Mutter sie auf die Post geschickt, um zwei Postanweisungen zu holen, und als Tora zurückkam, hatte die Mutter sich gleich hingesetzt und die eine ausgefüllt. Dabei schien sie in sich zusammenzusinken. Sie sah ganz grau aus. Gebeugt. Dann ging sie zum Ofen und warf die Postanweisung ins Feuer. Machte ein Gesicht, das deutlich jede Frage abwehrte. Darauf füllte sie das zweite Formular aus. Schnell, als ob sie Angst hätte, dass sie es sich anders überlegen könnte: »Für den Kleiderstoff. 32 Kr. An Rakel Bekkejordet.« Und Tora ging damit zur Post und senkte den Kopf, als Turid hinter dem Schalter die Postanweisung um- und umdrehte und Tora komisch ansah, bevor sie den Stempel aufdrückte. Sie schien Tante Rakel für alle Zeiten wegzustempeln.

Tora schlich davon. Es war schlimmer, als wenn sie bei Ottar Waren anschreiben oder beim Milchverkauf im Notizbuch quittieren lassen musste. Ja, es war viel schlimmer. So, als ob die Leute in die Mutter und sie hineinsehen könnten. Durch Mantel und Kleid hindurch sehen könnten, dass sie schmutzige Wäsche anhatten. Das Metall, das auf das Papier schlug. Der Stempel, der die Tante aus den Tagen herausschlug, die noch kommen würden. Toras Schritte klangen hohl auf den Fliesen. Ihr wurde klar, dass sie sich auf dem Weg nach draußen befand. Es roch nach Leim und Staub und Geld. Dicke, schmierige Bündel zwischen Turids Fingern. Nun lagen Mutters Zehnkronenscheine hinter den Gitterstäben. Und die zwei Kronenstücke waren kalt und tot und blank. In jedem Kronenstück ein Loch.

Als ob jemand Löcher in Tante Rakel gebohrt hätte. Als ob die Mutter es selbst getan hätte. Begriff sie das nicht? Die Tür dröhnte hinter ihr. Sie hatte eine Scheibe, die von der Meeresgischt und vor lauter Dreck ganz blind war. Tora schlenderte durch den Ort und dachte die ganze Zeit, dass die Gefahr aus der Kammer herausgefegt worden war. Und eine kleine Freude wuchs in ihr. Tora dachte angestrengt nach. Und Rakel und Simon und ihre Mutter wurden dadurch zu Freunden.

Ehe sie nach Hause ging, war der Tag schön.

Es waren viele Spatzen in den Pfützen.

Im Hof stand ein rotes Fahrrad mit einem roten Netz und einer glänzenden Lenkstange.

4

Eines Nachmittags, als Sol und Tora zum Milchholen unterwegs waren, tauchten hinter ein paar Steinen zwei Jungen aus dem Ort auf. Sie hatten sich an der einzigen Stelle versteckt, wo es weder Häuser noch Menschen gab. Da konnte kein Fenster geöffnet werden, und keine Mutter konnte den Kopf herausstrecken und sich einmischen. Keine Zeugen, alle Möglichkeiten. Ole und Roy. Ole hatte wohl noch nicht seine Niederlage in der Schule bei Gunn vergessen, auch wenn es schon lange her war. Sie standen breitbeinig und mit den Händen in den Taschen da. Grinsten forsch. Besonders Ole. Fühlte sich bereits als Sieger. Niemand war da, der petzen konnte.

»Ist das nicht das Goldkind von der Deutschenmutter, das hier rumspaziert und mit der Milchkanne schlenkert, he? Wie viel Brände haste denn heut schon gelegt?«

Ole trippelte wie eine Dame vor Tora her. Sie hatte diese alten Sticheleien schon lange nicht mehr gehört. Sie taten weh. Sie hatte das Gefühl, als ob jemand einen Stein geworfen hätte. An den Kopf. Ins Gesicht. In die Augen. Aber sie kniff den Mund zusammen. Schwieg mit jeder Faser ihres Wesens.

»Halt's Maul, du Scheißfischer!«, schrie Sol und ging auf ihn los.

»Was sagt die da, kommt vom Tausendheim und spielt sich hier auf, wie? Du fette Sau. Wie steht's denn mit deiner Mutter, ist die nach Hause gekommen und immer noch verrückt?«

Sol sah rot. Sie war ein erwachsenes, konfirmiertes Mädchen mit einem großen, heiligen Zorn. Sie ging mit erhobener Milchkanne auf den Bengel los. Ein Glück, dass die Kanne noch leer war. Sie schlug sie mit voller Wucht auf den Schädel von Ole, der einen halben Kopf kleiner war als sie. Tora machte große Augen. Sie hatte Sol noch nie handgreiflich werden sehen, wie schlimm es auch gewesen sein mochte. Im Gegenteil, Sol war es, die immer bei klarem Verstand blieb und zwischen die Streithähne ging, bevor die Nasen bluteten. Jetzt war sie wie ein wild gewordener Stier. Die kurzgeschnittenen Haare sträubten sich, ähnlich dem Bild von dem Igel, das im Schulflur hing. Sie hatte Schaumflöckchen in den Mundwinkeln.

Nachdem Ole sich von dem Erlebnis mit der Milchkanne so weit erholt hatte, dass er begriff, was hier vor sich ging, erfasste der Wahnsinn auch die Jungen.

Tora sah deutlich, das die Sache kein gutes Ende nehmen würde. Sie waren zu zweit gegen Sol. Starke Übermacht.

Tora rief, dass sie Schluss machen sollten, aber niemand hörte oder sah. Die Jungen hatten Sol jetzt auf dem Schotterweg unter sich liegen. Der eine hielt ihre Arme, der andere saß auf ihrem Bauch und boxte sie in die Brüste, so dass sie jammerte.

Nachdem Ole diesen Teil der Arbeit erledigt hatte, zog er den dünnen, kurzen Baumwollrock bis über Sols Schultern hinauf und zeigte seinem Kumpel die ganze Herrlichkeit.

Tora, die währenddessen am Wegrand gestanden hatte, ohne den Mut, irgendetwas zu unternehmen, sah plötzlich nur noch einen roten Nebel. Er hüllte sie vollständig ein. Schreiend hob sie ihre Kanne hoch und prügelte drauflos.

Die Kanne war noch eine von der altmodischen, soliden Sorte. Mit einer harten Kante unten.

Dumpfes Stöhnen und raue Schluchzer. Tora vertraute darauf, dass die Jungen zuoberst lagen. Ging von einer einfachen Logik aus: je mehr Schläge, desto mehr Schaden. Je schneller sie schlug, desto mehr Schläge.

Sie hatte nicht geahnt, dass es ein so gutes Gefühl sein könnte, einfach loszuschlagen.

Da legte sich eine Hand auf ihre Schulter. Eine starke Faust übernahm das Kommando über die Kanne, und eine gebieterische Stimme sagte: »So, immer mit der Ruhe, immer mit der Ruhe. Und dann wollen wir mal sehen, ob noch jemand am Leben ist … Ist noch jemand am Leben, ja?« Frits' Vater!

Aber er lächelte ein bisschen! Oder nicht? Er half den Jungen auf die Beine. Ole hatte eine üble Schnittwunde über dem einen Auge. Das andere war dick verklebt. Er weinte bitterlich und rau. Rotz und Tränen landeten in Monsens Taschentuch.

Roy war es ein wenig besser ergangen. Sol hatte eine hässliche Schramme auf dem einen Knie. Aber der Triumph leuchtete ihr aus den Augen. Sie konnte noch nicht aufhören. Stellte Roy ein Bein, und er schlug der Länge nach hin, während er sich schon gerettet und sicher gewähnt hatte. Er fiel auf die Nase. Die sah schlimm aus. Er wollte sich sofort rächen, aber Monsen nahm den Schlingel fest in den Griff, und Sol schrie in blinder Wut:

»Komm nur, du Dreckskerl, komm nur, du Scheißfischer! Ich werd's dir geben, dass du nicht mehr im Zweifel bist, wer hier im Dorf wirklich verrückt ist!! Komm nur, komm nur …« Sie schluchzte verbissen.

Die Jungen schlichen hinauf zu der Häusergruppe oben am Hang. Gingen wie geprügelte Hunde, langsam und beschämt. Der Kampf war beendet. Monsen nahm die Mädchen mit nach Hause, alle Treppen hinauf und hinein in die Wohnung. Er verband ihre Wunden und rief mehrmals »Pfui«, als ihm die Geschichte erzählt wurde. Aber als Randi fragte, welche Schimpfwörter die Jungen gebraucht hätten, wurde es still. Trotzdem ergriff Monsen Partei für die Mädchen und sagte, dass den »Teufelsbraten« nur recht geschehen sei.

Tora hatte vergessen, dass sie hier bei Frits war. Bis er plötzlich in der Türöffnung stand. Er war in seine Taubstummenschule gefahren. Das wusste sie ja. Und doch stand er da und starrte sie an.

Und da begriff sie, wie sehr sie ihn vermisst hatte. Dass sie ihn verletzt hatte. Dass der stumme Junge in vieler Hinsicht einsamer war als sie selbst. Sie begriff, dass sie ihn gar nicht als richtigen Menschen angesehen hatte, weil er nicht sprechen konnte.

Sie wollte ihn nie mehr verleugnen, die Gefahr sollte ihn nie mehr verjagen! Niemals! Frits war Frits. Und für sie war er viel mehr als nur Frits.

Sie sah es klar und deutlich. Weil er nicht da war. Weil eine große, schmerzliche Leere im Raum war.

Und der Nachmittag stieg über die Fensterbank, das Fenster stand offen gegen den kühlen, nachdenklichen Herbst. Randi buk gelbe, duftende Pfannekuchen, auf die sie eine Menge Zucker streute. Frits' Vater bekam für Tora und Sol einen Namen. Er hieß Gunnar und spielte Ziehharmonika, dass die undichte und nicht gestrichene Holzdecke abzuheben schien! Und der blutige Verband an Sols Knie, der so schlecht zu einem großen Mädchen passte, das konfirmiert war (und vorhatte, am nächsten Samstag tanzen zu gehen, ob Elisif nun weinte oder nicht), dieser blutige Verband war Anlass genug, um die Geschichte von der Prügelei immer wieder zu erzählen. Randi schlug die Hände zusammen und war ganz entsetzt, lachte und versetzte ihnen Rippenstöße.

Tora machte es nichts aus, dass Sol dabei war. Sie kroch nach alter Gewohnheit auf Frits' Bett. Zog die Strickdecke über die Beine, obwohl es im Raum wirklich warm war.

Sie nahm Frits mit nach Berlin. Die Großmutter stand mit offenen Armen vor ihnen beiden. Der Farn war saftig grün, und das Tor stand offen. Und die Rosen …

»Frag einen Menschen, was die Liebe ist, und sie ist nichts anderes als ein Wind, der durch die Rosen säuselt …« Sie hatte das irgendwo gelesen. Es war zu schön, um wirklich zu sein.

Sie dachte daran, wie sie sich früher mittwochs gefühlt hatte. Da war sie kleiner – ganz klein gewesen, aber konnte schon lesen. Es musste vor der Gefahr gewesen sein. (Dass sie so denken konnte! Genauso wie die Leute, wenn sie sagten: Vor dem Krieg …) Also vor der Gefahr: Die Mutter kam jeden Mittwoch mit einer Illustrierten nach Hause. Darin gab es eine Bilderserie von einem kleinen Burschen, der Pünktchen hieß. Er war so klein, dass er Platz in einer Streichholzschachtel hatte. Und Tora mochte diesen Jungen schrecklich gern. Denn es gab nur diesen einen auf der ganzen Welt, der so klein war … Sie wollte ihn immer bei sich haben. Immer. Er war ein Teil der schönen Spannung, die man sich leisten konnte, wenn es Mittwoch war. Und sie fragte die Mutter einmal, als die unten in der Waschküche mit den Armen tief im Seifenschaum stand – ob sie das Pünktchen nicht haben könne. Ob die Mutter nicht an die Illustrierte schreiben und ihn für Tora erbitten könne. Sie bettelte und flehte – obwohl sie wusste, dass sie sich genauso gut den Mond hätte wünschen können. Sie fühlte bereits den leichten Druck in ihrer Hand. Sie fühlte ein Kitzeln auf der Haut, vor lauter Zuneigung und Freude. Das musste die Liebe sein. Wie ein warmer Wind? Oder Blumen? Berühren …

Sie hob die Hand und strich Frits ganz schnell über die Wange. Ganz schnell. Und er begriff und verzieh ihr und trug ihr nichts nach. Er fragte nicht nach dem Grund. Dann glitt er fort.

Und Randi unterhielt sich mit Sol, die mit dem Rücken zu Tora saß, und Gunnar spielte Ziehharmonika. Es brauste zum Himmel hoch. Das ganze Haus schien abzuheben.

Tora war erfüllt von Musik und Liebe zur ganzen Welt. Sie hielt dieses Gefühl mit beiden Händen fest. Als ob sie im tiefsten Herzen wusste, dass es nicht von Dauer war.

Sol und Tora kamen diesmal mit ihren Kannen sehr spät zum Milchverkauf. Es gab nur noch Magermilch. Aber sie kicherten trotzdem, als sie die Deckel auf die Kannen drückten.

5

Der Morgenkaffee roch bitter und angebrannt. Tora hatte ihn überkochen lassen und wagte kaum, mit der Mutter zu reden. Deren Nerven waren bis zum Zerreißen gespannt, seit sie die Postanweisung ausgefüllt hatte. Tora wartete darauf, dass es vorüberging. Sie hatte sich der Mutter gegenüber eine besonders große Geduld angewöhnt. Solange sie ihr nicht im Wege war oder versuchte, die Mutter zum Reden zu zwingen, ging es meist gut.

Sie hatten sich gerade hingesetzt, um die elende Kaffeeplörre zu trinken, als plötzlich wie ein kleines Meeresunwetter Rakel in der Tür stand. Sie war knallrot im Gesicht und hielt die Postanweisung in der rechten Hand. Als eine böse Drohung.

Ingrid sprang vom Stuhl auf und stand mit geschlossenem Mund und mit geschlossenen Augen da. Unmerklich ballte sie die Fäuste.

Rakel machte zwei Schritte in den Raum hinein, nachdem sie die Tür fest hinter sich geschlossen hatte.

Sie sah nur Ingrid an. Tora schien gar nicht dabei zu sein. Sie war unsichtbar und verschmolz mit der Wachstuchdecke auf dem Tisch. Es war eine Abrechnung zwischen den beiden Frauen. Toras Rücken überzog sich mit Gänsehaut. Sehr bald war sie triefnass unter den Armen. Tora hatte »herein« gesagt, als es geklopft hatte. Nun standen die zwei Frauen da wie angewachsen. Keine sagte guten Morgen, keine machte eine Bemerkung über das Wetter. Es regnete draußen in Strömen. Keine bot Rakel einen Stuhl an. Keine sagte etwas über den durchnässten Wollmantel und das Kopftuch, das wie ein nasser Putzlappen um Rakels Kopf lag. Die Wörter waren auf eine schlimme Weise von der Erde fortgeflogen. Es war, wie wenn Frits nicht sagen konnte, was er meinte, und die anderen seine Zeichen nicht verstanden. Nein, das hier war doch ganz anders. Es vergiftete die Luft. Tropfte rhythmisch von Rakels Mantelsaum. Beschrieb einen unregelmäßigen Kreis um sie. Sie war in dem Kreis. Sie war nicht außerhalb … Alle drei waren in sich selbst eingeschlossen. Der Käse auf dem Tisch war schief abgehobelt, an dem einen Ende hatte er eine Erhöhung, das war wohl sie, Tora, gewesen, die … Komisch, dass die Mutter nichts gesagt hatte. Rakel stand noch immer da.

Elisifs Kinder polterten die Treppe herunter, sie waren auf dem Weg zur Schule. Mit den Schuhen war es jetzt besser bestellt, seitdem Sol arbeitete. So polterten sie jeden Morgen alle zusammen herunter. Das Krepppapier um die Blumenbüchsen auf dem Fensterbrett war verblasst und hatte Ränder. Das Wasser war aus der Untertasse in das Papier gezogen. Es sah armselig aus. Das tat auch die emaillierte Schüssel, die im Ausguss lag. An drei Stellen war die Emaille abgeschlagen. Der Rand war schmutzig und verrostet.

Bei Tante Rakel hatten sie ein Steingutbecken in einem eigenen Raum neben der Küche, wo man sich richtig waschen konnte.

Tora ergriff Partei, ohne es zu wissen, für die Mutter. Sie machte sich stark. Es war richtig, was Ingrid getan hatte. Dass sie das Geld geschickt hatte. Sonst könnte sie das Kleid ja nicht anziehen. Jetzt nicht mehr. Und es war das einzige gute Kleid, das sie besaß. Es war richtig! Warum kam Tante Rakel also her und machte so ein böses Gesicht? Sie waren arm, die Mutter und sie. Aber nicht so arm. Sie bezahlten ihre Schulden.

»Was soll das bedeuten – das hier?« Rakels Stimme war ein heiseres Flüstern. In jedem Mundwinkel saß eine kleine Falte, die ihr Gesicht fremd und unfreundlich machte. Aber widerwillig musste Tora zugeben, dass es so aussah, als ob Rakel weinte. Deshalb stand sie so da. War so.

Die Mutter stand nur da. Sie hatte die Augen geöffnet. Aber sie schaute nach unten. Schaute auf die Tischdecke. Auf die gelben und orangefarbenen Blumenmotive. Die Stiele gingen in Kreisen ineinander über. Hielten sich aneinander fest …

»Wozu soll das gut sein, Ingrid?« Rakels Stimme krächzte noch einmal durch den Raum. Ebenso heiser und weit entfernt. Wie wenn man das Radio anmacht und den Sender nicht sauber einstellt.

Ingrid schien jetzt den Absprung zu wagen: »Das schulde ich dir für den Stoff, den du … in Breiland gekauft hast.«

Es war nur geflüstert, trotzdem warf es in den Ecken ein Echo.

»Den Stoff hab ich dir geschenkt, Ingrid. Du hast mir so oft mit so vielen Dingen geholfen … Ich hab dir den geschenkt! Hör zu, was ich sage!! Und du schickst mir Geld … mit der Post! Ich glaub, du bist verrückt geworden. Wohnste in Amerika? Oder wohnste hier? Biste meine Schwester? Oder biste nicht meine Schwester? Hörst du?!«

Ingrid stand noch immer am Tisch. Sie hatte die Fäuste geballt und verbarg sie hinter der Tischplatte. Endlich blickte sie auf. Die Tränen liefen Rakel die Wangen hinunter. Sie war feuerrot, und Schweiß und Regen perlten auf ihrer Unterlippe. Perlen.

»Simon hat die Postanweisung vor mir versteckt. Er, als Mann, hat verstanden … Aber du kapierst überhaupt nichts … ich habe sie trotzdem gefunden – heute Morgen – an meinem fünfunddreißigsten Geburtstag! Du, die du in all den Jahren meine große Schwester gewesen bist. Die mir immer geholfen hat, als wir klein waren. Du lässt den ganzen Dreck zwischen uns kommen. Du bist bereit, alles kaputt zu machen. Und was haben wir dann, Ingrid? Kannste mir erzählen, was wir dann haben? Wohin sollen wir uns retten, wenn du es zulässt, dass die Männer, wenn sie ihre Rechnung untereinander begleichen, das sichere

Wissen zerstören: dass wir Schwestern sind?« Es klang wie ein Schluchzen. Sie stand unverändert da, weder in ihrem Gesicht noch in ihrem Körper war eine Bewegung zu sehen. Die Tante weint, dachte Tora verwundert.

Es war wie damals bei dem Unwetter, auf der Ladeluke, da hatte sie die Mutter für sehr stark gehalten, weil Tante Rakel seekrank gewesen war, und es hatte die Mutter in ihren Augen noch viel größer gemacht, dass sie nicht seekrank gewesen war. Nur ruhig und stark. Aber diesmal wurde die Mutter nicht stark, weil die Tante schwach war. War es unbedingt notwendig, stark zu sein? Wer war jetzt stark? War es die Mutter, die mit geballten Fäusten dastand und den Kleiderstoff bezahlt hatte, oder war es Tante Rakel, die mit rotem Gesicht und durchnässtem Mantel dastand und weinte, so dass die anderen es sahen? Lag mehr Stärke darin, sich abseits zu halten und alles allein zu schaffen, oder lag mehr Stärke darin, herzukommen und daran zu erinnern, dass sie eigentlich Schwestern waren?

»Tora, du musst in die Schule – sonst kommste zu spät …« Die Stimme der Mutter klang hohl und kraftlos. Heute war keine stark …

Tora holte ihren Ranzen aus der Kammer. Sie musste an Rakel vorbeigehen, um nach draußen zu kommen.

Ihr fiel ein, dass sie die Frühstücksbüchse auf dem Tisch vergessen hatte. Die hatte ein ziemlich abgewetztes Bild von Schneewittchen und den sieben Zwergen. Der kleinste Zwerg stand ganz hinten – nahe an der Kante –, von ihm war fast nichts mehr übrig. Ein Meer musste Tora jetzt wieder überqueren. Als sie zum zweiten Mal an Rakel vorbeiging, streckte die einen Arm aus und hielt Tora an. Sie weinte noch immer. Zögernd streifte sie Toras Haar und Gesicht. Sie schien Tora jetzt erst zu sehen. Und zu glauben, dass sie etwas Verbotenes tat, wenn sie Tora anfasste. Tora schaute schnell zur Mutter hin. Drehte den Kopf zum Tisch. Blitzschnell. Dann berührte sie Rakels Hand mit ihrer. Nur mit den Fingerspitzen. Nur für eine Sekunde. Trotzdem hatten sie dieses gemeinsam, die Tante und Tora, dass sie etwas Unerlaubtes getan hatten. Sie hatten eine andere verraten. Einer anderen etwas weggenommen. Es tat weh, aber zugleich tat es auch gut, weil Tora mit ganzem Herzen fühlte, dass endlich eine war, die Verständnis hatte, die Brücken bauen wollte. Ohne sich darum zu kümmern, was die Leute taten oder sagten oder entschieden. Ohne darauf zu achten, was geschah. Brücken zwischen ihnen, die am Ende ja aus eigener Kraft stark sein mussten. Stark genug! Rakel wollte nicht allein dastehen und stark sein, wie die Mutter es wollte. Rakel wollte Menschen um sich haben, die sie gern hatte. Gegen all das Schlechte. Auch wenn es schwierig werden könnte, so dass sie das eine Mal stark sein und ein anderes Mal weinen musste. Menschen, die sie gern hatte? Ja. Aber wollte das die Mutter nicht auch? Hatte sie ihn ... nicht gern? War das der Grund? War das der Grund für alles? Liebte die Mutter ihn mehr, als sie Rakel und Tora liebte? Ja!

So musste es sein.

Tora schlich hinaus und nahm den schwarzen Regenmantel, bei dem das unterste Knopfloch ausgerissen war. Sie hatte den Riss mit einem Pflaster zugeklebt. Aber das Pflaster fiel jedes Mal ab, wenn es nass wurde. Und nass wurde es ja immer wieder.

Tora lieferte dem »Konfirmanden« ihr Aufsatzheft ab. Den Spitznamen hatte der junge neue Lehrer von Almar bekommen. Er teilte seine Erziehertätigkeit und die Kinder mit Gunn. Almar fand es gar nicht gut, dass er gekommen war und aus Oslo stammte und so eigenmächtig handelte. Almar hatte den Eindruck, dass er sich der verehrten Lehrerin Gunn geradezu aufdrängte. Außerdem war er kein richtiger Mann. Farblos – und schmächtig, wie ein Konfirmand. Piepsstimme, bartlos.

Tora hatte einen Aufsatz über die Frage geschrieben, was sie später werden wollte. Vierundzwanzig Zeilen hatte sie in einer ganzen Stunde zuwege gebracht. Dieser Tag war nicht irgendein Tag. Er hatte nichts, woran sie sich festhalten könnte.

Tora ging erst spät am Nachmittag nach Hause, sie trödelte im Dorf herum, bis sie sicher sein konnte, dass die Mutter in die Frosterei gegangen war.

Sie bummelte noch am Strand entlang und war schließlich ganz durchnässt. Als sie durch die zwei Eingangspfosten kam, die weder einen Zaun noch ein Tor hatten, sah sie, dass die Lampen im Tausendheim bereits brannten.

In allen Treppenaufgängen roch es nach gebratenem Hering. Die Haustüren standen offen. Drei schlagende Türen im Regen. Geruch nach Hering und Kartoffeln. Also waren die Männer zu Hause. Der Hof war leer. Tora konnte sie alle drinnen im Haus sehen. Ihre Schatten. Vater und Mutter und Kinder. Oder einsame Gebeugte … In Toras Fenster war es dunkel.

Kein Heringsgeruch in der Küche. Aber noch Glut im Ofen und die Wände wohlig warm.

Vom Morgen keinerlei Spur mehr zu sehen.

Sie streifte ihre Kleider ab und zwang sich zu dem Gedanken, dass sie der glücklichste Mensch von der Welt sei, der sich Wasser heiß machen und sich in der Küche vor dem Ofen waschen konnte. Den Nelkengeruch und alles, was schlimm war, entfernen. Es kam niemand. Die Gefahr war nicht da. Da würde sie auch alles andere schaffen. Denn sie war Tora – allein mit sich.

Manche vergaßen, die Plane über ihre alten, halbmorschen Boote zu ziehen, andere vergaßen, mit dem Handrücken über den Mund zu fahren, wenn sie gegessen hatten, einige brachten es nicht fertig, ihr wahres Ich hinter ihrem Gesicht zu verbergen.

Tora war glücklich. Niemand sah sie. Sie saß über ihren

Schulbüchern. In braunen Schutzumschlägen aus dem Einwickelpapier von Ottars Laden. Sie hatte das Papier mit Zeichnungen verschönert. Aber das Papier hatte Rillen, die nicht zu verdecken waren. Sie verliefen quer durch die Zeichnungen. Es sah aus, als ob man mit den Nägeln darübergekratzt hätte.

Sie hatte das Aufsatzheft vom »Konfirmanden« sofort zurückbekommen. Er hatte gesagt, dass er enttäuscht von ihr sei. Ja, sicher. Sie war auch enttäuscht.

Was wollte sie werden, wenn sie erwachsen war? Sie würde wohl Treppen putzen, in die Frosterei gehen, Kinder hüten und Milch holen.

Nein! Sie würde Decken sticken, in einem Büro sitzen und einen Mann anlächeln, wenn sie die von der Haushaltshilfe gekochte Mahlzeit verzehrten. Dann würden sie sich mit einer Serviette den Mund abwischen und die ganze Zeit lächeln. Nein! Sie wollte reich sein! Sie wollte hinaus in die Welt ziehen und eine berühmte Schauspielerin oder Schriftstellerin werden. Königen und Königinnen begegnen und in einem großen Schloss wohnen oder in schönen Hotels, wo es Kronleuchter gab, die von Millionen von Kristallen funkelten. Sie wollte Flöte spielen, vor vollen Sälen mit gepolsterten Wänden und einem roten Licht über der Tür, wie sie es einmal im Kino gesehen hatte. Sie wollte das Klatschen hören, wenn die letzten Töne noch wie eine dünne Haut über den Menschen unten in der Dunkelheit lagen. Dann wollte sie lange Briefe und glitzernde Postkarten nach Hause schicken, an Mutter, Onkel und Tante, an Gunn und Frits und Sol – und von allem erzählen. Und sie würde ihnen Schallplatten schicken, die sie eingespielt hatte. Manchmal, wenn der Mond schien, würde sie alle Einladungen ablehnen und allein bleiben. Dann würde sie nur für sich selbst spielen. Oder ganz still dasitzen und Heimweh haben. Sie wollte hohe Kerzen in goldenen Leuchtern haben, wie in der Kirche, und Sol würde ihr leidtun, weil sie es nie so gut haben würde wie – Tora, obwohl Sol es verdient hätte, sie, die so lieb war. Nur selten würde Tora nach Hause fahren. Die Leute sollten bei Ottar im Laden stehen und für Weihnachten einkaufen und sich fragen, ob Ingrids Tochter zu den Feiertagen wohl nach Hause kommen werde. Und sie sollten darüber reden, wie glücklich Ingrid sei, dass ihre Tochter es so weit in der Welt gebracht hatte. Und sie sollten darüber reden, dass es wohl das Beste gewesen sei, dass er im Gefängnis gestorben war. Aber das alles konnte sie dem »Konfirmanden« nicht im Aufsatz schreiben.

Es zischte in dem Wasserkessel, den Tora warm hielt, bis die Mutter aus der Frosterei kam. Die Frikadellen vom Vortag lagen bereit. Die vier übrig gebliebenen kalten Kartoffeln hatte sie in Würfel geschnitten. Die Pfanne stand mit einem Klecks Butter auf dem Küchenschrank und brauchte nur auf das mittlere Herdloch gestellt zu werden.

Sie hatte den Geruch schon in der Nase. Er war weder schlecht noch gut. Aber sie wollte der Mutter sagen, dass sie bereits gegessen habe. Sie wollte in ihrer Kammer bleiben und die Mutter allein lassen, wenn sie sich wusch und aß. Wollte sich abseits halten – damit die Mutter mit ihren Gedanken zur Ruhe kam. Nachher konnte sie den Tisch abräumen, wenn die Mutter sich auf der Couch ausruhte. Heute wollte sie besonders nett sein, denn sie wusste nicht, was die Mutter für ein Gesicht machen würde, wenn sie heimkam. Das wusste sie sonst immer. Die Mutter war immer gleich. Besonders jetzt, wo er fort war. Seit vielen Wochen war es nur das eine Gesicht gewesen. Grau, aber wunderbar ruhig. Kein hartes Wort, kein Schatten, kein ängstliches Lauschen auf seine Schritte auf der Treppe. Aber an diesem Morgen hatte Rakel in der Küche gestanden und geweint. Und es war nicht sicher, dass die Mutter heute die Gleiche war. Vielleicht hatte sie ein ganz anderes

Gesicht, als Tora sich das vorstellen konnte. Vielleicht würde alles noch viel schlimmer ... Oder besser! Sie stellte sich vor, wie Tante Rakel die Mutter dazu gebracht hatte, sich wieder zu vertragen. Wie Tora und die Mutter wieder wie früher nach Bekkejordet gingen. Dass sie den Küchenläufer mitnehmen könnte ... Sie hatte ihn gewaschen und gebügelt und ihn um die Illustrierte gerollt. Damit er schön glatt blieb. Aber der Mutter hatte sie ihn nicht gezeigt. Sie hatte ihn nur gewaschen und gebügelt, so vorsichtig wie möglich, weil sie Angst hatte, dass die Ränder zu sehr ausfransten. Die Tante würde wohl die schone goldene Borte daran nähen. Sie hatte sie ihr gezeigt und gefragt, ob sie nicht gut passte, und Tora hatte Ja gesagt. Das hätte noch gefehlt, dass sie den Läufer verdorben hätte – wo er so schön war. »Was ich werden will, wenn ich erwachsen bin ...« Tora sollte jetzt einen neuen, besseren Aufsatz schreiben. Sie sah auf die Uhr. Fünf Minuten nach sechs. Dann schrieb sie zwei Seiten, dass sie gerne in einem Büro arbeiten würde. Sie schrieb, dass sie sich ein Haus und ein Fahrrad kaufen würde. Erwähnte nichts von Flötespielen oder Kronleuchtern, von Bühne oder Glanz. Das wäre zu dumm. Der »Konfirmand« würde es nicht verstehen. Er würde nur wieder enttäuscht sein.

Sie schrieb den Aufsatz mit ihrer schönsten Schrift ins Reine. Schrieb nicht schnell, damit sie genügend Zeit hätte, gründlich nachzudenken und jedes Wort richtig zu schreiben. Dann brauchte sie nichts zu verbessern.

Als sie fertig war, zeichnete sie eine schöne Dame auf die halbe Seite, die noch frei war, weil sie die Überschrift mit so großen Buchstaben geschrieben hatte, dass der Aufsatz mitten auf der Seite endete. Die Dame hatte eine schmale Taille und gelockte Haare. Der Rock war genau wie der in Ottars Fenster blau, mit einer glatten Passe und mehreren tiefen Falten. Die Schuhe hatten hohe Absätze und sahen verkehrt und blöd aus. Tora konnte keine Füße und keine

Schuhe zeichnen. Es war schwierig. Am besten ging es mit den Gesichtern. Sie zeichnete die Nasen und Stirnen und Münder von der Seite. Sie hatte die Bilder in den Zeitschriften studiert und herausgefunden, wie man es machen musste.

Alle Damen, die sie zeichnete, waren schön. Sie wusste nicht, warum. Denn sie sah fast nie eine schöne Dame. Jedenfalls nicht hier im Dorf. Sie neigte den Kopf zur Seite und stattete die Dame noch mit einer Handtasche aus. Speziell für den »Konfirmanden«! Sie würde die Zeichnung Sol zeigen. Da hätten sie was zu lachen.

Aber Sol war nicht da, als sie nach oben ging. War zusammen mit einem Mädchen aus dem Ort fortgegangen. Mit einer, die viel älter war als Tora.

Elisif sagte, dass es keine göttliche Fügung sei, dass sie sich draußen in der Dunkelheit herumtrieben, wo die Versuchungen überall lauerten – und sie ermahnte Tora zu einem sauberen Leben und dass sie ihrer Mutter keine Sorgen und schlaflosen Nächte bereiten solle wie Sol. Tora lief mit ihrem Aufsatzheft unter dem Arm schnell wieder nach unten. Sie spürte den Durchzug von der offenen Haustür her und hörte die Mutter die Treppe heraufkommen. Mit leichten, langsamen Schritten. Es waren Mutters Schritte. Tora sah es sofort, als sie die Küche betrat: Das Gesicht war wie immer.

Die Mutter fragte, ob sie mit den Aufgaben fertig sei. Zerstreut. Wie gewöhnlich.

Tora sagte: »Ja.« Wagte nicht, ihre Freude in dieses kleine Wort zu legen. Noch konnte alles Mögliche passieren.

Dann wärmte sie das Essen auf und die Mutter zog sich aus und hängte die Kleider auf.

Sie wusch sich drinnen in der Stube mit warmem Wasser. Mit warmem Wasser! Sie blieb ganz lange da drinnen. Als sie herauskam, hatte sie glatte Wangen, und die Augenbrauen und Wimpern waren noch ganz feucht. Auch die Haare um das Gesicht. Sie hatte sich fein gemacht und einen sauberen Pullover angezogen und den alten guten Rock. Den sie als guten getragen hatte, bevor sie sich das Kleid genäht hatte … Tora hielt die Luft an.

»Ich hab gedacht …« Ingrid schnitt sich vorsichtig ein Stück von der Fischfrikadelle ab. »Ich hab gedacht, wir könnten heut Abend einen Spaziergang nach Bekkejordet machen … Es ist der 27., weißt du … Die Tante hat Geburtstag …«

Die Stimme kam von einem verletzten, aber geborgenen Seevogel. Tora flog. Merkte kaum, was sie tat. Sie flog zum Tisch hin und warf sich in Ingrids Schoß, Arme und Beine weit von sich gestreckt.

Der Teller mit den Frikadellen und den Bratkartoffeln rutschte über die Wachstuchdecke. Das Wasserglas fiel um. Tora merkte, wie sie zwischen Pullover und Hosenbund nass wurde. Aber gleichzeitig merkte sie es auch nicht.

Ingrid stellte mit der einen Hand das Glas hin und strich mit der anderen Tora über den Rücken. Das Mädchen hatte einen ganz nassen Rücken. Es rieselte und tröpfelte auch in Ingrids Schoß. Aber sie blieb sitzen. Hatte etwas in ihrem Gesicht … etwas Nacktes, Hilfloses. Niemand sah es.

Tora hatte den Kopf an Mutters Brust vergraben. Sie nahm die seltsame Mischung von Fischgeruch und Seife wahr. Diesen Geruch kannte sie von klein auf. Konnte sich auf einmal erinnern, dass sie früher auch schon so gesessen hatte. So gesessen, wenn die Mutter ihre Schürfwunden auswusch. Und das Weinen war leiser geworden. Oder wenn sie kein Geld hatten, um etwas Neues für Weihnachten zu kaufen. Das letzte Mal hatte sie so gesessen, als sie Masern und Fieber gehabt hatte. Das war wirklich lange her.

6

Rakel deckte im Wohnzimmer festlich den Tisch. Der schwere Messingleuchter mit sieben roten Kerzen thronte mitten auf der selbstgewebten Decke – und das beste Service hatte sie hervorgeholt. Sie deckte für vier.

Simon hatte seinen blauen Anzug an und schenkte drei Gläser Schnaps ein, die er auf das blankgeputzte Silbertablett stellte. Er war gut erzogen, dieser Simon. Die Tante, die sich um ihn gekümmert hatte, seit er als Baby seine Mutter verloren hatte, war wohlhabend gewesen. Simon war trotzdem Simon. Und da sie ein wenig auf die Gäste warten mussten, ging er hinaus in die Küche und fragte, ob das mit dem Jackett unbedingt nötig sei. Es sei doch mitten in der Woche …

»Ich werd heut fünfunddreißig!« Rakel reckte sich und stemmte die Hände in die Seiten. »Ich pfeif auf einen Mann, der an einem solchen Tag nicht die Jacke anbehalten kann, auch wenn's mitten in der Woche ist.«

Simon stieß einen langen Pfiff aus und ging ins Wohnzimmer zurück. Er nahm einen gierigen Schluck aus einem Schnapsglas und füllte nach. Sonst war er vorsichtig mit Alkohol.

»Wie hat sie's aufgenommen – eigentlich?« Er rief es zu Rakel in die Küche hinaus.

»Das hab ich dir doch gesagt.«

»Du hast gesagt, dass sie kommen soll. Und dass sie das auch versprochen hat. Aber ihr habt doch noch mehr geredet …«

Rakel erschien in der Tür, während sie die Schürze auszog. Das kleine Gesicht war ernst, beinahe puppenhaft. Ganz verändert, seit er wegen der Jacke gefragt hatte.

Simon wurde niemals schlau aus Rakels verschiedenen Ansichten und Reaktionen. Sie war wie ihre gewebten

Stoffe, wenn sie schnell über den Fußboden ausgerollt wurden. Die Farben und die Muster wechselten so rasch, dass man nicht folgen konnte. Er half ihr, so gut er konnte. Setzte vorsichtig rohe Muskelkraft ein. Im Übrigen mischte er sich nicht in ihre Arbeit ein, wenn sie ihn nicht darum bat.

Aber jetzt wollte er sich einmischen. Glaubte, dass er erfahren müsste, wie Ingrid es aufgenommen hatte, damit er ihr an der Tür nicht wie ein Narr entgegenzutreten brauchte und nicht wusste, ob da Freund oder Feind kam.

»Sie hat's wohl sehr schwer gehabt …«

Rakel setzte sich in den Schaukelstuhl, hinten bei dem alten lackierten Klapptisch. Strich mit schmalen, behutsamen Händen über die Tischplatte. Glättete die Decke – immer wieder, ohne zu wissen, was sie tat.

»Ja, aber das hast du doch auch.«

»Für mich ist das nicht schlimm. Ich hab doch dich …«

»Nun … das ist ja wahr … aber … Ja, hat sie nichts gesagt?«

»Wir haben geredet … Über vieles, Simon. Wir haben über alles geredet, worüber wir zehn Jahre nicht geredet haben – mindestens. Aber ich kann dir nicht alles sagen. Das musste verstehn. Es bleibt unter uns … uns Frauen, Simon. Sie hatte Angst, weil sie zwischen uns und Henrik gewählt hat. Sie glaubte, dass wir ihn nie mehr sehn wollten. Sie war ja gezwungen, Partei zu ergreifen. Wir … Das musste auch verstehen. Sie hat ja nur getan, was sie tun musste!«

»Hättest du dich mit deiner Schwester überworfen, wenn ich Henriks Haus angezündet hätte?« Er sah sie mutig an. Als ob die Frage, die Möglichkeit ihm erst jetzt gekommen wäre. »Würdest du zu einem Brandstifter halten, einem Kriminellen, einem Verbrecher? Ja, beim ersten Mal war's ein Wunder, dass niemand umgekommen ist! Ich hatt ja Leute in der Hütte liegen. Würdest du mir verzeihen? Ich frag ja nur!«

Rakel ließ ihre Augen über das viereckige Gesicht gleiten, über den sehnigen, geschmeidigen Körper und die wilde Mähne. Dann sagte sie, gar nicht ihrer sonstigen Art entsprechend, ungewöhnlich langsam: »Wenn Ingrid loyal gegenüber einem Mann ist, der ihr so viele Jahre so viel Böses angetan hat und den sie vielleicht nie richtig geliebt hat, dann fürcht ich schon, dass es keine große Hoffnung für mich gegeben hätte, wenn du es gewesen wärst, der sich als Brandstifter versucht hätte.«

Simon sah sie an, als ob er seinen eigenen Ohren nicht traute. Dann zog er schnell die Jacke aus und hängte sie über eine Stuhllehne. »Teufel noch eins! Ich meine: Das wär zu viel. Ich hätt deine dumme Nase nicht im Gefängnis sehn wollen, wenn ich dort sitzen müsste. Hörst du! Ich hätt dich nicht einmal flüchtig sehn wollen, damit du's nur weißt. Sollen die Weiber so sein? Soll eine ehrliche Frau sich verpflichtet fühlen, zu einem Verbrecher zu halten, wie? Hat das einen Sinn? Nein, Rakel! Ich muss dir sagen, dass du so einfach nicht denken darfst. Du! Nein, da hättest du mir die Tür weisen müssen. Was soll aus der Welt und uns Männern werden, wenn ihr Frauenzimmer euch mit allem abfindet, was wir tun, und wenn ihr euch sogar unsretwegen mit euren Geschwistern entzweit? Glaubste, dass es dann in der Welt noch eine Hoffnung gäbe? Was?«

Rakel erhob sich aus dem Schaukelstuhl. »Ich scheiß auf die Welt und die Männer. Jetzt geht es um Ingrid.« Aber ihre Stimme war voller Lachen, ganz Rakel. »Reg dich mal ab, zieh die Jacke über und zünd wenigstens die Kerzen an, wenn du schon nichts anderes anzündest. Sie können jeden Moment hier sein.«

Simon kam zu ihr in den Flur hinaus. Er gab sich noch nicht geschlagen: »Du kannst das unmöglich meinen, was du gesagt hast?«

»Sei jetzt friedlich«, fauchte Rakel, während sie die Haustür öffnete. Aber er zog sich die Jacke nicht wieder an.

Tora hatte die Decke für den Küchenschrank mitgebracht. Sie lag draußen im Flur, damit niemand sie finden sollte, bevor Tora wieder gegangen wäre.

Ingrid schenkte Rakel einen Glaskrug mit einem Deckel. Er war billig und alltäglich. Sie musste ihn während der Essenspause gekauft haben. Tora sah, dass die Mutter sich schämte und glaubte, dass es allzu wenig wäre ...

Sie sagte es auch. Stand unbeholfen an dem festlich gedeckten Tisch und bat um Entschuldigung für dieses bescheidene Geschenk. Aber Rakel drückte sie beide an sich. Ihre Augen glänzten und sie schüttelte energisch den Kopf. Dann stellte sie den Glaskrug auf den Tisch zwischen das kostbare Geschirr, als ob es ein Kristallkrug wäre. Die Kerzen warfen Schatten auf den Krug. Er fing an zu leben, meinte Tora.

»Nein, wie fein du dich gemacht hast ... Ich hätt auch das gute Kleid anziehen sollen ... ich hätt es trotz allem tun sollen. Ich hab nicht so weit gedacht ...«

»Puh, es ist doch egal, was man anhat«, sagte Rakel mit auffallend lauter Stimme und sah auf Simons Jacke, die über der Stuhllehne hing.

Er grinste den anderen breit zu, hinter Rakels Rücken. »Sie will partout, dass ich mich lächerlich mach und hier im Haus die Jacke anzieh, nur weil sie fünfunddreißig wird. Und das auch noch mitten in der Woche. So 'n Unsinn!«

»Simon!« Rakel drehte sich auf dem Absatz um und drohte ihm mit geballter Faust. Ingrid lächelte matt.

Tora setzte sich vorsichtig in einen der Sessel. Es ist genau wie früher, dachte sie. Genau wie früher. Wenn dieser Abend doch ewig dauern würde ... Sie sah das ganze Leben voll solcher Abende vor sich. Saß in dem Sessel und platzierte Frits und Gunn und Randi und Sol in die anderen. Sie hörte die Mutter mit Rakel über harmlose, alltägliche Dinge sprechen. Sie sah, dass Onkel Simon die Schnapsgläser und das Limonadenglas von neuem füllte, während er Grimassen schnitt und Ingrids und Rakels Reden lautlos imitierte und Tora zuzwinkerte.

Und Tora zwinkerte zurück.

Hinter dem Glimmerfenster im Kamin tanzten Schatten, die eine wunderbare Geborgenheit schenkten. Alles war genau wie früher. Das andere – das war nur ein nächtlicher Albtraum, ein schrecklicher nächtlicher Traum. Nur ein eingebildetes Geschehen. Und sie nahm all das Schöne mit nach Berlin. Sie schob ganz Bekkejordet und alle zusammen, auch die Katze, in das große weiße Haus der Großmutter.

Rakel hatte Hammelbraten gemacht. Dazu gab es Preiselbeeren und Gemüse. Simon schnitt den Braten auf und sie setzten sich zu Tisch. Ingrid hatte hoch oben auf jeder Wange einen kreisrunden roten Fleck. Sie wehrte ab, als Simon ihr Glas wieder füllen wollte. Aber er nötigte sie. Sie sah froh aus. Tora blickte sie lange an. Hörte dem Gespräch zu. Simon hörte meistens auch nur zu. Gelegentlich konnte Tora merken, dass die Stimme der Tante sehr hoch und ein kleines bisschen schrill war, als ob die Tante Angst hätte, dass Simon oder jemand anders etwas Falsches sagen oder tun könnte.

Ja, Simon sprach übrigens nur einmal von dem Neubau. Aber Ingrid nickte und hörte ihm ruhig zu. Wischte sich mit der Serviette den Mund ab, bevor sie ihm antwortete, dass es wohl nötig gewesen sei. Tora hatte nicht gewagt, aufmerksam zu verfolgen, was da nötig gewesen sei.

Spätabends gingen sie im Mondschein nach Hause. Der Regen war vorbeigezogen. Alles war schön. Es war bitterkalt in den dünnen Damenstrümpfen. Aber Tora achtete kaum darauf. Sie hakte sich bei der Mutter ein und hörte, wie es unter ihren Schuhen knirschte. Über dem Moor stieg aus dem Nichts langsam dünner, durchschimmernder Nebel auf. Beinahe wie Märchenschleier. Sie sprachen nicht miteinander. Gingen nur. Einmal gähnte Ingrid. Aber es war nicht das Gähnen, das Tora oft hörte, wenn die Mutter mutlos oder irritiert war oder am liebsten geweint hätte. Nein, es war ein gutes, müdes Gähnen.

Um den Mond hingen ein paar Wolken. Aber er tat so, als ob er sie fortjagte, sobald er hervorkam. Er schien jedenfalls während des ganzen Heimwegs.

Ohne es sich selbst erklären zu können, fiel Tora plötzlich die Geschichte von der Weihnachtsnacht und dem Jesuskind und dem Stern ein. Der leuchtete den Hirten durch die Nacht bis hin zum Stall.

»Die Tante hat nur uns.«

Das fuhr ihr so heraus. Ein Gedanke gebar den nächsten. Der Gedanke wurde ausgesprochen.

»Sie hat ja keine Kinder … meine ich«, fügte sie schnell hinzu.

Ingrid blieb einen Augenblick stehen und sah die Tochter an. Sie war groß geworden in diesem Herbst. Ingrid hatte es bisher gar nicht richtig bemerkt. Tora wirkte besonders groß und krumm im Mondschein. Es liegt ein sonderbares Licht über dem Kind, dachte Ingrid.

»Nein …«, sagte sie, »sie hat nur uns. Dich.« Dann gingen sie weiter.

Der Wind wurde stärker, es sah so aus, als ob das schlechte Wetter vom Tage sich fortsetzen würde und nur ein Zwischenspiel eingelegt hätte – eine Atempause.

Das ganze Tausendheim war dunkel. Nur die zwei waren draußen und trieben sich in der Nacht herum, mitten in der Woche. Sie schlichen die knarrende Treppe hinauf. Lächelten einander an und schnitten Grimassen, wenn sie aus Versehen auf eine besonders ächzende Stufe traten.

Als die Mutter im Bett lag, schlich Tora wieder in die Küche. Setzte sich ganz leise auf die Torfkiste, nachdem sie die Ofentür geöffnet hatte. Vorsichtig, vorsichtig.

Hielt die bloßen Füße gegen die Glut. Es lag eine ganze Welt von Schatten, Licht und Farben in der Glut. Sie legten immer gut nach, bevor sie ins Bett gingen, dann konnten sie am nächsten Morgen mit der Glut neu einheizen.

Sie hatte kein anderes Licht als den Mond, der durch die Fenster schien – und die offene Ofentür.

So sollten die Herbsttage sein! Trocken und voll Ofenwärme und Mondschein. Das Tuckern eines Bootes in der Bucht und sanfter Wind im Ebereschenbaum. Die roten Büschel schlugen leise gegen das Fenster. Man sollte sie nicht sehen. Nur ganz still auf der Torfkiste sitzen und lauschen und wissen, dass die Beeren intensiver rot waren denn je. Der Abend sollte lang sein wie ein kostbarer Sommertag, mit dem Mondlicht von oben und der Dunkelheit von unten. Und trocken! Die Füße sollten nackt sein, man sollte das Gefühl haben, dass sie vom übrigen Körper getrennt waren – in der schwachen Wärme des Ofens. So!

Und die weiße Uhr sollte ticken. Tagsüber hörte man sie nicht. Durch die Tage schlug sie sich nur aus Trotz. Aber jetzt war sie auf friedliche Laute eingestimmt. Rund und schön tickte sie – und band alle Dinge zusammen, so wie es sich gehörte.

Die Insel hatte jetzt einen glasigen Schimmer. Das Meereslicht lag kalt und unbarmherzig über den dunkelgrünen, abgemähten Wiesen. Das Gestrüpp überall hielt mit aller Macht die gelben Blätter fest. Nässe und Nachtfrost hielten einander in eiskalter Umarmung. Grün schimmerte das Meer, tagaus, tagein. Ohne eine einzige Schaumkrone. Ohne einen einzigen grauen Regenschauer. Der Himmel war das Seltsamste. Hoch und hell – als ob es April wäre und die große Außenlampe den ganzen Tag brannte. Die Linie zwischen Meer und Himmel leuchtete bis weit in den Abend hinein. Es war, als ob der Herrgott in diesem Jahr den Herbst überspringen wollte.

Trotzdem machte das Schlachten die blutige Runde in den Höfen. Die Schafe hatten wochenlang die letzten Heureste verzehrt. Jetzt war ihr Schicksal besiegelt. Der Schlachter war ein wohlgelittener Mann. Er hatte eine Frau und sechs Kinder in Sørbygda. Er aß und trank herzhaft. Und wo er hinkam, fehlte es ja selten an Frischfleisch.

Rakel konnte sich an diesen Teil der Schafzucht nie gewöhnen. Sie stand über dem dampfenden Blut und hätte sich am liebsten übergeben. Wurde abgelöst und ging zum Kochen ins Haus. Frische Fleischsuppe mit viel Kohl und Mohrrüben. Es schien zu dampfen. Eine Art feuchtkalter Dampf. Auch wenn er heiß war. Von Suppe und Blut und Blutklößchen und Blutpudding. Dampf aus dem Innersten und Gierigsten des Lebens. Urdampf. Mehrmals dachte sie, dass sie die zwei oder drei Tage, die es dauerte, nicht durchhalten würde. Aber sie schaffte es immer, die Rakel. Immer! Und im Dezember fing sie so allmählich an, sonntags Fleisch zu essen wie andere Leute auch. Aber vor und nach dem Schlachten war sie Brotesserin. Sie kochte das Fleischgericht nur für die Arbeitsleute und Simon. Sie pflegte zu sagen, dass sie schon gegessen oder dass sie zu viel zu tun habe, um am Tisch sitzen zu können. Sie lief ein und aus und war sehr beschäftigt. Es war zur Schlachtzeit außerordentlich angenehm in Bekkejordet, das fanden alle, die dorthin kamen. Aber Rakel kannte weder Rast noch Ruh. Sie arbeitete wie ein ungestümer Südwestwind.

Nur Simon wusste Bescheid. Und er berührte sie mit seiner rauen Hand, wenn er sie zufällig irgendwo traf. Es war ihm egal, ob es jemand sah. Er fuhr mit derselben Hand über sein Kinn.

Dann schimmerte es in seinen Augen. Von dem weichen, schönen Mund breitete sich etwas wie Zärtlichkeit aus. Das ganze Gesicht leuchtete, wenn er Rakel sah.

Rakel wusste, dass er wusste. Aber er verspottete sie nie deswegen. Es ging nur sie beide an. Das Fasten machte Rakel gesprächig und aktiv. Und gut. Und Simons von der

Arbeit ermüdeter Körper wurde an solchen Spätherbsttagen wieder ganz lebendig. Schande über ihn, wenn er nichts taugte – da sie so wunderbar warm und wach war. Und das Licht brannte im Schlafzimmer von Bekkejordet. Im Bett wurde nicht gelesen, und es wurde wenig gesprochen. Rakel kompensierte ihren Hunger im Magen mit einem anderen Hunger, und sie wollte gerne sehen, was sie bekam. Nachher konnte sie noch lange wach liegen und dem fernen Rauschen des Wasserfalls vom Hesthammeren lauschen – und dem Atem des Mannes. Sie lag auf dem Rücken, die Arme und Beine in dem breiten Bett weit von sich gestreckt. Sie konnte plötzlich ein Gefühl von Unwirklichkeit haben. Die Sicherheit, die Sättigung waren nur eine Leihgabe. Dieses Gefühl mischte sich mit dem Rauschen dort draußen und wurde immer undeutlicher. Sie glaubte, dass sie nur noch in diesen Stunden ihre eigentliche Kraft einsetzen könnte. Die Arbeit ging ihr nicht mehr von der Hand. Sie lief nur mit zufälligen Dingen in den Händen hin und her.

Es konnte passieren, dass sie morgens liegen blieb. Ohne Energie, um aufzustehen. Zuerst hatte sie gemeint, dass die Schlachterei daran schuld sei. Aber es hatte ja schon im Spätsommer angefangen. Eine Müdigkeit, die sie sich nicht erklären konnte, ein Schwindelgefühl, das sie nicht verstand. Das alles nahm den Arbeitstagen die Farbe. Sie wollte es eigentlich Simon gegenüber kurz erwähnen. Stattdessen klammerte sie sich an ihn mit allem, was sie geben konnte. Auf diese Weise waren jedenfalls die Nächte schön. Sie war nicht mehr beim Arzt gewesen seit jenem unglückseligen Tag, an dem sie sich Klarheit darüber verschafft hatte, dass es nicht an ihr lag, dass sie keine Kinder bekamen ... Bis zu einem gewissen Grad war wohl ihre eigene Fruchtbarkeit in Verbindung mit Simons Mangel ein Grund dafür, dass ihr die Arbeit nicht mehr so leicht fiel. Die Müdigkeit. Die Übelkeit. Sie fürchtete auch, dass, wenn sie über ihre Unpässlichkeit sprach, dann alles ans Licht kommen müsste.

Nein, sie wollte sehen, ob es nicht vorüberginge. Sie gab sich noch eine Woche. Dann würde sie den Arzt aufsuchen. Sie konnte jederzeit ins Dorf gehen, ohne Simon darüber informieren zu müssen, was sie vorhatte.

Sie legte die Hand auf seine knochige Hüfte. Er registrierte die leichte Berührung und rückte im Schlaf näher zu ihr. Sie reckte sich über ihn und löschte das Licht. In der Dunkelheit war er ihr ferner. Es half irgendwie nicht, dass sie ihn nahe bei sich fühlte. Es war nicht genug. Sie verstand sich selbst nicht mehr, konnte den nächsten Tag nicht ins Auge fassen.

Tora und Rakel saßen in Bekkejordet am Küchentisch und vernähten Rollwurst aus Hammelfleisch. Es roch nach Zwiebeln und Kräutern. Das grobe Garn und die Nadel glitten Rakel immer wieder aus der Hand. Tora sah es staunend. Sie sah, dass die Tante bleich und müde war und dass ihre Bewegungen auf einmal vage und passiv wirkten. Sie redete auch nicht so viel wie sonst.

Tora sah verstohlen auf, während sie weiternähte. Rakel spürte den Blick der Nichte. Sah sich selbst mit Toras Augen. Sie erhob sich und fing an, hinten am Küchenschrank noch mehr Zwiebeln zu schneiden. Es schien heute alles sehr eilig zu sein. Als ob sie es nicht über sich brächte, mit Tora zu reden. Nicht weiterwüsste. »Ich glaub, ich muss mich ein bisschen hinlegen. Ich bin so müd. Es war in letzter Zeit so viel. Abends ist es immer spät geworden und …«

Tora kam es seltsam vor, dass die Tante während der Arbeit auf der Couch lag. Aber sie nähte weiter. Schwieg und nähte. Sie saß mit dem Rücken zur Couch und hatte den Ausblick auf das Land und die Birkenallee. An der Wand tickte die Uhr. Der Ofen war gut warm. Die Finger arbeiteten schnell und leicht. Trotzdem war es kalt im Raum, weil die Tante so schweigsam war und, anstatt zu arbeiten, auf der Couch lag. Tora wollte sich nicht umdrehen und sehen, ob sie schlief. Sie hörte sie nicht atmen. Sie hatte das Gefühl, dass die Tante auf ihren Rücken schaute. Es war anstrengend und schwierig, die ganze Zeit an die Tante zu denken, so dass Tora schließlich aufstand, um aufs Klo zu gehen. Erst wusch sie sich die Hände am Ausguss. Der Blick fiel auf Rakel. Sie war blass! Sie lag mit geschlossenen Augen da. Sie wirkte völlig wehrlos. Tora schämte sich, dass sie es gesehen hatte, und schlich hinaus. Saß lange draußen in der Kälte und überlegte, dass heute auf Bekkejordet alles anders war.

Als sie wieder hereinkam, war Simon da. Rakel hatte angefangen, die Lake für die Hammelwurst zu kochen. Simon lachte und erzählte vom Geschäft und vom Ort. Er kniff Tora in die Wange und strich Rakel über die Hüften. Aber etwas schien in der Luft zu liegen. Und zwar nichts Gutes.

Vier Tage später ging Rakel in den Ort. Und saß dann im Wartezimmer, bis sie an der Reihe war.

Ihr Gespräch zog sich zähflüssig hin, während sie dort auf den Stahlrohrstühlen saßen.

Rakel fühlte sich todmüde, und sie hatte keine Ahnung, wie sie sich einem Mann verständlich machen sollte – auch wenn er Arzt war.

7

Ingrid trug ihren guten Mantel. Das heißt, den einzigen, in dem sie sich vor den Leuten blicken lassen konnte. Das blau und grün karierte Kopftuch war für diese Gelegenheit gewaschen und gebügelt worden. Sie hatte sich auch die Haare gewaschen, obwohl sie für niemanden glänzten. Unter der grellen Lampe am Kai sah ihr Gesicht krank und bläulich aus. Die Männer schielten zu ihr hinüber. Aber sie sagten nichts. Nickten nur, weil sie sich nicht ausgestoßen fühlen sollte.

Tora stand wie ein Schatten hinter der Mutter. Sie trug einen kleinen braunen Pappkoffer, der leicht zu sein schien. Dann legte der Küstendampfer am Kai an und spuckte eine Handvoll Leute auf die zersplitterten, vom Wasser angefressenen Kaiplanken. Die Stimmen, die Kisten und Fässer rollten bedächtig über die Reling, und der schwarze Schiffsrumpf schaukelte still vor sich hin, während alles wie gewohnt ablief.

Der Tag war klar, das Meer ruhig, die Möwen friedlich. Aber die Kälte biss. Der Verladekran jammerte böse, und man hörte von weitem das Knirschen der Füße auf dem Schnee. Ingrid wollte in die Stadt, und alle wussten warum.

Als die Fähre die Landzunge umrundete, um in die Bucht hinauszufahren, und in der scharfen Kurve leicht schwankte, stand Tora am Strand und winkte. Aber es war niemand an Deck. Und als das Schiff mit dem pechschwarzen Rumpf sein Aussehen veränderte und als grauschwarzes Gespenst in den Frostdunst hineinglitt und an der Tausendheimbrücke vorbei um die Landspitze herumfuhr, stand Tora mit erstarrten Händen und wehenden Zöpfen auf dem Hügel hinter dem Tausendheim. Dort lag die alte Fahnenstange auf dem Boden und ließ sich von den Möwen vollkleckern, während die Farbe abplatzte und das Moos wuchs.

Tora konnte nicht erkennen, ob jemand an Deck war, die Entfernung war zu groß.

Sie war so gerannt, dass sie ganz außer Atem war, aber die Kälte biss nicht mehr. Nur innerlich fror sie. Die Mutter hatte ihr zuerst nicht gesagt, was sie in der Stadt wollte. Sie hatte seinen Namen nicht erwähnt. Und Tora, die sah, dass die Mutter sich quälte, hatte stundenlang überlegt, wie sie ihr helfen könnte. Schließlich hatte sie gesagt: »Wirst du Kleider für ihn mitnehmen?«

»Nein.«

»Aber vielleicht etwas Brot?«

»Nein.«

»Er bekommt wohl alles, was er braucht?«

»Ja. Pass auf, dass dir nichts passiert, wenn du auf der Abkürzung nach Bekkejordet über die Eisbuckel gehst ...«

Nun wusste die Mutter also, dass sie es wusste. Kein Wort wurde noch über Ingrids Vorhaben in der Stadt gesprochen.

Sie wollte am dritten Tag zurückkommen. Schneller war es nicht möglich. Das machte aber nichts, weil es in diesen Tagen in der Frosterei keine Arbeit gab.

Der Ofen in der leeren Küche war ausgebrannt. Es war ganz dunkel geworden. Die Geräusche im Haus waren ein gewisser Trost. Elisif kreischte da oben. Sowohl sie als auch die Mannakörner auf der Kommode funktionierten wie in alten Tagen. Elisif hatte eine noch ebenso scharfe Stimme wie früher, aber sie selbst war nicht mehr so tüchtig. Sol war schweigsamer und tüchtiger denn je. Tora suchte das Nötigste zusammen. Schulranzen und Kleider. Dann lief sie rasch und fröhlich den Weg hinauf nach Bekkejordet. Nur einmal – als Simons und Rakels Stimmen zu ihr in die Dachkammer mit dem weißen Bett drangen – überkam sie eine Art Trauer um die Mutter. Die warmen, vertrauten Stimmen aus dem Schlafzimmer da unten waren wie ein Hohn. Auch für Tora.

Aber es wurde still. Die ganze Welt lag ruhig in der Nacht. Die Kälte knackte im Haus. Ein kleiner mürrischer, schläfriger Laut.

8

Die Luft war zum Schneiden dick, es roch nach nassen Kleidern, stinkenden Fellstiefeln und Schweiß. Die harten Holzbänke waren absolut überfüllt. Manche versuchten mit wechselndem Glück, den Nachbarn wegzustoßen, um selbst etwas mehr Platz zu haben. Es gab Verwirrung, Unordnung und jede Menge Verwünschungen.

Halbwüchsige Mädchen und Jungen saßen ganz hinten. Eng zusammengedrängt – endlich, und ohne dass ihnen jemand einen Vorwurf machen konnte, saßen sie so dicht, als ob sie auf der ganzen Bankreihe nur ein einziger Mensch wären. Sie hingen in einer mehr oder minder glücklichen Symbiose aufeinander, je nachdem, mit wem sie zusammengedrückt wurden.

Mai aus Malø hatte sie zwei Wochen lang von den Plakaten her angesehen. Jetzt dürsteten sie nach Sinnengenuss und Spannung. Aber der blasse Filmvorführer konnte den Apparat nicht in Gang bringen. Er behauptete, dass er auf dem Transport zu kalt geworden sei. Aber er bekam nur ein vielstimmiges »Uuuuuuuu« zur Antwort. Das bedeutete, dass ihn das Schlimmste erwartete, wenn es ihm nicht gelang, die Dame auf die Leinwand zu bannen.

Tora und Sol, Jørgen und einer der Jungen aus Været hörten das Spektakel hinter sich. Jørgen schnäuzte sich in die Hand und machte anschließend Annäherungsversuche. Aber Sol hielt seine Hand hinten auf dem Rücken fest. Die vier hatten eine Stunde im Wind und im nasskalten Nebel gestanden, bevor sie eingelassen wurden, und sich Plätze in der zweiten Reihe gesichert – genau in der Mitte.

Es war himmlisch. Sie widerstanden dem Druck von beiden Seiten mit zusammengebissenen Zähnen und auf dem Sitz verkeilten Hinterteilen. Die Bank sackte gefährlich durch, weil die Stütze in der Mitte abgebrochen war. Aber sie regten sich nicht auf. Sie blieben ruhig und gelassen. Die Bank hatte ja bisher gehalten. Jørgen und Sol saßen außen und drückten die beiden anderen zusammen.

Tora spürte den harten Jungenkörper an ihrem. Ein Menschengestell, das mit Kleidern umhüllt war. Sie war nie einem Menschen so nahe gewesen, soweit sie sich erinnern konnte. Nicht so! »Verdammt, wie die da hinten sich prügeln.« Jørgen war sichtlich irritiert. Sicher auch, weil er selbst gern mitgemacht hätte.

Ein unerwarteter Ellbogen in die Seite hätte ihn beinahe auf den Boden befördert, und er bemühte sich wie wild, wieder in voller Breite in die Bank hineinzurutschen. Die Rache lag in gefährlich greifbarer Nähe.

Es gluckerte und rann draußen vor den Fenstern. Die Eiskristalle klebten an den Scheiben wie eine böse, eiskalte Warnung. Innen waren die Fenster beschlagen. Ab und zu lief etwas an den Scheiben hinunter. Ein einzelner dicker Tropfen hier und da, der am Glas herunterrann und den Blick für die Welt da draußen freimachte. Der Atem stand vor den erwartungsvollen Gesichtern wie Rauch, und die feuchte Luft ging durch Mark und Bein, ob man schon von vorher nass war oder nicht.

Sobald jemand durch die Eingangstür kam, stießen die frische, nasse Luft und der warme, feuchte Dampf aufeinander – und wurden zu einer jähzornig grauen Wolke. Die Wolke machte ein paar Drehungen in der Türöffnung, bevor sie nach draußen in die Dunkelheit verschwand. Endlich hörte man den Filmapparat surren. Kein Laut war mehr zu vernehmen außer diesem Surren.

Friede und Eintracht und atmende, halboffene Münder. Das Bild auf der Leinwand sah aus wie fliegende Reiskörner. Dann sammelten die Reiskörner sich gleichsam zu Feldern, ordneten sich wie durch ein Wunder von selbst. Jemand schaltete das Licht aus und man war an einem anderen Ort. Der Traum flimmerte auf das graue, nasse, vielköpfige Tier herab. Der Traum von einer anderen Welt, wo alles einen Perlenschimmer hatte und wo Freude und Melancholie herrschten. Wo die wahre Liebe beim Namen genannt wurde und nicht nur eine lichtscheue Affäre in irgendeinem sommerlichen Gebüsch war. In der dampfenden, feuchten Dunkelheit zitterte der Staub nervös im Lichtkegel des Apparates.

Wenn der Filmvorführer zwischendurch einmal von seinem braunen Holzstuhl zu dem Apparat ging, knarrten seine Schuhe ein wenig. Die am nächsten saßen, hörten es und fauchten leise und murrend: »Pst! Ruhe!« Es klang so, als ob ein Untier, ein Raubtier durch die Zähne schnaubte, bevor es angriff. Sie wollten nicht gestört werden, sie sammelten sich und brauchten ihre volle Konzentration. Tora vergaß, dass sie in dem ekelhaften Jugendheim saß, in das die Mutter nie mehr einen Fuß gesetzt hatte seit damals … Sie vergaß alle Weihnachtsfeste und die Feiern zum Nationalfeiertag, an denen sie nicht teilgenommen hatte, weil die Mutter sich immer krank fühlte, wenn im »Haus« etwas los war.

Das hier war besser, als Tagebücher auf dem Dachboden zu schreiben. Besser als alles! Es kribbelte leicht auf der Haut, ganz außen. So weit außen, dass sie Angst hatte, der Junge aus Været könnte es merken. Es begann dort, wofür es keine Namen gab außer den hässlichen, die auf die Klowand geschrieben wurden, und breitete sich nach unten über die Schenkel aus. Zog sich so schön im Bauch zusammen. Ganz innen. Wo sie gar nicht wusste, was dort war. Der Atem des Jungen aus Været strich an ihrem Ohr vorbei, als er den Kopf ein wenig zur Seite drehte, weil jemand zur Tür ging. Es kitzelte, als ob sie sich eine Katze an die Halsgrube hielte. Ihre Hände und ihr Körper waren völlig klamm. Sie hatte Rakel gefragt, ob sie ins »Haus« zum Kino gehen dürfe. Eigentlich hatte sie ein furchtbar schlechtes Gewissen, weil sie erleichtert darüber war, dass die Mutter fort war und sie sie nicht zu fragen brauchte. Rakel gab ihr das Geld fürs Kino, und Tora wusste, dass sie es der Mutter gegenüber nicht erwähnen würde. Sie hatten es nicht so verabredet. Trotzdem wusste Tora, dass es so war.

Mai aus Malø bekam keine Briefe von ihrem Liebsten, der zur See fuhr, weil der Briefträger Mai selbst haben wollte und die Briefe versteckte. Tora wurde so zornig auf das große Gesicht des Posthalters da vorne, dass sie sich in den Arm kniff, und Sol packte den Jungen aus Været am Arm, bis die ganze Bank wackelte, und sie waren glücklich und alles war so traurig.

Tora konnte irgendwo in der Dunkelheit einen winzig kleinen, unterdrückten Schluchzer hören. Und sie vernahm rund um sich herum ein heißes Keuchen in der schwülen, gespannten Stille. Nur der eine oder andere »Teufelsbraten« scharrte mit den Stiefeln und fühlte sich in der Dunkelheit sicher.

Aber nachher, nach dem hellen Licht und dem Suchen nach Handschuhen und Mützen, nach dem Gedränge am Ausgang, da atmete der Filmvorführer erleichtert auf und packte das Liebesabenteuer ein, während er eine selbstgedrehte Zigarette rauchte und sich überlegte, ob der Apparat am nächsten Ort auch wieder streiken würde. Er trug eine zerknitterte, abgewetzte Hose. Sie war mit ihm die ganze Woche durch dick und dünn gegangen. Er hatte sie in den verschiedenen Unterkünften, mit denen er vorliebnehmen musste, unter das Laken gelegt. Trotzdem sah sie traurig aus und hatte unten am Saum Schmutzflecke. Jede Nacht an einem anderen Ort. Er tröpfelte einige Tropfen Romantik zwischen die Steine am Strand. Er ließ die Rosen im Nebel aufblühen. Selbst im dunkelsten Adventswinter war Sommer. Dort, wo er den Apparat in Gang brachte. In einem Ort waren sie einmal auf ihn losgegangen, weil er das nicht geschafft hatte. Eine Bande aus halbwüchsigem Pöbel. Der Schweiß war ihm ausgebrochen, er hatte sich gewehrt, sogar angeboten, ihnen das Geld zurückzugeben. Aber sie wollten kein Geld – sie wollten Kino. Er hatte in dem modrigen Jugendheim gestanden und gespürt, wie ihn die Angst überkam. Denn die Tour musste eingehalten werden, und der Apparat ging nicht. Aber heute Abend … Heute Abend war er gegangen. Der zerfurchte, schmächtige Mann richtete sich auf und legte *Mai aus Malø* in die Blechdose. Der Film war ebenso verbraucht und verknittert wie er selbst. Obwohl er erst knapp vierzig war. Aber er brachte dennoch große Geheimnisse, große Erwartungen zu den Fjorden. Brachte Schlösser und Parks, die Unsterblichkeit der Liebe und des Menschengeistes, Irrwege in deutlichem Schwarz-Weiß. Alles zusammen auf die abgenutzten Filme gebannt. Jede einzige kleine Szene genau abgemessen, mit winzig kleinen Kerben an den Seiten. Kerben, die die Bewegung erst ermöglichten. Den ganzen Traum. Der die Seelen weit höher hob als irgendein Prophet oder Erweckungsprediger. Denn das Publikum war heißblütig und jung und mittleren Alters und alt – und jede und jeder hatte ein Meer von Träumen unter dem verwaschenen Hemd oder dem gestopften Pullover. Ein kleiner Anstoß war alles, was sie brauchten, um durch die Perlenpforte zu schlüpfen. Und der Filmvorführer gab ihnen Manna statt trocken Brot – und er gab ihnen die Herrlichkeit der Erde statt gekochtem oder gebratenem Fisch mit Kartoffeln. Er vertauschte die nicht gestrichene Küchenecke und die Hausaufgaben, die Bottiche voll beköderten Angel-Langleinen und die vereiterten Finger mit dem Traumwein, von denen er ihnen reichlich zu trinken gab.

Sie trotteten in der Dunkelheit nach Hause – grüppchenweise. Zwei oder drei oder auch mehr. Nur der eine oder andere einsame Wolf spielte die gleiche Rolle wie der verhasste Posthalter in dem Film und ging allein, während er unnötigerweise seine Stiefel verschliss, indem er alle Steine wegschubste, die auf dem Weg lagen. Denn so ist die Gerechtigkeit, hoch oben in den Fjorden im Norden wie auch sonst auf der Welt. Die Einsamkeit ist nie so groß wie dann, wenn der Mensch einen Traum gesehen hat.

Der Vorführer blieb noch eine Weile mit seiner Zigarette sitzen, nachdem schon alles gepackt und startbereit war. Dann erhob er sich. Langsam. Und schlich den Weg am Strand entlang zum Tausendheim und zur Tür der Kiosk-Jenny. Dort fand er den Traum, den er brauchte. Er bekam frisch gebratene Fischfrikadellen und Kaffee und saß in langer weißer Unterhose auf der Couch, weil Jenny den schlimmsten Schmutz von der Hose abrieb und sie dämpfte.

Für einige konnte der Himmel auch im Tausendheim sein. Die letzten Vorhänge wurden vorgezogen. Manche sandten einsame Signale hinaus in die Dunkelheit. Der Regen fiel auf Gerechte und Ungerechte und auf die zu Hause gebliebenen Schafe des Pastors. Sie standen dicht gedrängt bei ihrem Stall. Es blinkte plötzlich in einigen Schafsaugen unter der grellen Außenlampe.

9

Tora blieb vor den Brettern stehen, die als Brücke vom Weg hinüber zur Fischerhütte von Randi und Frits gelegt worden waren. An der einen Seite war ein Geländer. Sie stützte sich darauf und erinnerte sich an den Sommer: Sie war an einem der Pfosten, die die Brücke hielten, hochgeklettert und hatte sich das ganze Stück vom Weg bis zur Hauswand an den Brettern entlanggehangelt. Es war spannend gewesen, besonders in der Mitte, wo es zwei bis drei Meter in die Tiefe ging, hinunter zum steinigen Ufer. Randi war am Fenster aufgetaucht und hatte sie gebeten, damit aufzuhören. Tora hatte sich geschämt, nicht weil sie etwas Gefährliches unternommen hatte, sondern weil ihr aufging, dass sie eigentlich zu groß für so etwas war. Wenn die Mutter es gesehen hätte, hätte sie gesagt: »... und du als Mädchen und überhaupt!«

An diesem Abend stand Tora am Geländer und konnte die Tiefe nicht sehen. Hielt sich mit beiden Händen gut fest, und die Füße standen sicher und eben auf der Brücke. Trotzdem sah sie nichts. Die Dunkelheit hatte alle Steine und alles andere verschluckt. Im Sommer hatte sie sich am helllichten Tag mit bloßen Händen entlanggehangelt. Sie hatte die spitzen Steine gesehen, den glitschigen Tang, Papier und Gerümpel, tief unten. Sie hatte aber keine Angst gehabt. Nun war sie von diesem Anblick verschont. Dennoch fühlte sie die Tiefe als etwas Unbehagliches.

Sie wusste nicht, warum sie zurückgeblieben war – hinter den anderen. Plötzlich hatte sie gemerkt, dass Sol mit dem Jungen aus Været lieber allein gehen wollte. Tora hatte seinen harten Körper an ihrem gespürt – im Kino. Und eine feuchtkalte Welle von Abscheu brach über sie herein, als sie Sol und ihn sah. Es war ekelhaft, Zeuge von ihren Albernheiten und ihrem Gelächter zu werden. Sie behauptete, noch etwas für Rakel erledigen zu müssen, und eilte an der Wegkreuzung davon.

Sie wollte sich gerade losreißen und nach Hause wandern, als Randi in der Dunkelheit vor ihr auftauchte. Sie schien aus dem Nichts zu kommen.

»Ach, du bist's, Tora!« Ihre Stimme klang ruhig und erfreut. Nicht gespielt freundlich, wie manche jetzt mit ihr redeten.

Tora nickte. Sie standen in dem sparsamen Licht der Außenlampe, und große, nasse Schneeflocken rieselten auf sie herab. Tora hatte Angst, dass Randi nicht gesehen hatte, dass sie nickte. Deshalb räusperte sie sich und sagte: »Ich kam grad vorbei, da … da bist du aufgetaucht …«

»Komm rein! Ich bin so allein, seit der Frits fort ist. Gunnar ist dauernd in der Fischfabrik, weißt du. Er hat so viel zu tun, seit der Bredesen so schlecht mit dem Rücken dran ist …« Das Letzte fügte sie nur flüsternd hinzu, als ob sie fürchtete, jemand könnte hören, wie froh sie war, dass wegen der Krankheit eines anderen Gunnar Überstunden machen konnte.

Sie nahm Tora in den Arm, wie sie es früher immer getan hatte. Es fiel Randi gar nicht schwer, andere Leute zu umarmen. »Komm doch erst mal rein!« Sie wollte Tora mit sich die schräge Brücke hinaufziehen.

»Ich weiß nicht … Ich war aufm Weg nach Bekkejordet. Ich hab nichts davon gesagt, dass es spät werden könnte. Die Mama ist – ist in der Stadt. Ich wohn solange …«

»Einen Augenblick – nur? Ich will dich nicht aufhalten, das kannste dir doch denken.«

Tora zögerte so lange, dass Randi schließlich sagte: »Nein, nein …«

Da hatte Tora plötzlich Angst vor der Dunkelheit und dem Alleinsein und sagte eilig: »Ich komm kurz rein.«

Der Raum empfing Tora mit seiner ganzen Gemütlichkeit. Es roch ein wenig nach gebratenem Fisch. Randi schaltete über dem Tisch und neben dem Fenster Licht ein. Dann stellte sie einen Topf mit Milch auf die elektrische Kochplatte.

»Nein, ihr habt ja einen elektrischen Herd!«

Tora musste ihn anschauen. Er war ganz weiß. Beinahe unheimlich. Er hatte einen Backofen mit Ober- und Unterhitze, ein Wärmefach und auf der Oberseite drei Kochplatten. Er war ein Wunder. Noch schöner als Tante Rakels Herd.

Randi zeigte und legte los. Sie war so freundlich und froh! Immer. Selbst wenn sie traurig war, strahlten ihre Augen. Aber heute Abend war sie froh.

Es war schön, wieder hier zu sein.

Tora zog den Anorak aus und setzte sich ans Tischende. Sah zu, wie Randi Kakao kochte, noch immer im Strickmantel. Tora brauchte nicht nach Frits zu fragen, denn Randi drehte sich immer wieder vom Herd um und erzählte, während sie Wasser, Zucker und Kakao in einer Tasse anrührte und das Ganze dann in die Milch goss.

Er sollte Hilfe bekommen, damit er im nächsten Herbst weiter zur Schule gehen könne, denn er sei dann mit der Volksschule fertig und habe keine Ansprüche mehr. Sie meinten, er sei zu tüchtig, um zu Hause versteckt zu werden. Es sei hier so leer geworden, seitdem er fort sei … Aber es sei ja gut, dass er rauskomme und etwas lerne. Etwas werden könne. Sie freue sich schon auf den Tag, an dem er einen Beruf ergreifen könnte. Er habe so beschützt gelebt – darin sei sie sich einig mit denen in der Schule. Ja, sie hätten direkt gesagt, dass sie den großen Jungen zu sehr behütet habe. Damit wollte sie nun Schluss machen … Sie hätten so recht in allem, was sie sagten, und sie wolle sich bessern. Aber wenn er den größten Teil des Jahres fort sei, dann vergesse sie, wie groß er sei – vergesse, dass er, auch wenn er nicht hören und sprechen könne, doch gut zurechtkomme. Sie habe es ja gesehen, als Frits mit Tora und den anderen Kindern zusammen gewesen sei. Trotzdem ... sie könne nicht dagegen an ... Frits sei nun eben ihr Kind. Und sie sei so traurig gewesen, als sie begriffen hatte, dass er nicht richtig hören konnte. Habe sich geschworen, dass es ihm niemals an Liebe und Fürsorge fehlen solle. Und dann komme er ab und zu nach Hause und sei jedes Mal etwas verändert ... und das sei grausam! Aber sie wolle sich zusammennehmen. Ganz bestimmt. Wenn er Weihnachten kam, würden sie schon zu Knutsens oben an der Straße in die erste Etage umgezogen sein. Und da würde er ein eigenes Zimmer bekommen. Und er solle sein Zimmer jeden Morgen und Abend selbst aufräumen. Ganz bestimmt solle er das. Sie würde sich an die Strickmaschine setzen, und er müsse sich damit abfinden, dass sie so beschäftigt sei.

Tora begriff, dass Randi nicht viele hatte, mit denen sie reden konnte. Sie war in Været immer noch eine Fremde. Sie gehörte bestimmt zu denen, die immer fremd blieben. Sie war anders. Sie kleidete sich anders. In selbstgestrickte Gewänder, die weder Mantel noch Jacke waren. Nur eine hübsche, ansprechende Anhäufung von Farben. Tora hatte gehört, dass die Frauen sagten, sie sei eine »Spezielle«. »Speziell« zu sein war ein Stempel. Es gab so vieles, was in Været einen Stempel trug.

Randi hatte einen Spitznamen bekommen. Sie nannten sie »Strickbündel«. Beschuldigten sie, dass sie sich für belesen und klug hielt ...

Sie war ihre ganze Kindheit in der Stadt in die Schule gegangen und hatte ansonsten rein gar nichts ausgerichtet, dann hatte sie Gunnar geheiratet und schlechte Nerven bekommen, weil er zur See fuhr. Eine Frau mit schlechten Nerven war schlimmer als alles andere. Sie war doch eigentlich unerträglich.

Die Dame sei so sonderbar, wie man nur sein könne, hatten sie mehr als einmal in Ottars Laden gesagt.

Tora kümmerte sich nicht um das Geschwätz. Sie hatte gemerkt, dass die Leute über alles redeten. Was die Leute sagten, war nicht so gefährlich, das hatte sie gelernt. Was die Leute taten, war viel schlimmer.

Tora spürte die Geborgenheit in diesem Raum. Verschlang gierig und hungrig die belegten Brote, den Geruch und den Anblick des Raumes. Sie ließ Randi reden und nickte nur und hörte mit weit offenen Augen zu. Das Gesicht Randi zugewandt – die ganze Zeit. Als ob sie Angst hätte, dass alles verschwinden könnte, wenn sie sich nur einen Augenblick umdrehte.

»Denk dir, ich bekomm eine ganz große Küche für mich allein, wenn wir da raufziehn. Sie ist so groß. Das kannste dir nicht vorstellen. Die Strickmaschine hat Platz unterm Fenster. Oh, es wird schön! Du musst kommen. Du musst oft zu uns kommen, Tora!« Sie schwieg einen Augenblick. Dann sagte sie traurig: »Der Frits glaubt, dass du wegen irgendetwas auf ihn böse bist … weil du nicht mehr gekommen bist. Aber ich hab ihm gesagt, dass das wegen dem Brand ist. Ja, ich sag's dir gradheraus, Tora. Ich hab ja verstanden, dass du genug mit dir selbst zu tun hattest. Das war ja eine furchtbare Aufregung. Es hätt dir erspart bleiben sollen. Kinder sollten vor so was bewahrt bleiben.«

Tora saß wie gelähmt. Ihre untere Gesichtshälfte arbeitete nicht. War zu nichts zu gebrauchen. War erstarrt. Und Randi sah ihr in die Augen, und Tora wagte nicht auszuweichen. Konnte nicht ausweichen. Sie sahen einander an. Tora fühlte, dass ihr Gesicht alle Farbe verlor. Sie erstickte fast.

Randi hatte in eine Eiterbeule gestochen. Und die lief aus. All das Ekelhafte. Denn Randi hatte von dem Brand gesprochen, als ob er ein alltägliches, bedauerliches Ereignis wäre, das man schon am nächsten Tag in Ordnung bringen könnte. Und sie redete immer weiter darüber. Sagte, dass Henrik nicht der Erste sei, der im Gefängnis gelandet sei. Tora solle es sich nicht zu Herzen nehmen. Sie solle sich sagen, dass sie nur für sich selbst verantwortlich sei und dass sie nichts mit dem Brand zu tun habe. Randi kam Tora wie ein echter Engel vor, sie spürte es so deutlich, dass ihre Augen glänzten und sie nicht mehr schlucken konnte. Dann aber war das alles ganz plötzlich vorbei, denn Randi sagte: »Aber an etwas musste denken! Du musst ihn gut aufnehmen, wenn er wieder heimkommt. Er muss von neuem anfangen. Alle müssen neu anfangen, wenn sie ein Unrecht begangen haben. Es war natürlich sehr schlimm. Aber wir haben alle Verantwortung füreinander. Es gibt so vieles in der Welt, was wir einfach nicht verstehen können.«

Tora saß nur da.

Es war schön warm im Raum, die Brote schmeckten gut und Randi war eine Freundin. Trotzdem war Tora bei einer Fremden, die nichts wusste und nicht wissen durfte. Randi und Mama! Simon und Rakel!

Die ganze Welt würde sie – Tora – verdammen.

»Du sollst ihn gut aufnehmen. Du sollst niemanden in Verruf bringen. Du sollst denen Gutes tun, die ... du sollst deinen Vater und deine Mutter ehren ... du sollst nicht lügen ... Du sollst ihn gut aufnehmen!«

Die Mutter sagte nie etwas. Man konnte es ihr nur vom Gesicht ablesen. Randi sagte es. Geradeheraus. Direkt und fromm wie alle anderen Bibelworte, die sie in der Schule oder bei Elisif gelernt hatte. Aber konnte man mit ihnen leben, ohne zu lügen oder zu verschweigen? Tora wusste nicht ein noch aus. War das alles von Leuten erfunden worden, denen so etwas nicht passieren konnte? Die nichts begriffen? Wussten die Menschen, die Gesetze und Vorschriften machten, wie grauenhaft das alles war? Machten sie nur Gesetze für Dinge, von denen sie selbst nicht berührt wurden? War es so einfach?

Sie fühlte einen kleinen Trotz in sich. Aber sie konnte ihn nicht groß genug werden lassen – nicht richtig. Denn Randi war beinahe ein Engel. Und Tora saß hier doch vor Randis Augen.

So war es immer. Die Mutter war schweigsam und traurig. Sie war so müde und ernst. Sie hatte gegen so vieles anzukämpfen. Sie musste geschont werden.

Mussten alle geschont werden? Gab es keinen Menschen, der …?

»Ich hab noch was, das muss ich dir zeigen, Tora!«, sagte Randi plötzlich und schlug die Hände zusammen. Die dichten, hellen Wimpern flatterten und warfen Schatten auf ihre Wangen. »Du meine Güte! Wie konnt ich das vergessen! Ich bin doch so stolz darauf.«

»Was ist es denn?« Tora war gespannt und froh – dass von etwas anderem die Rede war.

»Nun kannste raten. Das rätste nie!«

»Ich will's versuchen.«

Tora gab sich dem neuen munteren Spiel hin. Nur mit Randi konnte sie solche Wortspiele und solchen Unsinn machen, ohne daran denken zu müssen, dass sie erwachsen war. Nicht einmal mit Tante Rakel konnte sie so gut spielen und Unsinn treiben. Randi war eine erwachsene Frau, aber das vergaßen sie alle beide. Vergaßen es immer wieder. Es sah so aus, als ob Randi sich für ein kleines Mädchen hielt.

»Ha – wenn du das rätst, dann biste gut!« Randi zwinkerte verschmitzt. »Aber ich werd dir helfen. Es ist etwas, was sich alle wünschen. Ich hab's bekommen.«

»Alle wünschen es sich …«, wiederholte Tora und schaute gleichsam in sich hinein.

»Na ja, nicht alle. Nicht die Männer, die kommen auch ohne das aus, denn sie haben ja uns«, lachte Randi.

Tora wurde noch verwirrter. »Dann muss es was sein, was du anziehen kannst oder womit du dich schön machst?«

»Nee, du.«

»Ist es dann vielleicht was, was du für die Strickmaschine brauchen kannst?«

»Wünschen sich alle etwas für die Strickmaschine, du Dummerchen?«

»Neee, dann muss es … lass mich mal überlegen … Du hast mir den elektrischen Herd gezeigt …«

»Heiß, heiß!«, schrie Randi entzückt. Aber Tora gab auf. Und Randi zog sie mit sich hinunter in den feuchten Keller, wo sie einen Raum neben der Köderstube hatten. Es stank nach Fischabfällen und Schimmel, obwohl der Raum abgespritzt und aufgeräumt war. In der einen Ecke stand eine Art Tonne. Sie stand auf zwei soliden Klötzen. Dickbauchig und breit. Sie ähnelte einer Wassertonne – so wie Almar eine besaß und die er immer noch aus der Quelle hinter dem Haus auffüllte, weil er im Haus keine Wasserleitung hatte. Obenauf lag die gleiche Art Deckel.

Tora ging näher und schaute sich die Tonne an. Nun sah sie ein Kabel mit einem Stecker und einem Schlauch, der ganz unten befestigt war. »Was ist das denn?«

Randi lächelte. Dann sagte sie mit Stolz in der Stimme: »Das ist der Gunnar … Er ist ein Genie mit Maschinen und Schrauben und so was. Er hat mir eine Waschmaschine gemacht.«

»Eine Waschmaschine!«

Tora staunte. Randi hob den Deckel hoch und zeigte ihr eine Art Schaufelrad – oder Propeller unten am Boden. Es war alles deutlich selbst geschweißt. Aber blankgeputzt und schön, ohne eine Spur von harten, scharfen Kanten.

»Der Gunnar ist ein Genie! Der Dahl kann sich glücklich preisen, dass er einen solchen Chef für die Maschinen hat.«

Tora vergaß zu antworten. Sie steckte den Kopf tief in die Tonne hinein und sah sich alles genau an. So was! Randi hatte eine Waschmaschine bekommen! Tora kannte keine in Været oder jenseits der Moore, die eine besaß. Sie hatte natürlich schon davon gehört. Wusste, dass man Waschmaschinen kaufen konnte. Aber sie waren fürchterlich teuer und gänzlich unnötig und unterstützten nur das Schlaraffenleben der reichen Leute. Und die Frau Pastor – hatte ja die Kopftuch-Johanna – die brauchte also auch keine. Und jetzt hatte Gunnar eine für Randi gemacht!

»Du musst mir zeigen, wie das geht«, sagte Tora schnell. Und Randi steckte den Stecker ein. Dann schraubte sie den Schlauch an dem Wasserkran fest und drehte ihn auf. Nicht viel – aber so, dass das Wasser bis über die Schaufel stieg. Randi knipste einen schwarzen Schalter an, den Tora vorher nicht bemerkt hatte, und setzte ein Spritzen und Poltern sondergleichen in Gang. Schnell warf sie den Deckel auf die Tonne und ließ die Maschine eine Weile laufen und dröhnen. Tora war überwältigt. »Toll! Hat Gunnar das wirklich gemacht?«

Randi nickte strahlend.

»Aber die Mama sagt, dass das mit den Waschmaschinen Unsinn ist, denn sie machen die ganze Wäsche kaputt und waschen nicht sauber. Ist das wahr?«

»Nein, gar nicht. Jedenfalls nicht die, die Gunnar gemacht hat. Die Bettbezüge und die Laken ... die werden wie Neuschnee. Sie kann auch kochen. Unten drin sitzt ein Heizelement.«

»Heizelement?«

Tora musste den Deckel noch einmal hochheben und hineingucken. Ein Spritzer traf sie auf der Nase, aber sie merkte es kaum. Randi konnte wirklich froh sein, dass sie so etwas hatte. Sie brauchte nicht in der feuchten Waschküche vom Tausendheim zu stehen, die nur dort einen Betonboden hatte, wo die Waschzuber standen und wo der Ausguss war. Das Übrige war Lehmboden, und es war feucht und kalt in dem Keller.

Im Winter war es schrecklich dort. Ingrid kochte die Wäsche dann oben in der Wohnung. Und Tora spülte sie unten im Keller aus. Sie fror schon, wenn sie nur daran dachte, wie eiskalt solche Nachmittage waren. Man wurde erst am nächsten Tag wieder richtig warm.

Im Sommer war es nicht so schlimm. Da nahmen sie Kaffee und Brote mit und zogen zum Fluss, die große Wäsche in einem Schubkarren oder auf dem Gepäckträger vom Fahrrad. Dann machten sie Feuer in den selbstgemauerten Feuerstellen und setzten die Waschkessel darauf. Wer zuerst kam, hatte die beste Feuerstelle. So war es üblich. Und darüber machten sie nur Witze. Es waren immer viele zusammen, und es war gemütlich. Sie gingen auch nur an Schönwettertagen dorthin. Die Kinder wateten in der Flussmündung, bis die Wäsche kochte. Sie bekamen Kuchen und Brote aus fremden Proviantbüchsen und hörten zu, wie die Frauen sich unterhielten. Später halfen sie beim Spülen der Wäsche und wurden ausgeschimpft, wenn sie schluderten.

Aber das hier... das musste ja der Himmel auf Erden sein! Ach, wenn die Mutter und sie auch so eine Waschmaschine hätten! Da würden die Frauen im Tausendheim aber Stielaugen machen.

Als ob Randi ihre Gedanken lesen könnte, sagte sie mit einem verlegenen Lächeln: »Du darfst niemand etwas davon sagen ...«

»Warum nicht?«

»Ich will nicht, dass die Leute sagen, ich sei faul und eingebildet ... Sie reden schon genug.«

Tora nickte. Sie verstand. »Darf ich's der Mama sagen?«

»Ja, sie gehört wohl nicht zu denen, die mit Klatsch von Haus zu Haus ziehen, wie ich mir denken kann.«

Randi sagte es lächelnd. Aber es gab Tora einen Stich. Wussten alle, dass die Mutter seit dem Brand beinahe menschenscheu geworden war? Redeten die Leute so viel, dass es sogar Randi erfahren hatte?

Tora brach dann doch ihr Versprechen und erzählte abends am Küchentisch Rakel alles. Sowie sie die ersten Wörter gesagt hatte, schämte sie sich schrecklich. Trotzdem musste sie weitererzählen.

Rakel hörte mit großen Augen zu, und Tora erklärte und zeichnete hinten in ihrer Kladde, um Rakel das Ganze deutlich zu machen.

Der Abend war so schön. Es war, als ob er sich auf sie, Tora, konzentrierte – sie nach vorne schob und sie zu etwas Großem machte. Rakel lauschte und lauschte. Tora erzählte. So lange, bis es Zeit war, schlafen zu gehen.

Da schämte sie sich wieder. Weil sie es nicht geschafft hatte, den Mund zu halten. Weil die Mutter zu Besuch in einem Gefängnis war.

Am nächsten Morgen platzte sie damit heraus, dass Rakel niemandem etwas über die Waschmaschine sagen sollte.

Und Rakel lächelte nicht einmal. Todernst gelobte sie hoch und heilig, dass es ein Geheimnis bleiben würde, warum die Bettbezüge bei den Monsens so weiß wie Schnee waren.

10

Tora bekam nicht viele Briefe.

Insgesamt waren es überhaupt nicht viele Briefe, die ins Tausendheim gebracht wurden. Es gab dort auch nicht viele Menschen, die sich die Mühe machten, Briefe zur Post zu tragen. Die Wörter waren einfach, und man sprach miteinander – oder man schwieg, und das sagte genug.

Wenn die Leute ruhig und nicht erregt waren, sagten sie gerade so viel, wie sie verantworten konnten – nicht mehr und nicht weniger. Der Rest wurde verschwiegen, bis die Gedanken ihn verdrängt hatten – oder der Mensch sich durch die Worte hindurchgekämpft hatte – schweigend. Und immer allein.

Eines Tages fand Tora einen weißen Briefumschlag auf dem Küchenschrank.

Die Mutter war zur Nachmittagsschicht gegangen. Das Haus lag träge in der Mittagsruhe, weil Tora auf dem Schulweg getrödelt hatte. War bei Jenny im Kiosk gewesen und hatte die neuen Illustrierten durchgeblättert. Jenny schimpfte nie mit Tora, weil sie die Zeitschriften nicht kaufte, die sie angesehen hatte. Alle anderen aber warf sie raus. Tora hatte lange gebraucht, bis sie sich Einlass in dem kleinen Kiosk an der Wegkreuzung verschafft hatte. Sie holte für Jenny Waren vom Hafen ab. Zog sowohl die Packen mit den Illustrierten als auch Jennys Kind im Handwagen die Hügel hinauf. Eigentlich konnte Tora den kleinen Rotzbengel nicht leiden. Aber sie ließ es sich nicht anmerken. Sie behandelte das Kind mit der gleichen freundlichen Vorsicht wie die Illustriertenbündel. Tora wusste nicht, ob sie vor dem Umschlag Angst haben sollte. Sie hatte das Gefühl, dass da etwas nicht stimmte. Name und Adresse standen feierlich auf dem weißen Papier. Einmal hatte sie einen Brieffreund gehabt. Einen, den Randi von ihrem Heimatort her kannte. Aber Ingrid hatte das viele Porto für eine unnötige Ausgabe gehalten. Sie wurde so trübsinnig – selbst wegen der kleinsten Ausgabe. Tora hatte immer seltener geschrieben. Dies hier war eine fremde Schrift. Aber doch bekannt. Der Stempel war unleserlich. Der Brief hatte eine norwegische Briefmarke. Das war das Erste gewesen, was sie festgestellt hatte. Manchmal war sie ganz sicher, dass ihr die Großmutter eines schönen Tages schreiben würde.

Sie sah sie vor sich, mit dem geraden Rücken und dem großen, grauen Knoten im Nacken. Knöpfschuhe. Wie die feinen Damen sie in den Märchen oder auf den Bildern in den Illustrierten trugen. Die Haut an den Wangen war ganz glatt. Aber dieser Brief kam nicht aus Berlin.

Er verursachte trotzdem ein wohliges Kribbeln unter der Haut. Es fing irgendwo am Hals an. Zog sich über den ganzen Körper, so dass sie lächeln musste, obwohl sie mutterseelenallein war. Stand auf einem Fuß und rieb den anderen an der Ofenkante, weil sie ein Loch in dem einen Stiefel hatte und der Fuß nass geworden war. Aber sie empfand es als nichts Besonderes. Sie rieb einfach, weil sie es immer tat, wenn sie nasse oder kalte Füße hatte.

Der Brief war von Frits!

Sie ging damit zum Fenster.

Frits erzählte von der Schule und den Lehrern. Dass er an den ersten Abenden dort geweint hatte.

Tora hörte beim Lesen Randis Stimme.

Und Frits wuchs aus dem Brief heraus. Vor ihren Augen. Sie dichtete ihn um zu einem unglücklichen Helden, sie bildete sich ein, dass sie alles verstand, was er ihr zu übermitteln versuchte, mit seiner eckigen Schreibschrift und den knappen, nüchternen Sätzen. Sie ahnte vage, was ein solcher Brief einen Jungen wie Frits kostete.

Unten in der Ecke war ein großer Tintenklecks, und Tora

konnte sehen, dass er dort ein Herz zu zeichnen versucht hatte. Gott segne ihn ...

Sie nahm den großen roten Buntstift, den sie benutzte, wenn sie für den »Konfirmanden« Karten zeichnen musste, und zog das Herz nach. Der Tintenfleck floss in seiner getrockneten Unförmigkeit darüber, das war allerdings schon passiert, lange bevor sie etwas geahnt hatte. Aber nun war da eine kräftige rote Linie, die durch den blauen Tintenfleck hindurch ganz deutlich anzeigte, wie das Herz hätte sein sollen. Tora war so froh. Ganz ausgelassen. Es war ein unbekanntes Gefühl, das sie nicht zügeln konnte. Alles – die ganze Welt bekam eine schöne Farbe. Sie lag grauschimmernd und närrisch dort draußen. Das Meer und der Mond strahlten, und Været lachte über das ganze Elend. Warm und vage und weich. Große Wolkenballen wälzten sich heran. Der Nachmittag begann seine Geräusche herauszuschleudern. Die Rufe vom Hof und später von dem Gelände rund um das Haus. Aber sie setzten sich nicht in ihr fest, zogen sie nicht hinaus auf die Straße wie sonst.

Tora war in Gedanken versunken. Die anderen, die so einfältig und klein waren, taten ihr direkt ein bisschen leid. Mit einem Mal war alles dort draußen ein überwundenes Stadium – über das sie sich hoch erhaben fühlte. Nein, sie hatte wichtigere Dinge zu tun. Einen Brief zu schreiben.

Nas-Eldar fuhr die letzten Kohlen für den Winterbrand ringsum in die weißen und blauen und roten Häuser. Es gab viele Bestellungen und viel Arbeit. Und es gab nur einen Lastwagen, den ausgenommen, den Dahl für seine Fischfabrik und die Frosterei besaß. Eldar hatte keinen Konkurrenten und nahm sich Zeit.

Die Leute fluchten nicht wenig, wenn er nicht einmal seinen Priem von der einen Seite auf die andere schob, um Bescheid zu sagen, dass er keine Zeit habe, sondern nur die rechte Autotür wieder zuknallte und hinüberrutschte auf den linken Sitz, weil man die Tür zum Fahrersitz von außen nicht öffnen konnte. »Das ist die Gicht«, grinste er mit seinem Gesicht voll bläulicher, einen Tag alter Bartstoppeln. »Im Herbst und in der Winterkälte ist er immer so!«

Er – war der Lastwagen, der nach der Meinung des Alten die feinsten Empfindungen auf der ganzen Insel hatte.

Nas-Eldar kam, wenn er kam – darauf konnte man sich verlassen. Eldars Auto fuhr Leichen und Brautleute. Er schmückte die Seitenteile mit Kreppstreifen und norwegischen Fähnchen und Laub, falls er Zeit dafür fand. Wenn er schlechte Laune hatte, dann stieß er zwischen den Zähnen hervor: »Könnt selber schmücken!« Er fuhr geschlachtete Schafe, Kohlen, Trockenfisch und Dung – ohne Schmuck. Er fuhr arme Leute – und feine Leute im Mantel. Eldars Auto war überall und nirgends aufzutreiben. Da half kein Betteln oder Drohen.

Aber Tora hatte keinen Bedarf an Lastwagen. Merkte nicht, dass die Kohle im Ofen ausbrannte. Trotzdem hörte sie den Krach da draußen und verstand mit einem kleinen, unwesentlichen und irdischen Teil ihrer selbst, was da los war.

Lange schaute sie angestrengt auf ihre eigenen Buchstaben. Dann entdeckte sie die Schatten. Die Dämmerung kroch aus allen Ecken. Stand schon im Küchenfenster. Tora schaltete die Deckenlampe ein. Das Licht flutete heftig und hell auf sie herab und warf ihren Schatten an die Wand. Aber sie sah jetzt.

Sie erzählte und dichtete. Viele Dinge brachen aus ihr heraus, die sie ihm nie hatte begreiflich machen können, während sie einander nahe waren und zusammen spielten oder auf dem Bett mit der Strickdecke saßen. Sie deutete an, dass sie den ganzen Sommer über mit allen möglichen Dingen sehr beschäftigt gewesen sei … Und während sie schrieb, begann ihr Körper zu schweben. Das Leben wurde so leicht.

Toras magere Hand suchte drinnen in der Stube in Ingrids

Schublade, bis sie fand, was sie suchte: die kleine graue Schachtel mit dem Kleingeld für unvorhergesehene Fälle. Sie zählte das Geld für das Porto genau ab und tilgte alle Spuren.

Sie empfand keinerlei Reue. Zog nur den schwarzen Regenmantel über und sprang in die nicht mehr wasserdichten Stiefel. Sie hatte die Strümpfe nicht gewechselt, und das war gut. Es schwappte noch dort unten im linken Stiefel.

Turid am Postschalter hielt den Brief einen Augenblick in der Hand. Wog ihn gedankenvoll hin und her. Dann legte sie ihn energisch auf die abgegriffene Holzplatte auf Toras Seite von der Schranke zurück und sagte: »Zu schwer. Zu wenig Porto.«

Tora war ein nasser und geprügelter Hund, als sie zur Tür hinausschlich.

Aber auf der Treppe richtete sie sich auf, eilte über die Hügel und an den Mooren entlang zum Tausendheim.

Sie zögerte nicht. Sondern wiederholte die Aktion mit der Geldschachtel. Diesmal nahm sie so viel, dass es auf jeden Fall reichen musste. Dann raste sie die Treppen hinunter, die Wege entlang, die Hügel hinunter und hinein zu Turid am Schalter.

Wie ein Esel. Sie hatte Runzeln zwischen den Augenbrauen. Der Kopf war auf eine seltsam störrische Weise gebeugt, das Maul dicht an der Halsgrube – als ob sie versuchte, sich selbst voranzutreiben. Turid leckte an der Briefmarke und stempelte sie dann ab. Tora ging hinaus in den Regen.

Sie blieb einen Augenblick auf der Treppe stehen und wartete, bis der Schweiß an ihrem Rückgrat sich beruhigte. Fischerboote kamen herein. Sie tuckerten wie Herzen. Wie ihr Herz. Es gab keinen Unterschied. Tuck-tuck-tuck. Im Takt. Ganz selbstverständlich. Lebendig. Trieb sich selbst voran mit seinem eigenen Motor.

11

Eines Tages schnappte Sol in Ottars Laden große Neuigkeiten auf. Nach Neujahr sollte ein Handelsschulkurs beginnen. Da wollte sie hingegen! Mit der Mutter wollte sie nicht darüber sprechen. Sondern einfach hingehen.

Sol hatte die Erfahrung gemacht, dass man sehr schnell Geld verdienen konnte. Sie hatte es unter der Matratze. Dort lag es sicher. Denn Elisif gehörte nicht zu denen, die die Matratzen zu unpassender Zeit herausrissen, um sie zu lüften. Sol wusste, dass sie die Summe noch beträchtlich vermehren könnte. Alles Geld, das sie fürs Putzen bei Ottar und fürs Packen in der Fischfabrik bekam, gab sie zu Hause ab. Sie sortierte jeden Monat die dringendsten Rechnungen aus. Dann traf sie eine Auswahl, und zusammen mit Vaters Geld reichte es für das Allernotwendigste. Aber immer wieder gab es irgendwelche Löcher. Torstein quetschte sich ein paar Tränen heraus, weil sie Geld beisteuerte, und nannte sie ein prima Mädchen. Er hätte sagen können, dass bald bessere Zeiten kommen würden und dass sie dann etwas von ihrem nächsten Verdienst behalten dürfe. Aber das sagte er nicht. Torstein sagte nichts, woran er nicht glaubte. Deshalb war er ein so wortkarger Mann.

Es fing an einem ganz gewöhnlichen Tag nach Ladenschluss an. Sol war draußen im Lager auf die Leiter gestiegen, um ein paar Kartons an ihren Platz zu schieben, weil sie Angst hatte, dass sie ihr auf den Kopf fallen könnten. Sie sah Ottar neben der Leiter stehen, aber nahm keine Notiz von ihm. Bis sie seine Hand an ihrer Wade spürte. Sie erstarrte. Mehr aus Erstaunen als aus Abscheu. Er war bestimmt schon über dreißig. Fasste es als eine Ermutigung auf, dass sie stehen blieb. Die Hand bewegte sich erst zögernd. Dann hatte sie ihr Knie erreicht, kam aber nicht weiter, weil die Hand einfach nicht weiter reichte. Es war keineswegs unangenehm. Sol begriff. Da gab es vage Dinge, an die sie sich erinnerte. Dinge, die aus den Treppenaufgängen bis zu ihr gedrungen waren. Dinge über Ottar. Dinge über Männer.

Sol stieg vorsichtig eine Stufe tiefer. Aus Neugierde. Es war aber auch nicht unangenehm. Sie sah ihn nicht und spürte auch nicht seinen Atem. Spürte nur seine Hand. Sie verschaffte ihm mehr Platz, indem sie das eine Bein eine Stufe höher stellte. Hörte, wie er keuchte, trotzdem ging der Mann sie nichts an. Sie fühlte sich nicht bedroht. Sie hätte von der Leiter heruntersteigen, sich umdrehen und ihn auslachen können. Sie hätte ihm sogar drohen können. Ja! Denn davor hatte er Angst. Er hatte Todesangst. Und Sol stieg mehrmals in der Woche nach Ladenschluss in dem dunklen Lager auf die Leiter. Manchmal wünschte sie sich, er würde schnell fertig damit, was er da machte, denn sie wusste, dass zu Hause die Wäsche auf sie wartete.

Aber manchmal stand sie auch auf der Leiter und fand es sehr schön, dass jemand sie mit so behutsamen Händen anfasste. Dann war sie beinahe enttäuscht, wenn sie an seinem Atem hörte, dass das Ganze vorüber war und sie herunterklettern konnte.

Er sah sie nicht an, wenn er ihr das Geld gab. Er reichte ihr alles zusammen in einem Umschlag. Mehr als doppelt so viel, als ihr eigentlich zustand. Ottar war nett … Sie ging über die Hügel bis hinauf auf die Anhöhe und wieder hinunter zum Tausendheim, mit einem neu entbrannten, aber unklaren Willen in sich – während sie an das Geld dachte und daran, wie nett Ottar war. Sie hatte nicht geknickst, als sie das Geld entgegennahm. Sie war ja jetzt erwachsen. War sich bewusst, dass sie Selbstvertrauen haben konnte. Sie wusste etwas über Ottar. Das machte sie älter als ihn. Davon kam er niemals los. Und Ottar wusste das. Er brachte seine Haare in Ordnung und begab sich nach Ladenschluss in das dunkle Lager. Er war ein Mann, der seine einsamen, verborgenen Wege ging, und er hatte genügend Geld, um seine Spuren zu verwischen.

Eines Abends begriff Sol dann aber, dass er sie nicht mehr auf der Leiter stehen haben wollte. Er hatte auf dem Boden eine Art Lager aus zusammengefalteten Kartons gemacht. Er versuchte sie in der Dunkelheit auszuziehen, ohne ein Wort zu sagen. Aber Sol zeigte seinen Händen den richtigen Platz. Sie war verlegen. Es hätte eigentlich nicht nötig sein dürfen, ihn mit Worten anzuleiten, aber das war es eben doch. Er krümmte sich wie ein Hund. Sie fühlte es mehr, als dass sie es sah. Die Hände waren unsicher. Am nächsten Freitag steckten wieder doppelt so viele Zehnkronenscheine in dem Umschlag, als ihr offiziell zustanden. Das Rendezvous auf der Leiter wurde zur Routine. Sol begriff nicht, dass er die Sache nicht sattbekam. Nach zwei konnte er sie endlich herunter auf die Pappschachteln holen. Sie grauste sich vor dem, was nun kommen würde. Aber er legte seinen Kittel über ihr Gesicht und arbeitete dann dort unten zwischen ihren soliden Beinen mit kalten Händen und einer Taschenlampe. Sol nahm es gelassen hin. Es war absolut auszuhalten. Sie erforschte sein Verhalten, während er sie erforschte. Meist lag sie nur da und dachte an die Handelsschule.

Jedes Mal, wenn sie Beine oder Hüften bewegte, schnappte er nach Luft und wurde noch eifriger. Sie wurde in gewisser Weise von der gleichen Erregung ergriffen. Bekam gleichsam einen bestimmten Rhythmus. Visionen tauchten vor ihrem inneren Auge auf. Ehe sie wusste, wie ihr geschah, begann sie zu wünschen, dass wirklich etwas geschah. Aber es gab nur einen zitternden Lichtstrahl und sein Keuchen. Vom ersten Tag abgesehen, wurde auf den Pappkartons kein Wort gesprochen. Gelegentlich wollte er sie von hinten sehen, während sie auf allen vieren stand, mit dem Gesicht zur Ladentür. Es sickerte immer etwas Licht durch einen dünnen Spalt an der Türschwelle herein. Immer.

Sol hörte Mutters frommen Gesang bereits von weitem. Sie nahm den Bruder an der Hand und zog ihn am Haarschopf. Er war angesprungen gekommen, als er sie an der Toreinfahrt gesehen hatte. Der Junge blickte sie mit strahlenden Augen an und blieb ganz gehorsam stehen, als sie ihm den Rotz abwischte. Dann ging es die Treppen hinauf.

Irgendwo im Haus ließ jemand Wasser laufen. Es rieselte hohl durch die alten Rohre, das Rieseln pflanzte sich im Gebälk fort, fand sein eigenes Lied. Es war verschieden von Raum zu Raum, von Etage zu Etage. Begann vielleicht zeitig am Morgen mit einem Rinnen, artete tagsüber aus und rauschte lustig um die Essenszeit. Das träge Nachrauschen, wenn gespült wurde, verriet, dass Mittagsruhe herrschte. Bei Elisif rauschte es an den Tagen, an denen Sol bei Ottar putzte, erst, wenn Sol nach Hause kam. Elisif wollte die Arbeit zwar erledigen, aber es wurde trotzdem nichts daraus. Die Kopftuch-Johanna meinte, es sei eine Sünde und Schande, dass Elisif immer nur betete. Sie murmelte es im Treppenhaus und flüsterte es über die Kaffeetasse Ingrid und den anderen Frauen zu, wenn sie bei ihnen saß, um eine Tasse Zucker zu leihen.

Ingrid hatte so wenig zu sagen. Sie hörte zu, nickte und dachte an alles, was sie noch tun musste, ehe sie in die Fischfabrik oder zum Putzen ging. Aber sie lächelte. Das war wichtig. Die Leute glaubten, dass man zuhörte, wenn man nur nickte und lächelte.

»Das Mädchen schuftet wie ein Pferd!«, schnaubte die Kopftuch-Johanna und schüttelte sich. Sie tat sich einen Haufen Zucker in den Kaffee. Saß unter Elisifs frommem Gesang und ekelte sich vor ihrer Gottesfürchtigkeit.

»Das Mädchen rackert sich ab, und die Mutter rennt zum Missionsschiff! Das Haus quillt über von Dreck und Fischabfällen. Alles bleibt liegen, bis Sol heimkommt. Ich hör das Gepolter da oben, wenn sie ihren Mantel aufgehängt hat. Und Elisif singt ›Bei den Wassern von Babylon‹. So ein Blödsinn!«

Sie knotete die Enden des grellbunten Kopftuches noch fester, so dass die Adern auf der Stirn in dem bläulichen Gesicht anschwollen. Ingrid war müde. Sie vergaß zu nicken.

»Ja, was meinst du? Du siehst doch auch, was da oben vor sich geht.« Johanna nahm noch zwei Stücke Zucker, aber da sie eigentlich satt war, ließ sie sie wie zufällig in die Schürzentasche gleiten. »Ja, ich will ja nicht über die Leute reden. Aber so was kann doch nicht Gottes Wille sein, wie?«

Nein, das glaubte Ingrid auch nicht. Aber es war wohl nicht immer so einfach …

»Die Elisif ist ja auch krank«, fügte sie hinzu.

»Pah, krank. Ja, ja! Haste schon mal gehört, dass kranke Leute den Weg runter zum Missionsschiff rennen und auf den Knien liegen und Zeugnis ablegen, bis sie Holzsplitter in die Knie kriegen, was? Nein, das will ich dir sagen, Ingrid, diese Närrin ist nicht mehr krank als ich. Und mir geht's gut!«

Derweil stiegen Elisifs Gebete innig und aufrichtig aus der engen Dachstube über ihnen empor. Sie betete für sie alle.

»Haste die Kartoffeln gewaschen?«, rief Sol, als sie ihren Mantel aufhängte.

»Nein, dazu bin ich nicht gekommen«, antwortete Elisif. »Der Herr war heute so gut. Er war mir so nah. Ich sprach mit ihm in aller Unschuld. Er hörte mir zu!«

»Worüber habt ihr denn geredet?«, fragte Sol. Sie hatte diese Art Gespräche gelernt. Es ging ihr weniger auf die Nerven, mitzumachen, als sich Bergpredigten anzuhören.

»Wir haben über weltliche Dinge gesprochen. Ich habe für die armen Kinder in Korea gebetet. Die sind ja zu Tausenden in die Flucht getrieben worden. Ich habe für dein verstocktes Herz gebetet, Sol! Ich habe für die verstockten Herzen der ganzen Jugend in dieser Welt gebetet. Er war so gütig, er hat gesagt, dass er all denen ihre Sünden vergeben werde, die sich heute bekehren. Hörste, Sol? Ist das nicht wunderbar?«

»Ja, Mama, das ist schön. Du wirst sehn, es wird noch alles gut.«

Sol steckte dem kleinen Bruder eine Scheibe Brot zu und deckte für alle den Tisch. Sie waren nur acht. Die Leute sagten, mit Elisif sei im Krankenhaus etwas gemacht worden. Jedenfalls kamen keine Kinder mehr. Torstein war nicht zu Hause. Er hatte angefangen, Netze zu flicken. Hatte einen festen Verdienst. Das merkte man schon. Sol glaubte nicht, dass die Mutter alles begriff. Elisif schien keine Vorstellung davon zu haben, dass sie einkaufen und bezahlen und Kleider haben mussten. Sol hatte nicht genug Kraft, um herauszufinden, wie schlimm es eigentlich um die Mutter stand. Sie sah nach vorn. Bis Weihnachten. Die Handelsschule begann gleich nach Neujahr. Bis dahin würde sie genug haben, für das Schulgeld und alles, was sie brauchte. Sie würde in der Fischfabrik Schluss machen. Ihr wurde schon schlecht, wenn sie an die grauen Frauen dort und an die Packhalle nur dachte. Der Vater musste mit den Geldproblemen allein fertigwerden. Sie würde sich um die vernachlässigten Kleinen kümmern und zu Hause bleiben. Und sie würde lernen. Und bei Ottar putzen. Aber einmal würde sie von allem hier loskommen.

Inzwischen hatte Elisif ihre Gebete beendet und die Bibel von der Kommode genommen. Sie strich liebevoll über die abgegriffenen, weichen Ecken des Einbandes. Der lag wie ein schützender Schild über den glatten Goldrändern. Sie strich über das Kreuz auf der Vorderseite und streckte den runden, runzligen Hals vor. Dann lächelte sie. Sie fühlte, wie durch ihre Finger die Kraft von außen in sie hineinströmte. Ihr Gesicht leuchtete einen Moment auf.

Sie hatte den Blick an die fleckige Decke gerichtet. Aber es war nicht die schmutzig weiße Farbe, die sie sah. Ihr Blick drang durch die ärmliche Decke hindurch zu Herrlichkeit und Freude empor. Sie feuchtete die Lippen an und öffnete den Mund zu einem Lobgesang. Er erklang laut und ungezwungen und schlicht. Elisif war für mehrere Stunden mit ihrem Gott allein. Hörte ab und zu den Jüngsten unter dem Fenster wimmern. Aber sie konnte nicht verstehen, dass das sie anging. Hatten nicht auch die Jünger alles verlassen, um Ihm zu folgen?

»Jesus«, flüsterte sie und sah zur Decke hinauf. Elisif zog die Tageslosung aus der Glasschale auf der Kommode, während die Kartoffeln auf dem Herd blubberten. 3. Buch Mose 21.21: »Wer nun unter Aarons, des Priesters, Nachkommen einen Fehler an sich hat, der soll nicht herzutreten, zu opfern die Feueropfer des Herrn; denn er hat einen Fehler. Darum soll er sich nicht nahen, um die Speise seines Gottes zu opfern.« 3. Buch Mose 21.14: »Keine Witwe oder Verstoßene oder Entehrte oder Hure, sondern eine Jungfrau soll er zur Frau nehmen.« Sie flüsterte die Wörter über den gefalteten Händen. Das strähnige Haar war gescheitelt und stramm nach hinten gekämmt und endete im Nacken in einem borstigen Knoten. An der Strickjacke fehlten mehrere Knöpfe. Die Bibel lag aufgeschlagen vor ihr auf dem Tisch. Und ihr Gesicht strahlte vor Freude. Die hauchdünnen, goldumrandeten Bibelseiten vibrierten unmerklich unter ihrem Atem. Ihre Augenlider zitterten leicht, als sie die Augen schloss und flüsterte: »Der Herr sei gelobt in alle Ewigkeit, Amen.«

Sol ließ die Hand mit dem Messer einen Augenblick sinken, als sie Mutters Stimme drinnen im Zimmer hörte. Dann schnitt sie schnell und ungeduldig weiter. Und das rotbraune Fleisch mit weißen Hautfasern fügte sich widerstandslos unter ihrem Willen in Würfel.

12

Die Männer standen in Ottars Laden und hatten Weihnachtsvorbereitungen zu treffen. Sprachen allwissend und friedlich über die Atombombentests im Stillen Ozean. Die USA kämpften darum, die Führung zu behalten. Aber die Russen zögen wohl nach, meinten einige. Einar wusste zu berichten, dass noch über hunderttausend Deutsche in russischen Gefangenenlagern seien. Seine Stimme störte den allgemeinen Frieden wie eine Drohung.

»Ach was, die lügen doch alle zusammen, damit die Leute die Zeitungen kaufen«, meinte Almar. Er erhob sich und bezahlte seine Einkäufe.

»Nein, Mann, das will ich dir nur sagen, das tun sie nicht«, antwortete Einar schroff und sah Almar verächtlich an. »Die die Macht haben in der Welt kennen doch nur eins, pressen doch nur immer mehr Scheiß aus sich raus. So ist das nämlich. Sie sind falsch wie Judas. Sieh dir die Russen an: Die warnen vor dem Atomkrieg und beschwören den Gemeinschaftsgeist von Genf.«

Die Männer rückten von ihm ab. Sie wussten kaum etwas über den Geist von Genf. Aber es war wohl etwas dran. Der Einar war gar nicht so dumm. Das hatte er schon früher bewiesen, auch wenn Ottar ihn gern wie einen Dummkopf behandelte. Und Einar war in Fahrt gekommen, hieb seine Mütze mehrmals auf den Ladentisch und ließ sich darüber aus, dass die Amerikaner bereit seien, eventuelle Angriffe des Ostblocks mit einer schwimmenden Atombombenflotte zu vergelten! Augenblicklich! Es wurde still um ihn herum.

Einar schleuderte ihnen sein Wissen über viele Dinge direkt ins Gesicht. Das saß dann. Wie ein wohlgezielter Treffer im Spucknapf. Er brachte die Männer dazu, sich wegen anderer Dinge an ihn zu erinnern als wegen des

Gerüchts, das der neue Pastor in die Welt gesetzt hatte. Dass Einar ein Dieb sei, den man nicht in Dienst nehmen dürfe.

Ottar machte nicht viele Worte an diesem Nachmittag. Seine Haare waren in Ordnung, und er trug ein sauberes Hemd. Es war Freitag, kurz vor Ladenschluss. Er packte die Waren in Tüten und Schachteln und stapelte sie auf dem Ladentisch auf. Da die Männer nicht gingen, fing er an, die Namen aufzurufen, deren Waren er fertig eingepackt hatte. Er war nervös und geschäftig. Das irritierte die Männer allmählich.

»Was drängelste denn? Du lebst ja schließlich von uns.« Håkon war mit seiner spitzen Zunge vorneweg.

»Hier muss gleich geputzt werden. Die Sol hat heut viel zu putzen.« Ottar versuchte vergeblich, sich Respekt zu verschaffen. Die Männer hatten Einars Joch abgeworfen und steckten bereits mitten in einer Diskussion über den Kabeljau bei Senja und den Vesterålen und waren nicht von der Stelle zu bewegen. Sie diskutierten die Garantieordnung für die Fischer in einer Fangbeteiligungsgemeinschaft, während der Pfeifenrauch sich undurchdringlich unter die Decke legte. Sie redeten lang und breit über den Heumangel und den verdammt kalten Sommer, der schuld daran war, dass »die Mandelkartoffeln in diesem Jahr ganz flach sind, weil sie nur drei Zentimeter lockere Erde über dem gefrorenen Boden hatten«. Ottar sah keine Möglichkeit, ihren Redefluss zu stoppen. Er trat von einem Bein aufs andere. Klirrte mit den Schlüsseln. Machte sich im Lager zu schaffen und nickte Sol zu, die energisch den Boden fegte.

Er seufzte und sah geistesabwesend auf die Regale, während er erklärte, dass sie einfach anfangen solle, den Laden zu putzen. Er nannte keinen Grund. Das war auch nicht nötig. Es sollte volles Vertrauen zwischen ihnen herrschen. Sol wusste, dass es Ottar nie einfallen würde, sie zu dem anderen in das kalte Lager zu bitten, ehe sie nicht mit der Arbeit fertig war.

Sie stellte den Besen weg und füllte gehorsam den Putzeimer. Wusste, dass sie am ersten Montag nach Neujahr abends in die Handelsschule gehen würde. Sie hatte in der Fischfabrik gekündigt. Ihr Geld reichte für Schulgeld und Bücher. Ottar hatte ihr versprochen, dass sie weiter bei ihm putzen könne, abends, nach der Schule. Die Entscheidung war schnell gefallen. Kostete sie nicht viel in Anbetracht dessen, was sie dafür erhielt. Sie hatte die Bedingungen für sie beide vorgeschlagen. Von Worten Gebrauch gemacht. Er hatte ausgesehen, als ob er gleich ersticken würde. Sie hatte am selben Abend den »Lohn« bekommen. Es war eine seltsame Vorstellung gewesen. Sol kannte die menschliche Unzulänglichkeit. Und sie nahm die Erbärmlichkeit des erwachsenen Mannes mit dankbarem Herzen und unerfahrenem und neugierigem Gemüt hin. Nun wusste sie so viel, und das gab ihr Macht.

Sol merkte, dass sie Ottar nur anzusehen brauchte, dann fiel er gleichsam vor ihren Augen in sich zusammen. Er folgte ihr immer mehr wie ein Schatten. Er half ihr beim Fegen, indem er Tonnen und Kisten für sie wegrückte. Sie verstand es und verstand es auch wieder nicht. Sie sah, dass er sich eine neue Joppe und eine neue Hose angeschafft hatte. Er trug beides werktags!

Sol sammelte Erfahrungen und beobachtete menschliches Verhalten, ohne dass sie sich dessen bewusst war. Wenn ihre Arme und Beine sich bei irgendeiner Arbeit langsam, aber stetig bewegten, registrierte sie Ottars Theaterspiel – und dass es alles ihr zu Ehren geschah. Sie sah der Zukunft heiter entgegen.

Sie wollte es sich erlauben, in den Weihnachtstagen tanzen zu gehen. Konnte sich unten bei Tora umziehen, so dass die Mutter nichts merkte. Dann würde sie vorm Spiegel stehen und wie zufällig ein paar Worte darüber fallenlassen, dass sie an der Handelsschule anfangen wolle. Sie, die eine »Verrückte« zur Mutter hatte, einen Trottel zum Vater, im

Tausendheim wohnte und putzen gehen musste, anstatt weiter die Schule zu besuchen. Was war ein lumpiges achtes Schuljahr gegen die Handelsschule.

Sol fing unbekümmert an, zwischen den Beinen der Männer den Boden zu putzen.

Erst machten sie widerwillig Platz und redeten unaufhörlich von ihren Angelegenheiten, aber dann zogen sie sich zur Tür zurück und ließen Elisifs Mädchen in Ruhe wirken. Sie fraß sich immer wieder geschickt mit dem langstieligen Schrubber zwischen ihren Beinen durch. Sagte nichts. Ließ nur den grauen Putzlumpen über schwarze und braune Fellgamaschen lecken, wenn sie nicht schnell genug auswichen. Es sah beinahe so aus, als ob die Männer sich von einem Gefecht zurückzögen. Die Übermacht war zu groß. Und das Schlimmste, was ihnen passieren konnte, war, dass der Putzlumpen über die Gamaschen fuhr. Das genügte für Niederlage und Verlust. Und bevor sie wussten, wie ihnen geschah, standen sie draußen in dem eiskalten Wind und hörten, wie Ottar zuschloss.

»Zum Teufel, was für 'n Tempo«, knurrte Håkon und griff im Dunkeln nach der Lenkstange. »Ich möcht nur wissen, warum der's so eilig hat. Das war doch sonst nicht so. Und wie er sich aufgeputzt hat! Vielleicht geht er irgendwo auf Freiersfüßen.«

Sol trocknete die roten Hände an ihrer Schürze ab und war bereit, die Regale im Lager aufzuräumen. Sie war es nun gewohnt. Sie dachte an andere Dinge, während sie auf der Leiter stand. Es war ein Teil der Arbeit, den sie einfach über sich ergehen ließ. Ottar war heute schnell. Es musste daran liegen, dass alles sich hinausgezögert hatte, weil die Männer absolut nicht gehen wollten. Seine Spannung hatte die Vorarbeit für sie geleistet. Er wurde schnell fertig.

Einmal – kurz bevor er anfing nach Luft zu schnappen – hörte sie seine alte Mutter von oben aus dem »Privaten« rufen. Eine nadelspitze Altfrauenstimme. Vor Schreck stöhnte er gleich zweimal. Sol ertappte sich dabei, dass ihr der Mann leidtat. Es stimmte wohl nicht alles bei ihm. Er machte es immer hinter ihrem Rücken oder nachdem er etwas über ihren Kopf gelegt hatte. Als ob er es nicht aushielte, dass sie ihn sah … obwohl er stets das Licht ausknipste, ehe er sich zu der Leiter tastete, auf der sie stand.

Als sie gehen wollte, kam er angerannt, mit einer Tüte, die er ihr in die Hand drückte. Dann war er weg. Sie konnte nicht einmal fragen oder sich bedanken. So tastete sie sich durch den Lagerraum und zur Hintertür hinaus. Draußen stellte sie sich unter die Lampe am Kai und schaute in die große Papiertüte. Sirupkuchen, Schlackwurst, Speck und Eier. Schokolade.

Es kam ein frischer Wind vom Meer her. Die Wellen sprangen zwischen den Kaipfosten umher und schäumten gegen die Felsen. Über ihr glotzte ein eiskalter Mond, während die Wolken in rasender Eile vorbeizogen. Es stank von der nahegelegenen Trankocherei her. Plötzlich ging irgendetwas für Sol in die Brüche. Es riss langsam und tief in ihr. Tat schrecklich weh. War ein schreckliches Gefühl.

Sie beugte den Kopf über die Tüte und weinte. Ohne einen vernünftigen Grund. Sie hatte ja alles, was sie brauchte … Ottars Stolz, »die Weihnachtsstraße«, vierundzwanzig rote Glühbirnen, in ziemlicher Höhe über die Straße gespannt, vom Laden bis zu einem grauschimmernden Laternenpfahl, baumelte hilflos im Wind. Sol hob den Kopf und starrte sie einen Augenblick an. Dann ging sie mit langsamen, festen Schritten nach Hause.

13

Auch dieses Jahr war Weihnachten auf die Insel gekommen. Wie ein langhaariges, warmes Tier mit leuchtenden Augen, mitten zwischen die Häusergruppen, die aussahen, als ob sie von Skorbut und Ruß heimgesucht worden wären.

Alle hatten es sich so schön wie möglich gemacht. Es wurde mit Maßen getrunken. Ein paar Schlägereien und ein zufälliger Brand in Været. Der Brand wurde gelöscht, und der Ordnungsdienst im Jugendheim hatte das Seine getan.

Der Pastor hatte das wiederum Seine getan. Dahl hatte sich freigenommen. Die Frauen hatten das Ihre getan. Die Männer hatten ihre Pfeifen angezündet.

Das neue Jahr sei ein gesegnetes, meinte Elisif. Niemand fragte sie näher darüber aus. Alle hatten genug mit ihren Schwierigkeiten, als der Werktag wieder morgens um sechs Uhr an der Bettkante stand und alle armen Teufel zu verschlucken drohte.

Dann polterte es allmählich in der Küche und auf den Treppen. Einige standen auf und viele folgten nach. Aber Weihnachten lag ihnen noch wie Blei in den Gliedern. Verzögerte die Arbeit bei Dahl. Simons Leute waren träge und schlapp. Ottars Laden blieb die ganze Woche leer. Die Menschen hatten sich Weihnachten verausgabt. Sie hatten nichts mehr.

Mit einem Nordländer, der Weihnachten feiert, wenn auch maßvoll, ist nicht zu spaßen, nachher. Der Wintermensch blutet die Angst und die Kälte aus sich heraus und hat darin Übung seit heidnischen Zeiten. Aber nachher muss er wieder mit Gewalt ins Leben gebracht werden. Zur Haustür hinausgekippt werden, so dass er friert und anfängt, die Arme übereinanderzuschlagen. Dann läuft er wieder zuverlässig wie eine Maschine. Die Kirche war am Weihnachtsabend voll gewesen. Feuchter Dampf stieg aus den Kleidern auf und sank wieder herab und die Glorie des Erlösers hing um jede einzelne Kerze des Kronleuchters. Schrille, dünne Winterstimmen hatten unten in Wolljacken und Kopftüchern leise vor sich hin geklagt. Aber Elisif wartete zu Hause auf den Erlöser. Sie hatte für einen mehr gedeckt. Da sie Sol niemals dazu überreden konnte, hatte sie eben selbst gedeckt.

»Einen mehr? Nein, Mama, das musst du selbst tun«, antwortete Sol freundlich, aber bestimmt.

Und Elisif hatte gedeckt und gesungen, und das ganze graue Gesicht wurde warm und hell und strahlte eine solche Freude aus, dass man sich nur wundern konnte. Die Grütze war auf den Tisch gekommen. Torstein hatte sanft für Ordnung und Tischsitten gesorgt. Die Kinder beruhigten sich. Zaghaft las er mit monotoner, stotternder Stimme die Weihnachtsgeschichte vor – weil Elisif ihm befohlen hatte, sein Haus zu bestellen. Er hatte kein anderes Verhältnis zum Göttlichen als durch seine Frau. Aber das war ernst genug. Torstein war niemand von denen, der den Leuten zur Unzeit auf die Füße trat. Weder den irdischen noch den himmlischen. Er war der friedfertigste Mann im Tausendheim. Er wusste es selbst und schämte sich deswegen sehr. Trotzdem versuchte er nie, seiner eigenen Natur Gewalt anzutun.

Ingrid und Tora hatten Weihnachten bei sich gefeiert. Tora hatte sich danach gesehnt, dass die Mutter sagen würde, sie habe die Einladung von Rakel angenommen. Weihnachten feiern in Bekkejordet! Aber Ingrid sagte nichts. Sie hatte wie üblich ihre Vorbereitungen getroffen.

Tora hatte sich geschämt. Aber daran war sie gewöhnt. Am schlimmsten biss die Enttäuschung, salzig und schmerzhaft, als sie am Kammerfenster stand, nachdem der Abend vorbei war und es nichts mehr zu hoffen gab.

Später war das Bild von Mutters fernem, ernstem Gesicht

gekommen und gegangen, als sie versuchte zu schlafen. Aber Tante Rakels Lachen kam störend aus den Ecken und man konnte es nicht vergessen. In Bekkejordet aßen sie am Weihnachtsabend Fleisch. In Bekkejordet wurde bei Tisch gelacht und aus hohen grünen Gläsern mit Stiel getrunken.

Simon hatte wohl seine gute Jacke angezogen und rauchte seine Zigarren, während sich das helle Haar in der Stirn kräuselte, weil kleine feine Schweißtropfen am Haaransatz hervortraten. Die Räume in Bekkejordet waren warm und gesättigt vom Weihrauch.

Daran hatte Tora gedacht.

Und auf einmal war sie dort gewesen. Der Onkel hatte sie zur Decke hochgehoben.

14

Tora lag auf dem Boden einer tiefen gepolsterten Mulde. Genau passend für ihren Körper. Sie lag ausgestreckt, die Hände locker an den Seiten. Der Sturm war ein weiches Bett aus Tönen. Sie ließ den ganzen Körper in den Windgeräuschen ruhen. Das schwere Brausen glitt langsam in ihr Bewusstsein, als ob es ein Teil ihrer selbst wäre. Vage erinnerte sie sich, dass sie einmal eine behütete Nacht in einem großen Hotelbett in Breiland verbracht hatte. Zwischen Mama und Tante Rakel. Bei Sturm. Während der Schnee das Fenster zudeckte und der Schatten des Fensterkreuzes auf dem Fußboden ruhte. Es war, als ob der Körper aufhörte zu existieren. Als ob die Dinge keine Grenzen mehr hätten. Es gab keine Grenzen mehr zwischen ihrer Haut und dem, was außerhalb war. Ein seltsam schwereloser Zustand in einer gepolsterten Hülle. Weich, wohlig. Eine Sicherheit, die in allem war, was sie kannte, hatte tiefe Wurzeln in ihr selbst. Und sie wurde so stark, dass sie beschloss, lange wach zu bleiben und alle Probleme zu lösen, die sie sonst nicht bewältigte. Aber daraus wurde nichts. Sie wusste, dass es vergeblich war. Der Morgen würde kommen …

Sie wollte nur liegen bleiben und dem Sturm lauschen. Ein Gedanke sein, der sich selbst genügte.

Im Vergleich zu dem, was noch kommen sollte, waren die ersten Sturmstöße nur ein Hauch.

Der Südwest trieb schon bald mit einigen leeren Tonnen unten an der Tausendheimbrücke sein zerstörerisches Spiel. Die Wellen klatschten böse gegen die Mole, und der Wind wütete auf dem Veten und dem Hesthammeren in jähen, wilden Stößen. War überall mit seinen unberechenbaren, unsanften Liebkosungen.

Um drei Uhr nachts mischte sich ein mollgestimmtes, gewaltsames Brausen in die Windböen. Die Menschen warfen sich unter den körperwarmen Bettdecken hin und her. Wer so glücklich war, einen Rücken neben sich zu haben, an den er sich schmiegen konnte, tat es. Andere lagen im Halbschlaf und hörten, wie der Wind sich beträchtlich verstärkte. Alles, was nicht niet- und nagelfest war, erwachte zum Leben. Es klirrte und kratzte, mahlte und krachte. Die Geräusche steigerten sich zu einer drohenden Warnung. Zu einem mehrstimmigen Chor, der zusammenfloss mit dem Albtraum und dem Schlaf – und dem ewig schäumenden Meer.

Einar war als Erster von dem Unwetter betroffen. Das Dachfenster sprang auf. Ein nasser Schwall landete in seinem Bett. Der Wind fing sich in dem Haufen Zeitungspapier neben dem Ofen und schleuderte die Zeitungen auf die Feuerstelle, und die Glut stob funkensprühend durch den Raum. Einar erschrak gewaltig. Er sprang aus dem Bett und knallte die vom Luftdruck aufgesprungene Ofentür zu.

»Er will's mir wohl zeigen!«, fluchte er zitternd und kletterte auf einen Stuhl, um das Fenster zu retten. Eiskalter Regen stürzte auf ihn nieder. Eiskalter Januarwind. Die Bosheit des Universums. Er kniff die Augen zusammen und tastete nach dem Fensterhaken. Er war weg! Das Fenster war weg!

Einar sah sich ratlos im Zimmer um. Dann sprang er vom Stuhl und riss den Hammer aus der Küchenschublade. Auch Nägel. Mit einem einzigen Ruck zerrte er den Deckel von der Torfkiste, dass Schrauben und Scharniere nur so spritzten. Er lud sich den Deckel auf die Schulter und drückte dagegen. Schwankend und fluchend und mit den Nägeln im Mund hämmerte er drauflos, um die Aussicht in den Himmel zu beenden.

Das Haus fing auf einmal an zu lauschen. Ohren und Augen strengten sich in der Dunkelheit, im Sturm an.

Torstein kam angeschlichen, um zu sehen, was los war. Als er die Tür zur Dachstube öffnete, wurde der Druck zu groß. Der Druck von oben. Irgendjemand hatte am Abend vorher versäumt, die Haustür ordentlich zu schließen. Alle Türen flogen wie auf Kommando auf. Ein Dämon zerrte Loses und Festes mit sich und tobte damit durch das nächtliche Haus. Keine Gnade. Die Türklinke wurde Torstein aus seiner soliden Arbeitshand gerissen, und die Tür schlug hinter ihm gegen die Wand.

Die beiden Nägel, die Einar eingeschlagen hatte – und die ihn hatten glauben lassen, dass der Sieg in Reichweite läge –, bogen sich wie Strohhalme, so dass ihm der Torfkastendeckel auf den Kopf fiel. Es klang hohl und böse. So klang auch sein Stöhnen, als er auf dem Fußboden landete und der Hammer hinter ihm wie ein Echo einen dumpfen Schlag tat.

»Mach die Tür zu, du Rindvieh!«, brüllte Einar, und das Blut lief über seine Stirn.

Torstein brauchte seinen ganzen schmächtigen Körper, um die Tür wieder zu schließen. Endlich gelang es ihm. Er half, den Deckel an der Dachluke zu befestigen. Draußen waren alle bösen Mächte losgelassen. Lärm, Licht, Wasser, Wind. Alles! Der Mensch war weniger als eine Ameise.

Es tröpfelte auf das triefnasse Bett, auch nachdem das Fenster gut abgedichtet war. Es rieselte gleichmäßig an der schrägen Decke und an der Wand herunter. Aber der Wind war ausgesperrt, wenn man nicht den kalten Luftzug mitrechnete, der am Boden entlangleckte. Einar war Zug gewohnt. Aber der hier war von der schlimmsten Sorte. Die Waschschüssel, die er sonst unterstellte, wenn es regnete, genügte auch nicht mehr. Der rostige Kreis auf dem Fußboden zeigte ihm die Stelle an. Er holte die Waschbütte vom Flur herein und stellte sie einstweilen darauf. Dann ließ er sich von Torstein zu einem Unwetterkaffee einladen.

Die Stimmen durchbrachen die Stille im Haus. Die Menschen schielten ängstlich zu den Fenstern hinüber, die sich mit unglaublicher Zähigkeit nach innen drückten. Aber wie lange noch? Die Männer unterhielten sich in dem kalten Flur darüber, ob für den Schornstein an der Südseite Gefahr bestünde. Wackelig war er eigentlich schon lange. Die Menschen scharten sich zusammen und strichen sich den Schlaf aus den graublauen Gesichtern mit den tiefen Schlaffurchen. Die täglichen Kümmernisse, die endlose graue, tägliche Schinderei und die pechschwarzen Ängste schienen sich auf sie herabzusenken, während sie schliefen. Es bedurfte kalten Wassers, damit das Gesicht den vorherigen Tag und die Nacht abstreifte und ein neuer Tag anfangen konnte. Aber niemand dachte in einer solchen Nacht an kaltes Wasser, um Angst und Sorgen zu verbergen. Alle liefen rastlos hin und her, ohne einen Gedanken an ihr Aussehen zu verschwenden.

Einar machte sich auf den Weg nach oben, um seine Hose zu holen. Er zog sogar den Pullover an. Aber das vor allem wegen der Wärme und nicht wegen des Aussehens. Er hatte immer noch Angst vor Elisifs Mundwerk, seit sie ihn damals aus dem Frauenklo vertrieben hatte. Aber in dieser Nacht steckte eine andere Angst in ihm. Eine Angst, die sie alle gemeinsam hatten. Es hatte damit zu tun, dass die alten Götter zornig waren und Dach und Wände um sie herum züchtigten.

Tora und Ingrid standen mitten in der Küche und starrten einander an. Sie wussten beide nicht, wie sie dahin gekommen waren. Sie hatten das Geräusch von berstendem Glas gehört, irgendetwas, was gegen das Dach klapperte, schwere Schritte durch das ächzende Haus. Und als die Türen sich öffneten und der Wind in den Fluren reinen Tisch machte, waren sie plötzlich draußen in der Küche, und die Nachthemden blähten sich wie Segel um sie. Ingrid nahm blitzschnell den Schlüssel von der Wand und presste den Körper gegen die Tür, während sie zuschloss. Sie ließ den Blick von einem Fenster zum anderen wandern. Regen und Wind wetteiferten, um bei ihnen einzudringen. Allein das Geräusch war unbehaglich genug. Und Ingrid erfasste mit einem Blick, was da im Gange war. Sie wusste, dass die Fenster nie erneuert worden waren. Sie hatte das Wasser, das durch die Fenster drang, schon bei besserem Wetter aufgewischt als bei diesem. Sie hörte, wie das alte, undichte Holzhaus mit demütigem Knirschen bei jeder Attacke nachgab.

»Zieh dich an und frier hier nicht rum!«, sagte sie ungehalten. »Ich muss versuchen, die Haustür zu schließen.«

Tora hörte die Unsicherheit in dem gebieterischen Ton. Dann wurde alles weiß um sie herum. Der Blitz war überirdisch. Tora stand mit bloßen Füßen da und zitterte. Sie fühlte, wie sie allmählich eine Gänsehaut bekam. Zuletzt im Nacken und auf dem Kopf. Als ob der ganze Raum aufgeladen wäre. Tora hatte das Gefühl, jedes einzelne Kopfhaar zu spüren.

Plötzlich war sie nicht Tora. Sie war nichts. Und alles! Eins mit der tosenden und geifernden Natur dort draußen. Das Licht! Wo hatte sie so ein Licht schon erlebt? Befand es sich hinter etwas, von dem sie nichts wusste? Etwas, woran sie sich nicht erinnern konnte? Und sie kam sich vor wie von allen Seiten von Ewigkeit umgeben. Die wollte ihr etwas zeigen, wollte etwas entschleiern, was niemand vorher verstanden hatte. Sie ging wie eine Schlafwandlerin zum Fenster.

»Geh nicht so nah ans Fenster!«, warnte die Mutter. Sie war jetzt ruhig geworden.

Ingrid hatte eine ganz alltägliche Ruhe in solchen Situationen. Situationen, die keine Worte, sondern Handeln erforderten. Und es ärgerte sie, dass Tora nicht von selber begriff, dass sie sich vom Fenster fernhalten musste.

Ein neuer Blitz. Der Hesthammeren stand leuchtend und weiß in seiner eigenen Welt. Er schien vor Toras Augen zu wachsen. Sie hatte eine unbändige Lust, dort oben zu sein. Eine solche Lust bekam sie auch, wenn sie einen Regenbogen sah. In dem Licht sein! In den Farben sein! Da wurde alles andere unwesentlich. Alle Dinge, die existierten, alles, was mit dem Körper geschah, alle Pläne – hatten keine Bedeutung mehr. Es gab nur einen unendlich großen Gedanken und ein mächtiges, blendendes Licht. Die Fensterscheiben spannten sich wie schwere, dunkle Seide in ihren Rahmen. Eine Fläche, gegen die das Licht sprang, wenn es kam. Und es kam! Nicht als Stern oder Mond oder Rakete. Aber als riesige, anstürmende weiße Wand. Eine Wand von unbeugsamem Willen. Da wusste sie es. Der Brand. Der Brand … Das Licht! Aber dieses hier flackerte nicht und war nicht gelb. Und er war im Gefängnis. War in seiner eigenen Schande. Sie – Tora – stand in einem anderen Licht. Er könnte es nicht zerstören. Nie!

Sie ging in die Kammer und suchte ihre Kleider zusammen. Die Elisif-Kinder lärmten und die Erwachsenen redeten im Treppenhaus. Viele gingen hinunter auf die Veranda und schlossen gewaltsam die Außentür. Sie mussten eigentlich hinaus, um nach allem zu sehen, was nicht fest verankert war. Boote und Netze bergen, einige lumpige Wäschestücke von der Leine holen. Aber wie hinauskommen, wenn die blöden Kerle, die das Haus gebaut hatten, die Türen so angebracht hatten, dass sie sich nur gegen den Südwest öffnen ließen? Da ging wohl die ganze Pracht flöten, bestimmt.

»Pst, sagt so was nicht!«, warnten die Frauen und zogen die Kinder in die Küchenecken. Sie heizten vorsichtig. Die Funken stoben drinnen und draußen. Man konnte nie wissen. Auf dem Flur im Obergeschoss bei Einar hatte der kleine, gesprungene Bootsofen einen Schock bekommen. Er qualmte wie ein mit Tang zugedecktes Johannisfeuer. Sie mussten die Glut löschen und aufs Beste hoffen. Die Zeit verging, während sie lauschten, wie ein Dachziegel nach dem anderen die Freiheit ausprobierte und herunterfiel. Die Männer liefen durch die Kellertür nach draußen. Sie hielten einander fest, als sie über den Hof gingen.

»Der Teufel ist heut Nacht nicht gut gelaunt«, meinte Einar und wischte den Regen aus seinen in der Nacht gewachsenen Bartstoppeln.

Elisif dankte Gott, dass das Haus noch stand, als der Schornstein im Südwesten in Trümmer ging. Ziegel und Mauerwerk. Hart und gnadenlos gegen den aufgeweichten Hang. Eine Unmenge von Funken und blauem Licht. Die Frauen verließen den einen Teil des Tausendheimes und zogen in den anderen, dem Wind abgewandten Teil. Infolgedessen waren sehr viele Menschen in dem Treppenaufgang von Ingrid und Elisif. Die kleinen Kinder quengelten. Die Frauen stärkten sich mit Kaffee, bislang versteckten Weihnachtsplätzchen und leisem, sinnlosem Geschwätz. Die Panik war vorüber. Die Räume vibrierten in sonderbarer, ohnmächtiger Gemeinschaft.

Sie waren stundenlang zusammen – ohne dass ein böses Wort fiel oder alte Streitereien erwähnt wurden.

Und es waren Menschen, die sich am Abend vorher geweigert hätten, der Nachbarin einen Löffel Kaffee zu leihen.

Elisif konnte in Ruhe beten. Die anderen pressten derweil die Hände zusammen, schwiegen und dachten an ihre Angelegenheiten. Inzwischen waren die Windstöße so heftig und bedrohlich, dass die Menschen im Raum sich bogen wie ein Rohr im Wind, ohne dass sie sich dessen bewusst waren.

Die Kinder und Frauen vom südlichen Aufgang und vom Verandaaufgang waren bei Gunda im Erdgeschoss versammelt. Sie hatte am meisten Platz. Die Kiosk-Jenny mit ihrem Kind war auch da. Es war zu unheimlich, sich jetzt im Dachgeschoss aufzuhalten. Alle warteten auf den Stromausfall. Die Kopftuch-Johanna war direkt verärgert, dass es nicht schnell genug ging, denn dann hätten sie doch gewusst, woran sie waren.

Alle waren friedlich in einer solchen Nacht. Man konnte nie wissen, welche Art Hilfe man noch brauchte, bevor der Morgen kam. Mit allem Streit war dort, wo der Herrgott lenkte, Schluss, da hielten die Leute Frieden.

Sie riefen Ingrid, dass sie herunterkommen solle. Aber Tora zögerte. Sie konnte plötzlich nicht mit so vielen Menschen da unten in Gundas Küche zusammen sein. Musste hinaus. In dem weißen Licht sein, wenn es wiederkam. Alles andere wurde unwichtig. Sie fühlte sich frei. Lebendig! Warm! »Ich komm, wenn ich meine Pantoffeln gefunden hab«, rief sie fröhlich.

Ingrid bat sie, sich zu beeilen, und ging langsam hinunter zu den anderen.

Tora schlich hinaus in den Flur und nahm die Stiefel und den alten schwarzen Regenmantel.

Das Licht und das Abenteuer! Die waren dort draußen. Es zog sie dorthin. Sie hatte keinen Gedanken für etwas anderes. Ihre Geheimnisse lagen dort draußen und warteten. Nur auf sie. Tora hatte nicht geahnt, dass es so schwierig sein könnte, aufrecht zu stehen. Sie hielt sich an der Mauer und an der bemoosten Kellertreppe fest. Lag auf allen vieren und lauschte. Sie kam sich vor wie in einer mächtigen Orgel. Sie kroch hinauf und um die Hausecke. Hörte, dass das Unwetter draußen in der Bucht einen gewaltigen, hohlen Klang hatte. Auf die Vorderseite des Hauses wagte sie sich nicht. Sie schlich am Bretterzaun entlang. Klammerte die Finger eisern um die morschen Latten und schluckte den Regen, der sie wie Pfeile ins Gesicht traf. Sie sah zuerst nichts. Wusste nur die Richtung zum Kai. Wandte sich aus alter Gewohnheit dorthin. Das Meer. Das Licht! Da war es. Sie hatte das Gefühl, es gälte das Leben, dass sie zum Kai kam und alles zusammen sehen könnte, wenn das weiße Licht aufleuchtete. Sie spürte die wahnsinnige Anstrengung, obwohl es ganz langsam voranging. Der fade Geschmack des Regens mischte sich mit Salz. Salz von der Meeresbrandung, vom Schweiß und von den Tränen. Sie blieb eine Weile stehen und wartete die Windböen ab und merkte, dass die Füße sie nicht mehr zu tragen brauchten. Sie flog! Sie hielt sich am Zaun des Tausendheims fest, um nicht wegzufliegen! Ob sie es darauf ankommen ließ? War das der Sinn? Das Geheimnis? Lag es darin, dass sie heute Nacht von allem wegflog? »Lieber Gott – richte es so ein, dass ich's wage, denn ich will. Ich will!«, schrie sie in das Unwetter hinaus und ließ den Zaun los. Der Regenmantel wurde ihr über den Kopf gezerrt. Sie merkte, dass sie die Füße rennen ließ, aber es war ganz unnötig. Sie war ein junger Kormoran auf dem Flug in die Welt hinaus. Einsam mit allen großen Träumen, die wie Federn um ihn stoben. Dicht, dicht. Sie wurde immer schneller. Es war ein ziemlich unsanfter Flug zum Strand.

Das Licht kam in dem Augenblick, als sie gegen die Wand der Trankocherei geschleudert wurde. Die Augen explodierten im Licht. Wurden gesprengt. Sie war für mehrere Minuten blind. Dann kam es wieder. Das Licht! Und sie war mittendrin. Wie ein Wunder. Sie war nicht Tora. Sie war ein flatternder Gedanke zwischen Himmel und Meer und Erde.

Das Tausendheim war tot. Der Strom war ausgefallen. Aber das scharfe weiße Licht hob sie empor aus dem Elend. Sie brauchte nichts. Sie flog! Schnappte ab und zu nach der Luft, die aus ihr herausgepresst wurde.

Dann sah sie die riesige Welle! Wie eine schwarze Felswand mit einem weißen Rand. Sie spürte die Erde unter sich dröhnen. Die Welle kam näher und näher. Tora sah, wie sie sich über den Kai hob. Sie sah es! Und dennoch war es ganz unvorstellbar. Die Welle kam und kam und kam. Die Zeit stand still.

Immer würde sie das gewaltige Brausen der riesigen Welle hören, die den alten Kai in zwei Teile spaltete und Landungsbrücke und Kran und Fischgestelle samt Fischen mit sich riss. Es quietschte wie in einer großen Geige, als die Vertäuung von Almars Boot dran glauben musste. Ein merkwürdiges, böses Geräusch. Sie hätte lachen mögen. Und sie war mittendrin. Und sie war nicht mehr Tora. Sie klammerte sich am Geländer fest, obwohl sie nicht daran dachte, dass sie sich in Sicherheit bringen müsste. Und das Licht stand über der ganzen Welt. Passte auf sie auf. Sie war darin. Unangreifbar. Unverwundbar.

Sie krallte sich fest und sah eine neue Welle herankommen. Da war das Licht plötzlich fort und sie spürte den Atem des Wellenrachens dort in der Dunkelheit. Aber das Licht sollte kommen! Jetzt!

Es kam nicht. Das Licht war fort. Sie hörte die Männer rufen. Aber sie konnte sie nicht sehen. Die Geräusche waren so unwirklich. Meer und Wind und alle losen Gegenstände bildeten einen unsauberen, hysterischen Chor, der stieg und fiel und die menschlichen Stimmen ertränkte, so dass man sie nur ahnen konnte.

Ein vieltöniges Dröhnen von der Bucht her. Motoren. Tora sah nicht alle Boote, aber sie konnte undeutlich die Mastspitzen erkennen. Sie tauchten ganz willkürlich in unregelmäßigem Rhythmus aus dem Schaum auf.

Einige Boote hatten den Bug in den Wind stellen können. Zwei trieben hilflos gegen die Ufersteine.

Motor und Manneskraft. Kampf. Weg von den Felsen, an denen das Boot zerschellen könnte. Hinaus in die Bucht. Sich dort halten, mit dem Bug gegen das Seegespenst. Den Kurs von dem Todesritt weghalten. So, ja. Es mochten wohl insgesamt fünf bis sechs Kutter sein. Wie lange konnten sie sich halten, wie lange reichte der Treibstoff, wie lange hielten Körper und Sinne durch? Die Männer an Land standen zur Rettung bereit. Es wäre ein Wunder, wenn nicht einige Boote in die Gewalt der Ufersteine gerieten. Retten, ja. Aber wie? Sie holten Bojen und Taue. Einige gaben Anweisungen, die niemand mitbekam. Und der Sturm? Wie lange würde er dauern? Ängstlich suchende Scheinwerfer und nicht weit reichende Laternen strichen über die Wassermassen und das verwüstete Land. Sich selbst überlassen kämpften sie, Mann und Boot. Das Meer war auf die Dauer keine Rettung. Ein Landeversuch wäre der reine Selbstmord. Es blieb nichts anderes übrig, als sich draußen über Wasser zu halten. Die Zeit und die Maschinen arbeiten zu lassen. Die Hände fest am Steuerrad. Das Land nicht aus den Augen zu verlieren, wenn es zu sehen war. Auszuharren. Die Nordsüdrichtung zu wissen. Auf der Stelle zu bleiben, mit auf vollen Touren laufenden Motoren.

Die Männer johlten und schrien, aber Tora verstand die Wörter nicht. Sie saß da mit verfrorenen, festgekrallten Fingern und begriff allmählich. Traum? Es war kein Traum. Es war schreckliche Wirklichkeit. Almars Boot, das dort draußen zu Kleinholz wurde. Die Wellen, die über den Kai stürzten. Die Männer auf den Kuttern. Alles war schrecklich und nicht zu fassen. Eine heftige, nasskalte Angst überfiel sie. Von dem Licht hatte sie nichts mehr gesehen. Die große Dunkelheit hatte alles weggenommen. Das einzige Licht waren die einsamen, schiffbrüchigen Lichter der Boote dort draußen und ein mächtiger Riss im dunklen Himmel. Tora legte sich flach auf den Boden und konzentrierte sich darauf, sich am Geländer festzuhalten. Da hörte sie plötzlich ein merkwürdiges Geräusch. Sie sah nach oben, als es gerade über ihr war. Sie erkannte undeutlich einen flatternden, schimmernden Rochen, der dahinflog – einen Bogen über dem überschwemmten Kai machte und sich auf der draußen schaukelnden Wand niederließ. »Doi-joi-oj«, hatte der Rochen geschrien und drohend geblinzelt, als er aus dem Nichts kam und rasend schnell über Tora hinwegfegte. Vor Entsetzen fing Tora an zu zittern. Sie wusste nicht, wie ihr geschah. Als sie an der Wand entlangkroch und auf demselben Weg zurück wollte, den sie gekommen war, fühlte sie immer wieder nasse, glitschige Gegenstände an sich vorbeistreichen. An einer Stelle musste sie den Weg zu der alten Steinmole überqueren und zwei Schritte gehen, ohne dass sie sich an etwas festhalten konnte. Sie wartete die Windböen ab und schaffte es dann gerade. Aber der schwarze Regenmantel fiel dem Sturm zum Opfer. Sie sah ihn einige Meter über die Mole fliegen. Dann war er spurlos verschwunden. Es war, als ob ihr jemand mit einem gewaltsamen Handgriff den Mantel abgestreift hätte. Der Scheinwerfer von einem Kutter fuhr ganz kurz über sie hin, und sie sah, dass sie voller Tang war. Das war nicht in Ordnung. Gott war verrückt geworden. Tang flog wie die Vögel in der Luft herum! Tora kroch auf allen vieren am Zaun entlang. Sie sah, wie das Fahrrad von der Kiosk-Jenny gegen das Nebenhaus stieß und in die Luft gehen wollte. Da kam ein Windstoß und riss es in eine andere Richtung mit. Es flog mit dem Gepäckträger voraus über die Wiese. Schräg und in rasender Eile brauste es in die Dunkelheit hinein.

Tora wagte nicht hinaufzugehen, so wie sie aussah. Sie blieb auf der untersten Stufe vom Kellereingang sitzen. Wartete auf das große Licht. Dachte an den Riesenrochen, der sie mit hinausnehmen wollte. Dachte an Almars Boot. Wo war wohl das Geschirrtuch, das er von Tante Rakel bekommen hatte? Flog es aufs Meer hinaus oder schwamm es irgendwo in dem Wrack herum? Sie konnte von dem Gedanken an das Küchentuch kaum loskommen. Die Füße waren unter ihr eingeschlafen. Sie war durchnässt und kalt. Aber sie wartete verzweifelt auf das Licht. Nur noch einmal! Tora schrie auf, als sie etwas Weiches, Warmes auf ihrer Hand fühlte. Sie war so unterkühlt, dass sie Wärme und Leben als etwas Bedrohliches empfand. Es miaute kläglich. War nass und zerzaust wie sie selbst. Aber die Katze war entschieden wärmer. Tora nahm sie auf den Schoß und wärmte ihre Hände an dem weichen Fell. Nach einer Weile merkte sie, dass es half. Ein verrückter Gedanke kam ihr: Wo waren alle Krähen und die kleinen Vögel bei einem solchen Wetter? Woran klammerten sie sich?

Endlich hörte sie einige Männer. Sie hatten aufgeregte Stimmen. Tora wollte nicht gefunden werden und machte vorsichtig die Kellertür auf und schob sich hinein. Im Keller war es stockdunkel. Sie stieß dauernd gegen etwas. Hatte nur eine Hand frei, mit der anderen hielt sie die Katze. Er hatte auch nur einen Arm …

Als sie die Kellertreppe nach oben fand, merkte sie, wie müde sie war. Durch und durch kalt. Das Licht hatte sie verlassen. Hier war kalte, dunkle Wirklichkeit. Warm war nur eine Katze. Tora bewegte sich mühsam die Treppe hinauf. Mama hat sicher Angst gehabt und ist böse, dachte sie vage.

Der Riesenrochen hatte ihren Traum verscheucht. Er stand fest auf der Wand der Fischerhütte, die sich draußen in der Bucht hob und senkte.

15

Am nächsten Tag um die Mittagszeit kehrte auf der Insel wieder Ruhe ein. Inzwischen gab es auch so viel Licht, dass die Leute, die es wagten, sich die »Kriegsverwüstungen« ansehen konnten. Und sie glaubten es nicht. Schielten auf eine Welt, in der das Unterste zuoberst gekehrt war. Es wurde nicht viel gesprochen. Einige Frauen weinten ganz offen. Die Kinder hielten sich erschrocken im Hintergrund. Dass Präsident Eisenhower nach seiner Krankheit wieder die volle Arbeit im Weißen Haus aufgenommen hatte und dass der Atlantikpakt sich in Auflösung befand, hatte nichts mit der Wirklichkeit zu tun. Das waren Bagatellen. Die Zeitungen kamen an diesem Tag nicht. Und niemandem fiel es ein, die Nachrichten im Radio zu hören. Die Fischgestelle und die Fischerhütten von Dahls Betrieb hatten sich in der Orkannacht hinaus in den Fjord begeben. Niemand sah mehr etwas von den Gestellen und den Fischen. Die Kutter waren weit vom Land entfernt gewesen und hatten überlebt, bis auf einen armen Kerl, der zu wenig Treibstoff gehabt hatte, um den Motor in Gang zu halten. Der Mann hatte sich wie durch ein Wunder gerettet, als das Boot zerschellte.

Es war ein Glück, dass es mitten in der Woche war, so dass die Männer sich in den Fischerhütten aufgehalten hatten und noch rechtzeitig an Bord gehen konnten. Aber niemand hatte geglaubt, dass es ein so verheerender Sturm werden würde. Die Trankocherei am Tausendheimkai hatte ihre soliden Grundmauern verlassen und sich davongemacht.

Tora sah das verbogene Geländer, an das sie sich geklammert hatte. Es hatte also einen Sinn gehabt, dass das Licht nicht mehr gekommen war. Wenn die Welt nicht so dunkel und scheußlich gewesen wäre, dann wäre sie dort liegen geblieben, bis es passierte. Es war ein seltsamer Gedanke. Wäre nicht der Rochen gekommen und hätte sie aus ihrem Traum verjagt, dann wäre sie wohl mitsamt der Trankocherei im Meer verschwunden.

Der Rochen erwies sich als das Blechschild von Jennys Kiosk, »Petterrøes Mischung« stand darauf. Es war durch das Unwetter gejagt und hatte sich wie eine Axt in der ins Meer gespülten Fischerhütte festgesetzt. Es sah gar nicht so furchterregend aus, wie es so an der Wand steckte. Aber der Mann mit der Pfeife war schrecklich mitgenommen. Wie eine Ziehharmonika in schlechtem Zustand. In der Salzerei bei Dahl lagen drei große Steine mitten auf dem Fußboden. Es bedurfte zweier kräftiger Männer, um sie hinauszutragen. Die Steine hatten den Weg durch die Wand genommen. Die Natur finde ihre eigenen Wege und hebe Lasten nicht mit der Winde, meinte Einar und schüttelte den Kopf.

Auch er hatte an diesem Vormittag nicht auf Neuigkeiten gewartet. Alle waren am Hafen und an den vergewaltigten Stränden. Ihre Augen hatten sich noch nicht an den Anblick gewöhnt. Es fehlte noch viel, bis man erfasste, dass die Natur, der Teufel und Gott derart miteinander in Streit geraten konnten, dass es nachher auf der armen Erde so aussah.

Unwetter.

Wer hatte sich nicht schon ein- oder zweimal im Jahr geduckt und um Gnade für seine Sünden gebetet und auf den Wind gehorcht, der da draußen riss und zerrte und Verwüstungen anrichtete? Nicht das bösartige Poltern um die Hausecken gehört und den begehrlichen Druck auf die Fenster, wenn der Südwest den Leuten zeigte, wem Macht und Ehre gebührte? Wer hatte nicht schon ein oder zwei Haustüren fest verschlossen – oder war barfuß in die Stiefel gesprungen, um nach den verdammten, machtlosen Ruderbooten zu sehen, die nie auf den Gedanken kamen, sich selbst in Sicherheit zu bringen? Wer war nicht schon einem oder mehreren Kindern auf dem Schulweg gefolgt, wenn die weißen Stürme den Leuten den Atem nahmen und Weg und Steg begruben? Wer hatte nicht den Kragen hochgeschlagen und sich die Ohren zugehalten? Wer hatte nicht schon die sonderbare eiskalte Einsamkeit erlebt, wenn er bei starkem Wind draußen auf dem Meer war? Wer wusste nicht, dass alles geschehen konnte? Und dennoch. Wenn alles geschah – dann war es so unfassbar, dass Elisif nicht mehr beten konnte und Einar mühsam in seiner grauweißen Unterhose von der Verandadachstube herunterstieg und die scheue Katze der Kopftuch-Johanna zu einer der Kleinsten in dieser Welt in einem Kellereingang kroch. Und die Möwen? Die Möwen hatte man seit vierundzwanzig Stunden nicht mehr gehört.

Simon stand bis zu den Knien in der neuen Hochwasserlinie. Er verschaffte sich einen Überblick. Er trug keine Kopfbedeckung, der schöne, weiche Mund war halb offen. Die eckigen Schultern richteten sich auf und fielen mehrmals wieder zusammen. Es wirkte so, als ob der Mann sich aufblies, aber nach einer Weile zu atmen vergaß. Die Arme hingen gerade herunter. Die schlanken, langen Finger waren in den Fäusten nicht zu sehen.

Ein eben erst gekaufter Kutter hatte am Vortag noch in der Vertäuung gelegen. Jetzt dümpelte nur noch der Vordersteven in der flachen, aber heftigen Dünung. Den Rest des Boots hatte niemand gesehen. Es erwartete auch niemand, dass Dahls Fischgestelle mit den Fischen sich wieder einfinden würden.

Dahls neue Fahnenstange, die er am ersten Weihnachtsmorgen feierlich eingeweiht hatte, um die Allgemeinheit damit zu erfreuen, stand wie ein geknickter Zaunpfahl im Garten. Die Frau des Hauses ging ein und aus und redete mit allen Leuten über dieses Unglück. Aber die Leute beachteten Frau Dahl an einem solchen Tag nicht. Und sie konnte es nicht fassen, bis sie sich den taillierten Mantel und die hohen Schaftstiefel anzog und der Menschenmenge hinunter nach Været folgte. Da wurde Frau Dahl blass. Und sie erwähnte die Fahnenstange mit keinem einzigen Wort mehr. Denn Dahls Betrieb lag skalpiert und zerschlagen vor ihr, und Dahl war wachsbleich und sah die Leute mit irren Augen an. Das Dach des großen Gebäudes war weggerissen und schwamm in der Bucht. Das tat der älteste Teil des Kais übrigens auch. Schwamm wie ein seltsam erschöpftes Gespenst dort draußen, zusammen mit Fässern, Brettern, Treibgut und Fischkisten. Ein unglaublicher Anblick. Die Mädchen hatten die Köderhütte vor Weihnachten mit einer alten Gardine geschmückt, um es etwas gemütlicher zu machen, wenn sie dort Köder auffädelten und kalte Füße hatten. Die zerfransten Reste hingen aus dem blinden Fensterauge und wussten sich nicht zu helfen. Flatterten jämmerlich und waren zu nichts mehr nütze. Die Möwen fanden schnell heraus, dass die neue Schäre in der Bucht ein Segen war – und nahmen sie in Besitz, ohne an die Menschen an Land auch nur einen Gedanken zu verschwenden. Sie flogen kleine Runden und setzten sich mit Besitzerinnenmiene und voller Zufriedenheit auf das Dach, auf die Fensterbänke und auf die Treppen. Sie kreischten und schissen und waren lustig. Und niemand jagte sie weg. Das Dach des Dahl'schen Betriebs lag wie ein Floß dort draußen in seiner ganzen elenden Freiheit.

Aus der oberen Etage waren natürlich Einrichtung und lose Gegenstände fortgeblasen worden. Dahl hatte die Räume vermietet. Es war eine Extraeinnahme in der Saison.

Simon stand in der neuen Hochwasserlinie. Er hatte da nun lange genug gestanden, so dass die Männer meinten, es sei an der Zeit, dass er heraufkomme und ihnen Anweisungen gebe, wo sie am besten anfangen sollten.

Anfangen? Womit? Anfangen aufzuräumen nach der Raserei, die sie in Gottes Namen heimgesucht hatte. Und was war am wichtigsten? Wo sollte man zuerst Hand anlegen? Sollte man zu dem armen hochmütigen Dahl gehen und ihm Hilfe anbieten – oder sollte man zuerst an sich denken und eine kalte Freude darüber empfinden, dass es einem selbst diesmal nicht am schlimmsten ergangen war?

Da fuhr ein schwarzes Fahrrad mit hoher Geschwindigkeit um Simons neuen Betrieb. Von dem Fahrrad – das an der äußersten Kaikante mit schrillem Kreischen anhielt – stieg ein Frauenzimmer in blauem Regenmantel und mit üppigem, windzerzaustem rotem Haar ohne Kopftuch.

Rakel beugte sich atemlos über die Lenkstange und rief in die Runde: »Ist jemand tot?«

Nun schien der schlafähnliche, dumpfe Zustand plötzlich zu bersten. Die Männer wandten ihr Gesicht zögernd vom Meer ab, von dem grotesken, aufgewühlten Hochwasser, wo Tang und Fische und Bretter und alle möglichen kleinen Dinge, von denen niemand den Heimatort kannte, im flauen Wind zitterten. Sie drehten widerwillig die schweren grauen Gesichter zum Land hin. Und die Münder öffneten sich langsam wie auf Kommando. Ein Heer von halboffenen Mündern und hängenden Armen. Ein Heer männlicher Ohnmacht. Sie drehten sich zum Land hin und sahen, dass da eine Frau mit einem alten schwarzen Fahrrad an der Kaikante stand und schrie: »Ist jemand tot? Antwortet!«

»Nicht, dass wir wüssten«, sagte einer.

»Habt ihr das noch nicht rausgefunden, ihr Trottel!«, schrie Rakel und warf das Fahrrad auf den Kai. »Wohnte jemand im Betrieb beim Dahl?«

»Nein.«

Aber es war plötzlich Leben in den Fäusten. In den Stiefeln. Im Ölzeug. Die Kleinen, die Mittelgroßen, die großen Ungelenkigen, die Ruhigen und die Flinken, die, die sich leiten ließen, und die, die das Kommando übernahmen, ohne darüber nachzudenken. Alle. Setzten sich allmählich in Bewegung.

Und das ist das Verwunderliche bei diesem Menschenschlag, der tagtäglich mit Tragödien und Wettergöttern und Stürmen und Hochwasser im Nacken lebt. Sie behalten die Ruhe, wenn die Tragödie sie trifft. Behalten sie. Bis etwas Unerwartetes geschieht. Etwas, worüber man eigentlich grinsen müsste – wie zum Beispiel über eine Frau an der äußersten Kaikante. Das bringt sie in Bewegung. Bringt sie dazu, den Gedanken begierig aufzugreifen: Es hätte viel schlimmer kommen können! Und jetzt sind sie gerettet. Gerettet vor sich selbst. Vor der infamen Freude, dass es Dahl diesmal schlimmer getroffen hat als jeden anderen, und davor, dass es wichtiger ist, das eigene beschädigte Heim zuerst in Ordnung zu bringen. Sie sehen, wie unwesentlich es ist, dass da ein neuer Steven ohne das Boot schwimmt. Sie vergessen den grotesken Anblick von einem ins Meer geschwemmten Kai mit Köderhütte und Klobude. Vergessen! Um sich systematisch in Gang zu setzen und nachzuforschen, ob jemand ums Leben gekommen ist.

Da machte ein kleiner Junge den Mund auf und stellte die entscheidende Frage: »Wo ist denn die Hütte vom Almar aus Hestvika?« Und noch einmal drehten die Männer den Kopf. Sie hatten keine Zeit, sich zu schämen, dass sie Almar in der Menge nicht vermisst und dass ihre Augen nicht registriert hatten, dass die kleine Hütte verschwunden war. Sie hatten wohl gesehen, dass sein Kutter nur noch aus einem Steven bestand. Das war schlimm genug. Es war also nicht nur Dahl, der in Sodom büßen musste.

Und es erklangen kurze, heisere Befehle. Zielbewusst setzte sich eine kleine Gruppe in großer Eile in Bewegung und löste sich bald auf.

Nas-Eldars Lastwagen hustete das Unwetter aus dem Kühler und kam in Gang. Ein Beiboot fuhr übers Meer und in die Bucht hinein.

Almars Hütte war in der Nacht umgezogen.

Fünf mal drei Meter – plus Vorbau - hatten die festen Grundmauern verlassen und sich mit einer unberechenbaren, gewaltsamen Verführerin die Welt hinaus begeben. Da musste es kommen, wie es kam. Ja, es hätte noch schlimmer kommen können. Almars Haus wurde Wand an Wand neben seinen Bootsschuppen gesetzt. Er hatte niemals vorgehabt, dort unten auf dem steinigen Strand zu wohnen. Aber nun musste er zugeben, dass die Hütte wohl ins Meer entkommen wäre, wenn nicht der elende alte Bootsschuppen sie aufgehalten hätte. Und Almar wäre mitgegangen.

Denn er hatte in der Hütte gesessen und versucht, auf der zu Tode erschrockenen Herdflamme Kaffee zu kochen, als der Sturm Haus und Mann überwältigte. Sie sechzig Meter durch die Luft beförderte. Zwei Telefonmasten mitnahm, nur um der menschlichen Torheit und Technik eine vernichtende Lehre zu erteilen.

Die Hütte war ziemlich unsanft abgesetzt worden. Almar wusste nicht mehr genau, wie das Ganze vor sich gegangen war. Aber er wärmte die Geschichte von den Telefonmasten immer wieder auf, die wie Streichhölzer vor seinem Haus umgeknickt waren. Und er erinnerte sich später an den überirdischen Klang, als die Drähte rissen. Es war ein scheußlicher Harfenchor gewesen.

Er blutete nicht wenig unter seiner Pelzmütze. Und die Männer dachten im Stillen, dass es durchaus nützlich sein konnte, innerhalb der vier Wände eine Mütze aufzuhaben. Nas-Eldar wollte Almar mit seinem verletzten Schädel zum

Doktor bringen, aber Almar lebte richtig auf, als er mitten in seinem Unglück so viel Besuch bekam, und wollte die Aufräumarbeiten selbst leiten. Er gab sogar zu, dass er wohl eine Zeitlang »weg gewesen« war. Da war einiges, woran er sich nicht deutlich erinnern konnte. Und einen Augenblick ließ er die vernarbten Hände, in die sich Sonne und Öl schwarz eingefressen hatten, unschlüssig hängen. Denn Almar war nie zuvor ohnmächtig gewesen.

Im Gartenzaun hatte sich eine schwarze Hose verfangen. Ein Kronenstück und zwei Zehnörestücke befanden sich in der Tasche. Da begriff Almar, dass dies wohl sein einziger Besitz war. Und noch hatte ihm niemand etwas von dem Kutter erzählt.

Die Bergung von Booten und Kai, von Haus und Bootsschuppen, von Netzen und Ausrüstung ging mit einer Unmenge von Schweiß, durchnässten Kleidern, brennenden, tatkräftigen Händen und kurzen Kommandorufen vor sich. Zwölf Stunden ohne Essen. Simon konnte sich erinnern, dass er seine Stiefel zweimal ausgekippt hatte. Aber Almar mussten sie im nächsten Hof auf die Couch legen. Allein den Dahl-Kai an Land zu schleppen war eine Heidenarbeit. Der größte Kutter in der Bucht – Simons ganzer Stolz – meisterte dennoch die Schwierigkeiten. Die *Øyfisk* erwies sich als sehr nützlich. Sie hatte sich auch in der Sturmnacht gut gehalten. Einer von den Kuttern war auf Grund gelaufen. Es bestand Hoffnung, ihn zu reparieren, auch wenn er üble Schäden am Ruder und am Schiffsrumpf aufwies. Stundenlang hatte man die Mole nicht sehen können. Und das fünfunddreißig Fuß lange Boot stand jetzt hoch und trocken auf dem Land, nachdem das Hochwasser sich zurückgezogen hatte. Volle Ölfässer lagen verstreut über der Mole, zusammen mit allem anderen, was nicht niet- und nagelfest war.

Als ob ein besoffener Troll Amok gelaufen sei, meinte einer der Männer, während er ein Ölfass rollte, so dass ihm der Schweiß durch die Jacke drang. Er hatte wohl die weihnachtlichen Gelage noch in frischer Erinnerung.

Sonst wurde nicht viel gesprochen. Sturheit und Arbeitsfäuste. Aus einem kleinen Fischerdorf auf der Insel bekam man Neuigkeiten zu hören – dass die Schafe und Kühe im Hauskeller und im Mistkeller standen, weil der Stall in der Orkannacht ins Meer gespült worden war. Als Teile der Insel wieder Strom bekamen, hörten die Leute im Radio, was sie erlebt hatten. Eine schnarrende, geschäftsmäßige Stimme erzählte, dass die Menschen auf der Insel am Ende seien und Hilfe brauchten.

Aber sie sagte nicht, dass Almar mit einer blutgetränkten Pelzmütze in einem Zimmer auf der Couch lag und von der Hose und dem Kleingeld redete, und von dem Steven, der nur noch lose zusammenhielt, während das restliche Boot nicht aufzutreiben war, um wenigstens Feuerholz daraus zu machen. Dagegen sagten sie etwas über sein Haus. Dass es mit den Küchenhockern und den Fußbodenbrettern nach oben daliege und mit dem zerschmetterten Schornstein darunter. Und dass die Grundmauern nie so einsam und unbedeckt gewesen seien, seit sie in den dreißiger Jahren neu aufgemauert worden waren. In die Telefonzentrale kam die Anfrage, ob sie für die Bewohner der Insel Wolldecken und warme Sachen brauchten. Da platzte dem Josef von der Zentrale in Været, der sonst in seinem nasalen Telefondialekt nie etwas anderes sagte als »Hallo, hallo!«, »Gespräch beendet?«, der Kragen. Er steckte den Stecker von einem Loch ins andere und sagte mit mühsam unterdrücktem Zorn: »Wir halten uns warm, weil wir so hart arbeiten, dass wir nicht mal Zeit zum Essen haben. Wir brauchen also weder Lebensmittel noch Kleider. Aber wenn ihr da aufm Festland einigen Grips im Kopf habt, dann schickt uns Boote und Arbeitskräfte und etwas zum Hochwinden und Transportieren von Häusern und Schafen und Treibholz und Aborten. Dann kriegen wir alles wieder auf seinen

Platz, was hier draußen so rumliegt. Außerdem brauchen wir Futter für die Tiere im Inselinnern. Denn der Herrgott hat alles zurückgeholt, was er gegeben hat, und die Schafe und die Kühe stehn auf einigen Höfen im Mistkeller und brüllen und reißen das Maul auf nach Heu. Wenn ihr also ein paar Heuballen in Breiland habt vorbeifliegen sehn, dann schickt sie per Nachnahme hierher. Die Wolldecken sind uns völlig wurscht. Wir können sowieso die nächsten vierzehn Tage nicht schlafen. Wir haben gerade den Dahl-Kai vertäut und haben ein Haus aufgespürt und festgestellt, dass alle am Leben sind, bis auf einen Hund, der im Futtergang von einem Stall eingesperrt war, und der Stall landete im Meer. So jubeln wir und arbeiten.«

Es stand in der Zeitung, dass die Springflut bei der Insel vier Meter über normal gewesen sei. Und Ottar hatte am eigenen Leib erfahren, dass das stimmte. Denn alle Mehlsäcke im Lager hatten im Salzwasser geschwommen, und die Heringsleichen waren aus dem Fass herausgekommen und lagen mit dem Bauch nach oben, als er am Morgen das Lager betrat. Ottar ärgerte sich über alles, was in der Zeitung stand. Das machte das Ganze so verdammt wahr. Er konnte die Tür zum Lager nicht einfach zumachen und so tun, als ob das Unglück mit den Waren nicht passiert wäre. Denn es hatte in der Zeitung gestanden!

Der ruhige Ottar bekam ein ganz mürrisches Gesicht. Er schloss nicht einmal den Laden zu, als er sich das Ölzeug und die hohen Stiefel anzog, um sich mit den anderen zusammen ans Aufräumen zu begeben. Brachte es sogar fertig, nicht bei sich anzufangen. Er war fürchterlich böse, der Ottar. Denn er hatte sich nicht versichert. Da war nichts zu holen. Die Bücher auf dem Ladentisch konnten dort mit ihren Zahlen in der tiefsten Dunkelheit liegen, denn er wusste, dass die Insel schweren Zeiten entgegenging. Er würde vielleicht nicht einmal die trockenen Waren verkaufen können. Die Schulden würden ihm jede Nacht Albträume verursachen. Die Zahlungen würden ihm schon am zwanzigsten jedes Monats im Voraus wie Kotze im Gesicht hängen. Die Welt war kein guter Aufenthaltsort.

Das hatte er auch gesehen. Die Pappschachteln in der Ecke. Die wunderbaren Pappschachteln mit der schwarzen Lotsenjacke von seinem seligen Vater und darauf die Wolldecke, fein säuberlich zusammengelegt … Er hatte das Gefühl, dass die Mächte in das durchnässte Lager eingeschlagen hatten. Gute oder böse Mächte? Wie dem auch sei! Sie hatten ihn für irgendetwas bestraft. Ottar verspürte eine gewisse Angst vor der Dunkelheit, als er die durchnässten Pappkartons entfernte und die Lotsenjacke von T. H. Larsen an einem rostigen Nagel im Lager aufhängte. Sollte sie da hängen! Bis sie trocken war. Mitten durch die Dunkelheitsangst spürte er einen Kniff im Nacken. Einen Kniff, dessen sich der Kaufmann T. H. Larsen in der Blüte seiner Jahre bedient hatte, wenn er sein Haus züchtigte.

Ottar war ein denkender Mensch. Darauf war er auch stolz. Er verließ seinen Kramladen, offen für den Abschaum der Menschheit und die Diebe, und ließ die Salzheringe im Matsch liegen, während er auf die Straße und an den Strand ging, um den Leuten ihr Hab und Gut bergen zu helfen. Da war seine Buße für das Papplager drinnen im Lagerraum …

Am anderen Tag fragte ihn jemand, wie es denn bei ihm aussehe, das Lager liege doch am Kai. Und Ottar nahm die Mütze ab und strich mit der Hand über den dünnen Scheitel und antwortete, dass alles noch überschwemmt sei – auch dort. Und als die Männer ihm beim Aufräumen halfen und die Frauen überall wuschen und putzten nach dieser Sturmflut, fühlte Ottar sich geläutert und seiner Sünden ledig. Er hatte sein Haus verlassen, hatte Buße getan, und er hatte bereits etliche für einen Kredit notiert. Er konnte eben nicht aus seiner Haut. Außerdem war da schon wieder ein schöner Gedanke aus der alten, sündigen Zeit. Er hatte gesehen, dass Sol gründlich und ausgiebig mit den anderen Frauen zusammen saubergemacht hatte. Und sie hatte es getan, ohne dass er sie darum gebeten hatte. Er konnte nichts dafür. Das verdorbene Mehl war eigentlich nur eine Bagatelle. Er gab der kreischenden Mutter ein paar gute Worte und hatte seinen Frieden mit sich selbst. Und ganz hinten im Lager hing die Lotsenjacke und trocknete, ohne dass sich jemand darum gekümmert hätte. Er hatte übrigens eine Wolldecke dort unten hingelegt, und die Mutter würde sicher nicht merken, dass er die fortgenommen hatte. So gehen Unwetter mit den Menschen um. Und das neue Jahr hatte es in sich gehabt. Bald war die Orkannacht eine Geschichte, die man hervorholen konnte. Unverbraucht und neu. Jederzeit. Sie wurde immer weiter gefärbt, von denen, die gerade erzählten. Man konnte sich im Februar darüber wundern, dass es wirklich möglich gewesen war, im Januar, mitten in der Nacht, so viele übernatürliche Kräfte in Bewegung zu sehen. Denn im Januar war es ja dunkler gewesen als jetzt im Februar. Aber niemand äußerte seine Zweifel. Im Gegenteil – sie malten die Geschichte mit vielen Varianten aus. Die vier Kühe, die im Innern der Insel auf dem Zementboden angekettet gestanden hatten, wurden zu acht – ohne dass jemand das kontrollieren wollte.

Aber wer sich draußen aufgehalten hatte, als es am allerschlimmsten war, spürte noch die eiskalte Angst unter der Haut. Er gab nicht so an wie diejenigen, die alles vom Fenster aus gesehen hatten. Man musste sich übrigens wundern, dass sie so große und breite Fenster hatten, dass sie das alles hatten sehen können – so ohne weiteres. Aber niemand äußerte Zweifel. Und die Geschichten wurden immer zahlreicher und weitschweifiger. Sie flossen wie reißende Bäche dahin und waren nicht aufzuhalten.

Das Ganze war für die Insel eine Warnung vor dem Jüngsten Gericht gewesen. Die Mole stundenlang unter Wasser. Die Mole! Die wie ein brütender Fels rund um die

Boote und Gebäude gelegen hatte, so dass die Menschen sicher vor allem Ungemach schlafen konnten. Das hatten sie also erlebt. Die Mole hatte aufgeben müssen. Durch das tobende Wasser und den Fallwind hatte die Bucht einen unwahrscheinlichen Strudel gebildet. Es war wohl ein Vorgeschmack auf das Jüngste Gericht. Im Leuchtturm hatte das Licht versagt. Es dauerte eine Woche, bis die Leute es wieder blinken sahen. Das allein war schon unheimlich genug gewesen.

Elisif dachte sich ihr Teil:

Wer auf der Insel hatte so gesündigt, dass Gott sie alle in diese Verdammnis und Zerstörung warf? Wer hatte den Herrn so herausgefordert, dass er seine Strafe auf Sodom schleuderte? Sie betete inbrünstig für diese Sünder und wartete jeden Tag auf eine Botschaft von Gott, dass die Gerechten fliehen sollten, weil ER die ganze Insel vernichten müsse. Aber die Botschaft kam nicht, obwohl Elisif sich zwang, nachts wach zu bleiben, damit der Herr sie bereit finden sollte. Sie versuchte sich vorzustellen, wer als Salzsäule auf dem Veten stehen würde, weil sie es nicht unterlassen konnten, zurückzuschauen. Und sie tippte auf die, die am meisten besaßen. An Gut und Geld. Sie sah Frau Dahl und die Frau des Pastors – erstarrt und tot dort oben auf dem Gipfel. Aber die Botschaft kam nicht. Und Elisif verkündete allen im Tausendheim, dass sie ganz beruhigt sein könnten, denn der Herr habe sie verschont.

Tora war im Grenzenlosen gewesen. Wusste, dass der Tod ihr nachgestellt hatte. Sie verstand wenig von dem Rätsel. Dem großen, zufälligen Rätsel. Wer wurde geholt, wer wurde geschont? Und sie war beinahe traurig, als das Schild mit »Petterrøes Mischung« entfernt und in der Bucht versenkt wurde, weil kein Staat mehr damit zu machen war. Sie trauerte auch um den »Riesenrochen«. Denn durch ihn hatte sie

Dinge gefühlt, die sie nie zuvor gefühlt hatte. Sie hatte die äußerste Grenze in sich gefühlt. Die Grenze zog sie an und machte ihr doch Angst. Obwohl, Angst? Nein, die Grenze hatte nichts mit der Gefahr zu tun.

Der Tod. Er würde kommen. Einmal. Für alle. Sie hatte ihn nicht ertrinken lassen. Nein. Aber einmal war auch er dran. Er konnte morgen schon dran sein. Und er musste da allein hindurch. Er konnte niemals in ihren Tod eindringen. Niemals! Sie gehörte sich selbst im Tod. Sie würde das nie einem anderen Menschen erklären können, aber es war so.

Sie hatte einen hartnäckigen Willen, der für sie entschied: Er war alt. Er würde zuerst sterben.

Bei diesem Gedanken bekam sie Lust, zur Kiosk-Jenny hinunterzulaufen und sie zu fragen, ob sie Hilfe brauche – oder es der Mutter besonders gemütlich zu machen, wenn sie von der Arbeit kam. Der Gedanke ließ die unansehnlichen Winterblumen auf dem Fensterbrett schön und leuchtend grün werden.

Und die Möwen lachten da draußen. Ein durchdringendes, schwatzendes Lachen, das erzählte, dass das Unwetter vorüber war.

16

Vom Wind zerzauste kleine Journalisten kamen mit der Fähre auf die Insel, sobald für Mensch und Tier wieder schönes ruhiges Wetter herrschte.

Sie schrieben über Almars Haus, das mit dem Rock nach oben dalag und die Eingeweide vor aller Welt ausgebreitet hatte. Das heißt, das schrieben sie natürlich nicht. Sie malten ein Bild von der niederträchtigen Gewalttat der Wettergötter und setzten darunter: »Dämonisches Unwetter über der Insel. Wellblechplatten sausten wie todbringende Projektile durch die Luft. Telefonmasten brachen wie Streichhölzer. Aber die Leute bauen wieder auf.«

O ja. Sie hielten Almar an, als er angefahren kam, Pastors Stute vor den Langschlitten gespannt.

Rot und durchgefroren stand er da. Mit gespreizten Beinen. Er hatte das Wesentliche aufgeladen. Der Kaffeekessel thronte ganz oben. Wie Einar aus der Dachstube hatte er keine Schwierigkeiten, die Spreu vom Weizen zu trennen, wenn er aufbrechen und seine irdischen Güter verlassen musste. Aber er hing auf eine andere Weise an ihnen als Einar. Hing daran mit ganzem Herzen und konnte sich trotzdem von ihnen lösen – wenn es sein musste. Niemand zog mit kaputten Hockern und zerbrochenen Tassen um. Selbst wenn er im Tausendheim wohnen sollte. Almar sollte nämlich in die kleine Stube von der Kopftuch-Johanna ziehen. Er fand sich damit ab. Er hätte lieber den kleinen Raum in der Schule gehabt. Neben der wunderbaren Lehrerin. Mitten in seinem Elend hatte er davon geträumt und hatte seine Pelzmütze abgenommen, damit sie seinen bandagierten Schädel sehen könnte. Er würde ihr beweisen, dass sie stimmten – all die Geschichten, die über Almar in Hestvika umgingen, sie sollte sehen, dass Almar ein Mann war, der einen blutigen Kopf hatte und dennoch denken konnte. Er würde sich ein neues Boot beschaffen. Dann könnte das Haus machen, was es wollte. Aber das Boot! O ja. Er würde ihr im Juni Seelachs bringen – bevor sie nach Süden fuhr.

Verfroren und breitbeinig stand er auf seinem Schlitten und konnte sich wohl jederzeit unterhalten – mit dem erbärmlichen Zeitungsmenschen, der ein paar Worte in der Zeitung schreiben wollte. Denn Gunn las Zeitung. Bekam sie mit der Post.

»Es ist abscheulich, dieses ganze Elend«, sagte sie bisweilen. Und Almar neigte den Kopf zur Seite und war der gleichen Meinung. Er nickte ihr zu und versuchte sich zu überlegen, was er dazu sagen sollte. Es endete damit, dass er ein oder zwei Wörter fand.

Und jetzt hatte er den Sturm. Almar war das Elend persönlich, das war klar. Hatte er nicht eine Schnittwunde am Kopf und trug die Pelzmütze nicht deutliche Spuren von dem Elend? War er nicht ein Unglücksrabe, über den alle sprachen? Ja. Und nun sollte er in die Zeitung kommen.

Seine mächtigen Arbeitshände steckten in Fausthandschuhen, und er stand mitten zwischen den wackligen Pappschachteln ganz sicher auf der Fuhre.

Der Zeitungsmensch sprach ihn mit Sie an, obwohl Almar von der Insel stammte und jetzt ins Tausendheim umzog. »Es ist schlimm bei Ihnen?«, fragte der Journalist mit ernster Miene. Und hatte den Bleistift gezückt. Das beunruhigte Almar ein wenig. Aber er bewahrte Haltung.

»O ja.«

»Sind Sie versichert?«

»Nein. Ich hatte genug mit dem Darlehen. Man bekommt nichts umsonst.«

»Aber das Haus kann doch wieder aufgebaut werden?«

»Es ist mir lieber, ich hab wieder ein Boot.«

»Ja, Sie haben Ihr Boot also auch verloren?«

»Ja.«

»Dann geben Sie also dem Boot die Priorität vor dem Haus?«

»Was?« Almar stockte und räusperte sich. Er begriff nicht. Der Zeitungskerl gebrauchte ganz unverständliche Wörter.

»Da sehen Sie also schwarz in die Zukunft?«, fragte der kleine Graue den Mann im Schlitten.

»Wer hat das gesagt?«

»Ich dachte, dass …«

»Das geht nicht, nur dasitzen und denken!«

Das Letzte hatte Almar gesagt. Und er wusste nicht, dass er den kleinen Journalisten ganz schön zurechtgewiesen hatte.

»Aber dir wird doch geholfen?«, fragte der Journalist und vergaß sich und sagte du.

»Nee – da ist nicht dran zu denken. Ich betreib den Fischfang nur im Kleinen und nur für mich selbst. Ich hab ein Zimmer im Tausendheim bekommen, das große Haus da unten am Strand. Ich hab ein Dach überm Kopf.«

»Bist du nicht verbittert?«

»Verbittert? Nee. Ich bin gesund. Wenn die, die 's Geld verteilen, meinen, dass ich nicht genug Fischfang betreib, dann sollen sie's sein lassen.«

Almar schnalzte mit der Zunge, um das Pferd anzutreiben und ohne sich darum zu kümmern, ob der Zeitungsmensch fertig war. Der Mann rannte ihm ein Stück nach und fragte, ob er ein Bild machen könne. Von dem Unglückshaus?

Was sollte da wohl Aufregendes dran sein? An dem Bild von einem zerstörten Haus? Nein, da hätte er lieber ein Bild von dem Haus in seinen besten Tagen machen sollen. Frisch gestrichen und schön und mit neuen Fenstern in der Küche und im Vorbau. Aber als er das Pferd zum Tausendheim hinunterjagte, fuhr er sich mit dem Fausthandschuh über die Stirn. Es war heute so sonderbar leer unter dem

Himmel. Es stimmte also: dass er nichts mehr besaß. Almar fuhr sich mit dem Handschuh noch einmal über die Augen. Den Tropfen an der Nase nahm er dabei gleich mit. Es war so verdammt kalt heute.

Die Leute sagten, dass das Unwetter eine Warnung über die Vergänglichkeit aller Dinge gewesen sei. Und es wurde vielleicht ein besonderes Gewicht darauf gelegt, weil es Dahl am empfindlichsten getroffen hatte. Es war schon seltsam – man konnte sich das erlauben, wenn es um Dahl ging. Da war es mit dem armen Almar anders. Seit dem Unwetter war nicht mehr viel mit ihm los. Das mit dem Boot war nicht wiedergutzumachen. Es kam vor, dass er ein wenig nass im Gesicht war, wenn er den Steven zerschlagen und einsam an der Ankerkette hängen sah.

»Das ist die verdammte Schäre. Ich hab schon immer gesagt, dass noch ein Unglück passiert mit so 'ner Schäre mitten im Hafen!« Und die Männer wandten sich ab.

In der Zeitung und im Radio wurde das Wort Katastrophe gebraucht. Katastrophe! Die Leute auf der Insel benutzten solche Wörter nicht. Aus gutem Grund. Welche Wörter sollte man benutzen, wenn in einer solchen Situation der Wind einmal von Westen kam? Die Schätzung der Unwetterschäden im Distrikt wurde genannt. Eine Zahl mit sieben Ziffern. Vier Millionen.

Kronen? Ja, ja. Manche rechneten in Kronen. Das war am einfachsten. Ja, je weiter weg jemand mit seinem Hab und Gut war, desto einfacher war es, von Kronen zu reden.

Der Naturkatastrophenfonds? Wer war das? Von dort komme Geld, wurde gesagt. ACH? UND DANN WÜRDE ALLES GUT? Almar verstand ja vieles, aber dass sich jemand finden sollte, der ihm Geld gab, das konnte er nicht glauben. Es half nicht viel, dass im Buch der Bücher stand, dass der Glaube Berge versetzen könne. Almars Glaube war nicht sehr stark. Und natürlich bekam er nichts. Denn das Boot wurde nur auf Hobbybasis benutzt. Hobbybasis? Ja, tatsächlich! Hochschwangere Frauen und abgehauene Finger, schmerzende Zähne und Leute, die weit fortreisen wollten! Alle waren mit Almars Boot gefahren. Und das Wort Hobby sollte der Teufel holen. Denn das Boot war nicht mehr. Und die Kinder mussten jetzt auf die Welt kommen, die Nabelschnur mehrmals um den Hals gewickelt und mit furchtbarem Geschrei, ohne dass Almar sie erlösen könnte. Denn das Boot, das ein Hobby war, weil Almar sich im Sommer damit eine Portion Fische fing, war nicht mehr. Und sein Haus schaukelte noch auf und ab. Er hatte es vertäut. Er wollte es als Feuerholz und zum Verschalen verkaufen.

Das Finanzministerium und das Landwirtschaftsministerium und das Wirtschaftsministerium – mit Ministerrat und solchen Dingen – saßen in Oslo und redeten über Kronen. Diese himmlische Macht, der Naturkatastrophenfonds, hatte sein Geld für Katastrophen bereits aufgebraucht. Lange vor dem Unwetter.

Und man konnte ja mal offen sagen, es gab über viertausend Arbeitslose in Nordnorwegen, so dass reichlich freie Arbeitskräfte vorhanden waren, um einen oder zwei Kutter zu bauen. Es gab massenweise kleine Birken und Weiden, Äxte und Sägen und anderes Werkzeug, das der Wind und das Meer nicht erwischt hatten. So würde man schon zurechtkommen.

Die Männer grinsten ein wenig drinnen in Ottars Laden. Dieses dumme Lächeln war von einer ganz besonderen Art. Man musste sich darin auskennen, um die totale Verachtung zu verstehen, die totale Depression und die Verbitterung, die es umfasste. Beschäftigung! ZWEI UND EINE HALBE MILLION. Kronen? Vielleicht … Dieses *Vielleicht* war der Strick, mit dem sie das verzweifelte, verwundete Tier dort oben im Norden anbanden. Die Erde war ein unbegreiflicher Himmelskörper. Das Rote Kreuz. Kirchliche Nothilfe. Neue Atombombenversuche im Stillen Ozean. Der Atlantikpakt in Auflösung.

Grace Kelly lässt Fürst Rainier Herr in seinem Schloss sein. Almar vertäut eine Hütte gut am Strand, mit dem Dachfirst zuunterst.

Die Russen geben. Die Russen erinnern sich an die Menschen im Norden. Fünfzigtausend Rubel aus der Sowjetunion. Und manch einer erinnert sich an die Russen als das große, starke Tier, das mit der vertrauenerweckenden Tatze kam, als die Samtpfoten des Westens zu weich wurden.

Die Schweden hatten auch einen Platz in ihrem Herzen für die Nordnorweger: Fünfzig bis sechzig Tonnen Heu wurden über Narvik verfrachtet.

Dann strömten die Heringsschwärme langsam herbei. Die Leute kamen allein zurecht. Die Fischer von den Vesterålen hatten bereits Ende Januar doppelt so viel gefangen wie im Vorjahr in der ganzen Saison.

Dahl kam wieder auf die Beine, er betrieb ja gewiss kein Hobby, der Bursche. Ein neues Dach wurde aufgesetzt und der Kai solide und gut am Berg verankert. Die Männer arbeiteten Tag und Nacht. Die Frauen waren es gewohnt, um diese Jahreszeit allein zu Hause zu sein. Und der Staat hatte Dahl einen Zuschuss gegeben, Dahl konnte zahlen. Schnell vergaßen sie Almar und sein Boot. Ja, er vergaß sich selbst … Stand meist in Ottars Laden und stülpte sein Taschenfutter um. Gewiss, er heizte noch tagein, tagaus die Schule, außer an den Sonn- und Feiertagen. Aber sonst war wenig mit ihm los. Ein Gedanke hatte sich in seinem Kopf festgesetzt. Er schien zu wissen, dass es nicht klappen würde, wenn er jemanden einweihte. DYNAMIT. Almar hatte sich vorgenommen, die Schäre zu sprengen.

Die Männer, die unten im Dahl'schen Betrieb die Köder auffädelten, saßen bei Kerzenschein und arbeiteten mit Hochdruck. Die elektrischen Leitungen waren zerfetzt. Und es fehlten erfahrene Elektriker. Dahl musste diesmal teuer bezahlen. Simons fröhliche Stimme und sein lautes Lachen machten dagegen die Arbeit an dem Neubau zu einem Fest. Die Gelegenheitsarbeiter von Dahl kamen abends herüber, um noch ein wenig bei Simon zu arbeiten, weil sie bei Dahl nicht genug verdienten. Simon hatte Erfolg. Endlich. Er beteiligte sich nicht an den Streitereien, was für den künftigen Fischfang am besten sei: Handangel oder Nylonnetz. Einige der Angelleute gingen von den neumodischen Geräten zur guten alten Wurfangel über, und fünfundsiebzig Öre wurden als Mindestpreis für dieses Jahr angedeutet. Die Fischer mit den Nylonnetzen wurden auf der Insel schief angesehen. Simons Leute betrieben den Fischfang mit Nylon. Aber Simon hielt einfach den Mund, wenn die anderen loslegten. Er brachte den Betrieb nach dem Wiederaufbau in Gang. Und er hatte für seine Leute die modernste Unterbringung im ganzen Bezirk. Er steckte manchmal die Hände in die Tasche und stellte sich ans Fenster des neuen Büros und dachte nach, der Simon. Platz für fünfzig Mann. Er hatte die schmutzige Köderei aus dem Aufenthaltsraum der Männer herausgenommen. Er hatte großzügig gebaut. Einen eigenen Schlafraum für jede Bootsmannschaft und einen eigenen Schrank für jeden Mann. Waschraum! Den Aufgang hatte er von dem Köderraum im Erdgeschoss abgetrennt. Dagegen gab es eine große gemeinsame Küche für alle Mannschaften. Die Männer murrten darüber. Aber hauptsächlich, weil sie es nicht gewohnt waren. Und Simon hatte Elektriker! Auf die Dahl noch immer wartete. Denn bei Dahl saßen die Leute bei Kerzenlicht und Petroleumfunzeln in der altmodischen, zugigen Köderhütte, die sie aus der Bucht geborgen und an den Kai geschleppt hatten, und füllten die Bottiche mit den beköderten Angelleinen.

Die Leute hörten von dem Luxus, von dem fließenden warmen Wasser in Simons Betrieb, und sie lauerten auf eine Möglichkeit, sich bei Simon einzuschmeicheln und den Chef zu wechseln. So dachten die müden Schädel über den Köderbottichen bei Dahl. So kam der goldene Teufel des Neides in einfältige, arbeitsame Seelen und machte sie weniger geeignet für das Jenseits. Und so wurde Simon wieder sicher. Er konnte abends mit dem Fahrrad nach Hause fahren und seine Sicherheit wie warme Wolldecken in Rakels Schoß abladen.

17

Das Tröpfeln vom Dach hatte sich aufgehängt. War vereist und stagnierte. Eine kristallklare Formation über der Klotür. Sie spielte ins Grünliche, wenn man sie am frühen Nachmittag sah und das Meereslicht sich darin widerspiegelte.

Tora hob den Blick, und die Augen fingen durch das kleine Guckloch den Eiszapfen über der Tür ein. Der weiße Gardinenfetzen war mit einem gelben Einfassband zur Seite gebunden. Sowohl die Gardine als auch das Band schienen zu verraten, dass es ein schwieriger Winter gewesen war. Die fleckigen Ränder des Bandes hingen schlaff herunter und sahen aus, als ob sie alles in dieser Welt aufgegeben hatten. Aber draußen hing also der Eiszapfen. Glitzernd. Von Licht. Von Farben. Man konnte sehen, dass er ganz uneben war. Dass er anfing, kleiner zu werden. Darin lag eine Hoffnung. Er roch förmlich nach Wärme, obwohl er doch ein Eiszapfen war. Die Gardine kam in den Schatten. Sie existierte gleichsam nicht mehr. Im Winter konnte man die Lampe im Hof durch die Gardine hindurch sehen. Alle Flecken blieben im Dämmerlicht verborgen. Aber nun war ihre Glanzzeit vorüber. Nichts sollte so bleiben, wie es gewesen war.

Sol saß auf dem anderen Loch. Sie sprach von der Handelsschule. Es lag jetzt etwas Fremdes und Erregendes über Sol. Eine Reife, die Tora sowohl fürchtete als auch für sich selbst ersehnte. Sie hörte zu, während sie den Eiszapfen da draußen betrachtete. Sie konnte deutlich sehen, dass das Licht ständig intensiver wurde. Es lag eine magische Stärke darin. Es verzehrte alles und machte gleichzeitig alles deutlicher.

»Man muss viel tun, aber es ist schön. Viele Alte gehn auch hin.« Sol war fertig. Sie brachte ihre Kleider in Ordnung und legte den Deckel auf das Loch. Dann ließ sie sich in der Ecke nieder, als ob es ein gewöhnlicher Küchenstuhl wäre, schnappte sich eine acht Tage alte Zeitung und wartete. Tora fand plötzlich, dass ihr diese neue Sol ganz fremd geworden war. Vielleicht lag es an der neuen Strickjacke und dem neuen karierten Rock, den sie sonntags trug. Tora wunderte sich, dass Sol sich so feine Sachen kaufte. Es war unnatürlich, dass eine von Elisifs Dachwohnung in einem Faltenrock heruntergerannt kam.

Aber als sie Sols glühendes Gesicht sah, während die von der phantastischen HANDELSSCHULE erzählte, gab Tora ganz freiwillig zu, dass sie ein kleinlicher Mensch war, der Sol nicht einmal einen lumpigen Faltenrock gönnte. Sol war ja erwachsen und konfirmiert und kam jeden Samstag zu Tora und Ingrid herunter, um sich umzuziehen und tanzen zu gehen, in direktem Widerspruch zu dem, was Elisif über Erbauung und Selbstzucht anbefahl.

Alles das bedeutete, dass Tora sich damit abfinden musste, dass Sol vor ihr erwachsen war. Und so sollte es ja auch sein. Aber man war nun einmal daran gewöhnt, dass oben bei Sol das Geschirr auf zwei Hockern abgewaschen und die Aufgaben am Küchenschrank gemacht wurden. Es gab ein Gesetz in Været: Alles sollte bleiben, wie es war. Plötzliche Veränderungen waren schlecht. Die Leute wollten keine Veränderungen. Tora begriff, dass sie das mit den Inselbewohnern gemeinsam hatte. Sie mochte auch keine Veränderungen, die ihre eigene Situation nur schlimmer machten. Sie begriff, dass Trostlosigkeit und Hilflosigkeit der anderen eine gewisse Sicherheit für einen selbst bedeuteten. Es machte die eigene Mühsal viel wertvoller, wenn die der Nachbarn größer war. Und Tora schämte sich über sich selbst, machte sich auch fertig und guckte auf die Zeitungsseiten, die Sol aufgeschlagen hatte. Genau wie in alten Tagen.

Die Kälte war nicht zu übersehen. Sie lag in den Ritzen des alten Holzfußbodens. Aber man brauchte nur den Blick hinauf zu dem Guckloch zu heben und den Deckel hinter sich auf das Loch zu werfen. Da war diese Welt nicht mehr sichtbar. So konnte man seine schäbigen Gedanken auch einfach aussperren. Sie hatten nichts mit dem leuchtenden, tropfenden Eiszapfen zu tun. Sie waren nur etwas, was jeder einzelne Mensch sich selbst verzeihen musste. Vor aller Welt verbergen.

Sol las laut aus der Zeitung vor, dass die Tagescreme »Tokalon« eine hässliche Frau im Verlauf weniger Tage schön machen sollte. Der Preis betrug zwei Kronen und neunzig Öre für eine große Tube! Sol ließ ein paar Worte darüber fallen, dass Ottar diese Creme führte. Und die Worte kamen sehr vielsagend. Tora wunderte sich. Sol hatte etwas Geheimnisvolles. In gewisser Weise etwas Leeres, sehr Einsames. Aber andererseits war es wie ein Ruf; etwas, worauf sie – Tora – lauschen musste, ob es auch ihr galt. Sollte sie dem Ruf folgen? Zwischen den alltäglichen Zuschriften, dass Ostern nicht entscheidend sei für das Ende der Lofotfischerei, und den schroffen Angriffen von Jens Steffensen, dem Parlamentsabgeordneten, dass die Leute Ostern als ein Nein zum Fischfang betrachteten, stand eine eingerahmte Notiz:

> ANNONCE:
> »EWIGE BEGIERDE« von N. T. Lord.
> Liebesszenen, junge Frau, mehrere Männer. Casanovas Abenteuer und das Decamerone sind dagegen Kinderlektüre.
> Nicht ein Mann, sondern EINE FRAU.
> Elegant gebunden, 357 Seiten, 16,00 Kronen zuzüglich 2,00 Kronen Porto.

Tora sah Sol an. Ein schneller, schräger Blick. Wollte sehen, ob sie sah.

Und Sol sah.

Tora seufzte. Für ein paar Sekunden hatte sie die Freundin zurückbekommen.

Sol grinste sogar. Tora wurde mutig. Sie zeigte auf die Annonce und den Kupon darunter und sagte so nebenbei: »Glaubste, dass jemand solche Bücher bestellt?«

»Ja, das ist doch klar.«

»Du … was meinen die … mit DECAMERONE?«

»Weiß ich nicht. Das ist wohl so 'n unanständiges Buch.«

Tora lächelte, ohne den Mund zu verziehen. Es kam ein unendliches großes Lächeln aus ihr heraus. Sie war so voller Lachen, dass sie alles andere vergaß. Den Eiszapfen. Das fieberkranke Sonnenlicht da draußen.

Denn mitten an einem Sonntagvormittag, mitten in dem karierten Faltenrock, mitten in der Handelsschule und allem Geschwätz über Debet und Kredit, mitten in all dem, worüber Sol nicht mehr mit Tora sprach – gab es doch Dinge, über die Sol auch nicht Bescheid wusste. Und als jemand mit drei harten, ärgerlichen Schlägen an die Klotür klopfte, da hielten sie sich die Hand vor den Mund und erstickten ihr Lachen.

Gemeinsam schlichen sie dann auf der vereisten, glatten Treppe an der Kopftuch-Johanna vorbei, liefen über den Hof und konnten sich das Lachen kaum verkneifen, als sie endlich befreit in der Verandatür standen.

Das Licht war so schön an diesem Tag. Es kam kühl und klar und freundlich durch alle Ritzen und Fenster.

Der Traum, von der Insel wegzukommen, wurde breit und mächtig wie der Fluss, der vom Hesthammeren herunterkam und sich mit gewaltiger Kraft in die Bucht ergoss. Breit und herrlich floss er durch alle Moore und durch Wald und Wiesen und Felder. Aber zuvor gluckerte und brodelte er in den kleinen Bächen oben am Hesthammeren, und da oben war ein großer Lärm zu hören, wenn man in der Nähe war. Eine unaufhaltsame Kraft. Eine Sturheit, gegen die niemand etwas ausrichten konnte, denn sie floss tagein, tagaus und nahm nie ein Ende. Das war Toras Traum.

Wenn Sol ihr von der Handelsschule erzählte, bekam Toras Traum viele neue Anregungen. Sie tauchten auf, wenn sie in der Kammer lag und schlafen wollte, sie drängten sich vor, wenn sie aus der Schule oder von Været kam. Sie besaß sie als ein süßes Geheimnis. Immer. Genauso frisch und unberührt wie die wilden Erdbeeren im Sommer. Sie sammelte alle guten Gedanken und hängte sie an einem langen und kräftigen Strohhalm auf. Manchmal gelang es ihr, die Gedanken in Worte zu fassen. Gelang es ihr, sich innerlich zu sagen: »Wenn er zurückkommt – bin ich nicht mehr hier.«

Die Gefahr war jetzt aus ihrer Kammer verschwunden. Sie hatte die Tagesdecke mit nach Hause genommen. Randi hatte sie ja eigens für Tora gestrickt. Sie lag in der Kammer auf dem Bett. Erst hatte sie nicht gewusst, ob sie es wagen sollte. Aber es war eine Möglichkeit, um sie loszuwerden. Die Gefahr. Als sie die Decke über das Bett gebreitet hatte, begriff sie, dass sie die furchtbaren Bilder aus dem Raum vertrieben hatte. Beinahe alles, womit man nicht leben konnte.

Die Decke lag immer auf dem Bett. Auch nachts. Ja, nachts schien es besonders wichtig zu sein. Denn am Tage konnte sie am Fenster sitzen und Aufgaben machen und den Raum und das Bett im Rücken haben. Aber nachts musste sie ja im Bett liegen.

Die Mutter war eines Morgens hereingekommen und hatte gefragt, ob sie friere – weil die Strickdecke obenauf lag. Und Tora wusste nicht recht, was sie sagen sollte. Aber dann hatten die Farben der Decke sie angeglüht, und sie hatte die Wahrheit gesagt: dass sie die Decke gerne da haben wollte. Tora hatte das Licht in sich. Sie erwachte zu ihm. Sie sah ihr Gesicht jeden Morgen überstrahlt. Es war, als ob sie niemals die Ruhe gehabt hätte, es richtig festzuhalten, es zu pflegen, sparsam damit umzugehen – bis jetzt. Das hing damit zusammen, dass die Gefahr so weit weg war. Dass die Dinge gleichsam das Heim hatten, das sie haben sollten.

Auch sie hatte es. Zu den Träumen konnte sie sich bekennen, weil sie sie nicht mehr brauchte. Sie konnten ungehindert hervorkommen und sich in der Kammer niederlassen. Sie mussten sich nicht verstecken, bis alles andere nicht mehr zu ertragen war. Sicherlich sollte sie nicht so denken. Denn die Mutter war nicht sehr glücklich, gewiss nicht. Es war so leer um ihre Augen, immer wieder. Eine seltsame Blässe. Unruhe und Sorge um alles. Tora versuchte sie zu entlasten, wo sie nur konnte. Toras ganzes Leben schien davon abzuhängen, dass die Mutter morgens ohne diese leere Miene aufstand. Aber das kam nicht vor. Und Tora sah, dass die Mutter den Tag am besten bewältigte, wenn keine etwas sagte oder fragte oder sich über irgendetwas wunderte.

Tora hatte in der Kammer so gründlich geputzt, dass es wirklich keinen alten Schmutzrest mehr gab. Trotzdem konnte es passieren, dass sie Schritte hörte. Dass sie schlief und doch wach war. Sie konnte deutlich sehen, wie die Klinke sich bewegte. Und sie wappnete sich und wusste, dass es jetzt kam. Sie lag mit starren Augen und stummem Mund da und wusste!

Erst wenn sie sich daran erinnerte, dass er nicht auf der Insel war, wenn sie es ganz sicher wusste, konnte aus ihrem offenen Mund etwas hervorbrechen, das wie Weinen war. Es packte sie im Magen und an den Schultern und rüttelte und schüttelte sie. Und wenn sie es auch ganz sicher wusste, so musste sie doch aus dem Bett. Sich in die Strickdecke einwickeln. Spüren, dass die wärmte wie nichts sonst. Sich auf den kleinen Tisch beim Fenster setzen. Spüren, wie der Schweiß auf ihrem Körper zu einer dünnen, dünnen Haut von Scham erstarrte. Einer Scham, die sie niemals in einer Blechschüssel würde abwaschen können.

Denn Tora nahm zu an Alter und Weisheit und wusste besser als früher, was Scham aus den Menschen machte. Sie sah, dass sie die Menschen voneinander entfernte. Dass die

Wärme verschwand. So war es: Die besonders viel Wärme brauchten, hatten die größte Scham zu tragen. Sie dachte zuweilen, wie es wohl wäre, wenn sie eine andere wäre.

Wenn sie ein Kind vom Pastor oder die Tochter vom Dahl wäre. Aber sie hatte die zwei vom Pastor und die zwei vom Dahl gesehen. Und sie war sich klar darüber, dass sie Tora war. Und das sollte so sein. Das war seit langem so bestimmt. Da gab es keinen anderen Weg. Und sie würde ihre Verwandten in Berlin suchen, und es würde aus ihr etwas werden. Ganz bestimmt!

Je mehr sie darüber nachdachte, desto ferner rückte die Gefahr. Und Tora konnte vom Tisch herunterklettern. Sie konnte die Welt draußen so sein lassen, wie sie war, weil er nicht da war. Und der Bettüberwurf glühte wieder mit seinen warmen roten Farben. Sie konnte Mutters leeren Blick aushalten und alles in dem großen Licht sehen, das sich den ganzen Februar über vom Fjord her ausgebreitet und sich eine Höhle bei ihr gegraben hatte. Das war erschreckend. Denn sie wusste nicht, ob ein anderer Mensch auch so empfinden konnte. Sich so unverschämt leicht und frei fühlen, weil irgendetwas ihn losgelassen hatte. Etwas. Namenloses.

Und das Unwetter schien die eigentliche Ursache zu sein. Da war der Tod zu ihr gekommen und hatte sie in die Seite gestoßen. Sehr unsanft, damit sie wüsste, dass er da war und dass sie die kleinen Freuden nicht nutzlos vergeuden sollte.

Es war an einem solch leuchtenden Tag, als Simon, mit den Armen fuchtelnd und die Stiefel noch an den Füßen, in die Küche hereinkam und Ingrid fragte, ob sie Tora für ein paar Tage entbehren könne, solange Rakel verreist sei. Er brauche jemanden, um die Tiere zu füttern und das Haus in Ordnung zu halten. Am meisten für die Tiere natürlich. Ja, er gab zu, dass er von seiner Frau verwöhnt sei, die alles im Haus erledige. Aber das sei nicht das Schlimmste für ihn.

Es sei vor allem wegen der Tiere. Außerdem würde Tora ein bisschen was extra verdienen.

Ingrid meinte, das mit dem Geld sei Unsinn. Tora könne Simon ohne Bezahlung zur Hand gehen. Das habe noch gefehlt! Aber Simon zwinkerte Tora zu und sagte, dass sie die Rechnung unter sich ausmachen würden, ohne Einmischung von außen. Tora sah ihm trotzdem an, dass er heute nicht froh war. Sie fragte nicht, was mit Rakel los sei. Niemand auf der Insel fragte zu viel. Wenn die Leute wollten, dass man Bescheid wusste – dann sagten sie es von selbst. Simon sagte nichts.

Ingrid kam ihm so weit entgegen, dass sie fragte, ob Rakel sehr viel zu tun gehabt habe. Sie habe sie längere Zeit nicht mehr gesehen. Simon bejahte es. Rakel habe so viel am Hals gehabt. Und außerdem werde sie von einer seltsamen, lang andauernden Müdigkeit geplagt. Sie habe sich nach dem Unwetter bei den Aufräumungsarbeiten verausgabt. Habe sich nicht geschont. Sei Tag und Nacht auf dem Posten gewesen. Das habe sie offensichtlich nicht vertragen. Eine Reaktion bekommen, oder wie er das nun nennen solle. Sei einige Tage liegen geblieben …

Simon hielt den Blick gesenkt. Mehr sagte er nicht. Er hatte es plötzlich eilig, wieder fortzukommen.

»Das ist schön, dass du nach den Tieren sehn willst. Du verstehst, in einer Landwirtschaft muss man jederzeit da sein. Ich weiß nicht, ob ich abends immer rechtzeitig nach Haus komm. Aber du hast doch keine Angst – wenn du abends allein bist? Angst vor der Dunkelheit?«

Nein, Tora hatte keine Angst vor der Dunkelheit. Nicht in Bekkejordet. Dort war die beste Dunkelheit der Welt.

Bereits am gleichen Abend steckte Tora ihre Schulbücher und ein paar Kleidungsstücke zum Wechseln in den Ranzen und ging mit raschen, frohen Schritten hinauf nach Bekkejordet. Die Mutter hatte sie gehen lassen. Sie hatte sogar gesagt, das sei selbstverständlich. Alle Schuld wurde von ihr genommen. Sie genoss den Weg und freute sich gleichzeitig darüber, dass sie bald da war. Rakel war bereits weggefahren. Es roch noch nach ihr in der Küche. Tora wusste nicht, wonach es eigentlich roch. Es war einfach Rakels Geruch. Am stärksten roch es in der Küche und im Flur und in dem kleinen Waschraum. Ja, und auch in Simons und Rakels Schlafzimmer …

Kaum vorstellbar, dass sie nun hier über alles regieren sollte. Zeitig aufstehen und in den Stall gehen. So leben, als ob sie nach Bekkejordet gehörte.

Nachdem sie im Stall gewesen war, saß sie mit ihren Aufgaben unter der großen Kugellampe in der Küche und ließ ihre Augen über die weißrot karierte Wachstuchdecke schweifen – da ging ihr schlagartig auf, dass Simon bald nach Hause kommen würde. Dass sie in dem großen weißen Haus mit ihm allein sein würde. Plötzlich war ihr, als ob sich jede einzelne Pore ihres Körpers öffnete und sich entleerte. Sie war augenblicklich triefnass. Fing an zu zittern. Alle Gedanken verschwanden aus ihrem Kopf. Nur ein klebriges, ekelhaftes Gefühl blieb übrig. Das quälende Gefühl, in eine Falle getappt zu sein. Die Gefahr war überall! Auch auf Bekkejordet.

Tora saß fest in einem Trichter. Der war fast bis zu einem Nichts verengt. Sie war in der Spitze festgeklemmt. Wusste nicht, wie lange sie am Küchentisch gesessen und den armen Bleistift krampfhaft festgehalten hatte. Konnte sich nicht rühren, als sie hörte, dass Simon sein Fahrrad gegen die Hauswand lehnte und den Vorbau betrat.

Sie starrte in das Buch, ohne etwas zu sehen, während er gutmütig in die Küche hereinpolterte und die Hände aneinanderschlug und sich umschaute und erklärte, dass er seine Handschuhe verloren habe. Oder verlegt.

Dann sah er den kalten schwarzen Ofen und ging mit ein paar langen Schritten hin, um Feuer zu machen. Er verlor kein Wort darüber, dass sie den Ofen hatte ausgehen lassen.

Tora saß nur da. Aber schließlich fasste sie sich so weit, dass sie aufblicken konnte.

Da geschah es: Sein Gesicht glitt weg. Dort, wo es sein sollte, war nur noch eine große weiße Fläche. Körper und Arme und Kopf flossen vor ihren Augen zusammen. Das Einzige, was sie sah, waren die großen Füße, die sich auf dem Küchenboden bewegten. Als er ihr nahe war und die Füße dicht bei ihrem Stuhl standen, hatte sie das Gefühl, dass sich ihr Magen umdrehte. Langsam fing sich alles an zu drehen. Der Raum. Sie war so tief in den Trichter geraten, wie es nur möglich war – jetzt. Die Decke war die Wand. Die Wände waren der Fußboden. Immer schneller. Sie wollte den Kopf auf den Tisch legen – weil sie nicht mehr konnte. Aber es kam anders. Die Welt teilte sich in zwei Welten. Eine dunkle und eine helle. Sie spürte, wie die dunkle sie verschlang.

Sie wachte auf der Couch in der Ecke auf. Simon hatte sich zu ihr heruntergebeugt. Er hatte einen Lappen in der Hand. Er murmelte etwas, was sie nicht hören konnte. Denn sie war nicht in seiner Welt. Sah, dass sein Mund sich bewegte. Sah die Uhr an der Wand. Das Pendel. Hin und her. Das Licht, das auf den Tisch herunterfloss. Eine Lichtsäule. So weiß. So unendlich weiß. Simon hatte wieder ein Gesicht bekommen. Er hatte ihr einen Aufschub gegeben. Wieder nahm die Übelkeit sie mit sich fort. Sie schaffte es nicht mehr. Merkte, dass sie sich übergeben musste. Aber es war unmöglich, bis zum Ausguss zu kommen. Da richtete Simon sich auf. Sie bekam Abstand zu seinem Gesicht. Er rannte aus dem Raum. So bekam sie noch einen Aufschub. War am ganzen Körper nass. Schweiß. Sie war gefallen. Er hatte sie hierher getragen! Sie war dankbar, dass sie nichts davon wusste. Nichts! Niemand konnte behaupten, dass sie wüsste, was geschehen war, nachdem er sie auf die Couch getragen hatte. Niemand!

»Lieber Gott – du weißt, dass ich nichts weiß!?«

Als er sich wieder über sie beugte, standen sie im Ruderboot. Dort hinten loderte der Brand. Es war nur der Ofen! Damit konnte man leben. Aber sie konnte sehen, dass sie im Ruderboot standen. Er musste ihr an Land helfen. Er war nicht die Gefahr. Er musste ... Und sie fühlte sich plötzlich so müde. Da war etwas mit dem Rochen in der Unglücksnacht. Das Schild. »Petterrøes Mischung«. Da war etwas mit dem salzigen Geschmack des Meerwassers. Dem ekelhaften Geschmack des Todes. Wo hatte sie den her? Er glich nichts anderem. Sie hob abwehrend die Hand.

»Tora, biste krank? Liebes – du bist ja ganz außer dir. Haste Angst vor mir? Kennste mich nicht?«

Sie hörte die eindringliche Stimme. Nah an ihrem Ohr. Fühlte seinen Atem. Nah. Und die Verwandlung kam. Unverdient. Es hatte etwas damit zu tun, dass die trockene, warme Hand sich auf ihr Gesicht legte – und sie, Tora, auf die Gefahr wartete. Aber die Gefahr kam nicht. Tora lag da, ohne sich zu rühren, und fühlte seine Hand auf ihrem Gesicht. Schließlich streichelte er sie liebevoll und gütig, so wie er eben war.

Es brannte. Im Ofen. Rote, warme Zungen in den Zuglöchern der Ofentür.

Rakels Katze sprang auf die Couch. Sie war geschmeidig und kraftvoll. So lebendig.

Plötzlich sah Tora, dass Simon die Augen eines kleinen Jungen hatte. Die Gefahr lag nicht darin. Bei Onkel Simon war keine Gefahr. Er war unschuldig. Dann kam die Scham. Scham darüber, dass sie Tora war.

Scham darüber, dass sie die Gefahr kannte. Während er – der erwachsene Mann – das nicht tat.

18

Es war schon etwas Besonderes, durch die Räume von Bekkejordet zu gehen. Allein. Nicht beschämend oder schlimm. Der Onkel hatte sie ja darum gebeten. Aber sonderbar? Ja!

Hier gab es so viele Dinge. Möbel. Kissen. Regale. Tassen und Gefäße in allen Formen. Nicht nur ein Service für werktags und sonntags wie zu Hause. Nein, alle Art Gedecke für verschiedene Gelegenheiten. Und der Schlüssel steckte im Büfett. Tora konnte alles sehen. Rührte nichts an. Schaute nur.

Das Schlafzimmer von Onkel und Tante. Hinter der Küche. Helle, geblümte Tapete. Weiße Gardinen. Richtige Kommode mit Spiegel und Schubladen. Darauf Bürste und Kamm und Flaschen. Alles so ganz anders als zu Hause. Die Mutter hatte nur einen einzigen Schrank für alles. Ja, und einen Koffer oben auf dem Schrank. Nichts, was nur zur Zierde dalag. Keinen Schmuck, der einfach auf dem Tisch liegen blieb und gut aussah, ohne unordentlich zu wirken. Keine vergoldeten Gläser oder Krüge. Keinen Kommodenspiegel, in dessen Rahmen einige Fotografien steckten. Tora wusste, dass das alles zu der Distanz beitrug, die sich fast immer in Mutters Augen zeigte, wenn sie von Tante Rakel und Bekkejordet und allem dort sprach. Es war, als ob diese Dinge die Tante fremd machten. Trotzdem war es wie ein Märchen, von Zimmer zu Zimmer zu gehen und die Türen aufzumachen und zu sehen und zu bewundern.

Ein Hauch von Luxus begleitete Rakel überall. Das war vielleicht auch einer der Gründe, warum sich ihr alle Gesichter zuwandten, wenn sie einen Raum betrat. Eine Bewegung, die alle machen mussten, ob sie wollten oder nicht. Auch die Mama. Und Tora merkte, dass sie eigentlich nicht wollte.

Über dem Doppelbett lag eine königsblaue Plüschdecke.

Sie hatten sie von einem Verwandten von Simon erhalten, der aus Amerika zu Besuch gekommen war. Die Decke wirkte dick und mächtig, wie sie da zurückgeschlagen auf Tante Rakels Bett lag. Tora schlich hin und fasste sie an. Ein fremder Geruch stieg aus dem Stoff auf. Simons Bett war nicht gemacht. Es war nicht Tante Rakels Geruch. Onkel Simons? Eine seltsame Mischung von Schlaf und Kleidern und Körper. Nicht Rakels süßlicher, schwerer Geruch. Dieser hier stammte von Onkel Simons letzter Nacht. Von den Stunden, in denen er allein unter der Bettdecke gelegen hatte, bis der große goldene Wecker so laut klingelte, dass Tora ihn auch oben bei sich gehört hatte. Dann hatte er die Bettdecke beiseitegeschlagen und die Kleider mit hinaus in die Küche genommen – vielleicht. Tora dachte an Onkel Simons Körper an warmen Sommertagen beim Heuen. Nur in Jeans – mit bloßem Oberkörper. Und sie sah ihn plötzlich vor sich, wie er die Bettdecke zur Seite schlug und sich hinaus in den Tag begab. Da hatte sie oben in der Dachstube gelegen und ihren schlaftrunkenen Körper gestreckt und sich unendlich dankbar gefühlt, weil Onkel Simons Augen sie am Abend zuvor angesehen hatten – genau so – und genau da. Sie hatte verstanden. Dass sie sicher war.

Die Dachstube war das Versteck, das sie brauchte. Nun war Simon schon lange in seinen Betrieb gegangen. Tora hatte die Tiere gefüttert. Hatte Tante Rakel vertreten. Aus dieser Erkenntnis wuchs eine einsame, missgestaltete Freude. Eine grundlose Freude. Die eine große Trauer in sich hatte. Tora bückte sich langsam und strich mit der Hand über die dicke blaue Decke aus Amerika. Dann richtete sie sich auf und ging leise aus dem Zimmer. Ohne Onkel Simons Bett zu machen. Sie hatte plötzlich die Vorstellung, dass sie in seinen intimsten Bereich eingebrochen war. Sie war es, die bei ihm eingebrochen war!

Es geschah am selben Tag.

Der »Konfirmand« sprach mit ihnen darüber, dass sie nun das letzte Jahr auf der Volksschule waren und dass sie ihr Bestes geben sollten. Dabei hatte Tora das Gefühl, dass der Vormittag viel zu lange dauerte. Der Nachmittag war noch weit weg. Die Zukunft war etwas, wonach man sich sehnen konnte. Die Sehnsucht war eine warme Decke.

Aber mit dem Lernen gab sie sich die größte Mühe. Denn für Tora war es ein Mittel, um die Oberhand zu gewinnen. Um ihnen überlegen zu sein. Sie konnte dasitzen und warten, bis alle anderen sich ihre unmöglichen Antworten abgerungen hatten. Sie wusste, dass der »Konfirmand« sich dann an sie wenden würde. Und sie gab die Antwort langsam und leise mit gesenktem Kopf. Damit die anderen nur nicht sagen sollten, dass sie sich etwas einbilde. Eigentlich hatte sie aufstehen wollen. Die dicke, nach Schweiß riechende, staubige Luft einziehen – und dann die richtige Antwort herausschleudern. Direkt in ihre höhnischen Gesichter sehen. Sehen, dass der Ausdruck sich änderte. Sehen, dass ihre Gesichter sich ungläubig verzogen. Weil Tora Worte kannte, die sie niemals vorher gehört hatten. Sie würde dort stehen und die anderen ganz unten am Boden sehen. Trotzdem: es wurde nie etwas daraus. Es würde sich auch nicht lohnen. Draußen vor der Schule war eine andere Welt. Da kam es kaum darauf an, schöne, seltene und kluge Wörter zu wissen. Da herrschten knallharte Ordnung, schnelle Fäuste und die starke, spöttische Schulter. Sie hochziehen und dann mit einem einzigen kleinen Stoß ein armes Opfer zu Boden werfen. Tora senkte den Kopf, sie konnte sich keinen Hochmut leisten. Sie kannte den Preis.

Sie saßen mit ihren Milch- und Saftflaschen da, mit Butterbrotdosen und fettigen Papiertüten. Sie saßen mit ihren Gedanken da. Der »Konfirmand« war in sein Zimmer gegangen. Ole löste das Ganze aus: »Ich hab gehört, die Sol treibt's mit jedem von dem Dahl seinen Tagelöhnern?«

Über derlei stritten sie eigentlich nie, wenn sie aßen. Ole brach mit den Gewohnheiten. Er bekam auch nicht gleich eine Antwort. Jørgen guckte argwöhnisch. Das struppige, ungepflegte Haar hing in die picklige Stirn. Er schien gar nicht darauf zu hören, was der Wortführer aus Været sagte. Wollte nicht wahrhaben, dass es eine Bemerkung speziell für ihn war.

Aber dann fingen die Mädchen an zu grinsen. Das gab Ole den Mut, die Sache weiterzutreiben.

»Angeblich kommt sie jeden Sonntagmorgen aus der Fischerhütte vom Dahl herausgerannt. Und hat den Rock nur locker sitzen. Ha, ha, ha!«

Jørgens Kopf wurde allmählich von einem dunklen Rot überzogen. Das Gesicht, der Hals. Die Ohren.

Tora vergaß, dass es gar nicht ihr galt. Es war zu gemein. Zu unerwartet.

»Und wo ihr so ’ne fromme Mutter habt, was?«, hetzte Ole weiter. Er war absolut überlegen. Er hatte ins Schwarze getroffen. Es kam zu einer Schlägerei. Und der »Konfirmand« erschien. Aber er wurde nicht klug aus der Sache. Niemand wollte mit der Sprache heraus.

Wie konnte man auch so einem dünnen, grauen Männchen von Lehrer etwas so Unanständiges erklären.

Sie wollten alle nicht zugeben, dass sie solche Ausdrücke überhaupt kannten, geschweige denn, dass sie wussten, was die bedeuteten. »Den Rock nur locker sitzen haben«. Nein!

Gunn wurde auf den Lärm aufmerksam. Sie spürte, wenn da oben etwas passierte. Sie war sich klar darüber, dass der Kollege, der die Abgangsklasse führen sollte, nicht immer mit ihr fertigwurde. Es waren manche harte Brocken in der Meute. Sie kannte sie. Sie kannte ihre Widerborstigkeit zur Genüge. Sie scheute sich nicht, deren eigene Tricks anzuwenden.

Und diesmal hatte sie Glück. Sie hatte es schon vorher gehört. Das Gerücht. Sie sah Jørgens Rotz und Tränen und das wütende Gesicht. Und sie sah, dass die Nasen bluteten. Und die Dinge rückten auch alle ins richtige Licht, als sie allmählich begriff, dass es zwei Fronten ab. Das Tausendheim gegen Været. Sie trat ans Pult und blickte ins Klassenzimmer. Sah alle eindringlich an. Ließ kein Auge aus, auch wenn sie wusste, dass jemand unschuldig war.

Sie sah Jørgen an – und sie sah Ole an, aber erst, als sie dann an der Reihe waren. Sie sagte, dass sie das Wort »verrückt« gehört habe, ehe sie hereingekommen sei.

Im Raum herrschte Totenstille. Alle hatten den Blick gesenkt. Jørgen kämpfte verbissen mit den Tränen. Sie brachen immer wieder hervor. Er nahm seine nicht ganz saubere Faust, um sich die Tränen von der Wange zu wischen. Sein Kopf sank immer tiefer auf das Pult hinunter. Dann zerbarst sein Gesicht in den Händen, und man hörte einen Laut, der an das unterdrückte Glucksen bei jedem Schritt im Moor erinnerte. Ein kraftloser Laut, der verwässerten Matsch, Bodenlosigkeit und Ohnmacht verriet.

Tora saß steif in ihrer Bank. Sie sah Jørgen. Gunn. Sie sah Ole. Dann glitt der rote, böse Nebel langsam heran. Er explodierte und riss sie hoch. Am schlimmsten war es mit dem Gesicht. Der eine Mundwinkel zitterte so, dass sie die Lippen nicht zusammenhalten konnte. Jørgen weinte laut und deutlich, die ganze Klasse sah und hörte es. Tora dachte nicht daran, dass sie weniger als ein Nichts war. Und auch nicht, dass sie bei der nächsten Runde an die Reihe kommen würde. Sie stand auf und richtete ihre Worte an Gunn: »Da hat einer gesagt, dass die Elisif verrückt ist und dass die Sol mit 'nem losen Rock in die Fischerhütte geht. Und das ist gelogen! Gelogen, sag ich!«

Alle Augen waren jetzt auf Tora gerichtet. Sie hatte das Unmögliche ausgesprochen. Sie war ebenso erstaunt wie die anderen und verstummte jählings, als sie auf ihren Platz sank. Sie wartete darauf, dass sie einen Druck verspüren würde und auf den Hof laufen müsste. Aber er kam nicht.

Sie spürte nichts. Nur eine Art kalten Triumph über Ole. Denn sie wusste, dass Gunn ihn um nichts in der Welt ungestraft davonkommen lassen würde.

Egal, dass sie, Tora, sich auf Prügel auf dem Schulweg gefasst machen musste. Egal. Sie hatte sich schon früher mit Ole geprügelt. Sie verspürte plötzlich: Wut. Sie sah Ole an. Schaute und schaute. Damit Gunn nicht im Zweifel sein sollte, wer die Wörter gesagt hatte. Er sollte bezahlen. Er sollte in die Knie gehen. Und Tora zog den Mundwinkel so weit hinauf, dass sie es wagte, das Gesicht mit einem schiefen, unschönen Grinsen zu heben. Und sie fühlte eine so herrliche Freude, wie sie sie in ihrem ganzen Leben wohl noch nicht verspürt hatte.

Gunn kannte ihre alten Schüler vom vorigen Winter gut genug, um mit ihnen richtig umzugehen. Sie kannte die meisten Irrwege, die sie gegangen waren. Sie wusste, dass alle irgendwann an die Reihe kamen, dass aber die Tausendheimkinder eine größere Last zu tragen hatten als die meisten anderen. Und sie kannte zum Teil auch den Grund für Oles bösartige Angriffe. Sie war seinem Vater begegnet. Aber diese letzte Missetat sollte ans Licht kommen. So etwas duldete sie nicht. Über Tora wunderte sie sich allerdings. Das schweigsame, mürrische Mädchen war in diesem Schuljahr mutig und sprachgewandt geworden. Gunn hatte sie schon beinahe aufgegeben – im vergangenen Winter. Trotzdem gefiel ihr Toras gewollt schadenfrohe Miene nicht. Sie musste ihnen allen klarmachen, dass es besser war, wenn die Übeltäter sich selbst meldeten. Petzen war eine abscheuliche Unsitte. Und Tora war sonst eine von denen, die zuletzt dieser Versuchung erlagen. Sie war nur da. Im Hintergrund. Je bedeutsamer der Vorfall war, desto unsichtbarer. Ihr Verhalten stimmte nicht mit ihrer sonstigen Art überein. Schließlich gestand Ole. Er ging mit in Gunns »Büro«, ihre kleine Teeküche hinter dem Klassenzimmer. Er kam verweint bald wieder heraus. Niemand wusste, was vor sich gegangen war. Niemand fragte. Niemand warf mehr mit Dreck. Jørgen war nicht der Einzige, der geweint hatte. Das war gut so. Da hatte er das Gesicht nicht ganz verloren. Und Ole war zahm. Er war so erschüttert, dass er am nächsten Tag nicht in die Schule kam. Stattdessen kam sein Vater, und sie konnten hören, dass er die Türen zuknallte und dass er drinnen im »Büro« mit Gunn redete. Und sie konnten den ruhigen, überlegenen, leicht südnorwegischen Akzent von Gunn durch die Wand hören, auch wenn der »Konfirmand« sie zwang, gerade in diesem Augenblick ein Lied zu singen. »Leben heißt lieben …«, schmetterte er mit seiner spitzen Stadtaussprache, während im Hintergrund der Chor in verschiedenen Tonlagen leise krächzte.

Niemand sang frei heraus. Alle spitzten die Ohren. Die Körper beugten sich wie zerzaustes, niedriges Birkengestrüpp nach Südwesten, zur »Bürowand« hin, und lauschten ungeniert. »Leben heißt …« wurde eine unwichtige Angelegenheit, eine gleichgültige Szenerie. Sie taten das, was sie tun mussten, halbherzig, murrend und leise. Oles Vater schritt über den Schulhof. Er hatte einiges über seinen Sprössling erfahren, was er nicht ohne weiteres hinnahm. Er hatte erfahren, dass man etwas vorsichtig mit dem sein sollte, was man beim Mittagstisch zum Besten gab, wenn halbwüchsige Jungen zuhörten. Das wollte er sich, verdammt noch mal, verbeten haben. Aber Gunn meinte, dass es da andere gab, die sich etwas verbitten könnten. Und sie würde von dieser Seite auch nichts dulden. Gunn hatte sich also in Været einen Feind geschaffen. Aber sie nahm es nicht allzu schwer. Und das, obwohl der Feind im Schulausschuss saß.

Voller Sorge wartete Tora auf die Rache aus Været. Aber es passierte nichts. Ole kam zur Schule und alles war wie vorher. Niemand erwähnte mehr das Geschehene. Jørgen war eher gefährdet. Er war auf der Hut, wenn er im Dunkeln um eine Ecke kam. Jederzeit auf einen Faustkampf vorbereitet. Nicht nur mit Ole – sondern mit der ganzen verhassten Bande von Været. Jedes Mal, wenn er an ihrem Treffpunkt vorbeischlich, ballte er die Fäuste und ließ sie lose vor den Hosentaschen pendeln. Elisif lebte in glücklicher Unwissenheit über das Schicksal ihrer Kinder. Torstein auch, was das betraf. Es fielen gelegentlich ein paar Wörter zwischen Sol und Jørgen. Und Sol begriff, dass es keinen Sinn hatte, den Leuten noch mehr Gelegenheit zum Fragen zu geben.

Aber sie warf den Kopf in den Nacken. Sie hatte die Abende in der Handelsschule. Sie saugte Zahlen und Linien und Rubriken in sich auf wie ein trockener Schwamm. Es klappte wunderbar. Die Leiter war keine Bedrohung mehr. Sol sah das alles zusammen als einen Vorhof zu einem besseren Dasein. Nächsten Winter würde sie fort sein. Fort!

Nächsten Winter brauchte sie niemandem mehr Rechenschaft zu geben. Nächsten Winter wären das Tausendheim und Været in einer anderen Welt. Nächsten Winter gäbe es keine Leiter und keinen Lagerraum mehr.

Als Rakel nach Hause kam, nahm Simon von der Arbeit frei und holte sie an der Dampferanlegestelle ab. Er stand an der großen, schweren Tür des Lagerhauses und wartete, während das Schiff anlegte. Es war langsam durch die dunkle Bucht herangeglitten.

Es erschien Simon ganz widernatürlich, dass Rakel in einem Krankenhaus zur Untersuchung gewesen war. Wo sie doch immer gesund war. Eine neue und bedrohliche Grenze verlief zwischen Rakel und ihm. Etwas war im Begriff, sie zu trennen. Er hatte versucht, es von sich wegzuschieben. Hatte versucht, sich um Ingrids Tochter zu kümmern und ihr keine zu große Arbeitslast aufzubürden. Ärgerte sich darüber, dass sie die Arbeit nur halbwegs schaffte. Vermisste

Rakel aber schmerzlich. Dass sie mehrere Tage nicht im Hause war, warf eine grenzenlose Leere über alles, was er sich vornahm. Und als Tora am ersten Abend in der Küche bewusstlos geworden war, hatte er das Gefühl gehabt, dass die große Hilflosigkeit ihn zu ersticken drohte. Er war nur herumgeirrt, ohne zu wissen, was er machen sollte. Und er wusste, dass Rakel damit im Handumdrehen fertiggeworden wäre. Es war, als ob der Herrgott ihn dazu erziehen wollte, auch ohne sie zurechtzukommen.

Er hatte sie jeden Tag angerufen. Ihre Stimme war ganz normal gewesen. Er hatte mehr auf die Stimme als auf die Wörter gelauscht. Deshalb hatte sie ihre Fragen immer wiederholen müssen, um eine Antwort zu bekommen.

War da nicht etwas sonderbar Fremdes in ihrer Stimme gewesen? Etwas Mutloses? Als ob sie zu einem Kind spräche und nicht zu einem Mann. Eine große Einsamkeit hatte Simon befallen. Er fühlte sich richtig erschöpft. Deshalb sprang er wie ein Junge an Bord, um ihren Koffer zu tragen.

Sie berührte nur flüchtig seinen Arm. Eine Bewegung so voller Ohnmacht, dass die Dunkelangst Simon in ihrer ganzen düsteren Breite überfiel.

Sie sagte nicht viel, als sie heimwärts gingen. Vor allem sprachen sie über das, was mit den Tieren, mit Tora oder den praktischen Dingen zu tun hatte.

Erst als sie beim Abendessen saßen, sah sie ihn durch gesenkte Wimpern an und sagte: »Ich muss mich vielleicht auf eine Operation gefasst machen, Simon. Jedenfalls auf eine Behandlung ... Es ist was mit meinem Unterleib nicht in Ordnung. Sie geben mir noch Bescheid. Dann muss ich fahren, sobald ein Platz frei ist. Ich muss in den Süden, um es machen zu lassen.«

Simon saß vor ihr. Rakel war zu Hause. Er hatte sie jetzt bei sich. Er hatte die Katze und die Ofenwärme und alles. Aber er nahm es nicht richtig wahr, konnte sich nicht darüber freuen. Denn Rakel würde ja wieder wegfahren. Weit in den Süden des Landes. Er schluckte den Kaffee hinunter und strich ein paar Brotkrümel auf den Boden. Er schlürfte den Kaffee sogar. Und Rakel wies ihn nicht zurecht. Ihre Gesichtszüge waren wie ausgelöscht. Er sah es jetzt. Sie musste von der Reise sehr müde sein.

»Ich nehm mir frei und fahr mit dir, Rakel. Wir sehn es als Ferien an.«

Rakels Gesicht war ein bewegungsloses Bild. Wie aus der Zeitung ausgeschnitten.

»Nein, Simon, das werden keine Ferien. Es kann eine Weile dauern, bis ich wieder heimkomm.«

»Ja, aber, Rakel, wie soll das denn alles gehn – hier zu Hause? Ich mein – wie soll ich's ohne dich schaffen? Den Stall und das Essen und all das?«

»Simon …«

»Ja, ich weiß nicht, wie ich das hier schaffen soll!«

»Simon …«

»Du kannst mir glauben, ich versteh schon, dass es sein muss. Aber dass du so lange bleibst. Wie lange denn? Mehr als zwei Wochen, wie?«

»Simon!«

Rakels Gesicht war grau. Sie sagte den Namen des Mannes. Sie rief ihn. Sie stellte die Tasse hart auf die Untertasse und beugte sich über den Tisch, als sie aufstand und sich die Haare über das Gesicht fallen ließ. Es war verborgen. Rakel verbarg sich. Wie ein angeschossenes Tier.

Und der Mann sah sie nicht. Er sah nur die Rakel, an die er glaubte. Er sah die Rakel, die er so dringend brauchte. Er sah die Rakel, die er so liebte.

»Ich werd vielleicht operiert … Im günstigsten Fall bestrahlt – wegen Krebs!«

Es gibt Wörter, die kann man noch so leise sagen, trotzdem ist es so, als ob sie mit brutaler Kraft herausgerufen würden. Sie tragen Angst und unbekannte Gefahren in sich.

Sie können das sichere, etwas bekümmerte Gesicht eines Mannes in einer behaglichen Bauernküche so verändern, dass es ein einsames Gesicht im Universum wird. Ständig um unseren Planeten kreisend, ohne Hoffnung, jemals auf die Bahn zu gelangen, die zur Erde zurückführt. Simon saß da, die Hände zwischen den Knien, und starrte auf Rakels üppige Mähne. Er wusste, dass da drinnen irgendwo ihre Augen waren.

»Krebs …«, flüsterte er.

»Ja, Krebs.« Die Stimme war tonlos. Es war nur Luft, die durch zwei Lippen strich.

»Herrgott!«

»Das ist noch kein Todesurteil. Aber es muss raus. Und du wirst ja wohl verstehn, dass ich's nicht in der Fischfabrik vom Dahl machen lassen kann.«

»Rakel, Rakel …«

Es klang jämmerlich und beschämt.

Sie hörte den Mann.

Sie sah ihn.

Und sie erinnerte sich an die Tage und Nächte, die sie am liebsten vergessen wollte. Sie erinnerte sich an den Mann nach dem Brand in der Webstube. Dann erhob sie sich und ging aus der Küche.

Rakel wusste, dass sie es wohl besser ertragen hätte, wenn sie allein gewesen wäre. Das gestand sie sich selbst ein.

Simon blieb noch eine Weile sitzen und litt, weil er Rakel im Stich gelassen hatte. Aber er begriff nicht, dass sein Versagen nicht für ihn selbst am schlimmsten war. Als sie im Bett lagen, da war es Rakel, die die Arme um ihn schlang und Trost für sie beide ins Haus brachte. Sogar im Schlaf war Simon ein ängstlicher kleiner Junge, der nicht verstand, dass jemand ein so hässliches Wort sagen konnte. Krebs. In seinem Haus. Und Rakels Körper war ihm in gewisser Weise fremd. Er wollte es sich selbst nicht eingestehen. Aber es war, als ob jemand Rakel mit Gift eingeschmiert hätte. Als ob man sie nicht anfassen könnte. Trotzdem überwand er sich und kroch zu ihr. Weil er so verzweifelt allein war. Weil er keine Worte hatte für das, was er empfand.

Weil die Welt zu einem flachen Bild an der Wand geworden war, in dem es sich nicht leben ließ. Sie waren jetzt zwei Körper.

Die Leute auf der Insel hatten ihre Schwierigkeiten. Die Leute in Været hatten einen Teil davon. Ihre Sorgen mit dem Geld und den Kindern und der Arbeit und dem Haus. Sie leckten ihre Wunden nach dem Orkan und nach der Sturmflut, waren untereinander missgünstig – und beobachteten genau, ob der Nachbar für seinen Verlust eine Entschädigung erhielt, während sie selbst leer ausgingen. Schlichen wie die Katze um den heißen Brei und setzten Bruchstücke von Gesprächen zusammen, um herauszufinden, ob der Nachbar den Schaden vielleicht besser überstand als sie selbst.

Dann kam die Meldung von der *Brenning*. Diese Tragödie setzte neue Maßstäbe. Kleinlichkeit und Missgunst verschwanden. Alle holten das Beste aus sich heraus und sahen, was am wichtigsten war. Das Leben. So einfach. Und so leicht zu vergessen. Sogar in Nordnorwegen.

Zwölf Männer waren ertrunken. Zwölf Frauen saßen mit erloschenen Augen da und mussten sehen, wie das Leben weiterging. Die Kinder. Einundzwanzig Kinder! Aber was waren einundzwanzig vaterlose Kinder im Vergleich zu einer ganzen Welt voll vaterloser Kinder? Diese waren hier. Das war der Unterschied. Der Mensch sah, fühlte, identifizierte sich. Und einige von ihnen hatten genug Verstand, um zuzugeben: Das Leben ist das Wichtigste. Und sie schoben die Gedanken an ihre wirtschaftliche Situation und ihren zerstörten Kai beiseite, sie begriffen es als Bagatelle – dass zum Beispiel der Südwest ihr ganzes Heu genommen hatte, als er die Scheune holte, und sie sahen mit anderen Augen auf das Wort Krebs …

Auf einer windgepeitschten Landzunge stand ein Gedenkstein mit hundertsiebenunddreißig Namen. Nun kamen zwölf dazu.

»Herr, erhöre mein Gebet, lass mein Rufen zu dir kommen.« Das stand auf dem Stein. So vertrauensvoll ist der Mensch. So ohnmächtig sucht er Trost für unabänderliche Dinge. So groß ist das Vertrauen des Menschen zum Universum. Zu den Mächten. Immer wieder lässt er sich zerreißen, schlagen, dem Erdboden gleichmachen. Immer wieder erhebt er sich aus Asche und Blut und Wellen und lässt die, die noch leben, weiterhin Vertrauen haben: »Herr, erhöre mein Gebet, lass mein Rufen zu dir kommen.«

Elisif betete zwei Tage und Nächte für die unerlösten Seelen im Meer. Und sie betete um Brot für die Hinterbliebenen. Sie gab das ganze Geld, das Sol beim Putzen verdient hatte, als die Sammelliste ins Tausendheim kam. Und sie dachte keinen Augenblick daran, wovon sie leben sollten. Ihre uneigennützige Tat brachte Sol dazu, die Stirn zu runzeln. Aber sie sagte nichts. Kein böses Wort. Ging zur Matratze und holte noch ein paar Scheine, die sie dazulegte. Denn im Grunde war Sol die Tochter ihrer Mutter. Nur etwas praktischer und mit beiden Beinen auf dem Boden.

Die Leute im Tausendheim waren nicht die einzigen. Die Menschen vergaßen für einige Tage ihre Engherzigkeit und ihre Geldgier. Sie gaben. Vielleicht rettete es einigen Spendern das Leben nach diesem Leben. Jedenfalls rettete es bei den Hinterbliebenen der schiffbrüchigen Fischer nur ein bisschen von diesem Leben.

Vor Elisifs ehrlichem Mitleid und vor ihrer Freigebigkeit hatte man jedenfalls großen Respekt. Das hatte Auswirkungen bis hinunter nach Været, wo reichlich Geld vorhanden war – das aber umso fester in den Taschen oder in den dicken Brieftaschen mit Monogramm saß. Denn Elisif hatte keine Scheu, den Wohlhabenden zu erzählen, was sie von ihrem geringen Einkommen gegeben hatte. Sie machte sogar einen Spaziergang zu Ottars Laden, mit der einzigen Absicht, die Leute zum Nachdenken und zum Spenden zu ermahnen. Und sie wies den Pastor zurecht, weil es mit dem Einsammeln nicht schnell genug ginge. Und der Pastor schämte sich. Denn es stimmte, was Elisif sagte: Witwen und Kinder brauchten auch Essen, nicht nur tröstende Worte.

Die Männer sprachen über die Ursache des Schiffsunglücks. Da ging es um handfeste Tatsachen, ohne viel Tränen. Tränen waren lebensgefährlich für einen Mann. Da war es besser, darüber zu reden, dass das Beiboot voller Wasser gewesen war, so dass der Kutter kenterte. Ein Einziger hatte überlebt, und eine Leiche war gefunden worden. Und sie wussten, die Männer in Ottars Laden – so nüchtern sie auch darüber redeten, so tränenlos und mannhaft es in dem undurchdringlichen Pfeifenrauch und in den nassen und schmutzigen Arbeitskleidern auch dargestellt wurde –, dass dennoch der Gedanke, wer beim nächsten Mal dran sein würde, wie ein tiefer Schnitt in ihrer Brust schmerzte. Alle versuchten zu verbergen, dass diese Wunde schmerzte. Schiffbruch hatte es schon immer gegeben. Es würde wieder geschehen. Aber niemand wusste, wen es treffen würde

»Der Mensch hat keine Macht, den Wind aufzuhalten, und hat keine Macht über den Tag des Todes.«

Elisif las mit großem, wehmütigem Ernst das Buch des Predigers. Die Wörter hängten sich schwer und schicksalsschwanger an alles im Raum. Und die Menschen, die sie hörten, nahmen die Wörter mit hinaus auf die Wege und hinunter ins Dorf. Niemand konnte diesem Ernst widersprechen oder ihn fortlachen. Wahrheit ist Wahrheit, auch wenn eine »Verrückte« aus dem Tausendheim sie ausspricht.

Der Prediger, der entlang der Küste gen Norden auf Tournee war, heimste als Einziger einen Gewinn von dem grausigen Unglück ein. Er kam mit seinen mahnenden, erlösenden Worten in alle Gebetshäuser. Erinnerte an die Wahrheit – und war fremd und spannend und neu. Er war nicht die schlampige alte Elisif aus dem Tausendheim. Hatte geputzte Schuhe und einen ordentlichen Wintermantel und lächelte wie ein Kind. Predigte vor vollen Häusern. Viele knieten nieder und bezeugten ihre Schlechtigkeit und Not, bevor das Licht des Herrn über sie kam und sie stärkte im Kampf gegen Habsucht, Tanz, Alkohol, Hurerei und andere Sünden. Der Prediger erschien genau im richtigen Augenblick bei den verängstigten Menschen und füllte einen Leerraum aus. Seine Fahrt war ein nicht endender Triumphzug von Gebetshaus zu Gebetshaus draußen auf den Inseln. Der Nachwinter und die Not der Tiere waren leichter zu ertragen, nachdem er da gewesen war. Die Männer waren etwas skeptisch. Aber es waren gar nicht so viele Männer zu Hause. Und die Frauen gingen mit gebeugtem Rücken einher und waren allein mit Sorgen und Mühsal. Nur selten kamen die Briefe der Lofotfischer. Sie waren nicht gerade schreibfreudig, diese Männer.

In diesen trostlosen Alltag trug der Prediger die frohe Botschaft des Herrn, so dass eine arme Frau zusammen mit einer Gruppe von Schwestern unter dasselbe Dach gehen und die Botschaft empfangen konnte. Kaffeeduft und Kuchenglanz, Bekenntnis und der schöne Prediger beglückten das Frauengemüt wie eine große, ewig blühende Blume im dichten Schneetreiben. Was konnte Schlimmes daran sein? Was war wichtiger? Die Kuh, die brüllte und gemolken werden wollte – oder die Erbauung im Herrn? Hatte nicht Jesus zu Martha und Maria gesagt, dass sie sich wegen des Irdischen nicht von Gottes Wort abhalten lassen sollten?

19

Dann kam der Frühling.

Der Wind packte die kleinen Birken. Zerrte an den knorrigen Zweigen. Das zu früh geborene Laub zitterte unsicher beim Tanz. Die Möwe brütete. Tora schlenderte an den hellen Abenden am Strand entlang, trat nahe an das Nest heran und blickte in die runden, glänzenden Vogelaugen. Empfand eine jähe Freude darüber, allein zu sein. Etwas zu erleben, das niemand in Worte fassen konnte. Es brachte auch eine Art Verletzlichkeit mit sich – ein gutes Gefühl. Die Möwe saß im Nest. Wandte Tora den Kopf zu, als sie vorbeiging. Sah ihr nach, während das Männchen nervös und warnend über ihrem Kopf schrie. Und Tora drehte sich noch einmal um und hob die Hand.

In diesem Sommer würde sie konfirmiert werden. Die Mutter hatte schwer gerechnet. Tora musste neue Kleider und neue Schuhe haben. Ingrid wollte beizeiten alles festlegen, dann könnte sie planen, zuschneiden und in Ruhe nähen. Für Tora war es eine neue Welt. Dass sie im Mittelpunkt stehen sollte. Dass darüber gesprochen wurde, was sie alles brauchte. Sie war die Hauptperson. Tora und Jørgen. Aber Jørgen hatte nicht so viele, die seinen Eintritt in die Kirche planten. Er musste einen Anzug und ein Paar Schuhe haben. Und niemand wusste, wie man das aus dem Ärmel schütteln sollte.

Sol begriff allmählich, dass es auf sie ankam. Sie musste unter die Matratze greifen. Sie putzte und lernte. Verschaffte dem Bruder seinen Konfirmandenanzug aus derselben Geldquelle, aus der sie auch zu der Sammlung für Witwen und vaterlose Kinder beigesteuert hatte. Sie hatte hart gearbeitet für dieses Geld. Immer härter. Aber sie dachte mit keinem Gedanken daran, dass es falsch wäre, das Geld für jemanden zu verwenden, der es brauchte. Sie war nur ein bisschen beunruhigt, weil das Kapital sich verminderte, das sie mit hinaus in die Welt nehmen wollte.

Sol betrachtete manchmal ihre einzige Schwester Helene. Kindlich und flach, mit einem mürrischen, abwesenden Ausdruck ging das Mädchen umher, ohne für irgendetwas irgendeine Verantwortung zu fühlen. Sol wies sie mitunter zurecht. Aber das führte nur dazu, dass Elisif weinte und es Unfrieden gab. Allmählich wurde Sol von einem schrecklichen Verdacht ergriffen. Dass Helene niemals in der Lage sein würde, Sols Stelle einzunehmen, wenn sie im Herbst fortwollte. Aber trotzdem studierte sie die Anzeigen. Büroangestellte gesucht.

Der Aufenthalt in dem kalten Lager löste einen verzehrenden Hunger in Sol aus. Ein glühendes Verlangen nach mehr als dem dunklen, unbefriedigenden Papplager. Sie ging nach Hause mit brennendem Unterleib und so randvoll mit einem Geheimnis, dass sie der Mutter nicht in die Augen sehen konnte. Es wurde immer schwieriger, sich bei Mutters ewigem Erlösungsgerede zu beherrschen. Sol begriff, dass sie jetzt, da das Geld für die Handelsschule gesichert war, nach etwas anderem verlangte. Es war eine leidenschaftliche Sehnsucht. Sie wollte so brennend gern das Ganze haben, es war nicht genug, dass Ottar sie in dem Lager betastete.

So kam es, dass Sol an einem Samstagabend nach dem Tanz mit einem von den neuen Dahl'schen Arbeitern ging. Mit ihm in die nach Pech und Tabak stinkende Fischerhütte ging, wo die Gelegenheitsarbeiter von Dahl hausten. Er war nicht ganz nüchtern. Nicht ganz sauber. Hatte dunkle, lockige Haare und eine Schnapsfahne. Aber er war zielbewusst und hart. Sol mochte alles, was er tat. Er nannte einen Gummi einen Gummi und eine Möse eine Möse. Das Licht brannte. Kalt und weiß und grell. Und er hatte sie vor sich,

Vorderseite zu Vorderseite, Angesicht zu Angesicht, und er versuchte nicht zu verbergen, dass er sabberte, während er in sie eindrang. Er war jung, hatte seine Niederlagen gehabt und war darauf vorbereitet, weitere Niederlagen zu erleben. Es war ihm scheißegal. Sol hatte das Gefühl, dass sich ihr eine neue Welt eröffnete. Eine ganz wilde, herrliche Welt mit Licht und Bewegung. Gesicht und Augen spiegelten Genuss und Freude deutlich wider. Kein dunkles Lager aus Pappe, kein niedergeschlagener Blick, kein Jüngstes Gericht. Sünde war es nicht. Sol stillte ihren jungen, gesunden Hunger bei einem fremden Gelegenheitsarbeiter, und es gefiel ihr. Sie wusste, dass sie ihn nur für eine Nacht hatte. Und das war ihr recht. Wenn sie sich später trafen, der Dahl-Arbeiter und sie, zwinkerten sie sich zu. Nichts hatten sie einander versprochen. Er hieß Sigurd. Die Mädchen sagten, er besitze kein Schamgefühl. Da vibrierte es in Sol – und sie fühlte ihn so inbrünstig. Dicht, dicht bei sich. Und vor allem erinnerte sie sich daran, dass er sie gefragt hatte, ob sie es schön finde. Sie hatte ihm ein Ja ins Ohr gejubelt. Da war er ganz und gar hineingeglitten und mit einem gewaltigen Schrei über ihr zusammengefallen. Sol konnte hören, dass er an ihrem Hals wimmerte. Gleich danach setzte er langsam und zielbewusst seine Bewegungen fort, während er herrliche »schlimme Wörter« murmelte, wie gut sie sei. Sie war auf einem schwarzen Pferd fortgeritten. Sie hatte nicht gewusst, dass sie so viele Kräfte in sich hatte. Sie stürzte in den Rhythmus hinein und sprengte auf das Ziel los.

Hinterher fragte er, ob sie schon viele Männer vor ihm gehabt habe. Aber Sol lächelte nur.

»Du wirkst so erfahren«, sagte er schelmisch und begrub die Hände wieder zwischen ihren Schenkeln. »Du bist nicht so geizig und ängstlich wie andere Mädchen.« Und Sol ging mehrere Male mit ihm in seine Fischerhütte. Sie nahm die Schuhe mit hinein. Er war immer derselbe. Man konnte sich auf ihn verlassen. Er wollte dasselbe wie sie. Sie besaßen einander in Schluchzen und Stöhnen unter der grellen, weißen Glühbirne. Sie war auf dem nicht ganz sauberen Laken ebenso nackt wie Gottes Kinder. Aber sie spendete kein schönes Licht mehr. Die wirkliche Schönheit sehen nur wenige. Das ist schade. Sie strahlt in kleinen Kammern oder in illegalen Ecken. Sie leuchtet auf – und erlischt. Wenige haben das Wunder gesehen. Wenige wollen es zugeben, wenn sie manchmal eine andere Schönheit erleben als die, die anerkannt und erhaben ist.

Die falsche Schönheit hat man dort, wo man es wagt, sie mit warmen, behutsamen Händen aufzunehmen. Die Menschen laufen im Kreis auf der Suche nach Symbolen, während ihr Blut austrocknet und die Haut zu Eis gefriert.

Sigurd tanzte den einen oder anderen Tanz mit Sol. Er kümmerte sich wenig um ihr Zuhause und begleitete sie auch nicht bis zur blinden Glasveranda des Tausendheims. Sol konnte es egal sein. Sie war es gewohnt, allein zu gehen. Es passte ihr sogar ganz gut, dass sie ohne Verehrer an Ottars Laden vorbeiging.

Sie täuschte alle Welt. Blühte auf. Sie stieg auf die Leiter, sie lag auf der Pappe. Jede Woche legte sie neue Scheine unter die alte Strohmatratze, bevor sie tanzen ging. Sie entfachte das Feuer auf Ottars Lager. Und es wurde gelöscht in der Fischerhütte bei Sigurd. Elisif betete inbrünstig für ihre Tochter und hatte Angst vor dem lasterhaften Umgang im Jugendheim. Sie wusste über alles im Leben ein bisschen Bescheid, aber sie hatte allem einen frommen Namen gegeben, so dass die Dinge ihr fremd geworden waren. Sie erwähnte niemals die Fischerhütten. Zu derlei konnte sie sich nicht bekennen. Deshalb sprach sie nur vom Trinken und Rauchen und Tanzen. Selten genug auch vom Huren. Und dann nur in Verbindung mit der Bibel, wo die Heerführer keine gefallenen Frauen und Witwen oder Ehrlose – oder Dirnen haben wollten. Sol kannte sich besser aus mit den derzeitigen Heerführern. Und sie blickte auf ihre Mutter hinunter, denn Elisif saß ja immer. »Schon gut, Mama, es ist einfach lustig bei uns«, sagte sie und strich der Mutter über den Kopf und fragte, ob sie nicht ein wenig ruhen wolle. Und Elisif seufzte und sah auf die Uhr und seufzte wieder. Elisif schlief tief und fest, wenn sie erst einmal eingeschlafen war. Es kam vor, dass Torstein sich umdrehte und auf Sols Schritte lauschte, wenn sie sonntags gegen Morgen nach Hause kam. Aber er forderte keine Rechenschaft von ihr. Er hatte einen gewissen Respekt vor Sol. Sie war immer sehr erwachsen gewesen. Er kam nicht auf die Idee, sie nicht über ihre eigenen Nächte verfügen zu lassen.

20

»Tora Toste? Ich finde dich hier nicht!«

Der junge Pastor hob den Blick aus dem Kirchenbuch und sah suchend über die Bankreihen. In den vordersten Bänken saßen Jugendliche. Die Konfirmanden dieses Sommers. Im Übrigen war die Kirche leer. Der junge Pastor hatte den Vorbereitungsunterricht auf der Insel übernommen, weil der Hauptpastor krank geworden war und im Bett lag – und kein anderer frei war, um die Aufgabe zu übernehmen. Aber es entsprach nicht gerade seinen Wünschen – den ganzen Juni über hier auf der Insel zu sitzen.

»Der Name Tora Toste ist in den Kirchenbüchern nicht zu finden«, stellte er fest. »Hier gibt es eine Tora. Eine Tora Johansen«, fügte er hinzu. Die scharfe Stimme hallte unter dem Kirchengewölbe und machte den großen Mann zu einer schlecht gestimmten Orgel. »Bist du vielleicht diese Tora Johansen?«

Seine Augen fanden Tora und er durchbohrte sie mit seinem Blick.

»Das ist vielleicht – weil die Mama so hieß – bevor …« Toras Stimme wurde auf den Boden geschleudert und fuhr erschreckt zwischen die Konfirmandenfüße und schmutzigen Schuhe.

»Und warum nennst du dich dann nicht mit deinem richtigen Namen?«

»Ich hab mich überhaupt nicht genannt. Ich sag Tora, nur Tora. Toste sagen andre … Ich hab geglaubt, es sollte …«

»Es gibt viel zu viele, die sich für jemand anderen ausgeben – die sich einen erdichteten Namen zulegen. Das ist eine Unsitte. Das verwirrt und schafft ein Chaos für uns, die wir uns bemühen, Ordnung zu halten. Ich werde einen Brief an deinen Vater schreiben.«

»Ihr Vater ist nicht zu Haus«, kam es atemlos von Jørgen.

»Warte, bis du gefragt bist, Junge! – Nun, dann werde ich den Brief eben an deine Mutter schicken«, murmelte der junge Pastor und sah Tora sehr bestimmt an. »Sie heißt Toste, deine Mutter?«, fragte er.

»Ja, soviel ich weiß.«

Diese Situation gehörte zu den Dingen, vor denen sie sich nicht gefürchtet hatte, weil sie nicht immer damit rechnen konnte. Die Schande verfolgte sie überallhin. Jetzt war es also sein Name.

Tora fand einen Punkt in dem Altarbild, von dem sie sich Hilfe holte. Sie verbarg den Blick in Jesu Auferstehung dort oben und gestand sich ein, dass sie die spitze, harte Stimme des Pastors verfluchte. Sie war der Meinung, dass es nicht nötig war, so zu sprechen. Gunn hätte das niemals gemacht, sondern sie hätte sie drinnen in ihrem Büro gefragt. Hätte mit einer leisen, guten, menschlichen Stimme gesprochen, die es möglich machte, dass man sie anzusehen wagte, während sie sprach.

»Bist du nicht sicher?«, hämmerte er weiter.

»Nein!«, schrie Tora, um nicht loszuheulen.

»Warum antwortest du so frech, Mädchen? Weißt du nicht, dass du im Haus des Herrn bist?«

»Der Herr Pastor muss nicht glauben, dass ich eine freche Antwort geb, aber die Mama … sie … Sie sollen der Mama keinen Brief schicken wegen des SCHEISSNAMENS! Mir ist's egal, wie ich heiß! Ich möcht nur nicht Toste heißen!«

Manchmal ist die Stille das Wichtigste in einem Raum. Wichtiger als alle Worte, die einmal gesagt worden sind. Wichtiger als die Menschen.

Das Gesicht des Pastors blähte sich auf, so dass Tora gezwungen war, ihn anzusehen. Es nützte nichts, hoch oben auf die »Auferstehung« zu schauen. Jemand hatte das bleiche, verweichlichte Gesicht des Pastors aufgeblasen zu einem weißen Ballon mit schwarzen Zeichen. Nun machte der Ballon die dreizehn Schritte bis zu Toras Bankreihe. Sie merkte, dass sie pissen musste.

Vorsichtig legte sie das Gesangbuch vor sich auf die Ablage. Klammerte beide Hände fest um die Bank. Drückte verzweifelt die Schenkel zusammen. Der Unterkiefer fiel herunter. Der eine Mundwinkel entblößte die Zähne zu einem Grinsen, während der andere allein in der Welt war und zitterte. Es sah nicht schön aus.

»Tora Johansen kann ihre Sachen nehmen und gehen! Sie kann morgen wiederkommen, wenn sie sich wieder benehmen kann.« Seine Stimme war ein Vulkan kurz vor dem Ausbruch.

Die halbe Bankreihe erhob sich, um Tora vorbeizulassen. Diejenigen, die Tora kannten, waren wie gelähmt über den Ausgang der Dinge. Sie konnten sich nicht erinnern, dass Tora irgendwann einmal auch nur den geringsten Streit mit den Lehrern oder einem anderen Erwachsenen gehabt hatte. Und sie hatten nie gehört, dass sie sich verteidigte. Und nun hatte sie also gesagt »SCHEISSNAME« – laut in der Kirche!

Es war nicht ausgeschlossen, dass manche ihr das gönnten. Mitten in dem Schreck.

Tora spürte, dass das Wasser laufen würde, wenn sie sich erhob. Deshalb saß sie wie angewurzelt. Schenkel und Körper gegen die harte Bank gepresst. Für sie war das jetzt das Wichtigste. Wichtiger als die Stimme des Pastors. Zusammenkneifen und einhalten. Das Zittern im Mundwinkel pflanzte sich über die ganze Kinnpartie fort. Der Pastor konnte nicht erkennen, ob vor Entsetzen oder Trotz. Da er bereits genug von der Verstocktheit der Inseljugend hatte, nahm er es für Trotz.

»Geh!« Der Pastor stand schon halbwegs in der Bank, ehe er sich besann. Er hätte fast seine Würde verloren. Und er war sich peinlich klar darüber, dass er eine traurige Figur abgab, als er sich rückwärts wieder aus der Bank zurückzog.

Es ging außerdem langsam. Er trat unfreiwillig auf junge Füße. Aber es war kein einziger Schmerzenslaut zu hören. Die Luft war geladen. »Geh!«, donnerte der Mann wieder.

Tora schüttelte den Kopf. Schüttelte und schüttelte und hielt sich an der Bank fest. Sie wünschte sich inständig, dass sie ihm sagen könnte, was los war. Aber das konnte man nicht in der Kirche sagen, so dass alle es hörten. Außerdem bekam sie kein Wort mehr heraus. Es war ein Albtraum. Sie war mitten in einem Albtraum. Der Pastor marschierte einige Schritte auf den Altar zu – dann drehte er sich jäh um und sah die Schar mit gerunzelten, dunklen Augenbrauen an.

»Ihr könnt gehen – alle zusammen! Geht!«, schrie er.

Erst war es ganz still. Dann polterte es zögernd von einunddreißig Paar Füßen. Schlurfte ungleichmäßig über den Holzfußboden, weil der rote Läufer entfernt worden war, jetzt wo die Kirche wochenlang für Jugendliche zur Verfügung stand. Aber das zweiunddreißigste Paar Schuhe war auf dem Fußboden festgeleimt.

Tora sah die kniende Maria Magdalena – und blieb sitzen. Maria vor Jesu Kreuz. Die dunklen, samtschimmernden Farben flossen ineinander. Wenn die anderen nur jetzt alle gingen. Dann klappte es vielleicht gerade noch. Das Altarbild flimmerte einen Augenblick da vorne in seiner eigenen Pracht.

Und es klappte. Der Pastor hatte die solide Eichentür zur Sakristei zugeschlagen. Die Kirche war leer.

Alle waren verschwunden. Auch der Pastor. Irgendwo oben in einem der Kronleuchter wogte ein Spinngewebe ehrerbietig. Tora dachte krampfhaft darüber nach, ob über ihrem Kopf eine fette Spinne saß. Saß und wartete?

Tora hatte die Beine wieder zusammengekniffen und sich so weit beruhigt, dass sie es darauf ankommen ließ und die zwei Stufen zum Taufbecken hinaufwankte. Es war nicht daran zu denken, bis auf den Hof zu gehen. Bei jedem

Schritt presste sie die Schenkel zusammen. Es war wie ein Krampf. Sie tat nun, was sie tun musste, ohne nachzudenken. Nahm blitzschnell die Taufschüssel, zog die Hose herunter, hockte sich nieder und ließ es laufen. Die Sonne explodierte in dem Silber, während der wilde Strahl das Metall traf.

In der Sakristei saß der junge Pastor gebeugt über etwas, was die Sonntagspredigt werden sollte. Aber seine Gedanken waren anderswo. Bei der missglückten Begegnung mit den Konfirmanden dieses Jahres. Er gestand Gott seinen Jähzorn ein. Er hätte es anders angehen sollen. Sicher. Er versuchte so verzweifelt, ein würdiger und guter Geistlicher zu sein. Und zog nicht in Betracht, dass die Menschen hier draußen auf den Inseln von einem anderen Schlag waren. Störrischer und schroffer in den Worten. Sie hatten wohl Respekt vor Gottes Dienern – aber sie hatten ein so verhärtetes Gemüt ... Hätte der Pastor auf seine eigenen Ohren vertraut, dann hätte er vielleicht das Mädchen in seiner menschlichen Unvollkommenheit im Allerheiligsten der Kirche überrascht. Aber er hatte weder die Phantasie noch die Ohren, um so etwas zu hören. Und das war gut so. Tora starrte auf die Sakristeitür. Lauschte voller Panik auf Schritte, während sie lautlos die Hose hochzog.

Dann trug sie vorsichtig die glitzernde volle Schüssel den Mittelgang hinunter. Ihre Schritte hallten wie das Jüngste Gericht, obwohl sie sich so klein und leicht machte, wie sie nur konnte. Halbwegs unten in der Kirche, fiel ihr ein, dass einige noch draußen sein könnten. Einige, die auf sie warteten – um sie zu verspotten oder zu trösten. Und wenn sie nicht errieten, was sie in der Schüssel hatte, dann glaubten sie am Ende noch, dass Tora das Kirchensilber stehlen wollte!

Nachdem sie einen raschen Blick auf die Fenster geworfen hatte, die bedauerlich weit oben in den Wänden saßen, balancierte sie die kostbare Schüssel mit dem schamlosen

Inhalt auf die Kanzel hinauf. Kam außer Atem und ganz erschöpft oben an, obwohl sie sich wie eine Schnecke bewegt hatte.

Sie lauschte. Die Panik grenzte schon fast an Wahnsinn. Aber nein. Alles war still in der Sakristei.

So! Das Klappfenster über der Kanzel aufgemacht! Blitzschnell leerte ihre Hand die Schüssel durch das bleiverglaste Fenster. Das Vogelgezwitscher in dem alten Baum verstummte für einen Augenblick. Alles blieb still. Dann war es überstanden. Sie schloss das Fenster vorsichtig, trocknete die Schüssel mit ihrem Unterrock ab und blieb starr stehen und lauschte. Hoch oben auf der Kanzel stand sie – bereit, sofort unterzutauchen, falls er kam. Der Pastor.

Der Samt an der Kante der Buchablage war fettig und abgegriffen – das konnte sie deutlich sehen. Die Fransen waren verfilzt und staubig. Sie war noch nie auf einer Kanzel gewesen. Hier oben sah alles ganz anders aus als von unten. Hier oben war die Kanzel kümmerlich, fettig von den Händen des Pastors, und das Holz war auf der Innenseite nicht bemalt.

Tora Johansen stand auf der Kanzel von Været und hatte gerade die Taufschüssel mit ihrem Unterrock abgetrocknet! Noch mehr: Sie hatte in die Schüssel gepisst! Die Schüssel war der Kirche vor langer Zeit von den berühmten Gebrüdern Brinch geschenkt worden! Tora hatte Todesangst – und gleichzeitig platzte sie beinahe vor Lachen. Wenn nur Sol hier wäre!

Tora saugte die Atmosphäre da oben in sich ein – hoch über den Bankreihen. Sie empfand eine unbeschreibliche Erleichterung, das losgeworden zu sein, was sie fast zerrissen hätte. Und als sie hörte, dass die Außentür der Sakristei geschlossen wurde und es auf dem Kies knirschte, da steigerte sich die Erleichterung beinahe bis zur Ekstase. Sie atmete auf und spürte eine grenzenlose Dankbarkeit und Freiheit. Tora Johansen war erlöst und unbeschädigt, obwohl sie für einen Tag aus dem Gotteshaus verwiesen worden war – zusammen mit allen anderen.

Unterhalb des Rockbundes fühlte sie sich leer und gut. Sie setzte behutsam die Schüssel auf den Boden und faltete die Hände um die Buchstütze, ohne daran zu denken, dass es der Pastor genauso machte. Dann betete sie mit großem Ernst ein Vaterunser. Leise und deutlich. Hielt nach jeder Bitte inne und holte tief Luft. Und das Echo antwortete ihr getreulich von allen Seiten.

Den ganzen Tag trug sie das schöne Gefühl mit sich, das Unglaubliche, das Besondere und das Grausame erlebt zu haben. Es machte sie stark und unverwundbar, auch wenn der Pastor böse auf sie war. Sie war in den Kirchenbüchern Tora Johansen. Elisifs Gott hatte verstanden, dass sie so sehr bedrängt gewesen war, dass sie in der Kirche pissen musste. Sie wusste, dass er das verstanden hatte! Er hatte sie von dem Pastor und von den Augen der anderen erlöst. Niemand ahnte etwas.

Tora und Jørgen wurden offiziell in den ersten Tagen im Juli als Erwachsene in die norwegische Staatskirche aufgenommen. Und das, obwohl Tora mit dem Namen Johansen in den Kirchenbüchern stand. Tora war darüber nicht traurig. Für sie war es eine Bestätigung, dass es in dieser schwierigen, unbegreiflichen Welt doch noch Mächte gab, die auf ihrer Seite standen. Sie war den Namen Toste los, in alle Ewigkeit, Amen.

Wenn auch die guten Mächte ihr beigestanden hatten, was den Namen betraf, so waren es andere Mächte, die am Konfirmationssonntag das Wetter schickten. Ein stürmischer Wind mit Hagel und allen anderen Scheußlichkeiten machte sich unsanft über die jungen Leute und ihre Familien her.

Den Booten, die von den Inseln ringsum gekommen waren und reihenweise am Kai lagen, war ihr Laubschmuck bereits abgerissen worden, ehe er am Mast oder an der Reling festgezurrt werden konnte. Und aus der Wettfahrt war nur wenig geworden, da die meisten genug damit zu tun gehabt hatten, den Kurs zu halten. Nas-Eldar fuhr mit hochgeklappten Seitenteilen und einer Plane darüber die gluckernden Kieswege entlang und las die Leute auf, die keine Möglichkeit sahen, zu Fuß zur Kirche zu kommen. Manche zogen ihre guten Kleider erst an, wenn sie den Kirchenvorraum betraten. Aber konfirmiert wurden sie – alle zweiunddreißig.

In Reih und Glied, mit gesenkten Köpfen. Die Jungen sahen in ihren dunklen Anzügen wie gerupfte Kormorane aus, mit den langen, mageren Hälsen und den noch unfertigen Gesichtern über den Hemdkragen. Und der junge Pastor hielt eine schöne und unrealistische Predigt über den breiten und den schmalen Weg. Es war ganz unvorstellbar, dass die einfachen Leute von den Inseln, die kaum etwas anderes kannten als den eigenen schmalen Kiesweg, mit Schneematsch im Winter und Gras und Klee und Pferdeäpfeln im Sommer, diese Philosophie verstehen könnten. Sie nahmen diese Art Predigten ebenso gelassen hin, wie sie damals beim Lesenlernen in der Fibel an dem Bild von dem »ersten Frühlingszeichen«, einem Leberblümchen, vorbeigeblättert hatten.

So etwas mochte gelten für wen es wollte, aber nicht für die Leute hier.

Tora musste immer wieder ihren schweren, weißen Rock anfassen. Ingrid hatte sich viel Mühe gegeben. Frau Dahl strich Tora über den Kopf und sagte: »Nein, du hast aber ein schönes Kleid, kleines Fräulein!« Im starken Wind schmiegte sich der schimmernde Stoff dicht an den schmächtigen Körper, als sie von Eldars Auto zur Kirche ging. Im Vorraum konnte sie deutlich hören, wie feierlich das Kleid raschelte, wenn es über den groben Läufer streifte. Tora hatte das

Gefühl, einen Panzer aus Schönheit und Unnahbarkeit zu tragen. So dass ihr nichts Schlimmes und Unfreundliches widerfahren konnte. Und während der Prüfung stand sie breitbeinig und sicher unter dem langen weißen Rock, und ihr gehörte alles, was sie sah. Sie gehörte sich auch selbst. Ab und zu ließ sie den Blick über die Kanzel mit der samtgepolsterten Brüstung schweifen. Dabei spürte sie deutlich, dass alle Dinge hier in der Kirche ihr wohlgesonnen waren und sie annahmen. Denn einmal hatte sie das Unmögliche getan, weil sie es musste.

Der Regen peitschte gegen die bleigefassten Fenster und klatschte das taufrische, junge Laub an das farbige Glas. Und der Gesang stieg und fiel unter dem Gewölbe und unter der Führung des jungen Pastors.

Rakel stand in einer der vordersten Bankreihen und nahm zusammen mit den anderen den Segen entgegen. Sie lächelte. Und sah Tora an. Im letzten Winter war sie so von ihrer Krankheit in Anspruch genommen gewesen, dass sie gar nicht gesehen hatte, dass ein junger Schwan mit einer roten Krone in die Familie gekommen war. Es war auch nötig, dachte sie. Sie waren nicht gerade zahlreich. Es gab ihr einen schmerzlichen Stich. Dass sie keine Nachkommen haben würde …

Aber sie lächelte. Rakel war zäh in dieser Hinsicht. Und der Stich, den sie gespürt hatte, rührte vielleicht auch von der Operationsnarbe her.

Sie hatte es herausschneiden lassen, das Übel. Es hatte einiges erfordert, dessen Ende sie nicht kannte. Der Webstuhl stand dieses Jahr stumm in der Dachstube.

Aber sie war entschlossen, ihre Gesundheit zurückzugewinnen. Dann sollte es mit ihm gehen, wie es wollte, mit ihm, der ein kleiner Junge auf ihrem Schoß geworden war. Sie sah es immer deutlicher. Er konnte sich jäh umdrehen und forschend den Blick auf sie richten. Als ob er Angst hätte, dass sie einfach tot vor ihm umfallen würde. Er hatte eine solche Angst, dass er kaum wagte, den Brief mit der Aufforderung zur Kontrolle anzusehen, weil der Name des Krankenhauses auf dem Umschlag stand.

Sie verschonte ihn mit ihrer Angst, die gemessen an seiner doch gering war. Rakel ging lieber zum Tausendheim hinunter. Dort konnte sie seufzen. Ingrid kümmerte sich um sie. Manchmal fiel Rakel auf, dass Ingrids Rücken gerader und ihre Stimme sicherer wurden, wenn Rakel ihr etwas vorjammerte. Aber sie fegte es beiseite. Es war gut, einen Menschen zu haben, bei dem sie sich das Schlimmste von der Seele reden konnte.

21

Die Heuhaufen waren in ein paar Tagen trocken wie Zunder. Simon ging über die Wiesen. Die Sonne brannte auf seine gebräunten Schultern. Der Mund hatte einen weichen Zug. Manche fanden Simons Mund wohl zu schön für einen Mann. Er hatte sein warmherziges, leicht verletzliches Gemüt offen vor aller Welt auf den Lippen liegen. Simon stammte nicht von der Insel. Er war von anderer Art. Nicht gewöhnt, seine Einstellung in einen Eiskasten zu legen, damit sie sich in jeder Art Wetter halten sollte. Simon war alles in den Schoß gefallen, und er lebte so, wie es ihm gerade einfiel – und trotzdem hatte er Schwierigkeiten, jemandem zu nahe zu treten. Rakel war für ein paar Tage weggefahren. Zur »Kontrolle«. Er schauderte schon bei dem Gedanken an das Wort. Es schien ihm eine Ewigkeit, bis sie wieder zu Hause sein würde. Er wusste wohl, dass er dankbar sein musste, weil alles so gut gegangen war. Dennoch stieg ein Grauen von der sonnenverbrannten Erde auf, wenn er nur daran dachte.

Es hatte wenig Hoffnung bestanden, dass Rakel schon im Sommer nach Hause kommen würde. Sie hatte es selbst am Telefon gesagt. Sie hatte nicht einmal gejammert. Das war er, der gejammert hatte. Rakel hatte gesagt, er solle die Schafe in die Berge bringen und sich im Übrigen nicht zu sehr anstrengen. Sie hatte gemeint, es wäre besser für Laune und Schlaf, wenn er draußen in der frischen Luft wäre und stattdessen Leute für die Schreibarbeit unten im Betrieb einstellte. Simon – der erwachsene Mann – ging durch die Sommerhitze und wischte sich die Augen und dachte an das alles. Er hatte ihren Rat befolgt. War so müde gewesen, dass er abends ins Bett fiel. Wachte in aller Frühe auf, hatte Kopfschmerzen und wenig Lust aufzustehen. Wenn da nicht dieses großartige Mädchen gewesen wäre!

Sie kochte ihm Kaffee und verwöhnte ihn. Tora hatte in diesem Sommer viel auf Bekkejordet gearbeitet. Schlief in der Dachstube in dem weißen Bett ihrer Großmutter. Die Katze fing auch an, ihr um die Beine zu streichen.

Tora war tüchtig im Haus und auch draußen. Aber immer so ruhig. Sie müsste häufiger lachen. So wie Rakel. Nun ja, es hatte auch für ihn nicht viel zu lachen gegeben in der Zeit, in der Rakel im Radiumhospital gewesen war. Da war es kaum zu verwundern, dass das Mädchen so still war. Aber Rakel war wohlbehalten wieder nach Hause gekommen. Simon hatte damit sein Leben zurückgewonnen. Er schuftete wie ein Pferd, so dass alles vibrierte, was er anfasste. Und Rakel hielt ihn vorsichtig und nachdenklich in den Armen.

Simon trug dreißig Heuballen nach Hause und merkte erst an Mücken und an Sonne, dass es Abend war. Tora hatte den ganzen Tag gerecht. Es war jetzt Schluss mit der Heuernte. Sie hatte gemeint, wenn der Onkel die Heuballen wegtrüge, dann könnte sie rechen, so dass sie die letzten Tage ohne Hilfe auskommen würden.

Tora sehnte sich nach dem Waschbecken in Bekkejordet, als sie Seite an Seite den Hang hinauf zum Haus gingen. Simon zog sie an den Haaren und sagte, dass sie in diesem Sommer Rakels Schafen das Leben gerettet habe.

»Es ist ja nicht für lange. Nur bis ihr Hunger auf Fleisch kriegt«, sagte sie nachdenklich.

Simon sah sie von der Seite an. »Biste müde?«

»Etwas …«

»Sollen wir uns ins Heu legen und einfach schlafen, schlafen … ich und du?«

Er sah sie mit seinen sonderbaren blauen Augen an und lachte mit offenem Mund.

Mit einem Male war ihr, als ob sie wieder bei dem Brand in dem kleinen Boot stünde. Und Henrik ertrank und Onkel Simons Herz hämmerte, so dass sie glaubte, es sei ihr eigenes, und ihr Herz hämmerte, so dass sie glaubte, es sei seines. Er war so voller Wärme, ihr Onkel Simon. Warm und nah. Und die Gefahr gab es bei ihm nicht.

»Ja«, sagte sie schlicht. »Dann brauchen wir uns nicht zu waschen und nicht zu Abend zu essen.«

Simon blieb stehen. »Unser kleines, seltsames Mädchen … Komm jetzt, dann essen wir zu Abend. Und du schläfst auch besser in Großmutters Bett in der Dachstube.«

Aber Simon sah plötzlich, dass Tora kein kleines Mädchen mehr war. Sie dufteten beide nach Kräutern, Heu, Sonne und frisch gemähter Wiese. Und beide spürten den Duft des Gegenübers.

Simon lag wach und horchte, ob es da oben still würde. Dann erinnerte er sich, dass Tora auf der abgemähten Wiese gestanden und der eine Zopf sich gelöst hatte und über ihre Schulter geflossen war. Ihre Formen hatten sich in diesem Sommer etwas gerundet. Sie ging über die Wiesen und durch das Haus und ähnelte Rakel in allem. Aber das Lachen fehlte. Simon begrub sein braunes Gesicht in dem Kissen und sah Rakel lachend in der Küchentür stehen, das rote Haar voller Heu.

Er warf sich herum und faltete die Hände unter dem Nacken. Starrte in die helle Sommernacht und sehnte sich nach Rakels Haar und Lachen. Er wünschte sie so stark herbei, dass er glaubte, sie zu sehen.

Der Spätsommer lag schwer und schwanger zwischen den Bäumen auf der Pferdekoppel von Bekkejordet. Tora nahm wieder den intensiven Kräuterduft wahr, wie in allen Sommern vorher.

Die Blumen wuchsen zwischen den Steinen am Hang und waren ein Versteck. Es war sozusagen etwas Besonderes an diesem Sommer. Etwas Neues. Es lag ein tiefer Kummer in allem, obwohl alles so sicher und gut war.

Die Gefahr war nicht dort. Und doch war sie da. Irgendwo in der Zukunft war sie. Als etwas, was sie am liebsten von sich weggeschoben hätte, was sich aber trotzdem in die Gedanken vordrängte. Sie hatte eine Frist. Eine kurze Frist vor der Dunkelheit. Noch hatte sie die hellen, langen Sommertage und die weiten, schimmernden Nächte. Tora holte tief Luft. Es duftete immer noch nach dem trockenen Heu. Es war jetzt eingefahren. Sie hatten in den ersten Tagen ein Pferd geliehen und einen Mann eingestellt. Dann hatte Simon den Rest auf dem Rücken getragen.

Onkel Simon und sie … Der Gedanke durchflutete sie leicht und schön. Dass es ihn gab!

Ihr war ganz feierlich zumute, und das Sonnenlicht flimmerte durch das Birkenlaub und zwischen den großen grünen Farnblättern. Tora setzte sich neben den Fußweg und wedelte geistesabwesend die Fliegen fort und fühlte sich satt und froh und schien zu schweben. Die Schatten und das Licht tanzten. Sie hätte am liebsten etwas gestreichelt. Eine Katze vielleicht. Sie fest an sich gedrückt und mit ihr geflüstert.

Und während sie dort im Sonnengeflimmer saß, fing es ganz leicht an zu regnen. Dicke Tropfen fielen auf sie herab. Ziemlich tief hing da oben eine einzelne weiße Wolke. Genau über der Pferdekoppel. Seltsam … dachte sie verwundert. Die Tropfen fallen fast nur auf mein Gesicht. Die Wolke ist nur für mich da. Und das Sonnenlicht und die Wolken tanzten, ohne den Regen zu beachten. Tora spürte, dass es durch die Blusenöffnung rann. Sickerte hinunter bis zum Bauch. Den Nacken hinunter. Über das Gesicht und die Hände. Nach einer kurzen Zeit tropfte es von den Zöpfen. Da saß das große Mädchen und ließ sich mit Absicht völlig durchweichen. Die Fähre tutete ohnmächtig und heiser draußen in der Bucht, und Tora fiel ein, dass sie auf dem Heimweg war. Sie erhob sich langsam und streckte die Hände vor sich aus, während sie ging. Dann blieb sie plötzlich stehen und spürte, dass es nur auf den

Kopf und die Schultern regnete – aber die Sonne wärmte und trocknete die Hände. Sie machte einen großen Schritt, heraus aus etwas Wunderbarem, Namenlosem, und schlug den Weg hinunter zum Tausendheim ein.

Der salzige, scharfe Ebbegeruch mischte sich bald mit anderen Gerüchen, und alles war beim Alten.

Tora war ein Jahr immer als Ewigkeit erschienen. Aber der Sommer nach der Konfirmation war vorübergegangen, und der Herbst neigte sich schon seinem Ende zu, ehe sie sich's versah. Trotzdem gab es einige Dinge, die feststanden. Unverrückbar. Dass sie in gewisser Weise eine andere geworden war. Es war nicht über Nacht geschehen. Nicht plötzlich, so dass man sagen könnte: Zu dem Zeitpunkt hat sich alles verändert. Oder: Das hat alles verändert. Vielleicht hatte es schon begonnen, als er von der Insel weggebracht worden war. Von da ab jedenfalls wagte sie, an sich selbst zu denken als an einen Menschen. Vorher war es nur wichtig gewesen, sich zu verstecken, damit niemand sehen konnte, dass sie da war.

So hatte das neue Leben begonnen. Ein Wille, überall reinen Tisch zu machen, alles Alte loszuwerden. Die Mutter war näher gekommen. Schritt für Schritt. Hatte ab und zu gelächelt. Sie hatten am Küchentisch gesessen und sich über viele Dinge unterhalten – und die Mutter hatte gelächelt.

Tante Rakel war oft bei ihnen unten gewesen. Tora verstand ihre Angst, dass sie bei der Operation nicht alles von dem Krebs herausgeholt hatten. Rakel sagte »Krebs« mit einer so alltäglichen Stimme, wie andere Grippe sagten, sogar, wenn es sich um sie selbst drehte. Das wunderte Tora. Krebs war ein Wort, das nicht laut ausgesprochen wurde. Es war zu schrecklich.

Es saß im Bauch. Tora wollte Tante Rakel fragen, wo genau, aber brachte es nicht über sich. Als sie die Mutter fragte, bekam sie nur unbestimmte und ausweichende Antworten.

In der Zeit, als Rakel krank gewesen war, hatten Ingrid und Tora Simon bei den Tieren geholfen. Er hatte so viel mit seinem Geschäft zu tun, dass er es allein nicht schaffte. Tora freute sich immer, wenn sie in Bekkejordet sein konnte. Es war eine eigene Wärme dort. Sie saß in den Wänden, auch wenn die Tante krank und abwesend war. Sie wussten, dass sie wiederkommen würde. Rakel war für Tora der Inbegriff des Lebens. Dass Rakel gefährlich krank sein könnte, kam ihr niemals in den Sinn. Das war ein ganz unmöglicher Gedanke.

Sol blieb zu Hause. Als sie eine Bürostelle in der Stadt gesucht und auch gefunden hatte – und Elisif die Neuigkeit mitteilte –, brach das arme Wesen in Tränen aus. Sie weinte und hielt die Tochter an beiden Händen fest, bis sie vor Ermattung einschlief. Aus.

Helene war ein hochaufgeschossenes Ding, das nicht einmal fähig war, für sich selbst zu sorgen. Der Herbst zog wie eine übelriechende Mistfuhre an Sols Sinnen vorbei. Sie war bereits auf dem Weg in die luftlose Ohnmacht der Frauen, kaum 17 Jahre alt.

Sie tröstete sich, so gut sie konnte. Sigurd war ein Lichtblick. Dort konnte sie ihr weggeworfenes junges Leben gewissermaßen auferstehen lassen. Aber unmittelbar darauf hieß es wieder Treppe putzen, rotznasige Kinder versorgen und Fischfilets verpacken, mit eiskalten Füßen und Händen und geröteten Augen unter dem Neonlicht. Sie hatte noch die Stelle bei Ottar. Vergnügte sich damit, ihn gelegentlich zu quälen. Ließ ihn die unglaublichsten Dinge machen, um sie zufriedenzustellen. Manchmal tat sie so, als ob sie nicht wüsste, dass es da etwas gab, was Lager hieß. Ein andermal lachte sie ihn dermaßen aus, dass seine Bewegungen erstarrten und gefroren und der Atem stockte und er nicht fertig wurde.

Sie rächte sich ein wenig an dem allen Dingen innewohnenden Teufelswerk. Ab und zu hatte sie das ungute Gefühl, sich selbst in der Tür zu begegnen. Die Einsamkeit stellte ihr ein Bein, der Alltag zog sie an den Haaren, bis der Unwille wie ein Deckel auf dem Tausendheim lag, wenn sie nach dem Putzen die Hügel heraufkam. Aber an den Samstagen tanzte sie sich von Helenes Kindlichkeit und ihrem eigenen dunklen Geheimnis frei. Und mitunter ließ sie sich wärmen. Und die Zeit verging.

22

Der Gedanke an Frits tauchte auf wie die kleinen Blumen im Frühling. Tora hatte etwas. Außer dem Traum. Etwas Lebendiges! Irgendwo. Er war im Sommer wenig zu Hause gewesen. Randi und er waren meist in Bodø bei den Großeltern. Tora hatte das ungefähr so empfunden wie noch spät im Oktober barfuß zu gehen. Und als er endlich kam, war alles ganz anders, als sie geglaubt hatte. Er war groß geworden und hatte mehr Fleisch auf den Knochen. Solange er in diesen Herbsttagen da war, ging sie zu Randi, sooft sie konnte. Aber es war etwas Neues zwischen Frits und Tora gekommen. Als ob sie getrennt voneinander lebten und sich nicht voreinander zu öffnen vermochten. Verlegenheit. Sie waren zu groß geworden, um so zusammen zu sein wie früher. Tora kroch nicht mehr auf sein Bett. Es gab jetzt Grenzen für das, was man tun konnte und was man nicht tun konnte. Niemand sprach es aus. Es war einfach so.

Was Randi gesagt hatte – dass er sich immer mehr veränderte, das sah Tora auch. Und sie sah noch etwas: Dort, wo er die anderen nicht erreichen konnte – die, die hörten –, war er allein. Sie begriff erst jetzt, wie unsäglich allein er sein musste.

Seine Augen waren auf ihren Rücken gerichtet, wenn sie sich von ihm abwandte, um mit Jørgen oder Rita oder Helene oder wem auch immer zu reden. Die Augen waren auf ihren Rücken gerichtet und baten: Dreh dich um und erkläre mir, wer sie sind und was sie sagen! Und Tora fühlte sich schuldig, weil sie ihn manchmal übersah, so tat, als ob sie seine Augen in ihrem Rücken nicht spürte. Oft vermochte sie seine Dankbarkeit nicht zu ertragen, wenn sie ihm eine Zeitlang ihre Aufmerksamkeit schenkte. Die Dankbarkeit war zu peinlich, zu abstoßend, zu unverdient. Trotzdem ging sie hin. In die neue Wohnung. Da war viel

Platz. Die Strickmaschine sang und das Licht flutete durch die Fenster herein. Beim Kakao herrschte immer fröhliche Stimmung.

Sie entging dem Schlimmsten, wenn Randi auch da war. Randi wurde ein Bindeglied zwischen Frits, der Taubheit und Toras schlechtem Gewissen.

Eines Abends begleitete Frits sie durch Været und noch ein Stück weiter. Tora wollte plötzlich von niemandem gesehen werden. Das war etwas ganz Neues. Er stieß sie zuweilen an. Gutmütig. So wie Onkel Simon das machte. Tora fühlte eine glückliche Wärme dabei.

Und als sie auf die Höhe kamen, wo niemand sie sehen konnte, nahm er ihre Hand, und sie blieben auf dem Weg stehen und lächelten einander an. Alles war schön. Sie wollte, dass es schön war. Trotzdem erinnerte sie sich daran, dass Frits sie einmal vor langer Zeit mit der Hand gestreift hatte. Und sie erinnerte sich, dass es am Morgen nach der schrecklichen Nacht gewesen war. Nach der Nacht, in der der neue Rock auf dem Stuhl gelegen und alles gesehen hatte …

Und deshalb war Frits vor ihren Augen fortgeschwommen. Fortgeschwommen – einfach fort. Weil sie sich gegen die Gefahr wehren musste, so gut sie konnte.

Sie hätte es so brennend gern gehabt, dass er sie anfasste. Und sie hatte es nicht ausgehalten! Es war zu schrecklich gewesen. Jetzt, wo er nicht mehr in Været lebte, konnte sie mit Zuneigung an ihn denken. Mit Erwartung. Er war keine Bedrohung mehr. Sie konnte ihn mit nach Berlin nehmen. Er passte so gut in ihren Traum. Immer besser. Und gleichzeitig war er – wirklich und lebendig.

Tora entdeckte, dass die Welt da draußen näher und näher kam, mit jedem Tag. Früher hatte sie zu der Außenwelt hinter Breiland oder Vestbygda oder den großen Wellen in der Bucht kein Verhältnis gehabt. Alles andere existierte wohl. Aber es war so unendlich weit weg. Es gehörte zu dem Gedanken »später« und konnte friedlich da draußen liegen, ohne dass sie sich darum kümmern musste. Mit dem, was sie in den Büchern und in den Zeitungen las, war es das Gleiche. Es befand sich innerhalb eines Traumes, den sie hervorholen konnte, wenn sie wollte. Aber sie brauchte nicht daran zu denken oder sich damit herumzuschlagen, wenn sie etwas anderes vorhatte. Manchmal bekam die Zeitungswelt dadurch Leben, dass sie jemanden laut lesen hörte. Wörter, die eine Stimme von der Insel sprach, wurden in einer ganz anderen Weise wirklich. Sie konnten ihr sogar drohen. Auch wenn sie nichts mit ihr selbst zu tun hatten. Wenn Rakel vorlas, dass in der Provinz eine freiwillige Brustkrebsuntersuchung gestartet werden sollte, so war das nicht nur etwas, was in der Zeitung stand. Es war ein Teil von Rakel. Ein Teil von Toras Wirklichkeit. Sie wunderte sich darüber, dass Rakel gerade das vorlas. Eines Tages las Simon vor, dass die Russen Menschen in Budapest und Ungarn aufhängten und dass die Leichen auf den Brücken zur Schau gestellt wurden. Dass sie Bulgarien überfallen hatten und auf dem Weg zur jugoslawischen Grenze waren und dass sie böse auf die Polen waren, die sich weigerten, die Russen zu unterstützen.

»Waren die Russen während des Kriegs nicht auf unserer – ich meine, auf Norwegens Seite?«, fragte Tora.

»O ja«, antwortete Simon.

»Aber gab es keine Einigung über … den Frieden damals?«

»Es gibt sowieso immer wieder Krieg.«

»Aber …«

»Es ist überall derselbe Irrsinn, wo die Großen zuschlagen. Einen Bissen hier und einen Bissen da. Es sind jedenfalls die kleinen Länder, die am meisten bluten müssen.«

»Ist es nicht nur Deutschland, das will … das den Krieg

will?« Tora wusste nicht, ob sie es wagen sollte zu fragen, aber sie wagte den Absprung.

»Nein. In Deutschland war ein verrückter Mann. Der Hitler. Aber es gibt noch mehr Verrückte, die die Welt zerstören wollen.«

»Ja, es ist so, als ob die Männer keine Macht vertragen«, fügte Rakel hinzu. »Sie benutzen sie nur, um einzuschüchtern und zu töten und Krieg zu führen. Es ist immer dasselbe, das sich zu allen Zeiten wiederholt«, fuhr sie fort und kniff den Mund zusammen.

Simon legte die Zeitung auf den Tisch und sah sie an, dann lächelte er. »Du magst die Männer heute nicht, wie ich höre?«

»Puh …«

»Glaubste denn, dass es besser wär, wenn die Frauen Krieg führten? Das Land regierten? Für alles die Verantwortung hätten? Wie?«

»Ja!«, sagte Rakel bestimmt.

»Und wie willste das erklären? Und beweisen?«

»Das kann ich weder erklären noch beweisen. Ich weiß nur, dass es die Frauen sind, die das Leben in die Welt setzen. Und die Frauen haben die Verantwortung dafür, dass die Kinder aufwachsen. Ich glaub, es gibt nur wenig Frauen, die mitansehen können, dass Leben vernichtet wird. Die Frauen mühen sich so ab für das Leben. Die Männer fühlen sich weniger verantwortlich, sobald sie auf die Probe gestellt werden und Verantwortung für das Leben übernehmen sollen. Sie sprengen alles kaputt und spielen nur. Wir Frauen sammeln die Leichen auf, gebären neue Soldaten und machen neue Verbände.« Rakel wehrte sich, indem sie ihre Argumente mit Überlegenheit vorbrachte.

Simons Gesicht verdunkelte sich. Er wollte sich das verbeten haben. Er sagte ihr deutlich Bescheid, dass er sich das verbeten haben wollte, und sauste zur Tür hinaus.

Tora spürte, dass es mehr als eine Diskussion über den

Krieg war. Trotzdem fühlte sie sich unbehaglich, weil sie angefangen hatte. Es war das erste Mal, dass sie in der Küche von Bekkejordet einen scharfen Ton vernommen hatte. Es lag etwas hinter den Wörtern, was sie nicht verstand. Und sie hatte das Gefühl, dass Simon es auch nicht verstand. Dass er deshalb gegangen war. Weil Rakel zwischen den Wörtern über Dinge sprach – gegen die er sich nicht verteidigen konnte. Tora saß da und sah ganz hilflos aus. So hilflos, dass Rakel über das Ganze lachen musste, sich selbst ein »ruppiges Weib« nannte und Simon zu dem Hackklotz nachging und ihn wieder hereinholte. Tora sah sie vom Fenster aus und wunderte sich. Später lachte Simon öfter über ihren Streit und sagte, dass er so böse auf Rakel geworden sei, weil sie ihn zum Sündenbock für den Krieg habe machen wollen. Aber Tora hatte das Gefühl, dass er selbst nicht wusste, warum er so böse geworden war. Er hatte sich wohl mehr darüber geärgert, dass er sich gegen Rakel nicht verteidigen konnte, als über ihre Reden selbst.

Das brachte Tora dazu, Simon und Rakel als zwei Menschen zu sehen. Aber deshalb mochte sie Simon nicht weniger gut leiden. Es wurde ihr auch klar, dass die Mutter nie ihre Meinung dazu sagte, was außerhalb ihrer vier Wände geschah. Sie diskutierte nie. Weder über Ereignisse noch über Menschen. Das schien ihr zu gefährlich zu sein. Die Mutter redete auch nicht über das, was sie in den Zeitungen las. Stritt sich mit niemandem. Vielleicht weil ihr die Worte fehlten, genau wie Simon? Weil sie wusste, dass ihr die Worte fehlten. Sie hatte sich eine knappe, alltägliche Redeweise angewöhnt. Nicht zu viel, nicht zu wenig. Sie konnte die Leute selten mit Wörtern aufregen. Rakel indessen warf den Leuten die Wörter an den Kopf. Zwang sie, Stellung zu nehmen zu Dingen, von denen sie gar nicht wussten, dass sie eine Meinung dazu hatten. Sie redete mit Tora, sie redete mit Simon, sie redete mit den Männern im Betrieb und mit den Frauen in der Sanitätsvereinigung in der gleichen eindringlichen Weise. Sie hielt sie alle für ebenbürtig. Zwang sie, ihre – Rakels – Wörter in sich aufzunehmen. So war sie.

Tora fand noch mehr in der Zeitung in Bekkejordet. Etwas über »Anne Frank«. Ein jüdisches Mädchen, das sich während des Krieges zusammen mit den Eltern versteckt halten musste, weil die Deutschen die Juden verfolgten. Sie war fünfzehn, als sie entdeckt und in die Gaskammer geschickt wurden. Sie hatte die ganze Zeit Tagebuch geschrieben. Und sie schrieb zuletzt: »Ich glaube trotzdem, trotz allem, dass die Menschen im Innersten gut sind.« Tora verspürte einen richtigen Hunger, das Theaterstück zu sehen oder das Buch über Anne Frank zu lesen. Einen Augenblick vergaß sie sich zu schämen, dass sie Deutsche war. Vielleicht, weil diese Anne so geschrieben hatte, wie sie es in dem Tagebuch getan hatte? Und dennoch: Tora und Rakel bezweifelten, dass gewisse Menschen im Grunde ihres Herzens gut waren. Während Menschen wie Simon die Fassung verloren und wütend wurden, wenn sie gezwungenermaßen zweifeln mussten.

Simon konnte einfach nicht glauben, dass Henrik den Betrieb angezündet hatte. Aber er hatte ihn doch angezeigt. Und Simon hatte schweigend dagesessen, als Rakel Henrik mit ein paar Worten gegen seine eigenen Taten verteidigte. Tora wusste es. Hatte Rakel das getan, weil sie sehr klar sah, wie schlecht die Menschen zueinander waren, so dass sie auch verstand, wie sehr man ihnen helfen musste, wie bitter nötig sie es hatten, dass jemand sie verteidigte? Hatte sie es getan, weil sie sich selbst nicht als einen besonders guten Menschen empfand? So dass ihr nichts fremd war?

Tora grübelte. Sie grübelte auch darüber nach, wie viel von ihr deutsch und wie viel von ihr Rakel oder Ingrid war. Gab es da auch etwas, das sie selbst war? Das neu war, das nicht in einem Menschen vor ihr gewesen war?

Wieso war sie Tora Johansen und lebte hier auf der Insel? Wieso fühlte sie sich als einzigartiger Mensch auf der Erde? Einzigartig? Ohne irgendeine Entsprechung? Warum empfand sie das so, obwohl sie wusste, dass sie nur eine winzig kleine Figur in der großen, weiten Welt war? Und außerhalb der Welt war das Universum. Alles war unendlich und nicht zu begreifen. Es entstand aus sich selbst, entwickelte sich aus sich selbst, starb aus sich selbst – und erstand wieder aufs Neue.

Und als ob es nicht schon genug zu ergründen gab, so konnte der Mensch auch noch frei entscheiden, was richtig und was falsch war. Das Böse und das Gute schwirrten in allen Menschen herum. Und unter denen, denen es am schlimmsten ging, die verfolgt und in ihrem Leben bedroht waren – war eine, die sagen konnte: »Das gibt es. Das Gute gibt es in allen Menschen.«

Aber Tora sah sich selbst, wie sie Henrik an den schwarzen Haaren festhielt. Sie fühlte, dass die Berührung ekelhaft war und ihr die Übelkeit im Halse hochstieg. Sie wusste, wie nahe Henrik am Rande des Todes gewesen war. Und es stand ihr auch ganz deutlich vor Augen, dass sie ihn nicht über Wasser gehalten hatte, weil sie ein so guter Mensch war. Es war das Entsetzen. Das Entsetzen vor den Tagen und Nächten, die kommen würden. Die Angst, sich aus allen Zusammenhängen herauszulösen. Das hatte ihn gerettet. Dass Tora es nicht schaffte, sich selbst ebenso abscheulich zu sehen, wie sie andere in der Wirklichkeit gesehen hatte.

Trotzdem beschloss sie, das Buch über Anne Frank in der Bibliothek auszuleihen.

Sie wollte sich zwingen, es zu lesen, auch wenn darin stand, wie brutal und grausam die Deutschen waren.

23

Sie hörte es deutlich, als sie den Deckel von der Milchkanne nahm. Die Milchverkäuferin versuchte die Frauen hinten in der Ecke zum Schweigen zu bringen. Aber das Unglück war bereits geschehen: »Ich hab gehört, dass der Henrik Toste Urlaub vom Gefängnis kriegt und dass er nach Haus kommt.«

Nachher stand sie auf der gefrorenen Straße. Wo die Wagen fuhren, kam schon der Kies zum Vorschein. Vor Weihnachten waren ein paar Schneeflocken gefallen. Dann hatte der Südwest mit ihnen Weihnachten gefeiert. Konzentriert und ohne Gnade, wie es seine Art war.

Oben auf der Höhe wurde ihr klar, dass sie ohne Milch auf dem Heimweg war, und so lief sie schnell wieder zurück. Einige dicke Fliegen hatten in der grauen Bude, die zum Milchverkauf diente, nach dem Sommer noch überlebt. Nun lagen sie als Leichen in der Kugellampe unter der Decke. Tora schluckte eine Menge Spucke hinunter, von der sie gar nicht wusste, dass sie sie hatte, und sagte: »Zwei Liter.«

Die Fliegenleichen lagen ruhig oben in ihrem Glassarg. Die Milchverkäuferin sah sie an. Neugierig. Ein grabschender Finger unter Toras Haut. Das Mädchen war doch tatsächlich ohne Milch zur Tür hinausgerannt. Hatte gehört, was gesagt worden war. Die Milchverkäuferin merkte sich die Reaktionen. Es passierte so wenig in Været. Eine Reaktion auf ein Gespräch konnte später zu schönen Minuten führen. Um mit der Kundschaft darüber zu sprechen: »Der Tora ist das sehr nahegegangen …«, könnte sie zu der Doktorsfrau sagen, wenn die kam. »Ja, ich hab versucht, die Frauen zum Schweigen zu bringen … aber … das Mädchen hat's gehört.« Sie könnte ein ganz mitleidiges Gesicht machen. Sie könnte sich über die Stirn streichen. Sie könnte ein paar Worte darüber fallenlassen, dass sie nicht verstand, wie Ingrid es mit dem Faulenzer aushielt. Und dann! Würde die ganze Lawine dieses schönen Gesprächs in Gang kommen. Die Frauen würden über den klappernden Milchkannen überkochen vor lauter Meinungen. Die Geschichten würden sich wie ein warmer Umschlag auf die bleichen Winterwangen legen. Es würde schwanken und wogen vor lauter Stimmen unter der blauweißen Decke, wo man noch die Fingerabdrücke rund um die Kugellampe sah, seitdem eine schmutzige Hand die Birne ausgewechselt hatte. Die Milchverkäuferin sah Tora an … Dann räusperte sie sich. »Der Henrik kommt nach Haus …?«

Tora stellte die Milchkanne vor sich auf den Ladentisch. Der Griff schepperte unnötig laut und der Deckel wollte nicht abgehen. Sie bekam kein Wort heraus. Sie schob die Kanne unsanft gegen den üppigen Busen auf der anderen Seite. So unsanft, dass es innen in der grauweißen Schürze einen Seufzer gab. Das Geräusch setzte sich in Tora fort als eine kurze, kalte Freude.

Sie hätte am liebsten ihre Fäuste genommen, um alle Wörter zu stoppen. Merkte, dass sie aufs Klo musste. Die Milchverkäuferin trödelte mit dem Milcheinfüllen und sah mürrisch drein. Tora saß auf dem Ruhestein in der Kurve oberhalb des Tausendheims. Sah die Kammerfenster von hier aus nicht. Ihr wurde langsam so kalt, dass sie keine Angst zu haben brauchte, dass die Mutter sich wunderte, wenn sie so stark zitterte. Sie blieb eine Weile mit den Händen im Schoß sitzen. Jetzt zitterte der ganze Körper und die Zähne klapperten ein einsames, ängstliches Geräusch. Sie hatte das Gefühl, sich selbst von außen zu sehen. Sie saß auf dem Stein neben sich selbst und legte tröstend die eine Hand auf die andere. Na ja. War etwas Besonderes mit dem heutigen Tag? Er war voll von schwerem Rauch. Einer nebelhaften, unwirklichen Bewegung in allen Dingen. Die Wolken, die

Bäume – ja sogar die Häuser hatten eine widerwillige Bewegung in sich. Einen drohenden Protest gegen etwas, von dem nur sie wusste, was es war.

Raureif. Heraufziehend vom Meer. Die großen Wellen draußen tosten. Sie konnte die Wellen nicht sehen. Aber sie rollten ihre endlose, gewaltige Kraft in ihr Ohr hinein. Es war nicht so bedrohlich, wenn sie sich sagte, dass es nur Raureif und Meereswellen waren. Dass es nur Kälte war.

Trotzdem blieb sie sitzen. Das Gerüst fiel brennend über ihr zusammen, die Tür wippte auf und nieder. Sein Gesicht, das sich mit großer Geschwindigkeit in einem Trichter drehte, kam auf sie zu. Auf sie zu! Und Tora beugte sich vornüber und faltete die Hände zwischen den Knien und sagte Gebete, die sie nie gelernt hatte. Und die für den lieben Gott viel zu hässlich waren, weil sie zur Wirklichkeit gehörten. Sie zwang die Wörter aus sich heraus. Brauchte sie als ein magisches Geräusch gegen ihr hämmerndes Herz.

Allmählich legte sich das Rauschen. Die Landschaft stand still. Der Raureif war nur die Kälte, die vom Meer kam. Zum Schluss hatte sie ihn ganz hinausgezwungen. Abstand gewonnen. Als sie zu Hause die Hand auf die Türklinke legte – und das hauswarme Messing an der Haut fühlte, hatte sie einen Plan. Es war etwas, was sie tun musste. Es graute ihr davor.

Die Mutter saß an der Nähmaschine, sah mit einem kleinen Lächeln auf und nickte. Die Behaglichkeit im Raum, der Lichtschimmer aus den offenen Schlitzen der Ofentür und das Licht über dem Tisch, der Stoff in Mutters Händen – das alles machte es ihr schwer, ihr Vorhaben auszuführen. Trotzdem ging sie zur Mutter hin, ohne ihren Mantel auszuziehen. Sie lehnte sich über den Tisch, beide Hände auf die Tischplatte gestützt. Es war seltsam, so zu stehen und in Mutters verlegene Augen zu schauen. Sie schienen zu ahnen, was jetzt kam. Ein weicher Strich zeichnete sich langsam an jedem Mundwinkel ab. Ein entschuldigendes Lächeln. Eine unbeholfene, unmerkliche Bewegung.

»Ich hab in der Milchbude gehört, dass du den Henrik zu Haus erwartest.«

Ingrid ließ den Stoff mitsamt den Händen in den Schoß sinken. Sie schien gar nicht mehr zu wissen, dass sie den Stoff in den Händen hielt. Die Gesichtszüge verloren allmählich jeden Ausdruck. Eine leere weiße Fläche, umkränzt von dem schönen dunklen Haar. »Ja, es ist wahr. Ich glaub, ich hab vergessen, es zu erwähnen …«, sagte sie langsam, während sie nach den richtigen Wörtern suchte.

»Vergessen?« Tora beugte sich ganz dicht zu Ingrids Gesicht. Der eine Mundwinkel war zu einem Grinsen hochgezogen. Ingrid sah erschrocken zu ihr auf.

»Ja, vergessen!«

Tora sah Tante Rakel vor sich. Sie hörte ihre Stimme, als sie schrie: »Wenn du dich nur einmal daran erinnertest, dass ich auch noch da bin, jedenfalls so viel, dass du mir das sagst, was ich unbedingt wissen muss. Hab ich nicht recht?«

»Was ist denn so schlimm daran, dass der Henrik heimkommt?«

»Ich hab's nicht gewusst. Nicht, bis ich's in Været gehört hab. Mama, verstehste das nicht?«

Ingrid erhob sich. Stand ratlos mit dem großgeblümten Stoff auf den Füßen da. Es war Frau Dahls neues Abendkleid, das hier eine so unfreundliche Behandlung erfuhr, ohne dass jemand darauf achtete. »Ich hab's vergessen, hörst du. Du darfst nicht so mit mir reden, Tora! Das passt gar nicht zu dir. Es ist nicht unsere Art, so miteinander zu reden.«

Ingrid gewann eine gewisse Würde zurück. Sah Tora streng an und hob das halbfertige Kleid auf.

»So was vergisst man nicht, Mama!«, sagte Tora leise und

mit vorgestrecktem Kopf. Es klang in Ingrids Ohren wie eine Warnung. »Man vergisst so was einfach nicht«, wiederholte Tora mit einem Starrsinn, der beinahe schon an Frechheit grenzte.

Ingrid sah die Tochter an. Als ob sie sie zum ersten Mal sähe. Sie war im letzten Jahr nicht viel gewachsen. Aber der Körper hatte sich verändert. War mehr entwickelt. Das Gesicht war verschlossen. Die große Nase hatte sich in die Gesichtszüge eingefügt und wirkte harmonischer als früher. Aber Tora hatte schon immer dieses Mürrische, Frühreife an sich gehabt – wie Ingrid sich erinnern konnte. Und die Nase hatte ihr ganzes Gesicht spitz gemacht. Hatte den kantigen, mageren Körper noch betont. Jetzt sah Ingrid, dass alles sich zu Toras Vorteil ausgeglichen hatte. Das Mädchen war im Begriff, erwachsen zu werden, ohne dass Ingrid es gemerkt hatte. Sie versuchte sich nicht zu schämen, weil sie Tora unterschätzt hatte. Weil sie sie übergangen hatte, statt sie einzuweihen, wie es richtig gewesen wäre. Sie richtete sich auf und legte die rechte Hand auf den Rücken, um ihn zu stützen. Eine Bewegung, die sie unbewusst machte, die aber Tora erkennen ließ, dass die Mutter wieder Rückenschmerzen hatte.

»Nein, man vergisst es vielleicht nicht ...«, sagte Ingrid leise. Tora hatte nicht erwartet, dass die Mutter das zugeben würde. Sie wurde unsicher. Wartete darauf, was nun geschehen würde. Aber es geschah nichts. Tora begriff, dass ihr die Aufgabe zufiel, das zu sagen, was gesagt werden musste. Trotzdem war sie erleichtert, dass sie so gehandelt hatte, wie sie es sich vorgenommen hatte, als sie draußen im Flur stand, die Türklinke in der Hand.

Sie hatte Mitleid mit der Mutter. Ein abscheuliches Gefühl. Jedes Mal, wenn sie irgendwelche Dinge über die Mutter hörte oder sie in Situationen sah, in denen sie ihr leidtat, verlor sie ein Stück ihrer selbst.

»Ist es so, dass wir uns beide davor fürchten, dass er zurückkommt?« Tora sah der Mutter in die Augen. Zwang sie, Tora anzusehen.

»Ich weiß nicht«, antwortete Ingrid müde. Sie sank auf den Stuhl vor der Nähmaschine, legte den Kopf in die Hände und versteckte sich.

»Muss er kommen?«

»Es ist doch sein Zuhause.«

»Willste ihn denn haben, Mama?«

Es wurde so nackt zwischen ihnen. Unerträglich nackt. Tora hatte das Gefühl, ihrer Mutter die Haut abzureißen. Aber es war nötig. Sie ertrug es nicht mehr, noch länger auf diese Weise allein zu sein. War sich klar darüber, dass sie sich schon seit geraumer Zeit eine Gelegenheit gewünscht hatte, die Mutter zu zwingen, ihr wahres Gesicht zu zeigen. Zu sehen, ein Zeichen zu geben, dass sie Tora gesehen hatte. Aber es war so beängstigend. Keine wusste, wie es hinterher werden würde. Morgen. Jede musste daran denken, dass das, was sie heute taten, den morgigen Tag gestaltete.

»Ich muss. Er ist mein Mann. Dies ist sein Heim. Unser Heim. Wir machen alle schlimme Fehler ... Wir brauchen alle einen Ort ...« Die Wörter kamen leise und bestimmt, als ob sie sie im Voraus genau überlegt hätte. Tora erkannte, dass die Mutter den Prozess gegen Henrik auch gegen sich selbst geführt hatte, schon vor langer Zeit. Und sie sah ein, dass Henrik gewonnen hatte und dass sie – Tora – hier keinen Platz mehr hatte.

Es zerbrach etwas in ihr. Sie hatte der Mutter ihren Hass gezeigt. Hass? Verspürte sie Hass? Ja, ja! Der Hass war größer als die Furcht. Jetzt, da sie wusste, wie alles war, wenn er fort war. Jetzt, da er sie wieder bedrohte.

»Ich will ihn nicht hierhaben!«

»Das kannste doch nicht im Ernst meinen, Tora.«

»Genau das meine ich.«

»Das darfste ihn nie merken lassen, wenn er kommt.«

»Denn dann schlägt er uns – oder lässt sich volllaufen?«

Tora fauchte. Es hörte sich so an, als ob sie die Mutter beschuldigte.

»Henrik hat sich geändert. Sie haben ihn in den höchsten Tönen gelobt, wie gut er sich aufführt … dort.« Ingrid brachte es nicht über sich, das Wort Gefängnis auszusprechen.

»Ich will nicht hier sein, wenn er kommt! Hörst du, Mama! Ich will nicht.«

»Liebe Tora, wir müssen ihn aufnehmen, wenn er kommt, er braucht uns.«

Ingrid sah ihre Tochter entsetzt an. Tora führte sich unglaublich auf. Sie war ganz anders als sonst.

»Wir müssen uns wegen Henrik nicht schämen. Wir werden ihm helfen«, sagte sie ruhig und fest.

»Ich will nicht, dass er kommt. Ich will ihm nicht helfen! Hörst du, Mama? Und du schämst dich doch selbst! Glaubste, ich hab das nicht gesehn? Wie du dich schämst, wenn er voll ist. Wie du Angst hast, dass er dich schlägt und beschimpft. Du … du … Ich hab auch Angst!«

Tora fühlte, dass nun alles zusammenkam. Dass sie sagen müsste, warum sie solche Angst hatte. Sie müsste auf Mamas Schoß kriechen und alles sagen. Alles! Aber das war unmöglich. Das schaffte sie nicht.

Sie sank zu Boden. Wie ein Ball aus allerlei Stoffen. Ein gebrauchter, ausgebleichter Stoffball. Ingrid hörte eine Art Heulen. Mehr ein Aufbegehren als ein Weinen. Sie setzte sich neben das Mädchen auf den Boden. Die Hände strichen mechanisch über die struppigen Zöpfe, während sie ganz erleichtert registrierte, dass Tora weinte. Das Mädchen war nicht mehr furchterregend. Tora stand nicht mehr am Tischende über ihr und beherrschte sie nicht mehr. Das hier konnte Ingrid in Ordnung bringen. Mit einem Mädchen, das am Boden lag und weinte, hatte die Welt eine lange Erfahrung. Durch alle Generationen. Derlei hatte Ingrid wortlos überliefert bekommen.

Eisblumen auf den undichten Fenstern im Klassenzimmer. Almar heizte bereits ab sechs Uhr morgens, aber es war nur ein bisschen angewärmt, wenn die Kinder um neun Uhr kamen. Tora wusste nie, ob es an der Kälte lag oder nur an ihren eiskalten Gedanken, dass die Füße immer wie abgestorben waren. Sie zwang sich in die Bücher hinein. Schloss sozusagen die Buchdeckel um sich. Versteckte sich vor allen und allem. Die Eiterbeule, die Tora am Küchentisch aufgestochen hatte, als sie der Mutter sagte, dass sie ihn nicht zu Hause haben wollte, schmerzte noch. Es war nicht alles herausgekommen. Tora wusste, dass es viele Wörter gab, die nie ausgesprochen werden konnten. Nie. Denn dann würde die Zeit stehen bleiben und alle Dinge würden zerschlagen werden.

Daran dachte sie manchmal mehr als daran, woran sie denken sollte, wenn sie beim »Konfirmanden« vor dem Pult saß. Aber sie hielt immer die Augen auf ihn gerichtet. Niemand konnte ahnen, dass ihre Gedanken nur sie selbst betrafen.

Seit Sol erwachsen und so beschäftigt war, hatte Tora niemanden mehr. Es fiel ihr auf, dass von allen Menschen, die in Været oder auf der Insel herumliefen, kein einziger für sie da war. Tante Rakel war seit der Operation und ihrer Zeit im Krankenhaus so sonderbar fern. Es kam vor, dass Tora ohne besonderen Auftrag nach Bekkejordet ging. Sie musste einfach nachsehen, ob die Küche noch genauso war wie früher. Ob die Gerüche noch die gleichen waren.

Manchmal dachte sie an Berlin. Daran, dass sie einmal dorthin kommen würde. Aber sie glaubte nicht mehr daran, dass es ganz automatisch geschehen würde. Sie wusste, dass es zu den Dingen gehörte, die man selbst in die Hand nehmen musste. In gewisser Weise hatte sie noch ein kindliches Vertrauen zu Tante Rakel, dass sie es schon arrangieren würde. Aber gleichzeitig wusste sie, dass es der Teil ihrer selbst war, von dem sie sich freimachen musste. Er passte nicht zu ihrem erwachsenen Körper. Sie konnte nicht erwarten, dass Tante Rakel lachte und sich ein-, zweimal um sich selbst drehte – und Tora wäre in Berlin bei der Großmutter. Das entsprach der Wirklichkeit nicht.

Sie musste die schönen Stunden sammeln, solange sie sie hatte. Denn sie wusste, dass sie einmal großen Hunger nach solchen Stunden haben würde.

Der Knoten im Magen war verschwunden gewesen – lange. Sie hatte geglaubt, dass er niemals wiederkommen würde. Aber nun war er wieder da, steinhart und qualvoll.

Wenn die Bücher nicht so waren, wie sie sie wollte, dann konnte sie ganz still in der Dunkelheit in ihrem Bett liegen und sie in ihren Gedanken umformen. Sie konnte das so gründlich tun, dass sie zum Schluss nicht mehr genau wusste, was sie gelesen und was sie sich ausgedacht hatte.

So war es im Leben nicht. So war es nicht, wenn man Tora war. Er würde kommen. Es war großartig von der Mama gewesen, dass sie so gelassen reagiert hatte, als Tora ihr sagte, dass sie ihn nicht haben wolle. Tora begriff nicht, dass die Mutter ihr keine Ohrfeige gegeben hatte. Sie hatte die Mutter wohl zu plötzlich überfallen. Sie fühlte einen ungewohnten Stolz, mitten in allem: weil sie gesagt hatte, dass sie ihn nicht haben wollte!

Sie machte sich auf alles gefasst und versuchte sich auszurechnen, ob die Aussicht bestand, dass die Mutter zur Abendschicht musste, wenn er zu Hause war. Sie plante schon, was sie unternehmen könnte, um gegebenenfalls das Weite zu suchen. Sie wollte das nie mehr durchmachen müssen!

Sie suchte sich gute Gedanken. Wärmte sich an dem Besten, das sie kannte: die Geborgenheit in Bekkejordet. Der schwache Geruch nach den Haustieren im Vorbau. Der beruhigende, gute Duft nach Essen – gebratenes Fleisch im ganzen Haus. Der Weihrauch auf dem Ofen. Rakels anschmiegsame Katze. Rakels Lachen über dem Tisch. Simon …

Bekkejordet veränderte alle, die dorthin kamen. Ihre Gesichtszüge wurden ganz weich. Ungeachtet dessen, wer sie waren oder was sie zu erledigen hatten. Sie waren dem guten Gesetz der Verwandlung unterworfen. Mitten in allem, das abscheulich in dieser Welt war, standen die weißen Hauswände und nahmen auch noch den letzten guten Gedanken weit draußen im Meer in ihre Obhut. War es nicht so? Tora wusste es nicht. Sie wusste nur, dass sie sich brennend nach Bekkejordet wünschte – für immer. Die Wärme. Die Geräusche. Treppen, die unter Güte und von weichen Socken knarrten. Licht, das friedlich brannte, um das Lächeln, das Lachen zu offenbaren. Die weiße Tischdecke, die man beschmutzen durfte. Die gastfreundliche Torfkiste, wenn die anderen mittags schliefen. Mit dem Buch. Im Schein einer Lampe über dem Ofen.

Aber Tora machte diesen hoffnungslosen Traum zunichte. Daran durfte sie nicht denken. Sie hatte noch einiges zu lernen. Denn sie würden am nächsten Tag in Erdkunde geprüft werden. Tora musste die besten Noten haben. Sie sollte nach Breiland auf die Realschule. Das hatte Simon gesagt. Im Sommer bei der Heuernte. Er hatte gesagt, dass sie in jedem Fall auf die Schule sollte, auch wenn er sterben müsste. Aber Simon starb nicht, dachte sie zuversichtlich. Onkel Simon war der lebendigste Mensch – nach Tante Rakel. Es gab nur eines, woran sie zu denken hatte: die Zukunft. Alles andere müsste seinen Weg gehen. Und wenn er plötzlich nach Hause käme, dann müsste sie sich eben damit abfinden.

Tora bekam gute Noten. Immer.

Und Ingrid warf einen Blick darauf. Lobte Tora geistesabwesend – sanft. Als ob Tora zu einem falschen Zeitpunkt gekommen wäre, um ihr das Zeugnis zu zeigen, ohne dass

Ingrid deshalb böse wurde. Das machte Tora auf der Stelle zu einem kleinen, vom Meer verzauberten Stein.

Sie sah die Mutter von der Seite an. Plötzlich sah sie, dass sie genauso vergrämt aussah wie in früheren Zeiten. Bevor er fort gewesen war. Ingrids Backenknochen traten bläulich aus dem Gesicht hervor, und die Sehnen am Hals waren stramm und mager unter der weißen Haut.

Tora hätte sich am liebsten versteckt. Alles würde wieder werden wie vorher. Er war bereits ins Tausendheim zurückgekehrt. Sie fühlte schon seinen Atem über sich. Den heftigen Atem. Sie wusste, dass seine Kleider bereits auf einem Haufen im Flur lagen. Sie riss Ingrid das Zeugnis aus der Hand und stürmte in ihre Kammer. Hörte Mutters Stimme. Bittend. Aber es galt gar nicht ihr. Es galt ihm. Die Mutter würde immer um Gnade für ihn bitten. Tora knüllte den Bogen in der Hand zusammen und zerrte sich die Kleider vom Leib. Es war ja Abend.

Die Mutter schaute zur Tür herein. »Warum biste so wütend?« Die Stimme hatte den alten, wehleidigen Ton. Es war nicht auszuhalten.

»Ich bin nicht wütend. Es war nur, weil du das gar nicht angesehen hast, was ich dir gezeigt hab.«

»Tora!« Ingrids Stimme wurde scharf. So wie seinerzeit, als Tora noch klein war.

Aber diese Stimme war jetzt ungültig. Tora merkte, dass sie keine Angst mehr davor hatte. Sie hatte wohl nie Angst davor gehabt. Eher Mitleid. Deshalb hatte sie sich danach gerichtet. Sie wusste, dass die Mutter ihrerseits eine andere Stimme immer fürchtete. Sie benutzte die böse Stimme bei Tora nur, weil sie auch Angst hatte. Tora verspürte einen starken Widerwillen. Sie sah Mutters Gesicht im Lichtkreis der Nachttischlampe. Das gleiche Mitleid. Das gleiche Gefühl, barfuß über spitze Steine zu gehen. Die Sehnsucht, zu entrinnen. Sich in sich selbst zu verstecken.

Sich in einem Raum zu verstecken, hinter einer verschlossenen Tür. Wo es keine Stimmen gab. Niemanden. Nur sie. Tora. Und sie konnte sich selbst gehören. Denn niemand sah sie.

Ingrid war ganz nah ans Bett gekommen. Die Luft um sie herum war undurchdringlich. Tora kam nicht hindurch. Sie wandte sich ab.

»Du bist so schroff geworden, Tora. Du sollst dich mir gegenüber nicht so aufführen.«

»Nein.«

»Du könntest wenigstens sagen, was los ist …«

Die Geräusche im Haus waren aufdringlich. Wie im Gefängnis. Elisifs Füße waren so schwer. Es wurde so viel geschlurft. Tora konnte nicht klar denken.

»ICH WILL NICHT, DASS ER KOMMT.«

Die Mutter sank auf die Bettkante. Jemand hatte Striche in ihrem Gesicht gezogen. Hässliche, tiefe, grobe. Tora wusste. Das war sie – Tora. Sie sah es von der Seite. Das verbissene, verschlossene Gesicht. Verstehen! Verstehen! Lieber Gott, lass die Mama doch verstehen! Nein, nein! Lass sie nichts begreifen.

Tora richtete sich im Bett auf und schlang die Arme um die Mutter. Einen Augenblick saßen sie so. Dicht umschlungen.

»Es war nur, weil du nicht richtig hingeschaut hast, was ich für Noten bekommen hab …«

Tora flüsterte. Und die Mutter hielt sie fest. Das war wenigstens etwas. Aber es führte nicht weiter.

»Ich bin gespannt, wie das gehn soll – das hier – ich auch«, sagte die Mutter endlich. »Wie die Leute es aufnehmen …«, fügte sie zögernd hinzu.

Damit hatte sie so viel gesagt, dass Tora die Luft anhielt. Es war so zerbrechlich. Streckte sich über die Bettdecke zu ihr. Mutters Wörter waren ein hilfloser Vogelbeerbaum im Wind. Widerstandsfähig, aber er zitterte. Mit den Wurzeln in der Erde streckte er die Zweige aus, um das Ziel zu erreichen.

»Die Leute haben damit nichts zu tun«, sagte Tora hart. Sie hörte selbst, dass Rakel das gesagt haben könnte. Es war, als ob die Tante ihr die Worte in den Mund gelegt hätte, auch wenn sie nicht da war.

»Das ist wohl so … Ich hab geglaubt, dass du daran gedacht hast. Dass du – dass du dich geschämt hast … gewissermaßen.«

»Nein.«

Tora fasste einen Entschluss. Dieses Gespräch durfte nicht stattfinden. Es war so gefährlich wie eine alte Eisscholle in der Bucht im April. »Ich mein, dass er immer so mürrisch ist. Dass er nur Unfrieden stiftet, der Henrik.«

Sie hatte seinen Namen gesagt. Sie hatte das noch einmal geschafft.

»Er hat sich geändert«, sagte Ingrid verschämt. Als ob sie den Mann verriet, wenn sie während seiner Abwesenheit über ihn sprach.

»Wie?«

»Er trinkt nicht mehr. Er hat gelernt, sich besser in Acht zu nehmen, glaub ich. Du brauchst keine Angst vor diesen Tagen zu haben, Tora. Die werden wir schon bewältigen. Und so können die Leute sich wieder an ihn gewöhnen. Bis er endgültig rauskommt …« Sie stockte. Sie hielt Tora von sich weg und sah sie hilflos an – bis diese den Kopf senkte, damit die Mutter ihre Augen nicht sah.

Ingrid ging aus der Kammer und schloss die Tür mit einem Seufzer der Erleichterung.

Tora kroch in der Dunkelheit in sich zusammen. Deutschenkind. Deutschenteufel. Bankert. Die Katze am Zaun. Sie war nicht tot. Noch nicht. Sie kratzte und biss.

24

Es kann vorkommen, dass ein Gebet erhört wird.

An dem eiskalten Märztag, an dem Henrik in Været an Land gehen sollte, kamen zwei Stapel Waren und einige wenige Säcke Zement zum Vorschein. Die Laufplanke lag einfach da. Sie schien zu warten – auch sie. Aber es passierte nichts.

Tora lehnte an einer Wand, zusammen mit ihrer Mutter, und hatte das Gefühl, dass sich die Haut vor lauter Widerwillen unter den Kleidern umstülpte. Und dann kam er nicht.

Die Erleichterung war so groß, dass sie eilig hinter die Kisten gehen und ihren Atem beruhigen musste, bevor sie der Mutter in die Augen sehen konnte.

Ingrid ging hinauf in Simons Büro, um anzurufen. Und sie bekam Bescheid. Er hatte es sich anders überlegt. Er wollte nicht. Ingrid war womöglich noch blasser als sonst. Die Hände spielten mit dem Griff der Handtasche. Sie wollte sich nicht setzen. Sie hatte keine Lust auf Kaffee. Sie wollte nur das Telefongespräch bezahlen. Sie starrte oberhalb von Simons Kopf auf einen Punkt – der wichtiger war als der übrige Raum.

Tora stand in der Tür und strahlte. Sie konnte es nicht verbergen. Die Freude war zu groß. Simon sah es. Er setzte sich auf seinen Drehstuhl und sprach leise und vertraulich mit Ingrid – die absolut nicht bleiben wollte.

»Er meint sicher, dass es schwierig ist, so nach Haus zu kommen – für ein paar Tage nur …«

»Ja, die Leute machen es einem nicht leicht – hier auf der Insel.« Ingrid sagte es ohne Zorn. Ohne Schärfe und ohne Bitterkeit.

»Es ist wohl so …« Simon antwortete zögernd. Er wollte abwarten, worauf das Gespräch hinauslief.

»Da kommt er also nicht, bevor – er für immer kommt?«

»Das haben sie gesagt«, erwiderte Simon und wand sich ein wenig. Er hatte das Gespräch anmelden, sich erkundigen und Ingrid Bescheid sagen müssen. Er hatte plötzlich eine unbändige Wut auf diesen Mann, der so viel zerstörte. Der nie die Verantwortung für etwas übernehmen wollte und der nie das tat, was er tun sollte. Er ließ die Augen über Tora gleiten, zwinkerte ihr zu wie einer Mitverschworenen, während Ingrid sich zum Gehen umdrehte.

Da explodierte die Freude in Tora. Sie musste sie loswerden. Musste irgendetwas unternehmen.

»Es macht nichts«, sagte sie fest und laut. Die Stimme plätscherte wie ein Bach, der einen steilen Hang hinunterfließt. Es tummelte sich so viel Freude darin. Freude, die ein ganzes Haus hätte füllen können. »Du kannst ihn ja besuchen«, fügte sie hinzu.

Ingrid blieb wie angewurzelt stehen. Sie hatte den Unterton in Toras Stimme gehört. Dann richtete sie sich auf und ging hinaus. Tora folgte ihr auf dem Fuße.

Tora wusste nicht, warum sie das getan hatte. Es wäre nicht nötig gewesen, etwas zu sagen. Sie hätte die Erleichterung in der Tiefe ihres Herzens bewahren können. Sie hervorholen, wenn sie allein war. Die Mutter hatte Kummer genug. Es wäre nicht nötig gewesen, Simon zu zeigen, dass sie ihn nicht zu Hause haben wollte. Das hätte sie der Mutter ersparen können.

Dennoch. Ein herrlicher Trotz. Eine Art Rache, weil die Mutter sich immer für ihn entschied. Und weil sie die strenge Stimme angenommen und Tora gezwungen hatte, mit zum Kai zu gehen. Obwohl die Mutter wusste, dass es für Tora eine Qual war. Dass sie da wie ein kleines Mädchen stehen und auf den warten sollte, den sie am meisten hasste. Diese Gedanken bohrten in ihr – den ganzen Tag. Und mittendrin war eine Wunde, die nicht verheilen wollte. Denn die Mutter stand nur da und sah niemanden.

Schließlich floh Tora hinaus auf die Straße. Trieb sich am Kai herum. Schlich um Randis Haus, ohne dass sie hineingehen konnte. Lief den Weg hinauf nach Bekkejordet, kehrte aber um, als sie am Tor war. Sie ballte die Hände in den Fäustlingen und fachte die Erleichterung und die Freude aufs Neue an. Steckte die kleinen Zweige Hoffnung und Optimismus in die zarte Flamme. So ging sie dahin. Es wurde ihr ganz warm.

Aber die Mutter war nirgends. Und Berlin war ein kindlicher Gedanke ohne Sinn geworden.

Da blieb ihr nur noch die Realschule! Und das Zimmer in Breiland. Natürlich kam sie dorthin! Bitten und betteln, jawohl. Aber hin musste sie.

Manchmal schien das andere noch nach ihr zu schnappen. Das, was sie gesehen hatte. Dass Sol zu Hause bleiben musste. Aber das war wegen Elisif und der kleinen Kinder ... Bei ihr, Tora, war es etwas anderes. Onkel Simon hatte es gesagt. Dass sie auf die Realschule gehen sollte. Sie, das klügste Mädchen in Været! Jawohl!

Aber sie fühlte sich trotzdem eingesperrt in einem kalten, feuchten Keller. Wo nicht einmal die Katzen Schutz suchten. Mit einem Fußboden so voller Frost, dass niemand sich dort aufhalten konnte. Mit mehreren Rissen in den Wänden und eingewachsenem, erstarrtem Hass.

Tora hatte gelesen, dass Berlin die Stadt der einsamen Frauen geworden war. Im Westsektor lebten 1200000 Frauen und nur 900000 Männer. Und der Nazismus erhob wieder sein Haupt in Westdeutschland. Hitlers Hakenkreuzfahne war in einem Park in Nürnberg gehisst worden.

Es ist, als ob er sich auf diese Weise an ihr rächte. Rächte, weil sie so froh war, dass er nicht kam, und er machte Berlin zu einer Stadt ohne Licht und Schutz.

Zum Schluss denkt sie klar und einfach, dass er tot sein soll. Sie ist Tora. Sie ist Deutsche. Sie wünscht, dass Menschen sterben. Das ist einfach so.

Im Tausendheim gingen die Tage dahin. Es taute sowohl außen als auch innen. Die Sonne zwang die Haut ins Licht.

Es hatte keine direkte Frage über Toras Schicksal nach dem achten Schuljahr gegeben.

Ingrid zögerte die Entscheidung hinaus, solange sie konnte. Sie wusste, wovon Tora träumte. Sie hatte einige Berechnungen am Rand von Papiertüten angestellt. Die Berechnungen bekamen keinen Schlussstrich. Denn Ingrid wusste nie, was sie verdienen würde. Sie hatte es bis jetzt einigermaßen geschafft – stand nicht sehr tief in der Kreide.

Tora auf die Realschule nach Breiland zu schicken wäre ein übergroßes Unternehmen. Schon die Miete für das billigste Zimmer wäre eine so große Ausgabe, dass alles unmöglich geworden wäre.

Sie hatte Sols Hände gesehen. Hatte die Siebzehnjährige wie eine uralte Frau die Treppe hinaufgehen sehen. Sie selbst hatte Probleme mit Rücken und Handgelenken. Trotzdem war das nicht das Schlimmste. Das waren die verschlossenen Türen. Die Hoffnungslosigkeit. Die Jahre rannen dahin wie Sand durch rote wunde Finger.

Und Ingrid wusste, dass sie schuften musste, bis es richtig wehtat, wenn sie Tora das alles ersparen wollte.

Manchmal sah Ingrid ihre eigene Situation. Von außen. Sie wuchs wie ein schwarzes Meer und schlug über ihrem Kopf zusammen. Während sie selbst zusah, ohne etwas unternehmen zu können. Nachts hörte sie die Gefängnistore auf- und zuschlagen. Es nahm kein Ende.

Schließlich ging sie den Weg hinauf nach Bekkejordet, um Simon zu bitten, für einen Bankkredit zu bürgen. Sie musste mit der Rechnerei zu einem Ende kommen. Der Bankdirektor war wie aus Stahl und Eisen gewesen. Aber er hatte nachgegeben, als sie versprach, einen Bürgen zu stellen.

Sie saß eine Stunde am Kaffeetisch in Bekkejordet, mit Sandpapier unter den Augenlidern und Händen wie aufgeschreckten Vögeln, ehe sie auf ihr eigentliches Anliegen zu sprechen kam. Konnte zunächst nichts sagen. Feuchtete nur die Lippen an und zog umständlich den Schuldschein aus dem großen Umschlag. Rakel hatte es erwartet. Simon hatte es erwartet. Schon als Ingrid zur Tür hereinkam. Denn sie hatte die schwarze Lacktasche mit nach Bekkejordet genommen. Die Tasche war unmodern, groß und abgenutzt. Der eine Griff war mit umständlichen kleinen Stichen aus schwarzem Zwirn repariert.

Simon kratzte sich wohlwollend am Kinn. Dann sagte er nachdenklich, während er zu Rakel hinüberschielte: »Ich würd ja gern meinen Namen druntersetzen. Aber ich bin bei der Bank so verschuldet, dass ich nicht weiß, ob sie mich als Bürgen anerkennen … Ich sag gradheraus, wie's ist … Aber ich kann dir Geld leihen. So bleibt es zwischen uns. Ich gönn der Bank und der Allgemeinheit nicht noch mehr Zinsen, will ich dir nur sagen.«

Rakel nickte bedächtig. Sie bemühte sich zu verbergen, dass diese Abmachung schon lange getroffen worden war, bevor Ingrid mit dem Schuldschein kam.

Ingrid wehrte sich. Sie habe genug, um die Zinsen zu bezahlen, meinte sie. Aber Simon lachte und sagte, dass das Geld, das ein junges Mädchen auf der Realschule brauche, ein Klacks sei gegen das, was das Geschäft verschlinge.

Als Ingrid mit dem überflüssigen Schuldschein in der Tasche nach Hause ging, verstand sie sich selbst nicht mehr. Denn über der Freude und Erleichterung lag eine dicke Schlackenschicht. Wieder einmal musste sie jemandem danken. Wieder einmal musste sie untertänige Dankbarkeit bezeugen.

Würde damit niemals Schluss sein? Konnte ein Mensch sich niemals erheben und aufrecht stehen dürfen? Sie sah Rakels sanftes, freundliches Puppengesicht in dem tiefen

Sessel vor sich. Und der Widerwille klammerte sich fest. Eisern. Sie gestattete sich nicht, sich darüber zu wundern, dass ihr Widerwille nicht auch Simon mit einschloss.

So kam es, dass Tora mit Gunns Hilfe ein Gesuch an die Kommunale Realschule in Breiland richtete, wo der Unterricht am 27. August beginnen sollte. Gunn schickte ein persönliches Gutachten über die Schülerin Tora Johansen mit und ersuchte um Stipendium und Freiplatz. Tora saß in dem kleinen Zimmer hinter dem Klassenraum und hörte Platten, während Gunn schrieb.

»Don't be cruel«, sang Elvis. Er war heute wie Samt in ihren Ohren. Und die Farben im Raum waren so fürchterlich klar. Gunns Gesicht war so schön, wie es da über das Formular gebeugt war. Der Aufprall von Ritas Ball gegen die Wand war so voll guter Laune. Tora nahm den schwachen Geruch von Gunns Zigaretten wahr. Blue Master, ein blaues Pferd auf der Packung!

Später saß sie am Strand und verschnaufte. Lange. Sie war mit dem großen, ernsten Brief auf der Post gewesen. Dem Freiheitsbrief! Das Sonnengeflimmer drang durch die Augenlider. Geruch nach Ebbe. Der Geruch von dem breiten Ebbestreifen prickelte in den Nasenlöchern wie ein guter Geruch.

Konnte es eine geben, die eine größere, verrücktere Freude in ihrem kleinen Körper festzuhalten hatte?

Sie erhob sich und sprang mit langen, flinken Sätzen über die Steine am Strand. Einmal fiel sie hin und schlug sich den Ellbogen blutig. Dann nahm sie sich zusammen. Zog sich eine fröhliche Würde an. Steckte die Hände in die Ärmel der braunen Strickjacke. Ging mit den über den Rücken baumelnden Zöpfen wie eine kleine Chinesin, die zum Maßhalten erzogen ist – auch in der Freude. Aber sie pfiff laut und durchdringend. Die Fähre kam aus der Bläue herausgeglitten. Aus dem lichtblauen Himmel kam sie über das leicht gekräuselte Meer. Mit Streifen von Strömung und Schiff und Licht. Gleitend mitten in einem Wolkenschatten. Ein großer Wal mit weißem Rücken. Ein zielbewusstes, technisches Tier mitten im Meer.

Ein ausgelassener Sonnenstrahl traf die Fenster auf der Brücke der Fähre und sprang mit einem Satz direkt in das Gesicht des Mädchens am Strand.

25

»Was haben die Frauen bloß gemacht, bevor der Büstenhalter erfunden wurde?«, seufzte Ingrid.

»Gingen ohne«, antwortete Rakel trocken.

»Ließen die wirklich alles runterhängen?«

»Hängen hin, hängen her. Es gibt so vieles, was hängt – auch bei den Männern, wie ich weiß. Es ist nur Gewohnheit. Ich geh ohne, bis ich morgens im Stall gewesen bin. Und ich fühl mich unglaublich wohl, wenn ich mich nicht so einzwäng. Ich mag eigentlich auch keinen Straps und den ganzen Kram. Der Simon übrigens auch nicht, haha.«

Ingrid seufzte noch einmal. Zog langsam das Kleid über den Kopf. Es war aus neuem Stoff. Blau und leicht fiel es über ihre mageren Hüften. Die kleinen Brüste zeichneten sich zierlich auf jeder Seite des knochigen Brustkastens ab. Fett setzte Ingrid nicht an. Sie war zäh und sehnig wie ein junger Bursche.

Und sie war froh, dass sie die Brüste in dem weißen Büstenhalter aus Nylon verstecken konnte. Sie war froh über alles, was sie verstecken konnte. Der neue Büstenhalter gab ihr ein fremdes und gutes Gefühl von Luxus. Sie hatte die Kleiderstoffe und die Unterwäsche für Tora und sich selbst von ihrem letzten Lohn gekauft. Sie war sich beim Nähen ziemlich verrucht vorgekommen. Eine aufgeregte Stimmung. Ein Gefühl, etwas Unerlaubtes zu tun. Bevor er nach Hause kam. Sie schaute heimlich zur Schwester hinüber. Sah Rakel nicht recht mitgenommen aus? Bei dieser Entdeckung wurde sie sich klar über ihre eigene Magerkeit. Wenn sie sie beide jetzt im Spiegel sah, stellte sie fest, dass die Schwester nicht mehr so weich und rund und rotbackig war wie früher.

Tora sah auch. Hörte. Durch die halboffene Kammertür. Sie sah die Veränderung von Tante Rakel. In einer gewissen

Weise machte es den Tag unsicher. Natürlich, die Tante war krank gewesen, aber ... sie war doch jetzt wieder gesund?

»Man sollte immer jung bleiben. Jung und mit schönen, neuen Kleidern.« Ingrid strich an dem neuen Kleid entlang. Richtete sich auf und drehte und wendete sich vor dem großen Spiegel. Traum in den müden Augen. Sie schien einen Augenblick vergessen zu haben, wer sie war.

»Guten Tag, guten Tag, alte Mutter«, grinste Rakel und nahm sie in die Arme.

Ingrid wandte sich zu ihr um und lächelte ein klein wenig. Tora saß in der Küche und war fertig. Sie sollte mitkommen. Sie wollten zum Tanz. Nicht ins Jugendheim. Nein, in Simons Betrieb. Er war schon vorausgegangen, um nach dem Rechten zu sehen. Er hatte selbst Krepppapier zu Girlanden gewunden und Birkenlaub für die Tische geschnitten.

Er hatte tagelang gesungen, der Simon. Er würde den Betrieb voller Menschen haben. Hatte sogar Dahl und seine Familie eingeladen. Die Arbeiter und die Arbeitgeber. Die Lehrer und den Doktor. Hatte reichlich bezahlt für Fleisch für den Eintopf und Küchenhilfe. Endlich sollte das neue Gebäude gefeiert werden. Rakel sollte gefeiert werden! Der Sommer war so plötzlich und mit solcher Macht an dem Tag gekommen, an dem die Fähre ihm Rakel zurückgebracht hatte, dass es ihm schwergefallen war, die Füße unten auf dem Kiesweg zu halten – einen nach dem anderen –, wenn er ging. Er war überglücklich und wie neugeboren gewesen. Und er konnte sich keine bessere Welt denken. Nie. Jetzt war für ihn schon über ein Jahr lang Sommer. Und nun hatte er sich zu einem Fest entschlossen. Für alle. Ingrid sollte dabei sein. Sie hatten sie überredet. Viel Zeit und viele Worte dafür gebraucht. Aber bei keinem Wort hatte es sich um Haarabschneiden und Jugendheim gehandelt. Endlich hatte sie Ja gesagt. Mit einer glühenden, hilflosen Freude über sich selbst.

Sie waren fertig. Die Frauen. Gingen hinaus in den Juliabend und den warmen Ostwind. Mit klarem Wetter und Sonne im Schoß und in den Haaren. Der Ostwind war eine Leihgabe von einem anderen Land. Wo alles warm und kalt war, mit sehr großen Gegensätzen. Der Wind zog über die Gebirge und war ein Gnadengeschenk.

Tora sollte mit zum Tanz kommen! Sie war den ganzen Tag herumgegangen mit einer Art nasskalter Unruhe zwischen Haut und Kleidern. Die Unruhe war nicht schlimm, nur wie ein Hunger. Von den Tanzfesten im Jugendheim wusste sie nur, dass die Leute gelegentlich betrunken waren. Und es konnte auch zu Schlägereien kommen.

Ja, und dann tanzten sie. Tora hatte keine ganz klaren Vorstellungen, wie das alles war. Natürlich hatte Sol erzählt. Mit träumenden, abgewandten Augen oder kichernden, schmalen Schlitzen und feuchtem, halboffenem Mund – wo die Lachsalven aus der Tiefe heraufblubberten. Aber Tora war nie richtig klug daraus geworden. Das war nicht ihre Welt. Sie hätte der Mutter nie sagen können, dass sie tanzen gehen wollte. Nie! Nicht ins Jugendheim! Sie war zur Kinovorstellung dort gewesen. Ja, sicher. Sie war zu Weihnachtsfeiern der Schule dort gewesen. Die Mutter hatte sie immer zu diesen Festen feingemacht. Sie hatte ihre rote, magere Arbeitshand auf Tora gelegt und hatte sie gehen lassen. Aber sie ging nie mit. Tora war eine von den Kleinsten, die mit eigenem Antrieb und ferngesteuertem Segen kamen und gingen. Die Töchter des Pastors saßen zwischen Vater und Mutter und waren unangreifbar. Tora hatte mehr als einmal einen stillen Kampf gekämpft, um ihren Mantel in dem großen Haufen auf den alten Tischen neben der Tür zu finden. Hatte geduldig gewartet, bis die Erwachsenen ihre Sachen und die ihrer Angehörigen herausgesucht hatten. Und sie hatte nie richtig darüber nachgedacht. Dass es etwas Besonderes war. Sie hatte es nur wie einen schmerzhaften Riss empfunden. Den sie vergaß. Es war nun einmal so.

Aber jetzt, lange danach, fühlte sie ein heftiges Mitleid mit sich selbst. Sie ging an diesem Sommerabend zwischen Rakel und Ingrid und erinnerte sich. Und plötzlich bekam sie Lust, ihre Schritte um die Bucht zu lenken. Zum Jugendheim. Sie dorthin zu führen. Alle drei. Die Leute in Været sollten sie sehen.

Sol kam ihnen nachgelaufen. Atemlos und rot. Ob sie meinten, dass sie mitgehen könne.

Sie stand robust und sicher da. Sol! Hatte sich losgeeist und brauchte in diesen Abendstunden niemandem zur Hand zu gehen. Hatte den Kampf schon hinter sich. Es hatte ihr kräftig um die Ohren geblasen, bevor sie gegangen war. Aber sie hatte sich heil und unerlöst durchgeschlagen. Trotz Elisifs Gebeten und Torsteins Nachgiebigkeit.

Die großen, soliden Arbeitshände waren in jedem Fall davon geprägt, dass sie schon viel getan hatten. Die kleinen hellblauen klugen Augen verrieten ihren unbeirrbaren Appetit auf das Leben und ihren Trotz gegen alles, was dem im Wege stand.

Sol hatte auch ein neues Kleid. Sie wirkte darin wie verkleidet, und es passte nicht zu ihr. Ein grünes Taftkleid mit Rüschen am Hals und an den Ärmeln. Tora blickte an ihrem eigenen Baumwollkleid hinunter. Es war ein Wunder gewesen, als es in der Kammer an der Wand hing. Schwarzweiß kariert und mit Spitze. Und jetzt stand sie neben Sol und war weniger als ein Nichts. Sol, die noch in die hoffnungslosesten Dinge ein bisschen Wärme hineinmanövriert hatte – früher –, war zu einer Bedrohung für Toras Selbstbild geworden. War schuld daran, dass sie einen so kindlichen Eindruck machte. Sogar mit dem neuen Kleid.

Sol hatte eine Handtasche! Tora ertappte sich dabei, dass sie sich einredete, es sähe dumm aus. Sol sollte nicht in einem grünen Taftkleid und mit Handtasche daherkommen. Das wirkte zu städtisch und aufgetakelt! Und die Schuhe waren auch viel zu hochhackig und erwachsen für Sol. So viel älter als Tora war sie auch nicht! Tora starrte auf den Weg und schubste mit den Füßen kleine Steine vor sich her und hörte, dass Ingrid und Rakel mit Sol wie mit einer Erwachsenen redeten. Es schnürte ihr innerlich alles zusammen. Als ob sie eine eingeschlossene Welt mit sich herumschleppte – die vor allen verborgen werden musste. Das machte das ganze Fest grau. Die schöne Stimmung war weg. Der Abend war unbedeutend geworden. Es lagen Pferdeäpfel auf dem Weg wie an anderen Abenden. Nie würde sie eine wirklich schöne Zeit haben, die auch andauerte. Nie! Denn sie war Tora. Alles, was sie hatte, war kleiner und schlechter als das, was die anderen hatten. Immer. Sogar schlechter als das, was die Elisifkinder hatten. Sie dachte diesen Gedanken. Ließ ihn sich ausbreiten. Wägte ihn ab. Und als er ihr Bewusstsein erreichte, wusste sie, dass sie das gedacht hatte, was alle Leute dachten: dass die Elisifkinder von einer minderen Qualität waren als sogar Tora. Sie hatte sich alle hässlichen Wörter, die sie gehört hatte, zu eigen gemacht. Das hatte sie wirklich. Tora senkte den Kopf noch tiefer, aber sie hörte auf, Steinchen zu schubsen. Sie versteckte die Arme in der Strickjacke vor der Brust. Der Wind wehte unterschiedlich. Er war nicht immer warm. Es ging auf neun Uhr zu, es war Abend – auch im Sommer wurde es abends kühler.

Tora wusste, wie der Raum aussah. Sie hatte Simon beim Ausschmücken geholfen. Wusste, wer kommen würde und was es zu essen gab. War mit dabei gewesen, die kalten Resopaltische mit rotem Krepppapier zu überziehen. Und grünem Laub.

Trotzdem. Sie hatte die Geräusche nicht bedacht. Die Musik. Die Stimmen. Den warmen Dunst von fröhlichen, erwartungsvollen und erregten Menschen. Die Fenster hoch oben an der Wand ließen den hellen Sommerabend nicht herein. Die grellen Deckenlampen waren nicht an. Auf einigen Tischen flackerten Kerzen im Luftzug. Es war wenig von dem übrig, was den großen, hohen Raum zu einem Fischereibetrieb machte. Die weißen Wände, die sonst Flecken von Fischblut und Akkordarbeit hatten, waren für diesen Anlass sauber abgewaschen worden. Bis spät in den Nachmittag hinein hatte es nach Schmierseife gerochen. Jetzt war von dem Geruch kaum noch etwas zu spüren. Die beiden Flügel der enorm großen Tür standen offen gegen Möwen und Meer. Es hingen noch tausend andere Düfte und Dämpfe in der Luft. Die Schatten lagen unruhig in den Ecken und wussten nicht, wo sie bleiben sollten. Die Leute kamen langsam in Bewegung. Ziehharmonika und Gitarre waren von Breiland hierher befördert worden. Zwei Männern ging der Ruf voraus, dass sie gute Musiker waren. Simon bezahlte ziemlich viel. Dafür und für das Kleingeld, das sie bis zwei Uhr in die Mütze bekamen, sollten sie spielen. Und das war großartig. Es war lang bis zwei Uhr. Tora blieb Rakel dicht auf den Fersen. Sol verschwand in der Menschenmenge, ohne dass sie ein Wort zu Tora gesagt hatte. Das tat weh. Trotzdem half es ihr ein wenig, Abstand von Sol zu gewinnen. Sie sah sie umringt von jungen grinsenden Burschen aus Været, mit denen ein Wort zu wechseln Tora sich bisher nicht herabgelassen hatte. Tora entdeckte einen, den sie nicht beim Tanz zu sehen erwartet hatte. Ottar. Er schien nicht ganz hierher zu passen. In schwarzem Anzug mit Schlips. Mit untadelig gekämmtem Haar und einfältigem Lächeln. Er wog hier kein Mehl und keine Margarine ab, und er hatte kein marmoriertes Buch, um Namen und Kredit zu notieren. War nicht mehr als ein Mann in mittleren Jahren, der noch keine Frau abbekommen hatte. Hier galten andere Gesetze als in Ottars Laden. Er stand an der Wand und wusste das wohl auch. Aber Simon war Herr in seinem Reich. Tora sah, wie er Rakel umfasste, sobald er sie erblickt hatte. Sie sah, wie er sie hoch in die Luft hob. Konnte nicht verstehen, was er sagte. Sah nur den Mund. Das breite Lächeln. Wie konnte ein Mann nur einen solchen Mund haben?

Tora glitt auf die Bank neben der Tür.

Ingrid sollte in der provisorischen Küche helfen. Sie hatten Kochplatten aufgestellt. Trugen aus den Räumen für die Fischer herunter, was sie brauchten. Und das Übrige machten sie oben. Die Frauen fanden keine Wörter für die neuen Räume. So großartig war alles. Sie zogen weiße, mit Rüschen besetzte Servierschürzen an, die sie sonst im Missionsverein benutzten oder wenn sie eine Zusammenkunft im Frauenverein hatten, und machten sich ans Bedienen. Das war eine Bedienung, die unter Gelächter und guter Laune vor sich ging.

Tora saß auf der Bank und vergaß sich selbst. Sie sah die Leute das Tanzbein schwingen, ein Paar nach dem anderen. Zwei große Augen in einem blassen Gesicht über einem karierten Baumwollkleid. Saß da und schaute – ohne selbst gesehen zu werden. Ein unansehnliches graues Möwenkind auf einem mächtigen Vogelfelsen. Die Seeleute hatten ihre verarbeiteten Hände gründlich gesäubert. Sie hatten die großen, stillen Sorgen über Gegenwart und Zukunft zu Hause gelassen. Die nagende Angst vor Kündigung und Arbeitslosigkeit. Die gefrierende Ohnmacht vor dem, was über den Kopf von so einem armen Kerl hinweg entschieden wurde. Alles, was in den engen Räumen bei jedem Einzelnen lag. Verlassen und in den Schatten gestellt. Stumm und verborgen – für einen Abend und eine Nacht.

Flaschen klirrten überall. Herrlich unsichtbar, illegal. Aber dennoch überall anwesend.

Glühender, durchsichtiger Nordlandsommer. Hinter den Fischkästen. Gluckern in engen Flaschenhälsen und in schüchternen Mädchenkehlen.

Simon tanzte. Die Jacke hatte er abgeworfen. Er warf die Weste ab. Er umfasste den abgemagerten Körper Rakels mit beiden Händen und sah nur sie. An die umfangreiche Rechnung für viele Kilo Fleisch verschwendete er keinen Gedanken. Das helle, lockige Haar hing bereits feucht in die Stirn. Und der kompakte, breite Oberkörper beugte sich schützend über die Frau. In der umschließenden Bewegung und dem gebeugten Nacken lag die Angst vieler Monate, sie zu verlieren.

Ein Mann, der sich beschützend über eine Frau beugt: ältestes Symbol der Menschheit.

Tora sah, dass Onkel Simon den anderen Männern ganz unähnlich war. Sie hatte es schon vorher gewusst. Wie selbstverständlich. Aber jetzt sah sie es. Auf Abstand. Beim Tanz. Herumwirbelnd. Sonderbar. Schön.

Und sie stand im Ruderboot. Beim Brand. Spürte Simons Atem auf ihrem Gesicht. Spürte die wilden Herzschläge sich in ihrem eigenen Körper fortpflanzen. Aber es gab da etwas anderes. Etwas, was sie selbst betraf. Eine Veränderung aller Dinge. Etwas, was die Zeit betraf. Das Versprechen, dass er ihr mit der Schule weiterhelfen wolle. Seine Augen, als die Tante krank und abwesend war. Wie bei einem kleinen Jungen.

Tora holte Onkel Simon mit ihren Blicken von der Tanzfläche. Sie wärmte sich an seiner Freude. Bohrte die dünnen Finger in sein helles Haar. Fühlte, dass es verschwitzt und voll von warmem und duftendem Heustaub war.

Sie waren auf der Heuwiese. Sie sah, dass er das Hemd in der sengenden Sonne abwarf. Der bloße Oberkörper vor ihr. Wie ein schwerer Stoß gegen den Unterleib. Die Gefahr blieb dabei aus. Hatte keine Macht.

Sie setzte Simon wieder auf den Boden. Er hörte plötzlich auf zu schweben. War ein gewöhnlicher und unzugänglicher Körper. Wie jeder x-beliebige Körper dort auf der Tanzfläche. Denn Tora hatte gesehen. Und die Scham brannte wie Feuer in ihrem Gesicht. Sie erhob sich jäh und ging zu den Frauen.

Ingrid blickte auf, als sie kam. Froh. Tora half ihr ein wenig. Aber sie hatte einen Unwillen gegen alles. Fühlte sich wie ausgelöscht. An Tante Rakel hatte sie mit keinem Gedanken gedacht. Toras Bild umschloss etwas. Tante Rakel war aber nicht in dem Bild. Im vorigen Jahr. Da hatte sie die Tiere auf Bekkejordet versorgt, da hatte sie Simon gesehen. Aber nach Tante Rakel hatte sie sich gesehnt. Die Küche war ohne sie kalt gewesen.

Pfeifenrauch und Talkumpuder stiegen zur Decke. Eine wirbelnde, schwebende Kraft von Staub und Wasserdampf und Rauch. Die Männer hatten zwei große Tüten Talkum über dem Fußboden ausgeleert, um die Tanzlöwen zufriedenzustellen. Die Frauen kreischten beim Walzer. Es lief wie geschmiert.

Sol stand plötzlich neben Tora und hatte an jedem Arm einen von den jungen Männern, die bei Dahl arbeiteten. Sie lachte unbeschwert. Sie hatte draußen einen kleinen Spaziergang gemacht, und das grüne Taftkleid sah etwas zerknittert aus.

Nun wollte sie, dass Tora mit einem von den Männern tanzte. Er hatte einen dunklen, struppigen Schopf und große, dunkle Augen. Er war weiter nördlich zu Hause. Tora hatte ihn seine Lebensfreude herausfluchen hören, als sie ein paarmal an den Gerüsten vorbeigegangen war. Er hatte auch laut und fürchterlich falsch dort oben unter dem Himmel gepfiffen. Einmal hatte er ihr seine Mütze nachgeworfen. Nun stand er da und lachte und wollte tanzen. Sol sagte, sie müsse dafür sorgen, dass die Jugend einander finde, sonst könne es auf der Insel nie etwas Vernünftiges werden.

Tora hatte Schwierigkeiten mit ihren Händen. Es kam ihr unwahrscheinlich weit bis zur Tanzfläche vor. Glatt war es auch geworden. Die Gesichter wurden dort sehr schnell herumgewirbelt. Der Bursche mit dem schwarzen Schopf wuchs zu einem großen Berg vor ihr auf. Sie sprachen kein Wort. Er zog sie zur Tanzfläche hin. Tora versuchte sich zu erinnern, welche Schritte Sol ihr beigebracht hatte. Sol und sie hatten Walzer getanzt und sich gedreht, bis bei Tora alles rund ging und ihr die Übelkeit schon oben im Mund saß. Sie erinnerte sich nur, dass es unerträglich warm, stickig – und lustig gewesen war. An die Schritte konnte sie sich nicht mehr erinnern. Es war unmöglich.

Der Bursche, der Åge hieß, hielt sie krampfhaft fest. Sein Atem war die ganze Zeit über ihr. Sie hätte sich am liebsten in ein Mauseloch verkrochen. Seine Hände auf ihrer Haut ließen sie erstarren. Sie wünschte inständig, dass es vorüber wäre. Alles wurde so hässlich. Er hatte sich Mut angetrunken und lehnte sich ab und zu schwer an sie, um sie im nächsten Augenblick hart und unsicher herumzuschwenken.

Jørgen stand irgendwo an der Wand und grinste. Er war mit einigen aus seiner Clique aus der Schule zusammen.

Tora wurde es siedend heiß vor lauter Scham. Dass Sol so eine war! Ihr diesen Burschen anzudrehen! Sie riss sich plötzlich los und stürzte zur Tür hinaus.

Er kam hinterher. Atmete heftig, mit einem verdutzten, blöden Gesichtsausdruck. »Warum rennste denn weg?«

»Ich will nicht mehr …«

»Warum biste so hochnäsig?«

»Du hast getrunken …«

»Na und? Das haben doch alle Männer hier.«

Jetzt, wo sie einen sicheren Abstand zum Tanz hatte, bekam Tora Mut. »Da scheiß ich drauf. Ich will mit Besoffenen nichts zu tun haben!« Da war es raus.

Er packte sie hart am Arm. War stark. Die Augen schossen Blitze. Sie hatte ihn gereizt.

»Lass mich los!«, sagte sie.

»Nee«, sagte er schroff, »nicht bevor du nicht wieder reinkommst zum Tanzen. Denn so besoffen bin ich nicht. Das werd ich dir zeigen.«

»Such dir 'ne andre.«

»Nee!«

Er schwankte leicht, dann fuhr er sich mit der freien Hand über die Nase. Tora versuchte verzweifelt, von ihm loszukommen. Plötzlich stand Simon vor ihnen.

»Haste Zeit, dich auch mit 'nem alten Mann im Tanz zu drehen?«, fragte er gutmütig.

Des erwachsenen Mannes selbstverständliche Autorität? Das unwillige Mädchen? Die der Welt innewohnende Tollheit und unzählige Schnäpse? Wer weiß es. Åge fühlte sich auf einmal sehr stark. Und seine Faust schwang sich von allein nach oben. Sie traf gut. Besser, als er erwartet hatte. Simons Nase wurde unter der nicht ganz sauberen Faust des Grünschnabels zusammengequetscht. Das Blut spritzte auf die weiße Wand hinter ihnen. Es tropfte auch schön und rot auf Simons weißes, frisch gebügeltes Hemd. Ein paar Sekunden lang. Dann war der Griff in den Nacken unausweichlich. Dieser Åge aus dem hohen Norden, der noch nicht richtig trocken hinter den flatternden Ohren war, wusste in seiner Dummheit und in seinem Rausch nicht, an wem er sich vergriffen hatte.

Denn Simon hatte eine Reizschwelle. Eine Grenze, die er selbst vergaß, weil sie selten ausprobiert wurde. Der große, fröhliche Simon konnte so wütend werden, dass er nicht wusste, was er tat. Sein Glaube an die Menschen, seine naive Überzeugung, dass das Gute in seinem Teil der Welt allmächtig sei und das Böse nur schlechter Witz, waren so stark, dass seine Wirklichkeit in Schutt und Asche fiel – falls jemand daran rüttelte. Und das konnte er nur ertragen, indem er einen Zorn aufleben ließ, der alles auslöschte. Denn Simon war es nicht gewohnt, dass ihm die Leute grollten.

Jetzt hatte die Faust des jungen Burschen ihm gezeigt, dass da noch ein Prozent Bosheit für ihn saß.

Deshalb vernichtete er den Rausch des Jungen in einer großen Spülwanne, die draußen am Kai an Ketten hing. Der blieb in der schaukelnden Wanne liegen. Lange. Es gab nur wenige, die ihn vermissten. Ein Fremder hat niemandes Sympathie.

Die »Schublade« hatte gewaltig ausgeschlagen, als sie eine so schwere Last bekam. Dann blieb sie ruhig hängen. Die Leute kümmerten sich nicht um den jungen Kerl, der an einem solchen Abend einen Streit anzettelte. Und gegen einen solchen Mann! Denn die Leute wussten, wer das Fleisch bezahlt hatte und den modernsten Fischereibetrieb im ganzen Inselreich besaß.

Der, der das nicht wusste, lag in der weißen Wanne am Kai, mit dem Himmel über sich und den klagenden Nachtrufen der zahmen Möwen um die Ohren. Die Jacke hatte einen zerrissenen Ärmel, und die Oberlippe war blau bis unter die Nase. Er sah hässlich aus. Aber niemand bemerkte es und niemand interessierte sich dafür. Irgendeine Art von Verständnis – oder eine Vorstellung von dem Debüt eines jungen Festlöwen im Ballsaal oder dem Fluch des Alkohols für junge, nicht gefestigte Seelen, das hatte niemand.

Denn Simon hatte Blutflecken auf dem Hemd, und unzählige willige Hände mit kaltem Wasser und Küchentüchern waren ihm behilflich.

Tora fand sich auf dem Klo wieder. Das war der einzig mögliche Ort. Es brannte hinter den Augenlidern. Sie hielt die Scham zurück, so gut sie konnte. Musste es immer so sein? Warum gerade heute Abend? Musste denn alles, was sie erlebte, beschmutzt werden? Sie hörte draußen Rakels Stimme. Klopfen an der Tür.

»Tora?« Es kam leise, zögernd. »Tora, mach auf, ich bin's! Die Tante.«

Tora schloss auf. Lehnte sich an den Türrahmen. Sah zu Boden.

»Es ist doch nicht deine Schuld, dass die Männer verrückt sind, Liebes. Komm jetzt raus. Komm und tanz wieder. Dem Simon tut's leid, dass er sich eingemischt hat. Er hat geglaubt, der Bursche belästigt dich … Hat er das nicht getan?«

»Er hatte getrunken …«

»Ja, ja. Vergiss es. Simon soll mit dir tanzen. Komm jetzt. Du sollst dir nicht alles kaputtmachen lassen, wo du zum ersten Mal auf einem Fest bist.«

Drinnen im Halbdunkel. Kerzenlicht. Goldene Sonnen über den Tischen schwebend. Durch nichts angezündet. Ohne Himmel. Ohne Jahreszeit. Zwischen den weißen Wänden, die für etwas anderes bestimmt waren als für Tanzfeste.

Menschen in Bewegung. Dauernd. Eine taumelnde Masse von Körpern, Armen und Beinen. Fahle Gesichter. Hände, die nach Händen griffen.

Simon hielt sie leicht von sich ab. Tora achtete auf die Hand, die sie um die Taille fasste. Sie war eine Art Pfand für etwas. Bedeutete Sicherheit gegen etwas. Gegen alles. Nun lachte er über seine fleckige Hemdbrust. Hielt Tora behutsam – als ob es gälte, ihnen beiden das Leben zu retten. Die Hand, die sie umfasste, war warm und trocken wie ein prickelnder Teil ihrer eigenen Haut.

Sie fühlte mit ihrem ganzen Körper. Er roch nach Bekkejordet. Würzig und süß. Heu und Luft und Sonne. Sie fühlte, dass etwas sie losließ. Etwas, das sich immer verschloss, wenn jemand versuchte sie anzufassen. Es machte sie schwach, ruhig und schwer. Aber gleichzeitig hellwach und ließ sie zittern vor etwas, was sie nicht verstand. Eine fremde, grundlose Freude.

»Du solltest die Haare immer so tragen, Tora.«

Sie sah zu dem Mann auf. Sah, dass es zwischen ihnen

brannte. Einen Augenblick nur. Dann versteckte er seine Augen hinter dem Lächeln und der sicheren Miene: Ein Erwachsener sprach zu einem jungen Mädchen.

Aber Simon hatte gesehen. Es verwirrte ihn. Er erlaubte sich nicht, darüber nachzudenken. Hielt nur das Mädchen von sich ab. Und lobte ihr Kleid und dass sie so gut tanzen konnte. Aber irgendwie vermochte er sich nicht einzugestehen, dass Rakel eine ihrer Lehrmeisterinnen gewesen war. Rakels Name war ein Ruf in eine andere Zeit.

Tora sah Sol, die mit Ottar tanzte. Es sah nicht besonders lustig aus. Der schwarz gekleidete, steife Ottar und die üppige, glühende Sol. Es war etwas Merkwürdiges dabei. Tora verstand nicht, was Sol mit Ottar zu tun hatte. Wie der Tanz zustande gekommen war. Aber sie gönnte es Sol! Vor allem jetzt. Sie, die den ekelhaften Tagelöhner vom Dahl angeschleppt hatte. Sol, die eine Dame geworden war – fremd und unnahbar.

Viele widerstreitende Gefühle tauchten auf. In dem Kerzenlicht und der verzauberten Welt der Musik war alles enthalten. Gut wurde böse – und böse wurde gut. Es war, wie wenn der Filmvorführer den Film so oft abgerissen hatte, dass er nur noch schneiden und wieder neu zusammenkleben konnte – und der Zusammenhang für die Zuschauer verloren ging. Man saß auf der Bank und fragte sich, was in dem Leerraum zwischen den beiden Filmenden eigentlich geschehen war …

»Ich hab übrigens ein Zimmer für dich in Breiland bekommen«, sagte Simon. Es war ihm plötzlich ganz wichtig, etwas zu sagen.

»Wo denn? Bei wem?« Toras kleine Stimme verschwand da unten. Simon hielt sein Ohr dicht an ihren Mund, um sie zu verstehen. Die Welt explodierte in einem schwindelnden Augenblick unverdienter Nähe.

»Es ist bei einer alten Dame, die allein in einem großen Haus wohnt. Du kannst im Dachgeschoss wohnen. Sie wirkte nett am Telefon. Wir werden das mit der Miete regeln, sie und ich. Sie will sechzig Kronen im Monat haben – denn das Zimmer ist sehr groß. Wir werden später ausführlich drüber reden. Sie hat heute angerufen. Da sind wir diese Sorge los.«

Sorge? Los? Tora kannte in der ganzen Welt keine Sorgen. Sie ging nach draußen, wo man eine Cafeteria aufgebaut hatte, und holte sich einen Teller Eintopf. Sie ließ sich mit Rita und Jørgen und einigen anderen von der Schule zusammen nieder.

Alle sahen sie plötzlich an. Tora lächelte. Sie hatten das Lächeln nie vermisst. Weil da nichts zu vermissen gewesen war. Aber jetzt sahen sie den Unterschied. Tora lächelte! Die roten Haare, die immer in zwei struppigen Zöpfen zusammengehalten wurden und deshalb sehr kraus waren, standen um ihren Kopf wie eine Wolke. Eine der Serviererinnen bemerkte zu Ingrid, dass das Mädchen seiner Tante jetzt unheimlich ähnlich sehe.

Ingrid schaute Tora einen Augenblick an. Dann nickte sie langsam. Es wurde ihr richtig warm. Sie konnte nichts dafür. Es lag gar nicht daran, dass Tora Rakel so ähnlich war. Sie sah etwas, was sonst niemand sah: eine kleine Bewegung um den Mund. Die große, gebogene Nase. Und die Augen. Das alles stammte von anderswo … Sie freute sich darüber. Immer. Schwieg, aber freute sich.

Frits kam an den Tisch, wo die Jugendlichen saßen. Den ganzen Abend hatte er sich bei seinen Eltern aufgehalten. Er tanzte nicht und hatte keine Freunde, zu denen er gehörte. Da sah er Tora. Sie hatten sich noch nicht getroffen, seit er heimgekommen war. Er war noch größer geworden. Trug einen richtigen Anzug aus Gabardine, wie ein Mann. Es war kein ausgedienter Konfirmandenanzug. Frits war erwachsen und fremd geworden – genau wie Sol. Tora fühlte sich unsicher, aber sie machte ihm auf der Bank

Platz. Jørgen bot ihm sehr männlich eine Zigarette an, die er jedoch ablehnte. Tora sah auf seine Hände. Die knochigen, großen Hände. Er hatte sie auf die rote Krepppapierdecke gelegt. Lichtschein und Röte rund um die langen, dünnen Finger und die großen, hervorstehenden Knochen. Tora erinnerte sich, dass sie auf der Tagesdecke gesessen und die Hände betrachtet hatte ... Und so getan, als ob sie läse. Das war eine Ewigkeit her. Und auf einmal sah sie Simons Hände, wie er die Drähte der Heureuter bog, als ob es gar nichts wäre. Starke braune Hände. Männerhände. Die nicht drohten. Sie sah sie mit der Eisenstange hantieren, wenn die Pfähle der Heureuter in die Erde gerammt wurden. Sie fühlte die Hände beim Tanzen auf ihrem Körper. Und Frits' Hände verschwanden, schrumpften – waren eine schöne Erinnerung an eine Zeit, als die Gefahr noch nicht alles zerstört hatte und der Raum noch nicht blutig und ohne Tür gewesen war. Frits gehörte in die Zeit, als sie noch nicht wusste, wie schrecklich alles sein konnte. In die Zeit vor dem Brand und dem wild klopfenden Herzen des Mannes im Ruderboot.

Und Tora hatte das Gefühl, bei einem flügellahmen Vogel zu sitzen. Fühlte so viel Zuneigung zu dem Jungen und seiner stummen Welt. Beugte sich zu ihm und hieß ihn zu Hause willkommen. Er lächelte und verstand, was sie sagen wollte. Sie unterhielten sich eine Weile in Zeichensprache und waren für niemand anderen erreichbar. Hinten an der Tür stand eine Mutter. Randi. Ihre Augen hingen an den zwei jungen Leuten. Für den Rest des Abends ruhte ihr Blick voller Zärtlichkeit auf dem Mädchen mit dem üppigen roten Haar.

Tora tanzte mit dem ungeschickten, ungelenken Jørgen und dem Angeber Ole, der beim Tanzen seine Schirmmütze aufbehielt. Randis Augen, die Tora anschauten, waren ein Segen, eine zwingende, gute Kraft.

Sie gingen nach Hause. Eine ganze Schar. Junge und Alte. Einige hatten tüchtig getrunken und grölten und sangen. Andere gingen Arm in Arm und die Übrigen existierten nicht für sie. Eine dritte Gruppe schwätzte, hörte zu und stimmte ein mit Gelächter oder Worten, je nachdem.

In der letzten Gruppe waren Ingrid und Tora, Rakel und Simon. Er hielt Rakel und Ingrid umschlungen. Ging zwischen den Schwestern und lächelte und sagte nichts. Er überließ den anderen das Reden. Sie waren zehn, zwölf, die von Været aus über die Hügel gingen. Tora ging ganz außen am Straßenrand und sog alles in sich hinein. Sie hatte den schwarzhaarigen Burschen gesehen, der in der Wanne am Kai schlief. Er tat ihr ein bisschen leid, so wie die Dinge nun einmal standen. Weil er draußen war. Ausgestoßen. Aber sie war im Kreis der Menschen. Und dort ging Simon. Er war da. Sie sollte auf die Schule. Sie besaß alles. Die Tür war endlich offen. Sie – Tora – hatte die Schande vertrieben, die nun keine Macht mehr hatte in der Nacht.

Das Licht war glasklar und scharf über den Gesichtern. Nachtlicht. Die Fackel des Wahnsinns. Die jährlich wiederkehrende Lebensversicherung der nördlichen Bewohner. Tora sah, dass Himmel und Meer in einem schimmernden Dunst ineinander übergingen und dass die Sonnenscheibe dort draußen mächtig rollte. Ein tiefer weißer Schimmer zitterte für einen Augenblick, bevor er sich in das irdische Bild eingliederte. Die Sonne war bereits im Meer gewesen und wieder auf dem Weg zum Himmel. Alles deutete auf einen schönen Sonntag hin.

Simon war zufrieden mit sich und der Welt. Das Fest war ein einziger großer Triumph. Von dem ersten bescheidenen Ziehharmonikaton bis zu dem starken Schnaps, den er seinen besiegten Gegnern spendiert hatte. Ottar und Dahl. Er hatte sie hinauf in sein Büro gebeten. Sie hatten auf den harten Holzstühlen gesessen, die zu Simons einfacher Möblierung gehörten. Er hatte eine ganze Flasche

Brandy Spezial herausgeholt und reichlich in die Gläser eingeschenkt. Obenauf kamen noch ein paar Tropfen kalten Wassers. Simon war König. Er besaß das Wohlwollen des Volkes. Von ihm würden die Frauen beim Vormittagskaffee reden. Simon mit dem breiten, gütigen Lächeln und der naiven, gutmütigen Art. Der Fleisch für ganz Været und die übrigen Ortschaften stiftete. Er konnte es sich leisten, die anderen über eine solche Nacht reden zu lassen. Und er hielt Rakel fest umschlungen und ging mit langen, langsamen Schritten auf einem Kiesweg, wo zwischen deutlichen Fahrspuren Gras wuchs. Löwenzahn und Glockenblumen. Simon hatte sich Bucht und Hafen Untertan gemacht. Fischereibetrieb und Hütten. Alle Herrlichkeit der Erde gehörte ihm. Und doch hatte er keinen Schaden an seiner Seele genommen.

Er erlaubte es sich einmal, sich umzudrehen. Es war am Ruhestein. Er wusste, dass er von da seinen ganzen Betrieb sehen konnte. Der Kai mit den alten und neuen Gebäuden. Alles. Er warf nur ein wenig den Kopf in den Nacken. Sog den Anblick in sich hinein. Obwohl er ihn noch gut in Erinnerung hatte. Aber er sagte nichts.

Elisifs älteste Tochter kam der Gruppe über die Hügel nachgelaufen. Sie glättete ihr Taftkleid und zog die Jacke fest um sich zusammen, als sie sie erreichte. Das helle, zerzauste Haar mit den Dauerwellen war ziemlich in Unordnung geraten. Die Wangen waren trotz der Anstrengung blass. Die Nacht war nach dem vielen Tanzen wohl etwas plötzlich für sie gekommen. Oder hatte es Elisifs Sol einiges gekostet, hinter dem Birkengestrüpp zu stehen und Ottar mit dem Kreditbuch zu erklären, dass sie es sich leisten konnte, heute Abend den anderen zu folgen und zum Tausendheim zu gehen, ohne sich den Kredit zu sichern? Sie lebte ihr eigenes Leben. Sol konnte es sich erlauben, den Alltag zu verachten. Und sie wusste genug über einzelne

Leute, um sie für alle Ewigkeit zum Schweigen zu bringen. Dennoch: Da war irgendwo eine Leere. Ein bitteres Wissen, dass sie hier auf der Insel einen Stempel trug. Ein unsichtbares Zeichen. Aber sie würde es ihnen schon zeigen.

26

Der zweite Samstag im August.

Tora war in Bekkejordet gewesen und hatte Rakel beim Hausputz geholfen. Sie zögerte den Heimweg so lange hinaus, dass Rakel und Simon Blicke wechselten.

Als sie im Tausendheim die Küchentür öffnete, saß er direkt ihr gegenüber auf der Couch.

Sie hatte gewusst, dass er kommen würde. Aber sie hatte dieser Tatsache ins Auge sehen können. Hatte lange gehofft, dass er erst kommen würde, wenn sie bereits in Breiland wäre. Er war für sie ganz unwirklich geworden, seit sie wusste, dass sie an der Realschule angenommen worden war. Sie hatte gewissermaßen Abstand zu ihm gewonnen. Hatte ihn willentlich vergessen. Nun saß er da.

Tora hatte einen ganz trockenen Mund. Wie im Fieber. Hatte keine Angst. War nur entsetzlich müde. Ohne zu wissen, was sie jetzt tun sollte. Hatte vergessen, wie er war. Immer erraten müssen, wie man sich am besten benahm, damit es möglichst wenig Ärger gab.

Er sah nicht gut aus. Sie wusste nicht, was sie erwartet hatte. Er war derselbe. Und doch ein anderer. War eine lebende Erinnerung an einen schrecklichen Gedanken, den sie mit niemandem teilen konnte.

Die Mutter stand mit dem Rücken zu ihr. Am Küchenschrank. Sie richtete das Abendessen. Tora merkte gar nicht, dass sie auf der Türschwelle verharrte und schwer atmete, als ob sie den ganzen Weg gerannt wäre, dass sie dort bereits so lange stand, dass es Anlass für einen Wutausbruch sein könnte.

»Was glotzte denn so.« Henrik grinste ein wenig. Er erhob sich. »Guten Tag, Tora!«

Lag da etwas in seiner Stimme? Eine Drohung? Eine Warnung?

Tora wollte ihm wenigstens guten Tag sagen. Das konnte nicht schaden. Aber sie schaffte es nicht. Glaubte einen Augenblick, dass sie es gesagt hätte. Aber sie sah an seinem Gesicht, dass sie nichts gesagt hatte.

Sie sah sein Gesicht. Die Züge waren schärfer geworden. Er war dünner. Hatte sich einen Bart zugelegt. Niemand in Været trug einen Bart.

Die schneeweißen, kräftigen Zähne zeichneten sich wie ein Tiergebiss vor dem dunklen Bart und den Bartstoppeln ab. Er hatte bläuliche Ringe unter den Augen. Der Pullover und die Hose waren dieselben wie in der Brandnacht. Als ob er gerade erst aus dem Meer gestiegen wäre. Tot – bis jetzt. Tora hatte den Eindruck, dass es ein böser und langwieriger Traum war. Er hörte nie auf. Er sollte ewig dauern – ganz bestimmt.

»Also gut. Da redste eben nicht. Das macht mir nichts aus.«

Jetzt holte er ein Päckchen aus dem Zimmer. Schritt durch die Küche und legte es vor Ingrid auf den Schrank. »Bitte. Ein Mitbringsel aus der Stadt.«

Der Sommer war wunderschön gewesen. Die Fenster standen bis zum späten Abend offen. Die Möwe und der kleine Seelachs hatten Farbtupfer auf alles gesetzt. Die Sonne hatte nicht daran gedacht unterzugehen. Weiche Spätsommergeräusche drangen in die Küche. Es steckte noch ein guter, schwerer Duft nach Heu, Gras und Blumen in Toras Nase. Die Welt war nicht hier. Das Leben war nicht hier. Es konnte nicht wahr sein, dass er zurückgekommen war.

Aber er stand da. Er übergab der Mutter ein Päckchen, das sie langsam und schweigend öffnete. Sie trocknete die Hände sorgfältig ab, bevor sie den Inhalt herausnahm. Ein weißes Sommerkleid! Es floss aus dem Papier heraus wie ein Wunder. Floss zwischen Henrik und der Mutter.

Tora starrte. Sie war noch nicht richtig in den Raum hereingekommen. Sie sah, wie die Mutter dankte. Ihm die

Hand gab. Als ob man zwei Fremde im Stummfilm sah. Ruckartige, lächerliche Bewegungen. Der Mund, der sich bewegte. Sinnlos. Ingrid hielt sich das Kleid an und betrachtete es mit gesenktem Blick. »Es ist unwahrscheinlich schön … und muss viel gekostet haben …«

»Nicht der Rede wert.«

Er stand vor Ingrid. Einen Augenblick sah es so aus, als ob er nach ihr greifen wollte. Aber er ließ die Arme sinken. Endlich begriff Tora, was so sonderbar war. Es war nicht das Päckchen. Nicht, dass er nüchtern war. Nicht, dass er guten Tag sagte und keine Ohrfeigen gab. Es war die Stimme. Sie war sicher und froh. Tora fühlte, wie das Unbehagen sie packte. Es war so widersinnig. Sie konnte es nicht fassen. Der Mann schien noch gefährlicher zu sein, weil seine Stimme – wie Onkel Simons Stimme geworden war …

Er sprach leise mit der Mutter über den Tisch hinweg, während sie aßen. Tora wagte nicht zu sagen, dass sie schon in Bekkejordet gegessen hatte. Das Butterbrot blieb auf dem Teller liegen – lange. Aber niemand äußerte sich dazu. Die Geräusche von Elisifs Anhang waren heute Abend unwirklich und dumpf. Irgendwo draußen auf der Straße fuhr jemand mit einem quietschenden Fahrrad davon. Einmal hörte sie Jørgen unten am Kai rufen. Tora hörte den Geräuschen an, wo sie herkamen. Wusste auf einmal, dass Jørgens Ruf von der Grenze zwischen dem Betonkai und dem Holzkai kam. Sie kannte das ganze Tausendheim. Kannte den ganzen Strand. Alle Geräusche. Die Stimmen. Und dann war es trotzdem geschehen, dass er hierhergekommen war – mit einer Stimme, die zu nichts passte.

»Du bist groß und erwachsen geworden.«

Der Schweiß brach ihr aus allen Poren, als sie spürte, wie seine Augen sie musterten. Die alte Übelkeit. Sie musste auf den Hof – auch wenn sie beim Essen saßen.

Sie wusste nicht, wie sie aufstehen sollte. Denn dann würde er ja ihre ganze Gestalt sehen. Sie hatte das Gefühl, dass es lebenswichtig war, so viel wie möglich vor seinem Blick zu verbergen. Sie duckte sich. Fiel gleichsam über der Tischplatte zusammen. Noch hatte sie nicht ein einziges Wort gesprochen. Ingrids Hände spielten nervös mit der Tischdecke. Hilflos sah sie Tora an. Es lag eine Bitte in ihrem Blick. Einen Moment trafen sich ihre Augen. Dann richtete Tora sich plötzlich auf und sagte: »Ja.«

Henrik zuckte bei ihrer Stimme zusammen. Aber er ließ sich sonst nichts anmerken. In ihren Gedanken keimte ein Samenkorn, eine Hoffnung – dass mit dem Mann ein Wunder geschehen war. Dass alles, was gewesen war, nur in ihrer Phantasie existierte. Ja, einen Augenblick war sie bereit zu vergessen. Wenn er nur ein anderer geworden war. Wenn er nur sein ganzes Denken und Handeln geändert hatte.

Aber Tora hatte so manchen Gesinnungswandel erlebt, so manchen Hinterhalt gespürt, so viele Worte von Menschen gehört, von denen sie eine bessere Meinung gehabt hatte, dass sie sich schnell ausrechnete, dass diese Veränderung nicht andauern könnte. Deshalb saß sie mit zusammengepressten Schenkeln da. Das Butterbrot ließ sie liegen. Als er ein zweites Mal ins Zimmer ging und mit einem Päckchen wiederkam, das er vor Tora hinlegte, vermochte sie kaum einen Dank herauszubringen. Vermochte das Papier nicht anzufassen. Die Übelkeit war das einzig Wirkliche.

Ingrid packte ein Holzkästchen aus. Es enthielt eine Brosche aus roten Glasperlen.

Henrik war nüchtern. Er blieb bis Montagmorgen zu Hause. Dann ging er zu Dahl, um ihn um Arbeit zu bitten. Ingrid hatte kaum zu atmen gewagt, solange er im Haus war. Es war zu schön, um wahr zu sein. Dahl war anderer Meinung. Er empfing zwar Ingrid Tostes Mann. Aber er machte ihm klar, dass er keine feste Arbeit bekommen könnte. Da waren viele vor ihm an der Reihe. Leute, denen er schon seit langem etwas versprochen hatte. Henrik wurde eine Spur düsterer. Er klemmte seine Mütze unter den Arm und machte auf dem Absatz kehrt.

Dahl seufzte. Da war dieser Parasit auf die Insel zurückgekommen. Na gut. Man musste auf alles, was brennbar war, achtgeben. Henrik wusste etwas Besseres, als in Ottars Laden zu gehen. Und er ging an Simons Fischereibetrieb vorbei. Er machte stattdessen einen Spaziergang auf den Veten. Die Leute konnten sehen, dass er den Weg schnell hinaufstieg. Es fehlte Henriks Füßen gar nichts, wenn er nüchtern war. Und er war nüchtern. Es war kaum zu glauben. Er trug den Kopf hoch. Etwas zu hoch, meinten die meisten. Er grüßte alle, so dass sie genötigt waren zurückzunicken.

Als er schon eine ganze Woche zu Hause war und noch nicht in die Tobiashütte hineingeschaut hatte, mussten die Männer ein bisschen grinsen. Er hatte die Nacht, in der die Tür der Tobiashütte Seewasser und Kotze abbekommen und ihn wieder ins Leben geschüttelt hatte, sicher noch in guter Erinnerung. Dieser Kerl glaubte wohl, dass im Gefängnis zu sitzen eine Art Amerikareise war – von der man zurückkommen und hochmütig und stolz sein konnte.

Es wurde nun so, dass er am Tischende in der Küche im Tausendheim saß und selbstgedrehte Zigaretten rauchte und alte Zeitungen las. Ihm schien das zu gefallen. Aber es gab nicht viele, die Henrik Toste ansehen konnten, was in seinem Schädel vor sich ging. Und Ingrid spürte die Faust im Nacken. Sie fühlte sich sehr unfrei. Hatte vergessen, wie es ist, einen rauchenden Mann am Tisch sitzen zu haben. Er lähmte ihre ganze Energie. Sie wusste nicht, wie sie das Notwendigste erledigen sollte unter seinem forschenden Blick. Es war, als ob sie sich das alte Leben zurückwünschte. Das Leben ohne ihn … Und das, obwohl er nüchtern war. Sie schämte sich. Schämte sich fürchterlich. Jetzt, wo sie nicht ihre ganze Klugheit gebrauchen musste, damit er sie nicht schlug, damit er nüchtern war, damit er arbeiten ging – jetzt schien sie nichts anderes mehr zu haben, was das Zusammenleben mit dem Mann betraf. Sie hatte nur eine große, rastlose Leere. Und sie war froh, dass in der Fischfabrik die Arbeit bald wieder aufgenommen werden sollte. Sie graute sich davor und war gleichzeitig froh, dass Tora demnächst nach Breiland fuhr.

Der Widerwille des Mädchens gegen den Mann war nicht auszuhalten. Jeden Tag fürchtete sie, dass Henriks Geduld am Ende war und es zu einem Ausbruch kommen würde. Sie wusste nicht, ob sie es wagen sollte, ihm zu erzählen, dass sie sich mit Rakel und Simon schon vor langer Zeit versöhnt hatte. Über das, was gewesen war, sprachen sie nicht – miteinander. Und sie wusste nicht, wie lange sie ihn noch hinhalten durfte. Hatte ihm nicht einmal erzählt, dass Tora auf Simons Kosten die Realschule besuchen würde. Aber das konnte sie nicht mehr aufschieben.

Schließlich war es Tora selbst, die es ihm sagte. Sie wollte eines Tages ihre Sachen in einen großen Karton packen – ohne dass die Mutter und sie darüber gesprochen hatten, wann und was gepackt werden sollte.

Henrik saß wie gewöhnlich am Küchentisch und rauchte. Das Radio lief. Es krächzte Musik in den verräucherten Raum hinein. Tora kam mit einem Pappkarton durch die Küche getrottet und wollte damit in die Kammer.

»Was willste denn mit dem großen Karton – willste umziehn?« Er grinste sie ein bisschen an und nickte zu dem Karton hin.

»Ja. Ich fahre nächste Woche nach Breiland.«

»Ach! Was machste denn da?« Die Stimme war noch ruhig.

»Ich gehe auf die Realschule.«

Tora verstand selbst nicht, wie sie es schaffte, ihm zu antworten. Aber sie war nicht auf sein kaltes Lachen vorbereitet. Nur auf den Wutanfall und die Ohrfeige. Nur darauf, dass er toben und nach Været hinunterrennen und sich um Sinn und Verstand trinken würde. Das Lachen war überlegen. Sicher. Schlimmer als alles andere.

»Habt ihr geerbt – deine Mutter und du? Weißte überhaupt, was das kostet, sich in Breiland ein Zimmer zu nehmen und auf die Realschule zu gehn?«

»Ja, Onkel Simon hat's für uns ausgerechnet.« Tora ließ sich nicht beeindrucken. Stand dem Mann halbwegs zugewandt. Zwang sich dazu, ihm in die Augen zu sehen. Sah, dass etwas mit ihm vor sich ging. Dass er näher kam. Das ganze Gesicht. Der ganze Mann. Bis er dicht vor ihr stand. Und die Mutter machte so viele Schritte, wie erforderlich waren, um ihr notfalls zu Hilfe zu kommen.

»Und das macht uns reicher, dass der Simon das ausgerechnet hat?«

Tora wartete auf den Schlag. Sie hielt den Arm bereit. Aber der Schlag kam nicht.

»Der Onkel wird für mich bezahlen.«

Die Stimme kam aus einer großen Tiefe. Zwischen Steinwänden herausgeschleudert. Sie war nur für ihn bestimmt. Es versetzte dem Mann einen Stoß. Er wich zurück und sah Ingrid und Tora nacheinander an.

»Ach so«, sagte er nach einer Weile. Dann ging er ruhig zum Küchentisch und setzte sich, um sich eine neue Zigarette zu drehen. Eine rote Stille lag über dem ganzen Raum. Vibrierend und gefährlich. Kurz bevor das Fürchterliche losbrach. Tora war schweißgebadet. Der Karton rutschte ihr aus den Händen. Dadurch kam sie zu sich. Hob rasch den Karton auf und verschwand in der Kammer. Nachdem sie die Tür gut geschlossen hatte, kam das Zittern. Sie setzte sich einen Augenblick auf das Bett. Dann wurde ihr klar, wo sie saß. Sie erhob sich und fing langsam und systematisch an, die wenigen Kleidungsstücke, die sie in der Kommode und im Schrank hatte, einzupacken. Sie hätte nie geglaubt, dass sie es tun würde, ohne sich vorher mit der Mutter besprochen zu haben. Aber nun war alles Beratschlagen unmöglich geworden. Und es war dringend erforderlich zu packen, JETZT!

Es zog sich in die Länge mit Henriks Arbeitslosigkeit. Ingrid hatte alle Reserven aufgebraucht. Ottar hatte schon mehrmals die notwendigsten Dinge anschreiben müssen. Es sah so aus, als ob es erst in ein paar Wochen wieder Arbeit in der Fischfabrik geben würde.

Henrik saß am Tischende und rauchte. Er war noch nüchtern. Darüber konnte man froh sein, dachte Ingrid.

Tora war in Bekkejordet. Sie hatten nach ihr geschickt. Rakel wollte sie wohl ein wenig feiern, bevor es jetzt nach Breiland ging. Ingrid wusste nicht mehr ein noch aus. Sie hatte nicht genug Geld und konnte Simon doch nicht fragen. Es genügte wahrhaftig, dass er das Zimmer und die Bücher und die Schule bezahlte, da sollte er nicht auch noch für die Reise und das Essen aufkommen. Ingrid saß gebeugt über ihrer Arbeit, sie nähte den Saum am guten Kleid der Frau des Inselpolizisten mit der Hand. Sie würde sie bitten, ihr das Geld gleich zu geben. Sie würde heute Abend das Kleid hinbringen.

Trotzdem würde es weder für Toras noch für ihre Auslagen reichen. Wenn sie nur eine extra Putzstelle kriegen könnte – oder lieber etwas zu nähen! Und wenn nur die Frosterei wieder in Gang käme. Sie stach sich in den Finger, so dass sie das Blut abwaschen musste und warten, bis der Finger aufhörte zu bluten.

Ihr Blick fiel auf den Mann am Tischende. Ihr ging auf, dass sie eine Klärung herbeiführen musste. Er konnte nicht für den Rest seines Lebens da sitzen. Dann würde er doch nur wieder anfangen zu trinken.

»Haste noch Geld, Henrik?«, fragte sie ihn plötzlich. Es waren nur die zwei im Raum. Sie waren eigentlich Eheleute und sollten gute und böse Tage miteinander teilen. Es sollte eine Selbstverständlichkeit sein, dass die Frau den Mann um Geld fragte.

Henrik lachte höhnisch. »Du kannst ja den Simon fragen, ob er noch was für dich hat!«

Ingrid wusste, dass sie jetzt schweigen musste. Aber sie fuhr fort. »Es ist wohl gerade genug, dass der Simon Zimmer und Schule für das Mädchen bezahlt.«

»Ach so, das ist genug?«

»Wir zwei sollten vielleicht auch etwas ...«

»Oh!«

Ingrid konnte sich gegen diese höhnische Ruhe nicht wehren. Sie war ungewohnt. Es graute ihr vor dem Schlag, der aber nicht kam. Das nahm ihr alle Energie – so dass sie nicht mehr klar denken konnte. »Musst du so sein? Kannste nicht versuchen, etwas zu bekommen? Biste überall gewesen und hast nach Arbeit gefragt?«

»Ja!«

Die Antwort war wie ein Peitschenhieb. Ein Abschluss des Gesprächs. Und Ingrid verstand. Schwieg.

Die Stille stand um sie wie eine Wand, Ingrid fing wieder an zu nähen.

»Du hättest besser den Simon genommen. Ist's nicht so?«

Ingrid sah erstaunt zu dem Mann auf. »Was meinste?«

»Ich mein nur, dass es schad ist, dass du den Simon nicht festgehalten hast. Das warst doch du, die ihn sich zuerst geschnappt hat. Damals, als er auf die Insel kam. Das warst doch du, mit der er getanzt hat und mit der er nach Hause gegangen ist – damals. Hättste dir vom Simon 'nen dicken Bauch machen lassen, da wärste jetzt die Sorgen los.«

Ingrid saß ungläubig da und starrte ihn nur an. »Mein Lieber – was redste da? Es ist nie etwas zwischen mir und dem Simon gewesen. Für den Simon gab es immer nur die Rakel.«

»Deshalb biste zum Simon raufgerannt, während ich gesessen hab. Deshalb hat er dich so gut getröstet, während die Rakel im Krankenhaus lag, was? Glaubste denn, ich weiß nicht, dass ihr die meiste Zeit da oben gewohnt habt? Und die Bezahlung war gut, nicht wahr? Für die Tora und für dich auch?«

Ingrid konzentrierte sich auf die unsichtbaren Stiche im Kleid. Kreuzstiche. Sie zog die Nadel immer unter zwei Stofffäden durch. Kontrollierte jeden Stich auf der rechten Seite. Sah man ihn? Nein. So saß sie, bis sie fertig war. Es wurde nicht mehr über Geld gesprochen. Auch nicht über Simon. Ingrid begriff, dass sie es so haben sollte, wie sie es hatte – oder sie musste etwas unternehmen, um aus dem Ganzen herauszukommen. Es lähmte jeden Gedanken und schloss die Freude aus allen Tagen aus. Die Nächte, die vor ihr lagen, waren lang und unfreundlich und ohne Wärme.

Dann waren es doch Simon und Rakel, die es mit dem Reisegeld und dem Geld für das Essen in der ersten Zeit in Breiland regelten. Rakel, Simon und Tora saßen in der Dämmerung am Wohnzimmertisch und tranken Kaffee, als ob Tora ganz erwachsen wäre. Das Geld lag in einem Umschlag. Diskret. Wie ein Geschenk – ein Brief. Schlicht. Mit einem unbegreiflich großen Inhalt. Sie konnte ihn nicht öffnen, solange die beiden zusahen. Dankbarkeit konnte man zeigen. Aber die nackte, demütige Freude der Armen über das Almosen musste man verbergen. Denn man brauchte nicht zu wissen, was in dem Umschlag war. Man sollte danken – und nicht wissen, für wie viel man dankte. Das war so üblich in Bekkejordet.

Tora fühlte sich reich und sicher, da wo sie saß. Den Pappkarton hatte sie schon verschnürt. Sie musste nur noch die letzten nötigen Sachen in Mutters altem Koffer verstauen, dann war sie fertig. Es war nur noch ein Tag.

Elisifs Gott hatte sie von der Nachtschicht in Dahls Fabrik erlöst. Die Mutter war immer zu Hause. Tora hatte angefangen zu glauben, dass es trotz allem ein Entrinnen gab. Wusste ja, dass er in der Küche am Tisch saß. Aber es war nicht so quälend. Nicht so bedrohlich. Bald würde sie ruhig zur Tür hinausgehen.

Die Augustdämmerung drängte hinter den hellen Gardinen. Blau. Versprach ihr etwas. War ein Erlebnis für sich. Und mitten darin saß Onkel Simon und hatte weiche Schatten auf dem Gesicht. Er saß in einem kurzärmligen Hemd da.

Wenn er den Kopf drehte, sah sie, wie seine Halsmuskeln sich bewegten. Schatten wechselten. Wenn die Arme und Hände sich mit irgendeiner Arbeit zu schaffen machten, wurde die Haut in dem Grenzland zwischen Licht und Schatten lebendig.

Ingrid hatte an diesem Abend etwas zu erledigen. Sie verließ den Mann im Tausendheim und ging mit dem Kleid zur Frau des Dorfpolizisten. Und sie hatte noch ein anderes Kleid mit. Henriks Geschenk. Sie bot der reservierten, überlegenen Dame das Kleid an. Bot es für hundert Kronen an. Für achtzig. Für sechzig. Und die Frau zuckte zum Schluss die Achseln und nahm es für sechzig – auch wenn die »Saison« zu Ende war.

Sie standen einen Augenblick mit dem weißschimmernden, leichten Kleid zwischen sich da. Dann gab Ingrid dem weißen Kleid einen Schubs, nahm das Geld und ging.

Ja. Es stimmte. Die Saison für weiße Kleider war zu Ende. Für sie, Ingrid, war nie Saison gewesen.

Sie ging direkt nach Hause und richtete für den Mann am Tischende das Essen. Es lag eine energische Falte zwischen ihren Augenbrauen. Sie war so außergewöhnlich, dass sie auch den Mann zum Schweigen brachte. Sie kauten und aßen. Und schwiegen. Indessen hüllte der Herbstabend die Insel ein. Brachte einen goldenen Schein von Westen mit. Ließ es in den alten Bäumen rund um das Tausendheim flimmern. Sandte das letzte goldene Licht durch die Fenster hinein zu den beiden am Abendbrottisch. Aber das nützte wenig. Niemand von ihnen sah es. Die Luft war übersättigt von zurückgehaltenem Hass. Und das war nichts Neues. Das Neue war nur, dass sie es diesmal stärker empfand als er. So waren sie quitt. Sie hatte nur für sich selbst zu sorgen. Endlich begriff Ingrid, dass sie künftig nur noch sich selbst haben würde. Tora ging fort. Sie hatte es von sich weggeschoben – bis heute. Aber in dem Augenblick, in dem das Kleid die Besitzerin wechselte, war sie hellsichtig geworden. Auf dem Heimweg ließ sie alles vor ihrem inneren Auge vorüberziehen. Ihr ganzes Leben. Und sie wusste, dass sie nichts mehr zu verlieren hatte. Tora war auf dem Weg nach draußen.

Schließlich ging er noch fort. Schritt zielbewusst nach Bekkejordet hinauf. Hielt sich abseits des Weges. Traf keinen. War schnell an dem Drahtzaun der Koppel. Die Abkürzung und der Pfad hinauf zum Haus. Augustdunkle Bäume. Blinde Schatten. War ein Gedanke in dem dunklen Kopf schon lange vorher geboren worden?

Ist es Zufall, wer an den Zaun genagelt werden soll?

Wer dem Hass in den Weg läuft? Den Trieben?

Oder gibt es da ein Muster?

Einen vorgegebenen Weg im Labyrinth?

Einen Weg, der ein für alle Mal bestimmt ist? Und die Menschen zwingt, ihn zu gehen – genau so? Sind wir einander ein Werkzeug in unserem Leben und ein Teil unseres wechselseitigen Weges?

Tora stand mitten in der Koppel etwas südlich von Bekkejordet. Der Abend wurde durch das dichte Laub gefiltert. Grünes Geflimmer über saftigem Farnkraut. Der Waldboden versteckte sich. Heimlichkeiten in grüner Dunkelheit. Erdgeruch und leise Gedanken. Zwischen den Steinen. Tiere und Menschen waren den Pfad gegangen. Heidekraut und Grashalme hingen halb über den schmalen Steig. Wurzeln ragten heraus. Standen hart über.

Wem nützt es, gut zu Fuß zu sein, wenn Wurzeln im Weg sind? Was nützt ein Ruf in dem halbdunklen Abend, dort, wo die Idylle alle Spuren verbirgt?

Zuerst glaubte sie es nicht. Er musste lange auf dem Stein gesessen haben. Wie ein Tier auf der Lauer. Wohl wissend, dass das Opfer vorbeikommen würde. Saß verborgen vor Gott und den Menschen. Allein, alle Sinne geschärft. Lauschend auf Tritte auf dem Pfad. Leichte Tritte, die keinerlei Unruhe in sich hatten. Sie wandte sich jäh um und lief. Stolperte. Fiel. Es konnte nicht günstiger sein. Der Mann war geschickt und schnell. Und stark. Besaß die beste von allen männlichen Eigenschaften: Stärke.

Ein Fall in den dichten Farnwald. Zwischen die Steine. So schön ist ein Lager im Grünen. Mit so vielen von den verzaubernden und prickelnden Düften des Spätsommers. So viele dichte Baumkronen von der heiligen Erde waren willens, das, was da geschah, vor Elisifs Gott zu verbergen.

Das Mädchen Tora war weniger als eine Ameise unter dem Absatz der Ewigkeit. Weniger als ein Samenkorn in des Himmels Würzgarten. Er knuffte sie ein paarmal mit der gesunden Hand und packte sie um den Hals. Dann lag sie still. Hatte es geschafft, auch diesmal ihren verhassten Körper zu verlassen. Trotzdem spürte sie alles zusammen. Die Sinne befanden sich außerhalb ihres Körpers und verbluteten, während die Augen blind in den hellen Himmel starrten. Sie tröstete sich, jämmerlich genug, mit dem Gedanken, dass es bald vorüber sein würde, wenn sie nur ruhig liegen bliebe.

Es schmerzte fürchterlich in ihrem ganzen Ich, durch eine dröhnende, grauenhafte Stille. Die Baumkronen fielen über ihr zusammen und bohrten die Zweige in ihr Fleisch, tief in ihr Innerstes. Wuchsen rund um sie und waren lebendig. Schnürten sich um ihren Hals. Hatten Haut und Gewicht.

Es kamen einige erstickte Laute von dem Farnlager. Die kleinen Birken standen dicht und saftig grün am Pfad. Im Übrigen waren Dunkelheit und Schatten die Bundesgenossen des Stärkeren. Schweigend und ohne Spur.

Eine Sekunde durchzuckte es sie. Dinge, die sie verstanden hatte. Gelesen. Dinge, die sie hier und da aufgeschnappt hatte: dass so etwas wie das hier ein Vergnügen sein sollte.

Ohne es zu wissen, hatte sie die Hände um das Heidekraut zu beiden Seiten ihres Körpers gekrallt. Ganz fest. Es war unmöglich, den Griff zu lösen.

Ihr Gesicht lag verzerrt auf der Seite. Die Augen weit geöffnet – ohne Blick. Sie musste nichts sehen. Denn das war noch nie geschehen! Eine Weile wie tot sein. Dann würde es vorüber sein, und sie könnte sich auf dem Pfad aufraffen. Sich wieder in die Kleider einschließen. Zu den Menschen hinausgehen. Zu dem Licht und zu denen, die so viel mehr Sicherheit gaben. Sie musste sich einfach aufraffen. Zuerst. Sich besinnen. Und sich vergeben, dass sie existierte.

Als es vorüber war, ließ er sie los, und sie kam auf die Knie. Die Übelkeit war wie eine Wand. Sie erbrach sich in langem, gequältem Stöhnen.

Der Mann warf sich im letzten Moment zur Seite. Ordnete seine Kleider und verschnaufte.

Irgendwo in der Nähe zitterten die Blätter einer großen Espe. Er sah ein paarmal auf die Gestalt, die zusammengekauert vor ihm hockte. Dann reichte er ihr sein Taschentuch. Eine einfache, unerwartete Geste. Als ob er das Mädchen zufällig im Wald überrascht hätte und sie ihm leidtäte, weil sie sich übergeben musste. Und Tora nahm das Taschentuch. Sie hielt es zwischen den erdigen Fingern. Es tat gut, etwas festzuhalten, es gegen die Augen zu drücken, so dass sie nicht zu sehen brauchte.

Erst als er die Hand auf ihr Haar legte, erstarrte sie wieder.

Fühlte roten, lebendigen Hass in sich toben. Die Gefühle meldeten sich wieder zu Wort.

Sie fühlte, dass sie sich das Knie aufgeschunden hatte. Fühlte, dass der Rock zur Hälfte zerrissen war. Fühlte, dass es an ihr hinunterrann. Fühlte, dass es schmerzte und brannte, als ob sie mit dem Messer ausgeschabt worden wäre.

Ein unbändiger Zorn ergriff sie. Ein Zorn, der größer war als alles andere.

Größer als die Angst. Größer als die Scham. Größer als die Erleichterung. Größer als die Erniedrigung.

Sie stand auf. Schwankte. Zwang sich zu sehen. Gut zu sehen. Sie hörte das knirschende Geräusch, als sie ihn mit der Schuhspitze traf. Der Kopf lag wie eine Kugel im Gras. Es knirschte süß in ihrem Innern.

Sie lief sofort nach Hause – ohne zurückzublicken. Sie wusch sich in der Waschküche mit dem eiskalten Wasser. Versuchte sich so weit in Ordnung zu bringen, dass sie vor die Augen der Mutter treten könnte. Aber es war niemand in der Küche, als sie hereinkam. Sie war so erleichtert, dass ihr schwindlig wurde. Sie hielt sich eine Weile am Bettpfosten fest. Dann zog sie sich aus und kroch in ihr Bett. Der Tritt hatte sie richtig gewärmt. Jetzt, da sie in ihrem Schlupfwinkel war, hatte sie keinen Platz für etwas anderes als den Tritt. Das Geräusch, als er kaputtgegangen war!

Alles andere war leer. Sie würde hier liegen bleiben, bis sie Bescheid bekam, dass sein Kopf zerborsten war. Zerborsten! Zerquetscht dort oben auf dem Pfad – so dass nichts mehr gefunden wurde. Zerstört. Endlich!

Henrik Toste sei besoffen gewesen, habe sich die Oberlippe gespalten und einen Zahn ausgeschlagen – sagten die Leute.

27

Zwei Reihen Fenster. Die Glasveranda mit dem verwahrlosten Aussehen. Der Vogelbeerbaum, der sich für den Herbst bereit machte. Die eingesunkenen Dächer der Nebengebäude. Der Kiesplatz rund um das Haus, wo in den gelben Grasbüscheln die Reste von einem grünen Park zu ahnen waren. Die drei Schornsteine. Der im Südwesten war neu und sah einfach blöd aus. Ein spitzer Zeigefinger aus Beton, der absolut nicht zu den alten Klinkerschornsteinen mit ihrem langjährigen Gewohnheitsrecht auf Krähen wie auch auf Aussicht passte. Das alte steinbeschwerte Dach bog sich hier und da aus purem Ärger – über die neue Zeit.

In dem leeren Gebäude am Kai, das von alters her zum Tausendheim gehörte, gab es dicken Staub und Spinnweben, und an dunklen Herbstabenden hörte man in den leeren Räumen Geräusche von Gespenstern und Schiffbrüchigen. Es brauste immer stark dort unten. Als ob die Meereswellen direkt im Haus säßen – und die Stürme dort wohnten, während sie sich für den nächsten Kampf ausruhten. Dort waren Hähne, aus denen rostiges Wasser tropfte, Klappfenster, die nicht schlossen, Treppen, denen Stufen fehlten, Kisten, die sich bis zur Auflösung langweilten, während die Jahre dahingingen. Alte, morsche Fischernetze hingen als Netzwände von den Balken. Sie bewegten sich schwer und langsam, wenn jemand die Tür offen stehen ließ. Dann verschob sich so manche Masche unmerklich. Wechselte die Lage, so dass andere Maschen auch aus der Ordnung gerieten und neue Knoten suchten, an denen sie sich festhängen könnten. Und der Staub wirbelte langsam auf und stand einen Augenblick in der Luft, bevor er sich dort niederließ, wohin er gerade fiel.

Die neue Zeit erntete hier nur Hohn und Spott. Die alte

auch. Nach Teer riechendes Tauwerk lag überall auf dem Boden herum und lauerte nach Einbruch der Dunkelheit auf ein armes Opfer. Wer sich nicht vorsah, konnte plötzlich kopfüber hinstürzen. Oder an Taue stoßen, die von der Decke herunterhingen, und einen Augenblick glauben, dass Krieg zwischen Indianern und Weißen herrsche und dass die Rothäute ein Lasso geworfen hätten – und der einzige Weg zu dem qualvollen Ende am Totempfahl führe. Die Kinder hatten ihn dort stehen. Einen alten Treppenpfosten, festgekeilt in einem Loch im Fußboden. Die großen Wellen schmatzten und rauschten direkt darunter. Es klang nicht gerade nach Prärie, aber das war egal – denn das alte Gebäude war gut abgeschirmt gegen die Augen und Ohren der Erwachsenen und diente deshalb als Folterkammer und Hinrichtungsstätte.

Manchmal machte auch jemand einen Spaziergang dorthin. Mutterseelenallein. Im Tausendheim war kein Platz für Meditation und nicht genügend Einsamkeit, um ein nacktes Antlitz zu verbergen.

Tora fand Sol am Totempfahl. Sie versuchte ihr Gesicht zu verbergen, indem sie sich abwandte, als sie Toras Schritte hörte.

Es war halbdunkel und düster. Tora zuckte zusammen. Sie hatte nicht erwartet, hier jemanden zu finden. Wollte nur an allen Orten noch einmal vorbeischauen, die sie jetzt verlassen würde. Ein dummes, unnötiges Unterfangen. Trotzdem ... Und da saß also Sol, das erwachsene Mädchen, und ließ den Kopf hängen.

»Du sitzt hier?«

»Ja, das siehste doch. Biste noch nicht weg, übrigens?«

»Morgen ...«

»Hm ...«

»Biste böse auf deine Mutter?«

»Nee, warum denn?«

»Weil du hier sitzt – allein.«

»Das nützt nicht viel, auf sie böse zu sein!«

»Nee, nützt ... Aber deswegen kannste doch böse sein?«

»Nein.« Die blonde Dauerwelle wogte, wenn sie den Kopf schüttelte. Wie bei einem Schaf, das die Nässe aus dem Fell schüttelt. Zwei Augenschlitze blinzelten zu Tora hinauf. Scheuer, schräger Blick mit einer trotzigen, abweisenden Miene. »Du hast Glück, dass du nach Breiland kannst«, murmelte Sol. Es kam undeutlich und leise. Tora verstand, was es sie kostete.

»Ja«, sagte sie einfach.

Es brachte nichts, sich froh zu zeigen. Tora verstand, dass Sol ans Tausendheim gebunden war. Fest. Alle wussten es. Aber niemand tat etwas. Was sollten sie auch tun?

»Die Helene ist eine miese Kuh!«, zischte Sol jetzt und ballte die Hände im Schoß.

»Wieso?«

»Sie tut zu Hause überhaupt nichts. Alles bleibt an mir hängen. Ich muss mich um die Mama kümmern, um die Kinder, um die Arbeitshandschuhe vom Papa, die Windeln, die schmutzigen Tassen – um alles!«

»Der Jørgen ist doch älter als die Helene. Kann der nicht helfen?«

»Der ist doch nur ein Junge.«

Sol schleuderte die traurige Identität des Bruders mit einem so großen Abscheu heraus, dass Tora stutzte. »Er war doch vorher ganz tüchtig«, sagte sie matt.

»Ja, aber jetzt ist er erwachsen, da hat er Angst, es könnt jemand sehn, dass er was andres als Männerarbeit macht. Der Blödmann!«

»Kann deine Mutter der Helene nicht sagen, dass sie was tun soll?«

»Herrgott, dass du das überhaupt erwähnst! Du weißt genauso gut wie ich, dass die Mama nicht so ist wie andre Leute. Alle wissen das!«

»Aber warum denkste an all das grade heut?«

»Weil du auf die Realschule gehst! Und ich muss beim Ottar putzen! Und ich muss noch die Scheißwäsche waschen, wenn ich nach Haus komm.«

Sie schrie es heraus. Tora wich zurück. Das war eine Sol, die sie nicht kannte.

»Ich hab mich um drei Bürostellen beworben und alle drei bekommen! Aber die Mama flennt, und der Papa läuft in Været rum, und die Kinder prügeln sich.«

Sol beugte den kräftigen Oberkörper nach vorn und brach in Tränen aus. Der Rücken bebte, und es kamen erstickte, zerrissene Laute aus ihr heraus.

Tora kroch zu ihr hinunter. Alles, was sie in letzter Zeit über Sol gedacht hatte, alles, was die Leute ihr erzählt hatten, dass Sol sich nämlich mit den Arbeitern von Dahl abgab, wurde plötzlich unwesentlich. Dass Sol versuchte erwachsen zu sein und dass sie lieber zu den großen Mädchen ging, mit denen sie zusammenarbeitete, als zu Tora zu kommen, das alles war nicht mehr als ein Regenschauer am Nachmittag. Denn Tora fühlte Sols Verzweiflung wie ihre eigene Brandwunde. Sie legte den Arm um sie. Streichelte sie mit ihrer ganzen ungeschickten Wärme. Sie konnte sich in diesem Augenblick vorstellen, was Rakel in der Situation gemacht hätte. Es half ihnen beiden – für den Moment.

»Du darfst nicht so schwarzsehn«, murmelte sie sehr erwachsen. »Du musst dir sagen, so oft wie möglich, dass du weggehn wirst. Und dann gehst du auch! Du kannst nicht dein ganzes Leben lang auf andrerleuts Kinder aufpassen.«

»Was meinste mit andrerleuts Kinder?«

»Na ja, es sind ja die Kinder deiner Mutter«, sagte Tora unsicher.

»Aber die Mama ist doch verrückt und fromm und alles und … und die Kinder können nichts dafür!!« Sol sah wütend zu Tora auf.

»Aber du brauchst nicht das ganze Leben Mutter für sie zu sein«, sagte Tora entschieden.

»Du hast gut reden. Du kannst froh sein, dass deine Schwester gestorben ist«, meinte nun Sol.

Verbissen, mit einem Mund, der nur ein kleiner roter Strich mitten in dem aufgelösten Gesicht war, saß sie da und starrte in das Loch, in dem der Totempfahl steckte. Die Wellen schäumten dort unten wie ein Wasserfall. Schwere See. Die Bucht war voll drohender, mächtiger Bewegungen, die mehrere Minuten brauchten, um heranzurollen und sich wieder zurückzuziehen.

»Sol …«

»Ja.«

»Ich werd dir schreiben …«

»Das ist schön.«

Es war kaum zu hören. Sie hatte sich beruhigt. Schämte sich ihrer Worte. Wollte sie am liebsten wieder aufwickeln wie Garn. Sie ungesagt machen.

So saßen sie da. Dicht beieinander.

»Ich hab's nicht so gemeint, was ich von deiner Schwester gesagt hab«, flüsterte Sol verlegen.

»Das weiß ich …«

»Biste jetzt böse auf mich?«

»Nein. Ich werd versuchen mit … meiner Mutter … oder mit der Gunn über dich zu reden, soll ich?«

»Nein. Deine Mutter kann nichts machen. Und Gunn ist ja nicht mehr da.«

»Sie hat dein Konfirmationskleid genäht, weißte das noch? Da …«

»Ja, aber das ist was andres. Das hier ist hoffnungslos. Da ist nichts zu machen.«

»Sag das nicht!«, schrie Tora.

Ihr Zorn erstaunte sie selbst. Sol sah sie mit halboffenem Mund an. Einen kurzen Augenblick. Dann breitete sich ein Grinsen über dem verweinten Gesicht aus. Und es kam ein harter, gepresster Hieb von einem Lachen. So wie man es überall hört, wo Menschen sich bis zum Äußersten zusammennehmen und lachen wollen.

»Nein, ich werd das nicht sagen!«, schrie sie und schlang ihre kräftigen Arme um Tora. »Ich werd gehen! Werde gehen! Werde ge-e-hen!«, psalmodierte sie auf die Melodie der Nationalhymne. Tora hörte eine Weile zu. Dann stimmte sie ein. Eine durchdringende, hohe Mädchenstimme und eine undeutliche, gepresste Frauenstimme sangen ihre eigene Nationalhymne hinaus in den zum Tode verurteilten Raum.

Der eintönige, wilde Gesang hob und senkte sich. Fand ein Echo in den versteckten Ecken, stieg unter das Dach, ebbte ab in den Tauen und den Ketten, mit denen die Netze zusammengebunden waren – erhob sich mit erneuter Stärke und jagte trotzig aus den zersprungenen Fenstern hinaus.

Manchmal mussten sie, um den richtigen Rhythmus in den Text zu bekommen, singen »Werd, werd, werde gehen von den tausend Heimen«.

Zum Schluss waren sie ganz leer. Saßen in lachendem Durcheinander unter dem Totempfahl. Ernst und Hoffnungslosigkeit waren gedemütigt worden. Sol hatte sogar noch ein unanständiges Lied angestimmt. Um sich an Elisifs Frömmigkeit zu rächen. Tora hatte Verständnis dafür. Und sie stimmte ein, denn sie wollte Sol aus ihrem Elend heraushelfen: »In Bergen sie weilte, sieh an, sieh an – die Lust sie ereilte, sieh an, sieh an – sie fickte mit einem Manne, sieh an, sieh an – der stand auf einer Wanne, sieh an, sieh an.«

Diesen Text hatte Tora noch nie gehört. Aber sie sang sofort mit. Eigentlich gefiel ihr Sols Version besser als das, was die Jungen auf der Straße so grölten.

Sie sangen so laut, dass es schallte und der Totempfahl zitterte. Tora schaute Sol dabei an. Es lag ein abgrundtiefer

Hass in der großen Sangesfreude. Ein Hass, den Tora nicht wahrzunehmen wagte. Denn sie konnte keine unanständigen Lieder singen, um ihn loszuwerden. Sol hatte keine Gefahr. Keine solche. Deshalb erfand sie unanständige Lieder, die ihr Mut machten.

»Wenn ich hier wegkomm, dann werd ich mit den Männern nicht einmal mehr reden. Und um Kinder werd ich 'nen großen Bogen machen, damit ich sie nicht sehn muss!«, stieß Sol mit mühsam unterdrücktem Zorn hervor.

Sie waren wieder die alten Freundinnen, plötzlich. Und Sol war nicht einen Tag älter als Tora. Im Gegenteil, Tora war jetzt erwachsen, denn sie durfte ja von der Insel fort. Fort!

Sie sah Sol bei dem Fest im Sommer vor sich. Da hatte sie mit allen Burschen herumgealbert. Unbeschwert gelacht. Getanzt. Immer wilder. Aber das war es nicht, wovon Sol träumte. Das war es nicht, was sie sich am meisten wünschte. Es war nur ein Fußtritt. Ein Fußtritt und ein Zeitvertreib. Sol hatte auch ihre Fußtritte.

Als sie hinaus auf den Kai gingen, rief die Kopftuch-Johanna ihnen zu, dass nun Schluss sein müsse mit den dreckigen Liedern. Sie half Einar, vergessene Kartoffelsäcke auszuspülen und sie über das Geländer an der Mole zu hängen.

Einar brauchte nicht so fromm zu sein. Niemand erwartete Frömmigkeit von ihm. Er grinste ein wenig und murmelte etwas von »frechen Liedern«.

Die Mädchen schämten sich. Aber da war nichts mehr zu machen. Die Kopftuch-Johanna drohte ihnen nicht, es herumzuerzählen. Sie rechnete immer sofort ab.

Die Mädchen schlichen beschämt ins Haus. Eine kleine und eine große Frau. Eine erlöste und eine unerlöste, weil die eine weggehen durfte – und die andere bleiben musste.

Sie kochten oben bei Elisif Kaffee. Buken Pfannkuchen, die sich im Fett wölbten. Goldgelb. Mit zwei großen Eiern im Teig. Der Zucker knirschte beim Essen. Die Kleinen hielten Ruhe. Sie kauten und wischten sich den Rotz an den Ärmeln ab. Leckten die Finger ab und machten Flecke auf die schäbige Wachstuchdecke. Tora und Sol führten lange Erwachsenengespräche. Sol schubste die Kleinen weg oder nahm sie geistesabwesend auf den Schoß, bis sie keine Lust mehr hatten und wieder auf den Boden hinunterglitten. Es roch im ganzen Treppenhaus nach Pfannkuchen. Jørgen und Helene waren zum Abwaschen verdonnert. Jørgen guckte böse wie ein geprügelter Hund. Aber er hatte bereits Bescheid bekommen: Kein Abwasch? Keine Pfannkuchen! Sol war eine geplagte Hündin mit vielen kleinen Kuckuckskindern auf dem Schoß. Sie schnauzte sie an. Kurz, bestimmt.

Das war eine sichere Methode, um Jørgen und Helene aus dem Haus zu schaffen, wenn sie fertig waren, so dass Sol und Tora noch ungestört miteinander reden konnten.

Die Zeit war knapp. Elisif war nicht den ganzen Abend bei ihrer Gebetsrunde. Und am nächsten Tag würde Tora fort sein …

28

Die Fähre war an diesem Augusttag genauso schwarz wie immer.

Aber Tora stand an Deck! Sah den Kai und die dazugehörigen Häuser hinter der Landspitze verschwinden, und das Tausendheim mit seiner abgeblätterten Farbe lehnte sich schwer an die flimmernde Luft. Aus den Schornsteinen stieg kein Rauch auf. Einige Fenster nach Süden waren geöffnet. Gestalten bewegten sich an Land. Sie schwamm von ihnen weg. Es tuckerte rhythmisch innen im Schiff. Sie war zur Tür hinausgegangen. Hatte selbst den Koffer und den Pappkarton auf den von Einar geliehenen Schubkarren gestellt. Die Mutter war ihr stumm gefolgt. Schritt für Schritt. Hatte die steilen Hügel hinauf schieben geholfen und mit den starken, abgehärteten Händen gebremst, als es zur Bucht hinunterging. Sie hatte mit Tora zusammen den Pappkarton über die Laufplanke getragen. Hatte mit denselben Arbeitshänden Toras Schulter ganz schnell gestreift, als sie wieder an Land gehen musste, weil die Männer die Laufplanke einziehen wollten. Tora wusste, dass es ein Spiel war. Ein wichtiges Spiel. Keine Tränen, nichts, was auffiel. Nur Ruhe. Würde.

Sie winkten einander lächelnd zu. Todernstes Lächeln kreuzte über trübem Wasser und pfeilschnell dahinhuschenden Rotaugen. Es schwamm auch allerlei Dreck auf der ruhigen Wasseroberfläche. Tora hatte einen Augenblick den Eindruck, dass er ihr entgegenwuchs. Der Dreck. Das Wichtigste wurde. Bis die Mutter ganz aus ihrem Blickfeld verschwand.

Tora konnte nicht sehen, dass sie den Schubkarren nach Hause schob. Nicht mit den Augen. Dennoch folgte sie in Gedanken ihren langsamen, müden Bewegungen.

Dann kam der Meereswind, und das Blinklicht flog vorbei. Das gewaltige Meeresrauschen erfüllte ihren Kopf.

Eine neue Art und Weise zu gehen. Eine neue Art und Weise sich zu setzen. Die Kleider gehörten ihr auf eine andere Art und Weise als bisher. Sie hatte sich um zwei Dinge zu sorgen: den Koffer und den Pappkarton. Und beide standen bei dem schönen Wetter sicher unter der Plane.

Sie sprach mit niemandem. Aber fühlte sich nicht allein. War sich völlig sicher, dass jede Faser der nun kommenden Tage ihr gehörte.

Sie war doch schon einmal in Breiland gewesen. Wusste sogar etwas von dem Haus, in dem sie wohnen sollte. Wusste, wo die Schule war. Sie musste nur jemanden finden, der ihr den Karton zu dem Haus beförderte, dann würde sie selbst …

Sie setzte sich an Deck auf einen Kasten und versuchte sich auszumalen, wie das Zimmer wohl aussah, das sie nun ihr eigen nennen sollte. Es sei genau das, was sie brauche, hatte Simon gesagt. Sie solle nur Bettzeug mitnehmen. Ingrid war so froh über alles gewesen.

In diesem Jahr war Tora die Einzige von der Insel, die auf die Realschule ging. Es durfte nicht jedes Jahr jemand auf die Schule nach Breiland.

Tora fühlte sich plötzlich sehr stolz. Von außen war das dem blassen Mädchen mit den üppigen roten Haaren nicht anzusehen. Das Gesicht war ganz ausdruckslos. Mürrisch. Lud keineswegs zu irgendeinem Kontakt ein. Die Augen waren groß, glänzend und scheu. Sie glitten weg, wenn man sie einzufangen versuchte. Der Mantel war sichtlich vererbt und umgeändert. Aber sauber, in Ordnung und frisch gebügelt. Die Zöpfe waren fest und dick. Sie sei eigentlich zu groß für solche Zöpfe, könnte ein Außenstehender sagen. Aber die Leute auf der Insel wussten, dass Ingrids Tochter Zöpfe hatte. Die hatte sie immer gehabt. Niemand wunderte sich darüber. Wenn jemand sie unverhofft ansprach, sanken die Schultern jäh nach vorn und der Kopf fiel nach unten. Sonst ging sie schnell und frei, das Gesicht leicht nach oben gewandt. Als ob sie sich nach etwas streckte. Jederzeit. Die Hände waren unruhig. Fanden stets etwas, um sich damit zu beschäftigen. Es zu ordnen. Oder sie hielt sie ineinander verschlungen, und sie schienen sich gegenseitig zu trösten und Sicherheit zu geben.

Sie sah nicht um einen Tag älter aus, als sie war – körperlich. Aber das Gesicht und die Augen konnten glauben machen, sie sei achtzehn – oder mehr.

So ging Tora zur Tür hinaus und in eine andere Wirklichkeit hinein als die, welche sie bis jetzt gekannt hatte. So versuchte sie blindlings von sich abzuschütteln, wer sie gewesen war.

Die große, graue und redselige Frau in der hellblauen Kittelschürze zeigte ihr den Weg die breite Treppe hinauf. Die Wand unten am Treppenaufgang hatte einen riesigen Spiegel in einem schwarz lackierten Rahmen. Wer die Treppe hinuntergeht, kommt zu sich selbst, dachte Tora verwundert. Musste sich ganz schnell umdrehen. Ihr eigenes Gesicht sehen. Blass, aber mit roten Flecken hoch oben auf jeder Wange. Sie sah, dass der Rock unter dem Mantel hervorschaute, und sie fragte sich, ob er das wohl auf der ganzen Reise getan hatte. Der obere Flur hatte mehrere Türen. Einen Schrank. Und eine Kommode mit einem Ausguss daneben. Das erinnerte sie ans Tausendheim. Die Flure aller großen Häuser ähnelten einander – und die hohen Fenster mit den soliden Fensterkreuzen, um Licht oder Dunkelheit auszusperren. Und die Freude draußen zu lassen und die Verzweiflung drinnen.

Als Frau Karlsen die Tür zu dem Zimmer öffnete, flutete die niedrige Herbstsonne ihr durch zwei große Fenster entgegen. Die Wände hatten eine schwere, ziegelrote Seidentapete, die sie an die Zimmer im Pfarrhaus erinnerte. Unter dem einen Fenster stand ein Tisch. Er sah verlassen und nackt unter der kühlen Fensterfläche aus. An der einen Wand stand ein schmales Bett. Merkwürdig schlecht platziert und ohne Bettzeug, nur mit einer fleckigen, grünlichen Matratze. Zwei alte Lehnstühle kämpften um den Platz mit einem schweren, runden Tisch mit Veloursdecke, die früher sicher bessere Tage gesehen hatte. Nun trug die Decke deutliche Spuren von Zigarettenglut und Budenmahlzeiten. Die Topfbank an der gegenüberliegenden Seite des Zimmers hatte eine neue Wachstuchdecke. Eine grelle, großgeblümte Fläche.

Frau Karlsen sprach lange über die neue Wachstuchdecke. Sie hatte fast fünfzehn Kronen gekostet und musste die alte ersetzen – die der vorige Mieter zerschnitten hatte, weil er nie ein Brettchen benutzte. Deshalb wollte sie es jetzt einmal mit einem jungen Mädchen als Untermieterin versuchen. Weil Mädchen nicht alles kaputtmachten und ihre Zerstörungswut austobten und weil sie es verstanden, das Zimmer sauberzuhalten. Das hatte sie von anderen gehört, die auch Zimmer vermieteten. Das Einzige war die Sache mit dem Besuch spätabends auf dem Zimmer. Tora wurde über die Mieterin im Nachbarhaus informiert. Sie habe ihren Freund Tag und Nacht bei sich. Es sei nicht besonders schön, an solche zu vermieten, das müsse Tora wohl einsehen.

Ja, Tora verstand. Ging zögernd hinter der Wirtin in das Zimmer hinein und legte die Hand auf die kalte Kochplatte. Sie warf einen zögernden Blick auf das Bild über dem Bett. Es stellte ein Segelschiff im Sturm dar. Aber es war nicht alles ganz richtig dargestellt. Frau Karlsen zeigte ihr den Kleiderschrank, in dem sich auch ein Gestell für das Geschirr befand. Sie ermahnte sie, wegen der Brandgefahr aufzupassen und nichts Nasses herumliegen zu lassen, weil es sonst modrig riechen könnte. Und Tora nickte und war mit jeder kleinen Ermahnung einverstanden.

Als sie unten in Frau Karlsens Wohnzimmer saßen und

frische Rosinenbrötchen mit Erdbeermarmelade aßen und guten, starken Kaffee tranken, bekam Tora die Schlüssel. Zwei altmodische Schlüssel. Schwer wie Blei. Mit einer Schnur zusammengebunden. Unmöglich, sie aus den Augen zu verlieren. Ein Schlüssel für die Haustür, der andere für das Zimmer. »Ich möchte, dass du abschließt, das ist am sichersten. Aber denk an die Brandgefahr. Es ist schon vorgekommen, dass Leute hinter verschlossenen Türen verbrannt sind! Ich habe auch an einen jungen Mann vermietet. Aber er fährt auf einem Frachtschiff und ist fast nie hier. Das heißt jedoch nicht, dass du mit offener Tür schlafen sollst. Besonders nicht, wenn ich manchmal bis spät in die Nacht im Altersheim bin. Wenn mein Mann einen Anfall hat. Herrgott ja, das ist nun wohl alles. Du hast doch nicht etwa Angst, allein im Haus zu sein?«

Nein, Tora hatte keine Angst. Sie drückte die großen Schlüssel gegen die Handfläche, bis es schmerzte. Der Schmerz von dem Metall war eigentlich ganz gut. Tora hatte Lust, hinaus auf die Straße zu laufen und zu singen. Laufen! Fliegen!

Als sie ihr Bett hergerichtet hatte und zum Schluss noch mit der Hand über Randis Strickdecke fuhr, fühlte sie ganz deutlich, was für ein großartiges Zimmer das war. Sie zog die gelblichen Rollos herunter, und ihr ganzes Dasein und sie selbst gehörten ihr. Es machte ihr Spaß, jedes Mal die Tür zuzuschließen, wenn sie auf dem Flur gewesen war, und sie lachte leise, ohne es zu wissen.

Sie saß mit untergeschlagenen Beinen auf dem Bett und dachte sich durch den Abend. Sie hörte Frau Karlsen die Haustür abschließen und ins Bett gehen. Und der Lärm von der Straße wurde immer weniger. Die Menschen hatten aufgehört zu existieren. Sie waren Schatten aus einer anderen Welt.

Sie stellte die wenigen Bücher, die sie mitgenommen hatte, in das Regal, und zog sich langsam aus. Draußen in dem dunklen Flur, der nur von einem verstaubten Wandleuchter hoch oben an der Wand erhellt wurde, fand sie die Tür zu dem kleinen Klo. Ein Wasserklosett! Nur für sie allein. Ein langer Flur – nur für sie allein. Allein.

Und sie saß im Ruderboot in der Bucht, weit draußen, fuhr auf die große Welle zu. Es glitzerte in dem grünen Wasser. Glitzerte und lockte. Sie vergaß, dass der Tod im Wasser lauerte. Sie glitt hinunter.

Es war so herrlich weich. Sie bewegte sich, schwamm. Sie ließ sich an die Wasseroberfläche tragen und wurde eins mit dem Sonnenglanz über dem Wasser. Das Boot schaukelte dort drinnen im Brand.

Aber Onkel Simon war nicht da. Sie hatte trotzdem keine Angst. Denn es war niemand da.

Nur eine nebelhafte Wahrnehmung von Geräuschen, die nichts mit der Kammer zu Hause zu tun hatten. Neue Gerüche, die sie an nichts erinnerten.

Und es dröhnte und gluckste von der großen Welle her. Ein warmes Licht brach durch die Augenlider. Zeitweise war sie bei der großen Welle – ließ sich in den ruhigen, großen Bewegungen treiben. Zeitweise schwamm sie im Licht und sah hinunter auf das Haus der Großmutter in Berlin.

Einmal war sie hellwach und wusste es ganz genau: dass sie endlich frei war.

Das Nachthemd hatte sich unter dem Rücken zusammengeknüllt. Es wollte sie wohl daran erinnern, wie gut alle Dinge in dieser Nacht waren – indem es ein kleines, undefinierbares Unbehagen schickte.

Am ersten Schultag zog Tora den schwarzbraun melierten Tweedrock an, den sie von Tante Rakel bekommen hatte. Die Haare hatte sie nass gemacht, damit die Zöpfe ordentlich lagen, und die Schuhe waren geputzt. Sie trug das Mäppchen, den Stundenplan und die Bücherliste in einem schwarzen Nylonnetz. Da es ein wenig regnete, hätte sie eigentlich den Regenmantel anziehen müssen. Aber sie nahm den grünen Mantel, den sie zur Konfirmation bekommen hatte. Bestimmte solche Dinge selbst. Die Mutter war nicht da. Tora war am Morgen aufgestanden und hatte sich gewaschen und angezogen, gefrühstückt, aufgeräumt – ohne dass die Mutter ihr sagte, was sie machen sollte. Keine leisen Ermahnungen, keine müden Blicke, keine Anordnungen mit mutloser Stimme. Tora spürte die schöne Einsamkeit wie einen warmen Wind im Gesicht. Sie hatte den Weg durch das Labyrinth gefunden. Hatte keine Angst mehr vor der Nacht. War zu ihrem eigenen Denken erwacht. Sie hatte sich auf der Kochplatte warmes Wasser gemacht und es über den Körper rieseln lassen, während sie sich über die rote Plastikschüssel beugte.

Die Bücher. Die Strickdecke. Hinter Rollos. Alles gehörte ihr. Nichts, wovor sie sich fürchten musste. Und wenn sie morgens die Rollos hochzog, sah sie die Häuser auf der gegenüberliegenden Straßenseite wie eine schützende Wand. Sie vermisste das Meer oder den Himmel nicht. Wusste ja, dass sie da waren. Auf dem Schulweg würden sie zum Vorschein kommen. Würden immer irgendwo da sein. Hier brauchte sie nichts anderes als den großen, altmodischen Schlüssel. Die große, alte Küchentür. Die warme Teetasse. Sie lehnte sich an sich selbst. Das gab Freiheit.

In Breiland hausten die Krähen. Nicht die Möwen. Hier herrschte ein anderes Gesetz, wurde mit einem anderen Maß gemessen.

Tora erfasste das erst allmählich. Sie ging zögernd und unsicher durch das Schultor. Ein verwahrloster Schulhof mit den Mülltonnen direkt im Blickfeld. Rissige, graue Hauswände. Zwei Reihen Fenster. Übereinander. Drei Vogelbeerbäume, mühsam neben dem groben Maschendrahtzaun gepflanzt. Sie trugen keine Beeren. Leuchteten gelb und golden in der scharfen Herbstsonne. Nackt und brutal grinste das Haus der Weisheit sie an.

Aber das sah sie gar nicht. Sie blieb einen Augenblick im Tor stehen und holte tief Luft, bevor sie durch die Gruppen der Jugendlichen ging. Sie kannte keinen Menschen hier. Aber das war ja wohl ganz natürlich.

Sie war vorbereitet. Vorbereitet auf – alles. Aber nicht auf die Augen. Die stummen Blicke, die ihr zur Treppe folgten. Augen ohne Beschimpfungen oder Wissen. Nur mit einer schlecht verhohlenen Neugierde. Ein prüfendes, abschätzendes Interesse, das jeden Weg nehmen konnte.

Tora duckte sich, ohne dass sie es merkte. Sie wartete auf die Worte, die ihr den Platz zuwiesen, den sie verdiente. Mädchen aus dem Tausendheim, Deutschenkind. Aber die Wörter kamen nie. Sie war im Land der Krähen. Hier hatten sie andere Maßstäbe.

Im Klassenzimmer wartete sie, bis alle einen Platz gefunden hatten, bevor sie sich setzte. Sie merkte, dass die Blicke nicht nur ihr galten – wie sie zuerst geglaubt hatte. Sie galten auch anderen. Alle, die neu und nicht in Breiland zu Hause waren, wurden genau unter die Lupe genommen. Es betraf das große Mädchen mit dem dünnen, kurzgeschnittenen Haar, das am Fenster saß. Sie hieß Gunnlaug. Sagte ihren Namen mit leiser, unsicherer Stimme, die Augen auf den Pultdeckel gerichtet. Es betraf den kleinen dunklen Jungen ganz hinten am Schrank, der sich feierlich umsah, allen zunickte und mit hoher, bedeutungsvoller Stimme verkündete, dass er Erik heiße. Es betraf ein hübsches, frühreifes Mädchen mit leuchtend blauen Augen und braunen Locken, das Anne hieß und es wagte, den Blicken zu begegnen, die auf sie gerichtet waren. Sie trug einen schwarzweiß karierten, weit abstehenden Rock und ein weißes Twinset. Der Busen zeichnete sich frech unter dem Pullover ab und wogte ein wenig, wenn sie sich auf ihrer

Bank bewegte. Die Augen der Jungen hingen vom ersten Augenblick an an ihr.

Die, die sich von früher kannten, fanden in der ersten Pause zusammen. Aber ihre Augen richteten sich auf die Neuen. Verstohlene, schräge und abwägende Blicke.

Sie gingen in die erste Realschulklasse. Waren wichtig. Gespannt und unsicher verbargen sie sich hinter einem glatten, ausdruckslosen Gesicht. Aber durch plötzliche, linkische Bewegungen verrieten sie sich und wurden damit auf ihren Platz in der Schulhierarchie verwiesen. Suchend stiegen die Stimmen vom Schulhof auf und hingen als ein sinnloser, misstönender Sprechchor in der klaren Luft. Das Geräusch breitete sich aus, erreichte nach und nach alle. Die Gesichter näherten sich einander in einer verlegenen, aber anziehenden Bewegung.

Als ob irgendwo ein Magnet verborgen wäre. Bevor Tora es sich versah, hörte sie ihre eigene Stimme zwischen denen der anderen. Jemand hatte sie etwas gefragt.

Die Freude drohte die Wörter, die sie sagen musste, zu töten. Die Freude war so groß, dass sie stammelte, rot wurde, dumm und unbeholfen antwortete. Aber es machte nichts. Sie sog die Gesichter, ihren Ausdruck, ihre Bewegungen ein. Ein großes und vollständig unbekanntes Gefühl von totaler Freiheit ergriff sie wie eine allmächtige Hand, die ihr wohlgesonnen war. Stärker jetzt im Tageslicht, zusammen mit all den Menschen, als in der Nacht. Weil es nicht nur ein Traum war.

Die Älteren kamen mit lustigen Geschichten über die Lehrer. Erzählten, welche Lehrer brauchbar waren – mit welchen man Spaß haben konnte –, mit welchen nicht zu spaßen war. Sie erzählten von anderen, die in die zweite und dritte Klasse gingen. Sie bekamen eine frische Gesichtsfarbe und klare, zutrauliche Stimmen. Und vergaßen, sich voreinander zu verstecken. Tora trank das alles zusammen wie nach einer durstigen langen Wanderung. Sie wandte das

Gesicht jeweils zur Stimme hin. Sie merkte sich, was die anderen sagten, wie sie aussahen, wie sie hießen. Und der Tag war für sie ein leuchtendes Buch mit schönen Bildern.

Nach der Schule liefen sie gruppenweise zur Buchhandlung hinunter. Einige versuchten, an gebrauchte Bücher zu kommen, und feilschten um den Preis. Andere seufzten und griffen tief in ihr monatliches Budget. Tora musste neue Bücher kaufen. Sie kannte ja niemanden. Aber sie wollte heute nur die allernotwendigsten anschaffen. Die sie am nächsten Tag brauchte. Sie ahnte nicht, dass sie noch oft in die Buchhandlung gehen würde – denn sie genoss es. Glaubte, dass sie Geld sparen würde, wenn sie mit dem Kauf der restlichen Bücher noch ein paar Tage wartete. Liebevoll fuhr sie mit der Hand über die neuen Bücher, bevor sie sie auf den Ladentisch legte. Es roch hier nicht so wie zu Hause in der Bibliothek. Trotzdem roch es nach Büchern. Nach Leim und Papier und Stärke.

Tora wusste nicht, dass sie lächelte. Das Mädchen von der Insel hatte das Erscheinungsbild verlassen, das alle erwarteten, wenn sie sie in Været sahen: die graue, traurige Gestalt des Deutschenkindes aus dem Tausendheim. Sie hatte sich einen ganzen Tag selbst vergessen und hatte sich geöffnet, wie eine späte, aber glühende Ringelblume im Herbst. Das rote Haar war in Unordnung geraten, die Zöpfe waren im Begriff sich aufzulösen. Die ernsten, graugrünen Augen hatten ein schimmerndes Häutchen von unbeschützter Freude. Der Mund stand halboffen und rot mitten in der Welt. Sie saugte alles an. Atmete vorsichtig und tief – als ob der Tag nur geliehen sei. Als ob die ganze Herrlichkeit ihr genommen würde, wenn sie nicht auf jede Sekunde aufpasste.

Sie lieferte ihr Geld am Ladentisch ab, stand mit leeren Händen da und fühlte sich reich.

Es war voll in der Buchhandlung. Einige gingen in die zweite und dritte Klasse. Die aus der zweiten Klasse waren normal. Fielen nicht besonders auf. Aber die aus der dritten Klasse drückten sich bedeutend und weltgewandt aus und sprachen meist nur untereinander. Mit Ausnahme von ein paar Jungen, die Anne unter den Neuen entdeckt hatten und sich von jeder Seite an sie heranmachten.

Anne hatte sich Tora auserwählt. Vielleicht, weil sie sah, dass das Mädchen von der Insel in den hausgemachten Kleidern und mit den unsicheren Augen einen passenden Hintergrund für sie bildete. Oder weil sie sah, dass sie zu einer loyalen Freundin taugen konnte. Und Tora verstand ihre neue Rolle nicht. Wusste nicht, was von ihr erwartet wurde. Sie genoss das Ganze einfach. Sie kannte so wenig dauerhafte Freuden und noch weniger die Sicherheit in einer Gruppe, dass sie es sich zur Gewohnheit gemacht hatte, das zu nehmen, was sie bekam, und für eine kurze Zeit froh zu sein.

Jon. Tora hatte ihn bereits auf dem Schulhof bemerkt. Er flirtete mit Anne. Er wollte ihr seine alten Bücher aus der ersten Klasse verkaufen. Er trug einen kurzen blauen Popelinemantel, hatte unruhige Hände und lud Anne ins Kino ein. Anne maß ihn mit einem raschen und freundlichen Blick und erklärte, dass sie die neuen Bücher schon gekauft habe und dass sie sowieso ins Kino gehen werde – zusammen mit Tora. Aber sie war keineswegs abweisend.

Jon biss an. Ein schnelles, eifriges Gespräch. Ein heftiges Überreden. Und dann war alles klar. Sie würden zusammen gehen. Alle drei. Tora stand im Hintergrund und wagte nicht zu sagen, dass sie seine alten Bücher gern gekauft hätte. Starrte nur auf den erwachsenen Jungen im Popelinemantel. Sah, dass die Nackenhaut unter dem dunklen Haar ganz weiß war. Sah, dass er einen großen Mund hatte und immer mit der Zungenspitze die Lippen anfeuchtete, bevor er etwas sagte. Auf dem einen Nasenflügel hatte er einen Pickel, den er wahrscheinlich auszudrücken versucht hatte.

Der Pickel leuchtete rötlich. Jon strich sich dauernd über seine dichte Mähne. Ein wärmender Gedanke umschloss Tora. Plötzlich. Gab ihr einen Mut, den sie sich nicht erklären konnte, als sie sagte: »Ich möchte deine Bücher gern kaufen. Die neuen sind so teuer.« Und er wandte sich um und entdeckte sie. Steckte beide Hände in die Manteltaschen und sah sie an. Dann lächelte er. Tora konnte sich nicht erinnern, dass jemand sie je so angelächelt hatte. Und sie wusste nicht, was dann noch geschah. Eine Haut aus zarter Luft hüllte ihn ein. Sie deckte den Pickel auf der Nase und den allzu großen Mund vollständig zu. Sie holte unbekannte Harmonien hervor.

So wurde der junge Mann in Toras hungriges Lebensbild hineingehoben.

Viel später, als sie am Nachmittag in ihr Zimmer gekommen war, hörte sie noch die Stimmen vom Schulhof und spürte den Geruch des Klassenzimmers und der Korridore. Alles lebte in ihr weiter als Geruch – und Klang. Stieg und sank. Hob sie empor aus dem alten Zusammenhang, heraus aus dem tristen Bild, das sie von sich selbst hatte. So dass sie schwerelos im Raum schwebte. Sie setzte sich an den Tisch und holte die neuen Bücher aus dem Nylonnetz. Knipste die Lampe über dem Tisch an. Nahm die Schere und die Rolle mit dem Einbandpapier, das sie für die Bücher gekauft hatte. Es war eine einfache, große Freude, zu schneiden und jedes einzelne Buch einzubinden und die Bücher dann in das Bücherregal zu stellen – die Freude hielt sie meilenweit von Hunger und Durst entfernt. Und verborgen unter allem lag eine phantastische Erwartung: Der Abend. Das Kino. Der Junge mit dem Popelinemantel.

29

Er hatte eine ungewöhnlich kräftige Hinterpartie. Die Gesäßtaschen beulten sich sozusagen seitlich über die Hüften, auch wenn man ihn von vorne sah. Hatte er sich zur Tafel umgedreht, konnte man die Augen nicht von ihm wenden. In seinen Taschen steckten Bleistifte, Kugelschreiber und eine reiche Sammlung gebrauchter Papiertaschentücher. Jedes Mal, wenn er besonderes Gewicht auf ein Wort legte, spannte er die Muskeln in seinen Hinterbacken, so dass der ganze Unterleib auf und nieder hüpfte.

Die Bleistifte vibrierten verwirrt, halb aus den verzerrten Taschen herausschauend, und bildeten eine Art stumme, rastlose Gemeinde. Buchstäblich weggestoßen von einem, dem ihre Existenz egal war und der sich nie erinnerte, in welcher Tasche er sie hatte. Aber sie blieben bei ihm. Krallten sich im Taschenfutter fest und bewegten sich treu im Takt mit dem gewaltigen Hintern ihres Herrn. Waren bei allen seinen Unternehmungen dabei und schüttelten sich höflich, wenn er den Körper in Bewegung setzte.

Er unterrichtete Deutsch und hatte ein zischendes Lachen, das er gleichsam mit einer Entschuldigung aus seinen innersten Organen hervorpresste. Es klang, wie wenn jemand Fischfrikadellen in allzu viel heißem Fett wendet.

Tora erfasste schnell, dass Villy Vilhelmsen jr. einer von den Lehrern war, mit denen man machen konnte, was man wollte. Er hatte immer einen roten Kopf, der aussah, als ob er gleich platzen würde. Tora hatte seinetwegen ein ekelhaftes, beschämendes Gefühl. Aber sie konnte ja nichts dagegen tun, dass die Schüler ihn zum Narren hielten und sich über ihn lustig machten. Sie beschäftigte sich immer mit etwas anderem, wenn die Klasse hinter Villy Vilhelmsens rückwärtiger Partie Unfug trieb. Und vermied es, den hilflosen Augen zu begegnen, wenn er sich umdrehte und das Ganze entdeckte.

Es konnte sein, dass sie in der hintersten Bank saß und unterwegs nach Berlin war. Aber es war ein unnötiger Traum geworden. Sie konnte ihn weglegen und wieder hervorholen, ganz nach Wunsch. Deshalb war er nicht mehr so wichtig. Immer seltener bedurfte sie seiner. Es gab so viel anderes. Sie fühlte jeden Morgen eine große Neugierde neben sich in dem schmalen Bett erwachen. Ein gutes Gefühl, dass der Tag ihr gehörte und dass sie nicht wieder nackt dastehen müsste.

Sie hatte sich die wichtigsten Bücher, die sie bis Weihnachten brauchen würde, inzwischen gekauft. Jon hatte ihr seine alten Bücher billig überlassen. Sie hatte die kleine Anrichte in ihrem Zimmer mit Kaffee und Tee und Margarine und Ziegenkäse ausgestattet. Ab und zu leistete sie sich auch eine Flasche Milch. Die stellte sie zwischen die Doppelfenster. Sie zog die Schuhe ganz unten im Flur aus und benutzte Brettchen auf der Wachstuchdecke – um Frau Karlsen nicht zu irritieren. Frau Karlsen schien es zu riechen, wenn sie das Brot auf der bloßen Wachstuchdecke schnitt. Frau Karlsen arbeitete in der Sparkasse von Breiland und machte jeden Morgen noch einen Spaziergang, bevor sie zur Arbeit ging. Punkt acht verließ sie das Haus und besuchte ihren alten, kranken Mann im Altersheim. Er war siebzehn Jahre älter als sie und schwächlich und verrückt, vertraute sie Tora an. Tora erfuhr allerlei über die meisten Nachbarn in der Gegend. Frau Karlsen erzählte und kommentierte die traurigen Schicksale und Ereignisse, als ob das pure Alltagskost wäre. Sie erzählte bis ins Detail, wie der Nachbarssohn sich auf dem Motorrad zu Tode gefahren hatte, und fragte im gleichen Atemzug, ob Tora noch ein Stück Kuchen haben wolle.

Und Tora lauschte hingerissen diesem Menschenkind, das ein so großes Wissen und einen so enormen Hunger nach menschlichen Tragödien besaß, dass sie ein Teil der Mahlzeiten, ein Teil des Lebensmusters wurden.

Frau Karlsen machte sich viele Gedanken darum, dass Tora auch genug aß, dass sie in der Dachstube nicht fror, dass ihre Bettwäsche gewaschen wurde. Es war rührend. Eine Art gleichgültiger Fürsorge, die nicht so aussah, als ob sie Frau Karlsen die geringste Mühe machte. Es war eine Selbstverständlichkeit, eine Lebensweise – genauso wie die Tatsache, dass sie jeden Tag ihren alten Mann besuchte, ob er sie erkannte oder nicht. Das erzählte sie so im Vorbeigehen, als ein erklärendes Detail, um einen Grund für ihre Betriebsamkeit zu haben, während der wahre Grund eigentlich der Schlaganfall der Nachbarin und der fatale Zufall waren, dass sie, Frau Karlsen, nicht dabei gewesen war, als der Arzt kam, und sie somit nicht genau Bescheid wusste, um Tora besser informieren zu können. Tora entschloss sich, diese ältliche Zimmerwirtin zu mögen. Es war ein einfacher Entschluss. Sie konnte ihren Nutzen davon haben. Sie durchschaute intuitiv den zerstreuten und aufdringlichen Wortstrom und sah, dass die andere ebenso allein war wie sie selbst. Aber das würde sie nie zugeben. Sie redete ständig von allen Häusern, wo sie eingeladen war, und von allen ihren Freunden. Aber nie kam jemand. Frau Karlsen nannte die Leute immer beim Nachnamen und mit Titel und der Anrede Herr oder Frau. Sie sprach die Namen auf eine Weise aus, die Tora faszinierte. Sie kräuselte den einen Mundwinkel. Ein besonderes Zucken. Dann kam der Name. Und je mehr Gekräusel, desto bedeutender und angesehener die Person, von der sie sprach. Manchmal beugte sie sich ganz dicht zu Tora, so dass diese den schwachen Duft von Haut und Haaren spüren konnte, und flüsterte den Namen mit vornehm verzerrten Mundwinkeln. Tora hatte noch nie einen Menschen getroffen, der auch nur im Entferntesten Frau Karlsen ähnelte. Und sie begriff, dass die Leute in Breiland aus purer Höflichkeit und guter Nachbarschaft gegenseitig ihre Vornamen vergaßen.

Die Vornehmheit in Været und auf der Insel kannte solche Anrede nicht. Sie wurde auf andere Art sichtbar. Wenn jemand Distanz wahren und doch einen Fremden nicht kränken wollte, dann sagte er einfach die Anrede mit dem Nachnamen oder mit dem Titel. So wenn man von Frau Dahl sprach oder von der Frau des Polizisten oder des Pastors. Sie waren Fremde auf der Insel und wurden in Ruhe gelassen – mit ihren stummen Vornamen. Niemand kümmerte sich darum.

In Breiland hatten erwachsene Menschen offensichtlich keine Vornamen. Die Lehrer bildeten da keine Ausnahme. Man konnte mit den Lehrern nicht reden, als ob sie Menschen wären. Nicht hier. Sie waren entweder Wesen, die mit der Aktentasche unter dem Arm zum Pult hin- und von da wieder zurückgingen und vor denen man Respekt und größte Ehrfurcht hatte und die alle Gespräche zum Verstummen brachten, wenn sie sich auf dem Flur nur zeigten, oder sie waren Wesen, denen man keine menschlichen Gefühle zuschrieb und die nur herumkommandierten und plagten, ohne dass jemand eingriff.

Tora war zwei Tage lang stumm, bis sie merkte, dass es ganz falsch war, auf der Realschule von Breiland zu schweigen. Sie wartete darauf, gefragt zu werden, wer sie war, und wollte es hinter sich bringen. Sie zitterte vor den flotten, selbstbewussten Mädchen mit Dauerwelle und hautengen Jeans und stramm sitzenden Pullovern. Sie machte Umwege, um nicht mit den herausfordernden Blicken der Jungen konfrontiert zu werden. Lange Kerle mit Schmalztollen, die hinter dem Schultor selbstgedrehte Zigaretten rauchten. Gleichzeitig genoss sie jede einzelne Minute. Jon war der Erste, der ihr zu verstehen gab, dass die anderen sich wunderten, weil sie so still war.

Es war ihr erster Samstag in Breiland. Sie hatten Deutsch bei Villy Vilhelmsen jr. gehabt, und die Mädchen standen im Flur und krümmten sich noch vor Lachen.

Tora konnte nicht darüber lachen. Sie hatte den Kopf über die englischen Vokabeln gebeugt und tat, als ob sie nichts hörte. Die Quälereien, denen Villy Vilhelmsen durch die Klasse ausgesetzt war, verursachten ihr Übelkeit. Tora verfluchte ihn, weil er ihr den ganzen Tag verdarb.

»Du stehst da und liest und büffelst und bist stumm und unausstehlich wie ein Schlagholz.«

Tora sah in Jons graue Augen und errötete heftig. Sie versuchte verzweifelt, den Hohn zu überhören. War es überhaupt Hohn? Bevor sie es verhindern konnte, hatte er den einen Zopf gelöst, und das rote Haar flutete über die Schulter. Er hielt sie an dem anderen Zopf fest. Dicht am Haaransatz, so dass sie den Kopf nicht bewegen konnte, ohne dass es ziepte. »Sieh mal an«, sagte er herausfordernd.

Es wurde still hinten bei den Mädchen. Eine abwartende Stille. Tora glaubte, sie würden nun auf sie losgehen. Das gleiche beklommene Gefühl, das sie gehabt hatte, wenn die Bande von Været herunter zum Strand gestürmt war, um die Tausendheimkinder zu verprügeln, überkam sie jetzt. Das gleiche panikartige Gefühl, von Körpern und feindlichen Augen gequält zu werden. Der gleiche Drang, einfach wegzurennen. Nichts wie weg.

»Du hast viel zu schönes Haar«, sagte er. »Du solltest es nicht so einzwängen!«

Und er löste auch den anderen Zopf und fuhr mit den Fingern durch die ein wenig verfilzten Haare. Er angelte einen roten Kamm aus seiner Gesäßtasche und fing an, Tora zu kämmen. Tora stand ganz ruhig und steif da und ließ die Arme herunterhängen. Sie spürte seine Hand an ihrem Nacken und erstarrte. Einmal streifte er ihre Wange. Der Schweiß brach ihr aus allen Poren. Sie konnte nicht entwischen. Sie hatte das Gefühl, dass der Schweißgeruch noch ganz hinten im Flur wahrgenommen werden müsste. Die Oberlippe war nass. Sie verabscheute sich selbst.

»Haste Angst vor mir?« Eine ungläubige, halb scherzhafte

Bemerkung. Eine Art Entschuldigung. Eine leise, vertrauliche Annäherung.

»Nein«, brachte sie heraus. Wie ein Schluchzer. Eine verzweifelte Warnung.

»Du sagst nichts. Warum kommste abends nicht raus? Biste eingebildet?« Er versuchte ein Lachen und kämmte immer noch ihre Haare.

»Ich wusste nicht … Ich kenn euch doch nicht … Es ist … einfach so, dass …« Sie stockte. So viel verstand sie.

Sie wollten, dass sie zu ihnen gehörte. Jon wollte das. Stand mit seiner Stärke auf ihrer Seite. Der dunkle triste Korridor wurde zu einer warmen Wolldecke, in die man sich einwickeln konnte.

Und Tora ging an diesem Samstag mit unsicheren Schritten hinunter zu dem Café, wo die Jugendlichen sich trafen. Sie war auf dem Weg in eine neue Welt. Die sie herausforderte. Die Waffen, an die sie sich zu Hause auf der Insel gewöhnt hatte, waren hier ganz ungebräuchlich. Hier gebrauchte man andere Waffen, als jemanden Deutschenkind zu schelten.

Hier sollte man nicht mit Zöpfen in die Realschule gehen. Hier sollte man nicht in halblangen, unmodernen Röcken bis zu den Waden herumlaufen – wenn andere enge Jeans mit karierten Aufschlägen trugen und den Namen des Freundes mit rotem Kuli auf den Oberschenkel geschrieben hatten.

Hier musste man selbst herausfinden, was einem fehlte. Niemand sagte etwas. Sie schauten nur. Schauten! Mit abwägenden Blicken und schlecht verborgenem Grinsen. Aber nie ganz offen. Das machte man nicht, wenn man so gut wie erwachsen war. Man fror die Leute einfach aus der Gemeinschaft hinaus. Dann konnten sie in ihrem grauen Alltag mit sich selber reden.

Toras Rettung war die Verliebtheit eines jungen Bengels in ihr üppiges rotes Haar. Es war das uralte Spiel. Das sie noch nicht im Geringsten verstehen oder abwehren konnte. Das wollte sie auch nicht. Gleichzeitig wehrte sie sich, wenn er ihr zu nahe kam. Er wollte sie in den Arm nehmen, sie ein bisschen drücken. Sie schien dann in ihren Kleidern zu einem lebenden Zementblock zu erstarren.

Sie fühlte. Und war dennoch tot. Außerstande, sich zu rühren. Aber etwas änderte sich in diesen ersten Wochen. Tora sah ihr eigenes Bild deutlich vor sich. Und sie begriff, dass es anders werden musste. Um Geld zu sparen, verzichtete sie nach der Schule auf Blutwurst und Kartoffelsuppe im Café. Sie ging in ein Konfektionsgeschäft und schaffte sich das wichtigste Merkmal für die Anerkennung an: Jeans.

Die vielen Haare bändigte sie hoch oben am Kopf in einem schweren und mächtigen Pferdeschwanz. Dann stand sie lange auf der Treppe und betrachtete sich im Spiegel, nachdem Frau Karlsen ins Altersheim gegangen war.

Sie schuldete für die Hose noch zwanzig Kronen. Aber die Verkäuferin hinter dem Ladentisch hatte gelächelt und gesagt, dass es schon in Ordnung gehe. Der steife Stoff roch süß und neu. Sie schaute und schaute. Holte den kleinen Spiegel aus ihrem Zimmer, damit sie sich auch von hinten sehen konnte. Stand auf der Treppe und fühlte sich wie neugeboren. Ein herrliches Gefühl, sich mit anderen messen zu können. Endlich so zu sein wie die anderen.

Sie lief mehrmals die Treppe hinauf und hinunter, und ein ungewohnter Triumph durchrieselte sie.

Mutters Brief am nächsten Tag brachte ihr das Geschehen in der Koppel in das Zimmer. Zerstörte die ganze Freude an der neuen Hose, die sie erst einen Tag und ein paar Stunden besaß – und die sich noch steif und sonderbar auf der Haut anfühlte. In dem Augenblick, als sie den Brief in den

Händen hielt, glitt die graue, mutlose Scham zu den hohen Fenstern herein. Der ganze Raum wurde von Widerwillen erfüllt. Und die Scham war doppelt so groß, weil Tora merkte, wie ungerecht es gegenüber der Mutter war, dass sie so empfand.

Die Freude war also noch nichts Sicheres. Sie musste sie gewissermaßen eingrenzen. Sie war so verletzlich – gerade hier, wo Tora sich sicher fühlte.

Aus Anstand las sie den Brief. Fühlte Mutters Augen auf ihren Händen ruhen, während sie am Tisch stand und las. Dann faltete sie den Brief fein säuberlich zusammen und steckte ihn hinter die Schulbücher im Regal.

Als sie später ein Buch holen musste, das sie für die Aufgaben brauchte, fiel er heraus. Sie legte ihn in den kalten Ofen. Dann fuhr es ihr durch den Kopf, dass sie ihn wohl sehen würde, wenn sie eines Tages den Ofen heizen müsste. Sie fand nicht sogleich Streichhölzer, aber legte stattdessen Papier über den Brief. Für den Rest des Tages sah sie nicht zum Ofen hinüber. Sein Name hatte in dem Brief gestanden.

Sie antwortete am selben Abend – um das lähmende Gefühl aus dem Zimmer zu vertreiben. Trotzdem half es nicht ganz. Am nächsten Tag ließ sie unten in der Küche eine Schachtel Streichhölzer mitgehen und zündete das Papier im Ofen an. So wehrte sie sich – diesmal. Es war nötig. Sich immer zu wehren.

Die Nacht.

Tora erwachte in dem Zimmer mit der verschlossenen Tür. Hände von allen Seiten. Sie wollten ihr etwas antun. Jons Hände. Frits' Hände. Onkel Simons Hände. ER! Eine Hand. Mit schwarzen, dichten Haaren auf dem Handrücken. Flossen ineinander. Haut und Hände und Arme. Dunkel. Sie starrte aus den großen Fenstern zur Straße hin. Sie konnte die Hände nicht unterscheiden. Vermochte nicht zu begreifen, welche Hände ihr Böses und welche ihr Gutes tun wollten. Sie blickte mit reglosen Augen auf die sparsame Nachtbeleuchtung vor den Fenstern. Es musste einen Ausweg geben. Sie musste den Unterschied sehen. Aber es war alles zusammengewebt. Ineinander verfilzt. Als es völlig unmöglich war, kam der Gedanke. Der gute Gedanke: Simons hämmerndes Herz dicht, dicht an dem ihren – in ihr. Das Boot und der Brand. Sie hielt den Gedanken ganz fest.

Langsam lockerte der Albtraum den Griff. Das Tageslicht kündigte sich an. Es zerschnitt die Nacht in scharfe blaugraue Schatten. Ein Skalpell, es brachte die kranke Haut dazu, frisch zu bluten.

30

Alles war besser geworden, stellte sie fest. Alles. Aber die Mutter schrieb und fragte, wann sie zum Wochenendbesuch nach Hause kommen werde. Tora antwortete mit einer Lüge über den Busfahrplan. Dass zu Hause so wenig Zeit bleibe. Es sei teuer. Und sie schob den Gedanken an die Weihnachtsferien von sich weg. Wenn der Widerwille vor der Heimreise kam, suchte sie nach Bildern von Bekkejordet: Onkel Simons Gesicht über ihr, als sie mit ihren Büchern am Tisch gesessen hatte. Als er damals auf dem Fest mit ihr getanzt hatte. Eine so große Sicherheit, dass sie wehtat. Und trotzdem: eine schwelende Scham, eine Lust, zu der sie sich nicht bekannte.

Jon und sie würden sich vor dem Schulfest an der Wegkreuzung treffen. Sie wollte nicht, dass Frau Karlsen ihn sah. Tora nahm niemanden mit hinauf in ihr Zimmer. Der Raum war begrenzt. War verschlossen. Es musste so sein. Das Zimmer war zu einer Übereinkunft zwischen Frau Karlsen und ihr geworden. Zwischen der neuen Wachstuchdecke und ihr. Tora trat leise auf, wenn Frau Karlsen zu Hause war. Als ob sie Frau Karlsen um jeden Preis zufriedenstellen müsste, indem sie, Tora, ein Teil des Zimmers war, wenn sie sich darin aufhielt. Ein Teil von Frau Karlsens Dachgeschoss. Und dort durfte sonst niemand zu Hause sein.

Jon verstand es. Und verstand es auch wieder nicht. Er wohnte daheim. Es kam vor, dass er Tora mitnehmen wollte. Aber sie weigerte sich. Es wäre ein Verrat … an etwas, was sie sich nicht erklären konnte, wenn sie dorthin ginge. Sie hatte nicht etwa Angst vor Jons Eltern oder vor seinen jüngeren Geschwistern. Vielmehr weigerte sie sich, weil sie sich in gewisser Weise mehr selbst gehörte, solange sie nichts von Jons Familie wusste, nicht, wie er wohnte, wie er sich zu Hause gab. Manchmal sah sie Frits' stumme Gestalt vor sich, wenn Jon sie zu überreden versuchte.

Jon erzählte von allen Platten, die er besaß. Und sie hörte die Schlagermelodien von Randis Grammofon wie eine Ermahnung. Der Kopf war ganz voll davon. Sie konnte nicht hinauf zu dem Haus mit dem großen Garten gehen. Dem Haus, das ebenso viele Fenster hatte wie das Pfarrhaus auf der Insel.

Jon hatte Tora den Arm um die Schulter gelegt. Er hatte eine ramponierte Zigarette in der Hand, dicht an ihrer Wange. Er hatte es nicht fertiggebracht, sie anzuzünden. Er rauchte nicht. Eigentlich. Aber er hatte die Zigarette den ganzen Weg zwischen Zeige- und Mittelfinger gehalten. In gleichmäßigen Abständen drückte er Tora an sich, so dass sie seine harte Hüfte an ihrer spürte.

Die Jugendlichen waren unterwegs zu den Baracken oben am Waldrand.

Die sogenannten privilegierten Jugendlichen, die in Breilands Realschule gingen, sammelten sich in Gruppen und schlenderten auf den gefrorenen Wegen hinauf. In ihrem eigenen Zigarettenrauch und mit Taschen und Netzen, die zwischen ihnen baumelten. Einige in neutralen Gruppen, andere paarweise. Die Dunkelheit war schön und erregend. Es gab überall Hände und Hüften. Sie hatten ihre ganze Welt bei sich. Schallplatten. Zigaretten und Tabak. Rock'n'Roll-Schuhe. Gut verstecktes Bier. Und einander.

Die Erwartung war hochgeschraubt. Meist saß sie im Magen. Man konnte die Gesichtszüge nicht erkennen, aber sie spiegelten sich trotzdem in den Stimmen und in dem Gelächter wider. In den Körperbewegungen. Unruhige, geschmeidige Schatten unter der sparsamen Straßenbeleuchtung längs des Weges.

Sie ließen sich fröhlich in das schiefe niedrige Lokal da oben verbannen. Hinterbliebene des Krieges. Die Baracken. Mit ihren dünnen Wänden und Türen, die sich so aufführten, als ob sie keine Türrahmen hätten, sondern nur lose in der Luft befestigt wären. Schlug sie jemand heftiger zu als nötig, fiel die Kreide von der Ablage unter der Tafel herunter, und die Fenster klirrten irritiert. Ein Festsaal und eine Ausweichklasse. Aber vor allem: ein Freiraum. Eine herrliche Fläche zum Tanzen, wenn man alle Schulbänke auf den Flur stellte. Die Schüler und Schülerinnen der Realschule durften hier Feste feiern – mit Maßen. Bier und Schnaps waren streng verboten. Und die Erlaubnis für das Fest musste man beim Rektor einholen. Aber damit konnte man leben. Der Rektor war selbst nie anwesend. Und die Flaschen kamen selten ans Licht. Sie lebten ihr eigenes Leben in dem dunklen Gang oder draußen im Birkengestrüpp. Nur ein seltenes Mal war es passiert, dass irgendein Teufel von Lehrer seine Situation nicht richtig eingeschätzt und verdächtige Dinge gemeldet hatte. Aber solcher Diensteifer zahlte sich nicht aus. Die Jungen wuchsen heran – sie fingen auf dem Gymnasium an. Sie bekamen Muskeln. Die Rache konnte jahrelang vorbereitet werden. Alter Groll und alte Schuld an einem Schulverweis oder einer mangelhaften Betragensnote wurden in dem Maße gerächt, wie gut der betreffende Schüler angesehen war, so dass die Gruppe die Mühe auf sich nahm.

Es ging die Geschichte von einem Lehrer um, der nur ein Jahr an der Realschule in Breiland geblieben war. Sie hatten ihn am 17. Mai im Meer gebadet. Das war verdammt früh für ein Bad im Meer. Man erzählte sich auch, dass nie herausgekommen war, wer die Rache ausgeführt hatte.

Jons harter Griff um ihre Schultern drückte Tora gleichsam aus sich selbst heraus. Es war, als ob sie unter dem Griff aufhörte zu existieren. Er machte sie zu einer schlenkernden Puppe in seinen Armen. Trotzdem hielt sie aus. Er war ihre Sicherheit, ihre Pforte in eine Gemeinschaft hinein, die ungewohnt und großzügig war. Jon war Herr über eine Welt, die sie so dringend brauchte. Deshalb legte sie ihm den Arm um die Taille und lachte so etwas wie ein Lachen gegen seinen Popelinemantel.

So einfach war das. So wenig bedurfte es. Sie war dadurch mitten in einer Gemeinschaft.

Wenn er sie küssen wollte, überstand sie auch das. Beim ersten Mal war sie tatsächlich vor ihm weggelaufen. Er hatte es mit Fassung hingenommen. War ihr auf der dunklen Straße nachgelaufen und hatte sie gebeten, stehen zu bleiben.

»Das wollte ich doch nicht!«, hatte er ihr nachgerufen. Und es knackte in den gefrorenen Pfützen. Etwas ergriff sie. Ein zögerndes Zutrauen. So viel, dass sie stehen blieb. »Herrgott, ich werd's nicht mehr probieren, wenn du nicht willst. Du bist so schön.«

Das Letzte hatte er hinzugefügt, als er bei ihr anlangte. Linkisch. Unsicher.

Und zu ihrer Verwunderung verstand Tora, dass der Junge vielleicht Angst vor ihr hatte. Angst vor ihrer Zurückweisung. Ebenso viel Angst hatte, wie sie vor seiner drängenden Nähe. Und niemand durfte darüber sprechen. Nichts durfte gesagt werden. Und dann hatte sie sich trotzdem küssen lassen. Es war sozusagen die einzige Möglichkeit gewesen.

Sein Mund war warm und nass. Erinnerte an den Hund des Arztes auf der Insel. Hatte etwas Draufgängerisches. Ein ungeschicktes Suchen nach etwas, das sie ihm nicht geben konnte.

Tora stand auf der dunklen Straße und ließ sich küssen. Als es vorüber war, seufzte er.

»Du magst es nicht … oder?«, fragte er, nach Worten suchend.

»Do-o-ch.«

Tora musste lügen. Es ging nicht anders.

Er hing an ihr. Wie ein Schatten. Hatte den Stolz vergessen und dass er ein erwachsener Junge in der dritten Realschulklasse war. Sah nur das rothaarige Mädchen von der Insel. Beschützte sie. Das uralte Muster der Menschheit. Zu schützen – beschützt zu werden. Für Tora war es eine ganz neue Art und Weise, einem Menschen zu begegnen. Sie klammerte sich daran. An Jon. Sie hielt seine Nähe aus, um der Gemeinsamkeit mit ihm teilhaftig zu werden. Sie wollte es und wollte es auch nicht. Wenn sie die schlecht verborgene Missgunst in den Augen der anderen Mädchen sah, kam das alte Entsetzen über sie. Weil sie sich in den Vordergrund geschoben hatte. Sie. Das Deutschenkind aus dem Tausendheim. Und dass es sich später noch rächen würde. Aber dann erfasste sie ein harter Triumph, das gute Gefühl, ein Stück Arbeit besser geschafft zu haben als die anderen. In der Schule konnte sie es bewerkstelligen, dass sie im Flur unter der grellen Lampe hinter ihm stand, so dass sie seine weiße Nackenhaut unter dem schwarzen Haar betrachten konnte. Widerstand dem Verlangen, ihn anzufassen. Wollte einfach hinter ihm sein. So dass er ihre Augen nicht sehen konnte. Das Verlangen, die Hand nach ihm auszustrecken, war ein schönes Gefühl. Schön, weil sie wusste, dass sie es nicht tun würde.

Falls sie die Hand nur ein bisschen hob, würden die kalten Leuchtröhren an der Decke verraten, dass es nicht Jons Nacken war. Es wäre sein Nacken. Seine Haut hatte sich über alle Menschen gelegt. Es passierte ihr, dass sie seine Haut auch auf sich selbst wahrnahm. Wenn sie unvorhergesehen sich selbst berührte – dann war er da. Wie ein eingekapselter Brechreiz. Ein totales Nein.

Nachher kam die Einsamkeit herangeglitten. Ein Urteil, über das sie keine Macht hatte, es zu ändern.

Tora machte es sich zur Gewohnheit, das dichte rote Haar nach hinten zu werfen und zu lachen. Niemand reagierte besonders darauf. Hier wusste niemand, dass Tora zu Hause nie laut lachte. Sie rettete die Tage und Nächte mit diesem Neuen, das sie bei sich selbst entdeckt hatte. Dass sie imstande war, sich zu verbergen. Imstande war, Freude zu zeigen.

Ein Festkomitee hatte die Verantwortung für das Aufräumen hinterher und für die Schlüssel, es waren immer einige aus der dritten Klasse. Jon gehörte zu den Auserwählten. Das Festkomitee musste vom Rektor genehmigt werden. Es kam vor, dass er Namen aus der Liste strich. Und er erklärte nie, warum er das tat.

Jon stellte den Plattenspieler auf ein Pult in der Ecke – auf eine Steppdecke, weil das ganze Haus buchstäblich mittanzte, wenn Bewegung in die Bude kam. Die Steppdecke gehörte zum festen Inventar. Ein paar Mädchen fingen an zu tanzen, als Jon eine Elvis-Platte auflegte. Die flachen Schuhe mit glatter Ledersohle, weichem Oberleder und Riemchen an den Seiten wirbelten den Staub von dem gelackten Holzfußboden auf. Schlanke, junge Fesseln und Waden. Wenn die Mädchen sich herumschwangen, standen die Petticoats weit ab und entblößten die nylonbestrumpften Beine bis hinauf zu den Kanten der Schlüpfer.

Die steifen Unterröcke besaßen sie alle. Aber Tora hatte sich noch keinen leisten können. Sie waren so schrecklich teuer. Über dreißig Kronen. Anne hatte ihr einen alten geliehen. Die Spitzenkante war vom eifrigen Gebrauch ein bisschen grau, aber Tora fand den Rock märchenhaft. Anne war großzügig und hilfsbereit. Sie lieh dem Mädchen von der Insel auch einen Stretchgürtel.

Tora war die Treppe zum Dachgeschoss hinauf- und hinuntergegangen und hatte sich in dem großen Spiegel betrachtet. Während die Stunden im Schneckentempo dahinschlichen, sah sie dem Abend mit ängstlicher Erwartung entgegen. Dem Fest.

Die Woche war zu Ende. Endlich. Es lag Freiheit und Ekstase in den Staubwolken, den wirbelnden Röcken, den Füßen, den flatternden Haaren, den Händen, die Hände umfassten. Rock! Rock – Rock!! Hart. Weich. Wie Schläge gegen das Trommelfell. Blinder Rhythmus. Sinnenfreudige Macht und Unterwerfung. Randvoll von schwerer sinnlicher Wahrnehmung. Krepppapier um die Kugellampen. Rotes Krepppapier. Billig. Die Sinne taumelten unter billigem rotem Papier und waren jung. Jung in einer alten deutschen Baracke. Besaßen die Welt. Von jetzt an und in Ewigkeit. Amen. Der Rhythmus war zu hören und zu sehen. Durch den Zigarettenrauch und die Staubwolken.

»Don't be cruel« … Elvis, Elvis, Elvis! Die braun getönte Hautcreme der Mädchen perlte lustig aus den weit offenen Poren.

»Only you!« Eine vibrierende, unmittelbare Stunde mit den Platters. Die Körper so nah, so nah. Hatte es einmal einen Krieg gegeben? Nicht zu fassen. Wo? War Krieg – jetzt? Ach so. War es möglich? Mit so jungen Körpern. So vielen. So nah. So verdammt nahe. Dass man den Ofen nicht mehr zu heizen brauchte. Wer war so alt, dass er den Krieg brauchte, um sich zu rächen, zu wärmen, Ehre zu holen? Hatten sie auf Tab Hunters »Young love« gelauscht, diese kriegerischen Alten, die junge Götter als Kanonenfutter hinausschickten? Hatten sie jemals gespürt, wie warm Haut sein konnte?

Die Deutschen-Baracke trampelte im Takt. Eine riskante Bewegung für ein so altes Bauwerk. Aber welche Freude beherbergte sie nicht unter ihrem Dach? Konnte etwas von Gott oder den Menschen Geschaffenes vollkommen ruhig dastehen und einem solchen Ausbund an sinnlichem Rhythmus zusehen? Jedenfalls nicht die Baracke des Herrenvolks. Die wiegte die Kinder tapferer norwegischer Widerstandsleute in den Armen der Kinder von ganz anderen Leuten. Machte keinen Unterschied. Sie schaukelte mit und sang. Eine Art Segen. Nicht nur für die Auserwählten. Nein, nicht nur für sie. Für sie alle. Gott – was für ein Fest!

Die Welt zieht sich an den Haaren aus dem Sumpf. Wie

lange? Eine Nacht? So lange, wie sie eine Jugend hat, die sich weigert, sich zu erinnern? Die nach Händen und Körpern anderer junger Menschen greift? Die Raum für Rhythmus und Leben hat.

Ja.

Tora sah Jons offenen Mund. Die weißen Zähne schimmerten, während Tora herumwirbelte. Das Licht fiel auf sein Gesicht. Die Pickel auf der Nase waren in dem roten Licht verborgen. Das schwere Profil schwamm ein oder zwei Sekunden lang im Dunkel. Seine halb geschlossenen Augen! Was war mit ihnen? Warum spürte sie es so? Sein Hals. Mit der dunklen Halsgrube über dem offenen Hemd. Seine Hüfte war so fern und so nah. Hart wie ein wilder Druck. Ein Sog. Der ebenso auch von ihr selbst kam. Es war ein Wunsch zwischen ihnen. Schlüpfte zwischen den Staubwirbeln durch und konnte sich nicht verstecken. Wie ein scheuer, neugieriger Vogel. Es lief an den Fenstern herunter. Wasserdampf von lebenden Körpern. Düstere, trübe Glasflächen, die langsam gesättigt wurden. Das Leben war hier drinnen. Jetzt. Die Scheiben klirrten zum Dank. Elvis! Rock! Der Boden bog sich. Ergab sich. Dem Wahnsinn.

Dann kam der Lehrer aus dem Nebenzimmer und erklärte, dass jetzt Schluss sei.

Er trug sein grünes schläfriges Gesicht und seine feuchte, kalte Pfeife auf eine so erbärmliche Weise, dass man ihn hätte bedauern können. Wenn nicht die Ankündigung gewesen wäre. Die Hosen waren an den Knien ausgebeult, das Hemd stand offen. Das Haar wirkte unter dem roten Krepppapierlicht besonders schütter. Keine Hüften. Die Hosenträger saßen schief und waren vorne mit Metallklammern befestigt, deren Mechanismus ausgeleiert war. Er hatte die eine Klammer schräg um den umgeschlagenen Hosenbund geklemmt. Es lastete sichtlich schwer auf der ganzen Erscheinung, dass er der Judas des Systems war. Er war nicht erwünscht und er war sich klar darüber. Aber er hatte einen ganzen Stoß deutsche Nacherzählungen korrigiert, während es um ihn herum gedröhnt und geklirrt hatte, und er war doch auf irgendeine Weise zufrieden.

Er wusste, dass sie den Schlusspfiff mit Fassung hinnehmen würden. Es blieb ihnen auch gar nichts anderes übrig. Er war fast der Einzige, der es über sich brachte, an den Samstagabenden in dem Nebenzimmer zu sitzen. Sie wussten es …

Es knurrte trotzdem zornig in dem überlasteten Grammofon, als die Nadel quer über »Red sails in the sunset« fuhr.

In der Dunkelheit unter Jons Arm wurde Tora mutig. Sie redete. Lange Sätze, die sie sich nicht vorher überlegt hatte. Die Wörter sprudelten wie eine plötzliche Quelle in einem ausgedörrten Land. Sie hatte Meinungen. Sie wagte zu sagen, was sie meinte. Über die Lehrer. Die Schule. Über Breiland. Hatte eine Meinung über Bücher, die sie gelesen hatte. Sie musste das schon die ganze Zeit gemeint haben, ohne es selbst zu wissen. Tora ging unter Jons Arm und entdeckte sich selbst.

Jon hatte den Schlüssel zur Baracke. Er blieb unterwegs stehen. Presste seinen warmen Körper an ihren und schlug den Mantel um sie. Sie standen allein auf der dunklen Straße. Der Birkenwald raschelte mit seinen letzten Blättern. Leise. Eine Mahnung, dass der nächste Tag auch ein Gesicht hatte. Jons Bewegungen waren behutsam, bedächtig, trotz allen Sturms, gegen den er innerlich ankämpfen musste – er begriff, dass er bei ihr nur mit Geduld etwas erreichen konnte. Er war ein junger Taktiker, klug genug, um seine Triebe so lange zu zügeln. Es war erst zwölf Uhr. Die Nacht fragte nicht nach ihnen.

Er drehte sie langsam um und sie gingen zu der Baracke mit den schwarzen Fenstern zurück. Geruch nach Staub,

Zigaretten und Ausdünstung von den warmen Körpern schlug ihnen freundlich entgegen. Von hier waren sie ja gekommen.

Tora fühlte sich an der Hand genommen und in eine Landschaft geführt, die sie nicht kannte. Der Tanz. Die Musik. Die Freude. Die Freiheit. Das Gefühl, angenommen zu sein. Alles das hatte sie Jon zu verdanken. Sie wusste nicht, wie sie es ihm vergelten sollte. Sie schlang den Arm um ihn, ohne dass sie erst den Ekel überwinden musste. Er knöpfte ihren Mantel und ihre Bluse auf. Er tastete sich über die kleinen Brüste und gebrauchte alle Künste, die er gelernt hatte. Einen bebenden Augenblick lang spürte sie eine fremde, dunkle Zuneigung in sich. Sie breitete sich unter der Haut in ihrem ganzen Körper aus. War eine dumpfe, ziehende Lust irgendwo. Sie streckte ihre Arme aus, ihr Mund suchte sein Gesicht, die Nase registrierte den guten Duft seines Haares wie eine aufreizende Welle. Sie tappten durch den dunklen Gang. Hin zu den Bänken in der Ecke. Er zog sie an seine Seite. Sie lagen dicht beieinander auf den harten Schulbänken. Waren ein vertrauensvoll zitterndes Bündel von Körpern und Gliedern. Die Dunkelheit umschloss sie. Ein paarmal zuckte eine Warnung durch ihr Gehirn. Aber er legte seinen Mund auf ihre Brüste. Machte sie glauben, dass sie es mochte. Er wurde mutig und eifrig. Flüsterte ihr winzige Wörter zu. Wörter, die sie vorher nie gehört hatte. Es war eine große Stille um sie. Und in der Stille hörte sie die Wörter. Fühlte, dass der Klang sich im Brustkorb fortsetzte. Sie fühlte und hörte die Wörter. Die Lust war da wie eine Wand. Schloss alles andere aus. Sie gab sich geschlagen. Bis seine Hände den Weg zwischen Annes steifem Unterrock und ihrer Haut gefunden hatten. Keuchend hatte er den Weg gefunden. Wollte ihr nur wohl. Wollte ihr nichts antun. Sie nur im Arm halten. Verstand sie das nicht?

Sie lag im Farn. Auf das harte, feuchte Lager gedrückt. Sie fühlte, dass sie zerbrach. Fühlte, dass sie Widerstand leistete und dass es wenig nützte. Der Körper, die Quellen in ihr leisteten Widerstand. Und es war nutzlos.

Als sie schrie, lief es dem Jungen kalt den Rücken hinunter. Sie wälzte ihn weg.

Er hatte nicht gesehen, was sie gesehen hatte. Hatte es nicht gefühlt! Hinter der Scham und dem Schmerz. Hinter dem Ekel und dem Widerwillen war etwas. Ein roter Fleck von schamloser Lust. Ein Lager für alles das, wozu sie sich nicht bekennen konnte. Und seine Scham wurde auch deutlich sichtbar. Er hatte versagt. Sie hatte ihn weggestoßen.

»Verdammt!«

Er fluchte laut. Setzte sich auf und starrte in die Dunkelheit. Ihr Weinen machte ihn ganz klein. Er war nicht imstande zu verstehen. Wie sollte er auch? Er war der falsche Mann am falschen Ort. Wusste nicht, wie er aus der Sache herauskommen sollte.

»Du magst das nicht …?« Toras Weinen war mehr ein Jammern. »Hör auf zu heulen, ich hab dir nichts getan!«

Sie verstummte. Als ob er auf einen Knopf gedrückt hätte.

»Komm«, sagte er schließlich. »Komm, wir gehn!«

Er wusste nicht, ob er es über sich bringen würde, sie an der Hand zu nehmen. Sie hatte nur Theater vor ihm gespielt. Ihn zum Narren gehalten. Sie gingen nebeneinander die Hügel hinunter. Er trat gegen ein paar Steine, die in dem Kies festgefroren waren, und sah sie von der Seite an. Hatte das Gefühl, dass er etwas sagen müsste. Die Dunkelheit verschluckte ihr geneigtes Profil.

»Was war denn so schlimm?«, fragte er schließlich.

»Nichts.«

»Warum haste denn plötzlich geschrien und wolltest nicht …? Du hättest mir ja vorher Bescheid sagen können!«

»Ja.«

»Willst du … willst du nicht mehr mit mir gehn?«

Der Herbst war ein eiskalter, bläulicher Schatten zwischen den beiden Menschen auf dem Weg. Es schien kein Mond. Tora hatte keine Worte. Sie war im Land der Krähen, wo man für alles Wörter hatte. Das hatte Tora nie gelernt. Von allen, die Tora auf der Insel kannte, gebrauchte nur Rakel Wörter.

»Du magst mich nicht – eigentlich?« Er ließ nicht locker. Hatte eine natürliche Stärke.

»Doch.«

Sie sagte es laut. Blieb stehen. Sah ihn an. Die Dunkelheit verbarg ihre Augen. Trotzdem genügte es ihm.

»Okay.«

Er sagte es einfach. Kurz. Erleichtert. Dann machte er eine unbeholfene Bewegung mit dem Arm und nahm sie an der Hand. Der Tanz in der Baracke war zu Ende. Irgendjemand hatte die beiden in der Westentasche des Lebens vergessen. Sie besaßen einen Zipfel ihrer gegenseitigen Niederlage. Hielten ihn fest. Sorgsam.

Sie kam gerade noch bis hinauf in Frau Karlsens Dachgeschoss. Dort beugte sie sich über die Toilette und übergab sich. Als sie sich gewaschen und die Zähne geputzt hatte, betrachtete sie ihr Gesicht im Spiegel, wunderte sich über ihr Aussehen. Sie konnte sich nicht erinnern, wann sie das letzte Mal geweint hatte … Bei diesem Gedanken fühlte sie sich ein wenig erleichtert.

Und Jons Gesicht riss sich los aus dem ekelhaften Zusammenhang. Riss sich los von dem Geschehen in der Baracke, von den Händen, die plötzlich nach ihr gegriffen hatten. Es waren nicht Jons Hände gewesen. Jons Hand hatte ihre Hand auf dem Heimweg gehalten. Jons Stimme hatte gesagt: Okay. Er war ein Freund gewesen. Er hatte nichts mit der Koppel zu tun. Nichts mit dem Farnkraut und dem keuchenden Atem. Nichts!

Und als sie im Bett lag und nicht zu schlafen wagte, weil er ein quälender, naher Gedanke war, wärmte sie sich an Jons Gesicht. So wie sie es auf dem Schulhof und im Café gesehen hatte. Sie sah, dass er hoch oben auf den Wangen Fältchen bekam, wenn er lächelte. Und kein anderer hatte dann solche Grübchen. Er war so lieb gewesen. Auf dem Heimweg. So lieb.

31

Das Zimmer gehörte noch ihr. Niemand war da gewesen außer Frau Karlsen.

Tora lag in ihrem Bett, hatte das Licht gelöscht und ließ die Hand über die alte Seidentapete gleiten. Die Blumenranken des Musters hoben sich ein wenig von der glatten Fläche ab und fühlten sich wie Samt an. Tora sah im Geiste alle die vor sich, die schon hier gewohnt hatten. Bis jetzt hatte sie nur von dem erfahren, der die Wachstuchdecke kaputtgeschnitten hatte. Sie war noch da. Tora hatte die neue Decke hochgehoben, um die Kerben in der Tischplatte zu sehen.

Schemenhaft glitten die, die in dem Zimmer gewohnt hatten, zwischen dem Bett und den großen Fenstern hin und her. Wollten hinaus, aber blieben drinnen. Sie schienen alle ein gemeinsames Schicksal zu haben. Unruhig liefen sie hin und her, um eine Öffnung zu finden, aber es gelang ihnen nicht. Deswegen war Tora nicht ganz allein.

Am nächsten Tag ging sie nicht aus dem Haus. Lag nur still auf ihrer Strickdecke. Die Bücher waren tot! Das Zimmer war tot! Sie war nicht imstande, den Weg nach Berlin zu finden.

Am Montagmorgen war ihr schlecht, schon bevor sie aufstand. Sie hatte das Gefühl, dass sie den Kopf nicht vom Kissen heben könnte, ohne dass ihr schwindlig würde und sie sich übergeben müsste. Sie hörte irgendwo im Zimmer Mutters Stimme. Die Stimme ermahnte sie, mehr an die frische Luft zu gehen und besser zu essen. Sie hörte sich traurig und ängstlich an. Schimpfte wegen der teuren Hose. Die Mutter war unangreifbar. Weil sie Tora wohlgesonnen war.

Mitten in der gelben Übelkeit sah sie Mutters Gesicht vor sich. Das bleiche, schmale Gesicht, eingerahmt von den dunklen, glatten Haaren. Harte Gesichtszüge mit Falten zwischen den Augen und um den Mund.

Weil ihr so schlecht war, blieb Tora noch liegen, auch wenn sie nicht mehr sehr viel Zeit hatte. Der Wecker hatte längst geklingelt. Sie stand mühsam auf. Wusste, dass sie die Zeit brauchte, die noch blieb. Die Welt drehte sich. Presste jetzt. Den Magen. Auf der Stirn brach der Schweiß aus. Der Brechreiz war ein dreckiger Sack. Sie schwankte hinaus zur Toilette und übergab sich. Da war sie also krank! Das war wohl ziemlich sicher. Sie trank gierig am Wasserhahn und wusch Gesicht und Oberkörper unter dem fließenden, eiskalten Wasser. Sie hatte keine Lust, sich auf der Kochplatte Wasser warm zu machen wie sonst. Beugte sich tief über den Ausguss, um zu sich zu kommen, und richtete sich langsam wieder auf. Ja, jetzt beruhigte sich der Magen. Es ging vorüber, bestimmt.

Langsam zog sie sich an und ergriff Turnbeutel und Bücher. Während sie versuchte, auf dem Weg über die Hügel die Minuten aufzuholen, fühlte sie, wie ein schwarzer Fleck sich in ihrem Kopf ausbreitete. Eine fließende, schwere Masse, die das Denken blockierte und die Bewegungen verlangsamte, so dass sie sich aufs Äußerste anstrengen musste.

Sie wusste nicht, wie sie es schaffen sollte, sich vor der Turnstunde umzuziehen. Sie hatte heute solche Mühe mit dem Anziehen gehabt.

Die Turnlehrerin war groß und mager und hatte eine scharfe Stimme. Bei ihr gab es kein Mitleid und kein Schwänzen. Tora sparte sich deshalb die Worte. Sagte nicht, dass sie sich nicht wohl fühlte. Nach dem Aufwärmen – auf dem Weg zur Kletterwand hin – verschwanden Menschen, Decke und Wände in einem Trichter.

Das Erste, was sie hörte, als die große Dunkelheit sie wieder losließ, waren die Stimmen. Verschwommen und weit weg wie Rufe im Gebirge bei Nebel.

Sie wurde für den Rest der Stunde auf eine giftgrüne Matte am Ende der Turnhalle gelegt. Die Lehrerin kam ab und zu und fragte, wie es gehe. Tora nickte. Ja. Es gehe gut.

Sie streckte sich aus und gab den Versuch auf, etwas zu verstehen oder zu hören. Sie schämte sich, dass sie so daliegen musste. Eine Plage für alle. Jedes Mal, wenn sie die Augen öffnete, sah sie die Decke über sich. Sie drohte auf sie zu fallen. Sie plattzudrücken. Die Mädchen halfen ihr auf die Beine und zogen sie an und nahmen sie mit hinaus auf die Treppe. Es ging ein schwacher Wind. Die Luft sickerte gleichsam durch Tora hindurch.

Plötzlich hatte sie das Bedürfnis zu weinen, sie war entsetzlich traurig und konnte sich nicht erklären, warum. Es hatte etwas mit den gelb werdenden Bäumen zu tun, dem einsamen, heftigen Luftzug vom Meer her und den besorgten Gesichtern der Mädchen ringsum. Es war doch so? Einige Mädchen trösteten sie und wollten sie nach Hause bringen.

Aber nein, Tora wollte nicht nach Hause. Es würde wohl gut gehen. Es gehe ihr bereits besser. Das sollten sie ihr schon glauben. Sie hatte gewiss von Anfang an die Mädchen in der Klasse nicht richtig eingeschätzt. Sie hatte sich zurückgezogen. Die Mädchen waren so fern, so unnahbar, so schlagfertig und so zahlreich. Sie hatten sich so viel zu erzählen, wenn sie eng gedrängt zusammenstanden und einander Blicke zuwarfen, die von allerlei geheimnisvollem Wissen zeugten, über Dinge, bei denen Tora nicht mithalten konnte. Sie hatten hübsche Kleider, waren so sicher und entschieden, wenn sie ihre Dauerwellen oder Pferdeschwänze schüttelten oder sich zwischen den Bankreihen bewegten. Hoben müde und lässig den Arm, um etwas an die Tafel zu schreiben oder die Haare in Ordnung zu bringen. Tora war in der hintersten Bank zusammengekrochen und hatte sich bei sich selbst versteckt, oder sie hatte sich in Jons Anbetung gesonnt. Das wiederum hatte Tora auch von den anderen getrennt. Es war, als ob sie es missbilligten, dass sie mit ihm sprach. Tora begriff vage, dass sie sich selbst so leicht verwundbar gemacht hatte. Dieses Spiel war älter als jede Einzelne von ihnen. Deshalb war sie verwirrt über ihre Fürsorge.

Anne ging neben Tora. Hielt sie umfasst, während sie die Hügel hinuntergingen. Fragte mütterlich, ob sie öfters ohnmächtig werde, ob sie gegessen habe, ob sie Heimweh habe. Tora antwortete ihr mit Ja oder Nein. Eine bemitleidenswerte Stimme aus einem grauen Gesicht weit unten in dem großen Schal. »Hast du deine Tage – oder?«, fuhr Anne fort. Tora konnte nicht verstehen, dass jemand so etwas ohne weiteres fragte.

Aber die Frage tauchte in ihrem Innern wie ein flügellahmer Kormoran auf. Sie hatte nachgerechnet. Die Regel war verspätet. Sie war zweimal ausgeblieben. Das ist der Ortswechsel – hatte sie gedacht. Aber jetzt, wo Anne davon sprach, schnappten die Gedanken nach ihr.

Ein mächtiges Brausen fuhr durch ihren Kopf. Der Schweiß brach aus.

Sie ging zwischen den Mädchen und klammerte sich daran: So etwas gab es nicht. Schluckte Übelkeit und Schwindel hinunter. Richtete sich auf. Ging mit festeren Schritten. Machte ihnen klar, dass jetzt alles vorüber war, sie brauchte nicht mehr gestützt zu werden. Rang sich ein kleines Lachen ab, wie dumm das Ganze doch gewesen sei. Entschied, dass alles in Ordnung war. Schloss andere Gedanken aus. Ihre Augen hingen für den Rest des Tages an den Lehrern. Sie schrieb so schön und deutlich, wie sie nur konnte. Sie legte die Bücher nach jeder Stunde fein ordentlich in die Tasche. Machte sich Notizen. Strengte sich an, um dem Unterricht zu folgen und richtig zu antworten, wenn sie gefragt wurde. So erlöste sie sich selbst für einige Stunden.

Die Mädchen hatten für sie ein Gesicht bekommen. Es war nichts so schlimm, als dass man nicht etwas dabei gewinnen konnte. Tora gab sich viel Mühe, ihnen etwas Nettes zu sagen. Tone. Grete. Anne. Britt. Und sie umringten Tora von der Insel, die nach Breiland gekommen war und mit Zöpfen und einem selbstgenähten Mantel und derben, plumpen braunen Schuhen ausgesehen hatte wie eine Landpomeranze. Sie hatten sich entschlossen, sie in ihren Kreis aufzunehmen. Dieses Mädchen hatte eine interessante Art. Sie konnte ohnmächtig werden – richtig. Aber etwas an ihr rief die anderen. Sie hängten sich bei Tora ein und fanden sie doch ganz annehmbar. Und dann war da noch Jon.

Tora gewöhnte sich an, langsam aufzuwachen. Das Glück am Morgen war aus dem Zimmer verschwunden. Abends fand sie eine Art gespenstische Freude. Wenn sie den Tag hinter sich gebracht hatte und die fleckigen, vergilbten Rollos herunterzog. Wenn die Aufgaben gemacht waren und sie auf die Strickdecke auf ihrem Bett kroch und sich über einem Buch vergessen konnte.

Es kam auch vor, dass sie mit Jon ins Kino ging. Oder sie ging ins Café unten an der Bushaltestelle oder in das Café, in dem sich meist alle trafen. Sie teilte manchmal eine Flasche Limonade mit irgendjemand. Es tat gut, jemanden zu haben. Aber wenn sie allein war, empfand sie die Gemeinschaft wie den stechenden Frostschmerz in den Fingerspitzen. Sie holte Kohle und Anfeuerholz aus Frau Karlsens Schuppen und heizte den Ofen, um Wärme zu fühlen und um zu sehen, dass in den großen Zuglöchern Leben war. Der Ofen stand da, rund und hoch und schwarz – und glänzte von Fett und Ofenlack. Es lag ein gewisser Trost darin.

Die Wörter waren für sie verschwunden. Sie musste sich zusammennehmen, um etwas zu finden, worüber sie mit den anderen reden konnte. Sie saß nur da – meistens.

Lächelte. Lauschte aufmerksam ihren Liebesaffären, ihren Streitereien, ihren Träumen, ihrer Abneigung gegen Lehrer und Eltern. Dabei verbluteten alle Gefühle. Sie hatte nur einen Gedanken.

Sie zog die Fehlschläge und Dummheit der anderen auf sich. Bekam eine Art Status als Klagemauer und Seelsorger. Das schweigsame Mädchen von der Insel war neutral und bedrohte keinerlei Position, jetzt da Jon ihrer müde geworden war. Sie war sogar so gut in der Schule, dass andere bei ihr abschreiben konnten. Und Tora teilte das, was sie hatte, weil sie glaubte, dass ihr eigentliches Wesen dabei vergessen und verborgen würde. Es war auch notwendig, dass sie sich selbst vergaß. Sonst konnte sie nicht leben. Trotzdem war irgendwo ein Funke, der sie dazu brachte, so etwas wie Verachtung für den Egoismus der anderen zu mobilisieren, für deren naive Lebensfreude, die unglücklichen Liebessehnsüchte und den oberflächlichen Drang, sich schön zu machen und beliebt zu sein. Sie vermochte nicht einmal Worte dafür zu finden. Aber sie dachte manchmal daran, um sich selbst zu vergessen. Das Mädchen Tora hatte die Jugend hinter sich gelassen. Ohne dass sie je eine gehabt hatte. Sie lebte nur an einem Ort. Zusammen mit der roten Strickdecke und den Büchern.

Eines Tages entdeckte sie, dass eine fahle Flüssigkeit aus den unfertigen Brüsten sickerte.

32

Einmal vor langer Zeit hatten sich die Moore endlos weit ausgedehnt, von der Hochwasserlinie bis zum Fuß des Berges. Dann hatten einige Leute angefangen, in dem fetten, schimmernden Moorboden zu graben, um das Wasser abzuleiten. Entlang der jahrhundertealten und ständig sinkenden Hochwasserlinie war guter, fruchtbarer Kalksand angeschwemmt worden. Der Boden war wie geschaffen für Kartoffeln und Gras. Sommer für Sommer hatten Kartoffelkraut und Gras einem schwarzen Regenschauer nach dem anderen getrotzt und waren zu ihrem eigenen Vorteil und dem der Menschen grün und üppig geworden. An klaren Tagen war auch der Fjord bis weit hinaus ganz grün. Die Sandstrände. Das tiefe Wasser. Der Himmel. Golden und blau. Insgesamt eine glitzernde, lockende grüne Fläche, die unter mehreren Metern kalten, klaren Salzwassers lag.

Dann waren der Konsum, die Post und die Bank gekommen. Das heißt: Zuerst war die Plattenfabrik da.

Allmählich fielen einem die offenen schwarzen Entwässerungsgräben, die das Wasser aus den Wiesen, den Äckern, den Kellern und Gärten ableiteten, nicht mehr so schnell ins Auge. Einfach weil entweder ein Haus oder eine Scheune die Aussicht nahm. Aber sie waren da. Die Moorgräben. Mit ihrem öligen, trägen schwarzen Wasser. Ein langsames Sickern. So langsam, dass man die Richtung nicht erkennen konnte, auch wenn man wusste, wo das Gebirge anfing und wo das Meer toste. Aber die Schafe und die Kartoffeläcker verschwanden. Die Bank und das Geschäft blieben im Staub und Krach der Fabrik am Leben.

Hier waren keine Fischereibetriebe an den Kais. Nur Lagerhäuser für das Geschäft und die Schiffsexpedition. Wohl nahmen sie am Strand viel Platz ein und waren weiß gestrichen und mit schläfrigen kleinen Fenstern ausgestattet, die träge und scheeläugig in alle Richtungen blinzelten. Aber es wurde kein Fisch ausgeladen. Es gab weder Fangleinen noch ein schwarzes Meer. Keine zwangsläufigen Liegezeiten oder weißen, an Ketten hängenden, überschwappenden Wannen. Keine großen Flügeltüren, die die Fischkästen, die Eisklötze und die Leute schluckten. Keine Rufe der Schiffer aus dem Steuerhaus oder von Deck, kein Lachen, das nach einem guten Fang am Ende der Saison laut und fröhlich über dem Laderaum erschallte. Nicht einmal den simpelsten Fluch. Was fehlte, lag auf der Hand. Hier gab es keine Saison! Alles lief dahin in endlosen, einförmigen Tagen. Und die Leute waren schläfrig und gingen ihren Geschäften nach und reagierten nicht darauf, dass ihnen etwas fehlte.

Im Land der Krähen reagierte niemand, bevor nicht jemand von draußen mit einer anderen Sprache kam, mit anderen Sitten, einem anderen Traum – als dem, welcher den Ort prägte. Das stinkende Lokalboot tuckerte hin und her und kannte es nicht anders. Nicht einmal, dass der Schnelldampfer zweimal am Tag anlegte, bedeutete etwas, wenn man das pulsierende Leben bei den Fischereibetrieben der Insel damit verglich. Tora fand die Gerüche muffig und tückisch. Aber immerhin: Es stank nicht so wie zu Hause. Es gab eine geteerte Würze, die den Gestank vom Hafenbassin und von dem einen oder anderen Kasten mit verdorbenem Inhalt dampfte. Nur selten wurden Blut und Fischmägen über die Kaiplanken geschüttet. Und hier gab es nicht die Spur von vergessenen Tranfässern hinter den Lagerhäusern. Zweimal am Tag glitt die Welt in den Hafen des Krähenlandes hinein. Einmal von Süden – einmal von Norden. Einige gingen an Land. Andere an Bord. Es wurden Säcke und Kisten und Container ausgeladen. Stapelweise Kartons. Auch dann und wann etwas Lebendiges. Ein Pferd. Eine Kuh. Eine Kiste mit quiekenden Ferkeln. Es war auch schon vorgekommen, dass ein Auto an Land geschafft worden war. Und als ob die Leute das alles im

Voraus wüssten, waren immer einige Neugierige am Kai, wenn der Schnelldampfer kam.

Es war leicht zu erkennen, wer nach Breiland gehörte – und wer fremd war. Die Fremden tauchten zögernd auf dem Landungssteg auf und wurden nicht in Empfang genommen, falls sie nicht jemanden besuchen wollten oder von früher her bekannt waren. Sie hatten ein enttäuschtes, suchendes Gesicht, wenn sie über den Ladungssteg wanderten. Selten genug wollten sie bleiben. Das waren dann diejenigen, die ein festes Einkommen und eine enorme Ausbildung hatten und Dialekte sprachen, die viel weiter nach Süden in dem lang gestreckten Land gehörten. Meist Leute aus anderen Landesteilen, die nicht wussten, wie fremd sie eigentlich waren ... Sie kamen oft aus Gegenden, wo der Südwestwind keine Macht hatte. Aber wo die Bürokratie unumschränkt herrschte, wie auch über die windgepeitschte Landschaft im Norden, die auf manche exotisch anziehend wirkte. Der Schnelldampfer brachte sie mit und ließ die verwirrten Kuckuckskinder auf den breiten, rissigen Kaiplanken frei. Die Menschen am Kai im Land der Krähen sahen in den ersten Minuten gewöhnlich mit Misstrauen auf solche Fremdlinge. Genauso lange, wie sie ihre Neugierde zu zügeln vermochten. Das gehörte zur guten Sitte hier. Ein verschlossenes, misstrauisches Gesicht auf das schwarze Loch zu richten, das dunkle Gestalten auf den Landungssteg spuckte. Aber das Misstrauen währte nicht lange. Und war absolut nicht böse gemeint. Nur um Takt und verschlossene Ehrerbietung zu erweisen. Nun ja, selbstverständlich war es die skeptische Angst unseres Jahrhunderts vor irgendeinem Beamten, der in Gottes und des Königs Namen geschickt wurde. Beamte waren wie Kartoffelschälmesser. Einige waren ungeheuer effektiv und scharf. Andere stumpf und träge. Aber alle schnitten unbarmherzig und tief genug, um das gute vitaminreiche Fleisch unterhalb der Schale mitzunehmen.

Die alten Zeiten standen immer noch am Kai und empfingen die Fremden. Die Hartnäckigkeit der alten Zeiten wird immer wieder an den Kais stehen.

Für Tora war der Schnelldampfer ein Märchen aus Licht, Bewegungen und Stimmen. Sie spürte einen trotzigen Neid, wenn sie sah, dass jemand seinen Koffer nehmen und den Landungssteg hinauftragen konnte.

Die Jugend versammelte sich an der Anlegestelle des Schnelldampfers. Mit Fahrrädern, Zigaretten – und dem Spätsommer noch im Blut. Im Winter, nachdem der Spätherbst sie in die schöne Dunkelheit eingeschlossen hatte und Hände zueinander und junge Hüften dicht und rhythmisch die Straßen entlanggeführt hatte, da standen sie am Kai, gut eingepackt in Schals und Lastexhosen und Anoraks. Einige in den neuen Teddyjacken, die sie im Konfektionsgeschäft in allerlei Farben gekauft hatten. Die Jeans waren alle gleich. Und kühl.

War es richtig kalt, dann mussten über den langen, wollenen Unterhosen die dunkelblauen Gabardinehosen angezogen werden. So wanderte ein munterer Zug zum Kai hinunter. Ein lachender, Zärtlichkeit suchender Zug. Ein Zwei-und-zwei-Zug, voll unerprobten Lebensmutes und offener, lachender Gesichter.

Ab und zu waren da auch einige, die sich in die Schatten begaben. Menschengewürm mit warmen Mündern und klopfenden, ängstlichen Herzen. Schatten sind gut – auch im Winter.

Tora war dabei, um den nach Süden abgehenden Schnelldampfer zweimal in der Woche auf die Reise zu schicken. Mittwochs und samstags. Ein Treffpunkt. Eine Zeitlang war dort auch noch ein Platz für sie. Aber die Erwartung war tot. Die Erwartung, die bereits in der Schule begonnen hatte – und sich bei den sparsamen Mittagsmahlzeiten und den Hausaufgaben fortgesetzt hatte. Die Erwartung, die in den ersten Wochen wie ein warmer Fleck auf der Stirn geruht hatte. Toras neues Leben war Herrlichkeit und Freude gewesen. Sie hatte auf jeden neuen Morgen wie auf ein spannendes Paket unter dem Weihnachtsbaum gewartet.

Der Pferdeschwanz war stolz hoch oben am Kopf hin und her gehüpft. Sie war so froh gewesen. Die ganze Zeit. Alle Menschen hatten sie umgeben wie Statisten in einem Film, in dem die Bilder ineinanderflossen, über weichen grünen Wiesen mit dem ewig blauen Himmel.

Immer warme Füße. Es hatte in den Fingerspitzen geprickelt und gejuckt vor lauter unverrichteten Dingen und sicherer, guter Wärme. Niemand hatte ihr auch nur ein einziges Mal gesagt, wer sie war. Tora hatte sich zum ersten Mal, soweit sie sich erinnern konnte, vollständig sicher gefühlt. Deshalb war sie leicht zu Fall zu bringen. Er hatte den Tritt gerächt.

Es gab Tage und Nächte, da war der Fjord eine einzige schaumweiße Gischt, und alles war ein eiskaltes Brodeln um Kaipfosten und Bug. In solchen Stunden waren die Berge in der Gischt nicht sichtbar, und die Menschen schlossen sich mit ihren Gedanken ein und ließen die süd- und nordwärts gehenden Schnelldampfer an der Küste entlangstampfen, ohne sie abfahren zu sehen. Dann waren nur die Männer in schweren Seemannsstiefeln und mit steifen Gliedern in ihrem Ölzeug an den Kais und taten ihre Arbeit. Nur die Schiffssirenen und der Wind waren zu hören. Und einige wetterfühlige Möwen. Zeitweise schickten die Kräne ihre kreischenden Klagen in die Köpfe derer, die versuchten, die gestapelten Lasten zu steuern. Im Übrigen wüteten Wind und Regen und besaßen die Welt.

An solchen Tagen und Nächten heizten sie rund um die Uhr ein und kochten Kaffee mitten in der Nacht, im Land der Krähen. Die Wetterhähne zeigten alle in die gleiche Richtung und aus den Schornsteinen stiegen gleichmäßige

Rauchschwaden auf. Ein stummes, wachsames Heer thronte auf den zugeschneiten oder regenschwarzen Dächern und sandte seine stillen Rauchsignale mit teuflischer Beharrlichkeit in die Nacht und zu dem tobenden Meer. Wenn der Rauch bis zu der Landzunge mit dem Friedhof gekommen war, hatte er sich mit frischer, salziger Meeresluft vermischt und gereichte niemandem mehr zum Schaden oder zur Freude.

Die Rituale gehörten dorthin.

Aber es passierte doch immer wieder etwas Neues. Bei Sturm wurden überall bleiche, trockene Kerzen angezündet. Es kam vor, dass sie gelegentlich einen Gottesdienst absagen mussten und dass die Leichen nicht an dem Tag in die Erde kamen, der in der Lokalzeitung angezeigt worden war. Das machte nichts.

Alle wussten, dass viele Boote kommen würden. Später. Die Menschen hatten genug Verstand, um die Luft anzuhalten.

Im Spätherbst froren die Moorgräben zu. Waren schmale schwarze Striche, zerstückelten das Land. Wenn viel Schnee fiel, wehten sie zu und waren so versteckt, dass die Leute sie vergaßen. Bis das Tauwetter kam und den Schnee brüchig werden ließ, so dass man einbrechen konnte, wenn man versuchte, die Gräben zu überqueren. Da stand das Moorwasser über den Stiefelkanten, bevor man sich retten konnte, mit dem Geruch nach allzu früher Geburt und eingeschlossener Verwesung.

Tora bewegte sich in zwei Welten.

Beide waren gleich unwirklich. Sie entschloss sich, nicht DARAN zu denken, wenn sie mit den anderen aus der Schule zusammen war. Die Schule und was sich dort ereignete, das Café und das Kino – das war eine Welt, die jeden Tag wie eine rettende Planke an ihr vorbeischwamm. Sie hielt sich an ihr für einige Stunden über Wasser. Die Gemeinschaft in der Schule wurde lebensnotwendig. Sie gab sich große Mühe, fröhlich und hilfsbereit zu sein. Lauschte den vertraulichen Mitteilungen und dem Klatsch. Ging sonntags ins Kino. Aber wenn sie abends in ihr Zimmer kam, floss alles in einem schwarzen Schlamm zusammen. Sie konnte an nichts anderes denken, als dass sie ihren Körper vor den Menschen verbergen musste. Bald würde er sich verraten. Er würde anschwellen zu seiner ganzen Hässlichkeit und die Schande in alle Welt hinausposaunen. Manchmal war sie so mutig, dass sie versuchte sich vorzustellen, wie es werden würde. Aber die Gedanken reichten nicht so weit. Es war unmöglich. Nachts – wenn sie nach den Albträumen, die immer noch in dem Bettzeug und den Fensterkreuzen hingen, nicht wagte, wieder einzuschlafen – brachte sie es manchmal fertig, das Bild der Großmutter zu beschwören. Aber es war nie so wie früher. Auch die Großmutter musste den dicker werdenden Bauch sehen. Auch die Großmutter würde fragen, wo der herkam. Wer … Auch die Großmutter würde sie verachten. Alle mussten das.

Es geschah, dass sie aufwachte und ihn in der Tür stehen sah. Wusste, dass er kam, um den Tritt zu rächen. Sie bereitete sich vor. Kroch aus sich selbst hinaus. Verbarg sich in der pechschwarzen Nacht. Bis sie begriff, dass sie noch einmal einen Aufschub bekommen hatte. Da kroch sie wieder zitternd in sich hinein. Wärmte sich, indem sie die dünnen Arme um sich schlang.

Sie bewachte ihren Körper. Betrachtete sich in dem großen Spiegel im Treppenhaus, wenn Frau Karlsen ins Altersheim gegangen war. Schlug sich ständig mit der Übelkeit herum. Sie ließ den Wecker in aller Herrgottsfrühe klingeln, um genügend Zeit zu haben, mit der Übelkeit fertigzuwerden, bevor sie in die Schule ging. Das klappte bis zu einem gewissen Grad. Ein paarmal hatte sie in der ersten Stunde darum bitten müssen, auf die Toilette gehen zu dürfen.

Das Zimmer hatte eine drohende Zweiseitigkeit. Zwang sie in beide Wirklichkeiten hinein. Die schöne und die zerstörte Wirklichkeit. Die schöne: hinter der verschlossenen Tür. Wo der Augenblick sicher und warm war, mit einer Unzahl von alltäglichen Details. Kostbare Augenblicke, in denen sie vergaß, dass die Schande sie einholen würde. Dass es nur eine Frage der Zeit war, eine Frage von Wochen. Wenn sie Glück hatte, von Monaten.

Der Unterschied von Leben – und Leben. Tora sammelte jeden winzig kleinen Hauch von Wärme, die sie viel intensiver verspürte als früher. Eine Tasse Kakao. Die Strickjacke gut zuknöpfen und die Füße vor die offene Ofentür setzen. Die plötzlichen freundlichen Blicke von Menschen, die sie zufällig traf. Noch wussten sie nicht ... Noch durfte sie die Wärme sammeln, die sie bekam. Überall. Und sie tat es. In dem hungrigen Bewusstsein, dass ihr die Zeit zugemessen war, um Wärme zu sammeln, damit sie sich später daran erinnern konnte, wie Wärme war.

Der schlimme Zustand: nach den Albträumen in dem verschwitzten Bettzeug. Sie hatte sich daran gewöhnt. Wusste, dass es sich immer gab, wenn sie sich nur eine Weile wach hielt, bis der Traum ganz verschwunden war. Sie konnte auf die Toilette gehen und dort sitzen und sich die Wirklichkeit unter die Kleider frieren – dann verstand sie, dass das Ganze ein Traum war. Sie konnte die Strickdecke über sich legen, sich vor die Heizsonne setzen und lesen, bis sie glaubte, dass sie das Ganze vergessen hätte, und konnte sich hinlegen und sich zu einem kurzen Schlaf überlisten.

33

Sputnik 2 hatte hundertvierundfünfzigmal die Erde umkreist. Die Hündin Laika musste sterben. Niemand hatte erwartet, dass sie so lange leben würde.

Tora hatte mitgemacht, wenn die anderen in den Pausen Laikas Schicksal diskutierten. Ein blasser, unwirklicher Gedanke hatte sie einfühlsam gemacht. Es war nur ein Hund. Trotzdem hatte Tora das Hundeherz in sich schlagen gefühlt. Es hatte einen verzweifelten Kampf gegen einen geschlossenen Raum geführt, der sich in schwindelerregendem Tempo immer rundum im Weltraum drehte. Das Tier hatte keine Chance zu überleben. Zum Schluss lag es ausgestreckt mit steifen Gliedmaßen und gebrochenem Blick vor allen Instrumenten im Sputnik. Es war genau dazu geboren worden. Tora wusste, dass es so war. Und trotzdem hatte das Tier mit seinem ganzen Sein dagegen angekämpft. Einige existierten nur, um eingezäunt zu werden. Bis sie nicht mehr konnten. Sie stand in dem halbdunklen Flur und sah ängstlich in den großen Spiegel im Treppenhaus. Dann fuhr sie mit zitternden Händen über den Leib. Es drängte heraus. Ein Weinen? Eine Leere? Sie war gefangen. Und hielt etwas gefangen. Eine Rache war in sie hineingepflanzt, die sie ganz verzehren würde. Nie aufhören würde. Trotzdem war der kleine Flügel selbst ein Opfer. Aber sie durfte sich keine Gedanken darüber erlauben.

Und Tora vergaß ganz bewusst, was sie über Recht und Unrecht gelernt hatte. Sie setzte sich darüber hinweg, wovor ihr Elisifs Gott Angst gemacht hatte. Ihr wurde langsam klar, dass es keinen anderen Ausweg gab, als dass sie selbst für alles sorgte. Wusste, dass sie alles zu verlieren hatte.

Einen Tag nachdem Laika für tot erklärt worden war – und sie war nur ein Hund, trotz allem –, kaufte Tora in der Wollstube an der Straßenkreuzung graue Wolle in zwei Schattierungen. Sie nahm reichlich Maschen auf und strickte einen fünf Zentimeter hohen Bund. Wusste, dass sie bald ein Versteck für ihren verhassten Körper brauchen würde. Sie hatte beschlossen, die anderen schon jetzt an den Anblick zu gewöhnen, auch wenn sie noch nichts zu verbergen hatte. Sie brauchte ihren ganzen Scharfsinn, um herauszufinden, wie sie sich vor den Augen der Leute retten konnte, und legte das Geld, das sie von der Mutter per Postanweisung erhielt, zusammen mit dem gesparten Essensgeld beiseite. Sie konnte damit zwei weite Hemden kaufen. Die würde sie brauchen.

Zunächst würde es in der Turnstunde schwierig werden. Tora hatte gerade deswegen böse Träume. Die Augen der Freundinnen, wenn sie alle unter der Dusche standen. Sie träumte, dass sie nackt ausgezogen wurde und über den ganzen Schulhof laufen musste, während die anderen zuschauten. Niemand sagte etwas – sie schauten nur. Es war ihr vollkommen klar, dass sie bald irgendetwas erfinden müsste, um den Turnstunden zu entgehen. Sie könnte die Treppe hinunterfallen! Aber sie konnte ja nicht bestimmen, wie sehr sie sich dabei verletzte. Sie könnte in einen Reißbrettstift treten! Nein, das wäre in einer Woche geheilt.

Noch einen Monat bis zu den Weihnachtsferien. Das war auch so ein Albtraum und ein Grund für schlaflose Nächte. Sie musste nach Hause auf die Insel. Tora fühlte immer wieder ihre Ohnmacht. Dann tröstete sie sich irgendwie. Suchte sich etwas zu lesen. Konzentrierte sich auf die Schularbeiten. Vergaß sich selbst auf diese Weise. Sie begriff, dass sie von einem Tag zum anderen leben musste. Sagte sich, dass die Veränderung des Körpers nicht über Nacht geschah. Das träumte sie nur, wenn die Albträume sie quälten. Dann konnte es passieren, dass sie aufstand, das Licht anknipste, sich auf den Flur hinausschlich, das Nachthemd hochhob und sich betrachtete, um sich zu vergewissern, dass der Leib nicht angeschwollen war wie in dem verhassten Traum.

So gering waren die Freuden, so jämmerlich war es um die Sicherheit des jungen Mädchens Tora bestellt, dass sie das Gefühl hatte, für alle Zeit erlöst zu sein – wenn sie sich damit beruhigte, dass sie noch genauso aussah wie bisher. Und sie konnte wieder in das ausgekühlte Bett kriechen und in einen lindernden Schlaf fallen. Sie hatte noch Zeit …

Aber in dem Schlaf lag trotzdem Verzweiflung. Die Gewissheit, dass die Hündin Laika niemals eine Chance zum Überleben gehabt hatte. Und sie begriff, dass für das Wesen, das in ihr wuchs, das Gleiche galt – oder für sie beide. Aber sie wusste nicht genau, wie.

Während sie früh und spät an dem Pullover strickte, hatte sie nie Ruhe vor den Augen, die sie ansahen. Sie schienen von allen Seiten zu starren. Die schwarzen Bäume, die nackt in der Novemberdunkelheit standen, hatten Augen auf den kahlen Zweigen. Sie glaubte, die Mädchen sähen sie heimlich an, wenn sie sich vor der Turnstunde umzog. Hatte das Gefühl, die Augen hingen an ihr, wenn sie an die Tafel geschickt wurde, um eine englische oder deutsche Übersetzung aufzuschreiben.

Als der Pullover fertig war, kam sie etwas zur Ruhe. Sie nähte ihn zusammen, dämpfte ihn gut. Legte ihn abends ordentlich auf dem Stuhl zusammen, bevor sie ins Bett ging.

Dann kam der Schlaf. Traumlos. Erschöpft wie nach anstrengenden Tagen bei der Heuernte. Aber ohne den Duft von Sommer und Heu in der Nase. Stattdessen der Geruch von nasser Wolle und nassem Bügeltuch im ganzen Zimmer. Sie atmete ihn ein, als ob er eine Rettung von allem Bösen wäre.

Die Mutter schrieb regelmäßig. Tora verbrannte die Briefe in dem großen schwarzen Ofen in der Ecke, sobald sie sie gelesen hatte. Antwortete sofort. Auf diese Weise vertrieb sie die Verpflichtung gegenüber der Mutter aus dem Zimmer. Den Verrat. Die Schande. Die Gefahr. Alles. Sie klebte den Umschlag zu, um ihn gleich wegzubringen. Zog das Nötigste über und ging zum Briefkasten an der Bushaltestelle.

Immer das gleiche Geräusch, wenn der Deckel des Briefkastens herunterfiel. Ein verlassenes Geräusch. So als ob die Mutter an Land stand und sie selbst im Meer lag. Sie sahen einander nicht. Wussten nicht voneinander. Tora musste allein schwimmen. Sie hatte nie die Worte gelernt, die den Ruf hätten an Land tragen können. Sie hatte nichts anderes als die Schande gelernt.

In der Sturmnacht war sie gewarnt worden. Der Riesenrochen hatte sie verfehlt. Aber sie wusste, dass er wiederkommen würde.

Es kam auch vor, dass sie abends zu den anderen ging. Setzte sich mitten unter sie und ließ sich von der gesättigten Atmosphäre einfangen. Essensgeruch, Geruch nach Kleidern und Schuhen, frischer Kaffeeduft, Geruch von erwartungsvollen Körpern.

Tora erwärmte sich an der Gemeinschaft. Sie lachte, wenn die anderen lachten. Das Gesicht bekam hoch oben auf den blassen Wangen rote Flecke. Einmal saß sie dicht neben Jon. Er lehnte sich an sie und legte einen Arm um ihre Taille. Panik ergriff sie, und sie wand sich aus seiner Umarmung. Er zog den Arm zurück. Trotzdem musste es sein. Denn er durfte ihr niemals so nahe kommen, dass sie sich vor ihm verriet.

Sie versteckte sich in dem grauen Pullover und sorgte dafür, dass sie möglichst oft durch den Tisch getrennt waren. Solange sie ihren Körper verbarg, konnte sie ihm in die Augen sehen und ein bisschen Wärme zwischen ihnen dulden. Aber sie achtete immer darauf, dass jemand zwischen ihnen war, wenn sie zusammen gingen. Oder sie verzog sich auf die Toilette und trödelte so lange, bis er aufgab und verschwand.

Am nächsten Tag fiel es ihr schwer, seinem Blick zu begegnen. Seine Augen waren nackt und fragend, und sie hatte keine Antwort. In solchen Augenblicken verschwamm er mit Frits. Sie sah Frits' weit offene Augen vor sich. Spürte noch den kleinen Schock, als er sie berührt hatte, damals vor langer Zeit, als sie fortgerannt war.

Dann war sie da – die ekelhafte, unwirkliche Last auf ihr, zwischen dem Farnkraut in der Koppel. Scham und Schuld wurden zu einem Gewirr verwoben. Sie wusste nicht mehr, was gut und was böse war. Sie konnte nicht mehr Jons Nacken ansehen und sich darüber freuen, so wie sie es in der ersten Zeit in Breiland gekonnt hatte, als sie eng umschlungen spazieren gingen. Sein Nacken wurde genauso ekelhaft wie alles andere. Das geschah so plötzlich, dass sie nicht damit fertig wurde. Sie wusste nicht mehr, was sie von Jon halten sollte.

Eines Abends stand er in ihrem Zimmer. Jon.

Nichts mehr von dem flotten Auftreten. Er stand stumm und etwas unschlüssig auf der Türschwelle, ohne die Tür hinter sich zu schließen.

Tora spürte, wie ihr Herz hämmerte. Es war das Einzige, was sie wahrnahm. Sie hatte sich halbwegs vom Stuhl erhoben. Sie saß gerade an ihren Aufgaben.

Der erste Gedanke, nachdem sie sich gefasst hatte, war: Ein Glück, dass ich den Pullover anhabe.

»Hallo«, sagte er endlich. Es kam wie ein tiefer Seufzer.

»Hallo«, sagte sie.

»Ich hab zu Frau Karlsen gesagt, dass wir eine Arbeit machen müssen – eine Gruppenarbeit.«

»So?«

»Ja, falls sie nicht mag, dass du Besuch hast. Du hast mal gesagt … dass sie streng ist – damit.«

»Ja?«

»Ich muss mit dir reden.«

»Ja?«

»Du hältst mich zum Narren.«

»Wie meinste das?«

»Du … du bist manchmal so, dass ich glaube, du magst mich, und dann biste plötzlich wie ein Stück Holz. Und guckst mich nicht mal mehr an. Warum?«

Das hatte Tora nicht erwartet. Das war ein anderes Muster, als es auf der Insel gebräuchlich war. Jon überrumpelte sie. Wurde zu einer Bedrohung. Er könnte sie noch so weit bringen, dass sie sich verriet. Alles verriet. Sie dahin bringen, dass sie schwach würde und womöglich anfing zu weinen. Das war gefährlich. Sie hatte das jähe Verlangen, ihn an sich zu ziehen. Ganz eng. Seinen festen, warmen Körper zu spüren. Eine Zweisamkeit. Einen Schutz. Gegen die ganze schreckliche Welt.

Aber das war unmöglich. Sie riss sich zusammen. Sah auf die Wand über seinem Kopf und sagte, ohne dass sie richtig wusste, wo sie die Worte herholte: »Ich mag dich, aber …«

»Was ist es dann?«

»Nichts. Aber ich hab so viel zu tun. Aufgaben und …«

»Ich mach im Frühjahr mein Examen. Und hab Zeit!«

»Ich kenn dich nicht …«

»Du kennst mich nicht? Wir sind doch zusammen gegangen … Haste das alles vergessen?«

Nein, sie hatte es nicht vergessen.

Es wurde sehr still im Zimmer. Er war bemüht, die Würde zu wahren. Hatte seinen ganzen Stolz für diese Aussprache mobilisiert. Und das Mädchen von der Insel saß da und starrte die Wand an. Aus Wut und Enttäuschung schloss er unsanft die Tür und kam ins Zimmer herein. Bis an den Schreibtisch. Nah an sie heran. Beugte sich über sie. Da sah er es. Dass sie zitterte. Es zuckte schwach in dem ganzen Gesicht. Der eine Mundwinkel war heruntergezogen, so dass die Zähne wie in einem Grinsen sichtbar wurden. Er wich vor dem Anblick zurück.

»Soll ich gehen?«, fragte er endlich.

»Ja.«

Tora ließ den Ofen ausbrennen. An diesem Abend hatte sie nicht den Mut, den Pullover auszuziehen und ins Bett zu gehen. Sie wusste, dass er ins Zimmer kommen würde. Sie ging zwischen den Fenstern und dem Bett so lange hin und her, wie sie es wegen Frau Karlsens Nachtruhe wagte. Dann hängte sie sich die Strickdecke über und setzte sich in einen Sessel. Die Augen starrten. Sie sahen nichts. So gegen drei Uhr fiel ihr ein, dass sie die deutsche Übersetzung nicht gemacht hatte. Sie zwang sich zur Arbeit. Allmählich kamen die Gedanken. Sie schrieb alles sauber und ordentlich in das gelbe Heft, ohne einen Sinn darin zu sehen. Brauchte lange. Am Morgen war sie steif und kalt, und die Augen brannten wie Wunden. Sie ging über die Hügel zur Schule. Neben sich selbst her. Sie konnte deutlich sehen, wie ein kleiner Bauch sich ausbeulte. Sie beugte sich vornüber, um sich vor allen zu schützen, die sie traf. Und als sie über den Schulhof ging, hatte sie einen Entschluss gefasst. Sie wollte aufgeben. Sie wollte nicht mehr kämpfen.

Während der Pause sah sie Jon. Er stand in einer Gruppe Mädchen und lachte. Sie fühlte nichts dabei. Er lebte in einer anderen Welt. Einer Welt, die nicht für sie bestimmt war.

Dann neigte sie den Kopf und ging vorbei. Ganz dicht bei der Gruppe. Aber vorbei. Über den Hof. Zu den breiten Flügeltüren hinein und die Treppen hinauf. Die Füße verweigerten ihren Dienst. Trotzdem zwang sie sich vorwärts. Die Müdigkeit war eine alte Freundin, die sie seit langem verraten und vergessen hatte.

An der Tür zum Klassenzimmer standen Anne und Gunnlaug und diskutierten über ein Päckchen Nylonstrümpfe. Französische Kreppnylonstrümpfe zu 12,50. Tora schlich vorbei und begab sich auf ihren Platz. Für einen Moment hatte sie Annes schmale Taille gesehen. Betont durch einen goldenen Metallgürtel.

Nach der Schule zog sie den alten selbstgenähten Anorak an, der mit dem Pullover darunter viel zu eng war. Dann stieg sie den Berg hinauf, der hinter dem Friedhof steil emporragte. Als sie oben anlangte, dampfte sie.

An einer Stelle fiel der Berg direkt ins Meer ab. Ein paar hundert Meter in die Tiefe. Eine Weile stand sie da und sah in die tobende Gischt hinunter. Sie würde unten im Geröll zuschmettert werden, bevor sie hinausgeschwemmt würde, dachte sie kalt. Es war, als ob eine andere als sie dort oben stand. Es war nicht so gefährlich, denn es betraf sie gar nicht.

Sie stand jetzt an der äußersten Kante. Die Bilder kamen in den Fjord hereingesegelt. Bilder von der Bucht zu Hause, von dem Zimmer in der Fischerhütte bei Randi und Frits. Bilder von Bekkejordet. Bilder vom Hesthammeren – damals als sie klein war und er sie am Rande des Abgrunds festhielt und sein Lachen unten im Geröll widerhallen ließ. Aber er war nicht in den Bildern. Sie ließ das nicht zu. Er war ein verbannter Gedanke, der über dem Ganzen hing. Dann! Wieder stand sie im Ruderboot bei Simons Betrieb. Sie stand in den Flammen. Sie wurde gehalten und geschützt. Sie fühlte Simons klopfendes Herz. Und sie vergaß, dass ihr Körper das Abscheulichste war. Das Schlimmste. Denn es war der Körper, den Simon beschützt hatte. Sie war es, für die er das viele Geld für die Realschule ausgab. Sie war es, Tora. Und sie behielt das Bild von Simons Gesicht in ihrem Herzen. Weil sie es so sehr brauchte. Sie hatte nichts anderes.

Und so geschah es, dass sie doch wieder herunter zu den dichten Häusergruppen kam. Zu den Menschen. Zu der Nachmittagsdämmerung.

Die Häuser standen so dicht. Die Menschen sahen sie nicht an, waren wie eine Mauer und schlossen sie aus. Aber es machte nichts. Sie wehrte sich. Selbst. Ohne es zu wissen, ballte sie in den Handschuhen die Fäuste, bis sie glühten. Dann kroch die Wärme in die Arme und hielt den rauen Wind ab.

Tora ging langsam nach Hause. Wäre gern ins Café gegangen. Hätte so schrecklich gern jemanden gesehen. Aber sie hatte genug Geistesgegenwart, um zu begreifen, dass sie es nicht schaffen würde. Als sie zu dem spitzgiebeligen Haus mit den hohen Fenstern kam, hatte sie das Zittern überwunden.

Eines Tages nahm sie ihren ganzen Mut zusammen und ging in die Bibliothek. Suchte in den Regalen ein Buch über Schwangerschaft. Las alles, was sie brauchte, um sich Gewissheit zu verschaffen. Saß zwischen den Regalen auf einem schiefen Stuhl und las, während ihr die Buchstaben manchmal vor den Augen verschwammen. Zum Schluss hatte sie keine Zweifel mehr. Sie hatte es ja gewusst – schon lange.

Es war ein ungewöhnlich klarer Tag. Aber die Sonne war gerade im Begriff unterzugehen, als sie hinaus auf die Steintreppe trat. Dunkelzeit. Der Himmel war im Westen rot gefärbt. Blutig. Mit einem kalten violetten Ring. Die Bäume standen schwarz und vergessen da. Schnee war noch nicht gefallen. Der Boden vor ihr war gefroren und voll tiefer Risse. Kein Nebel über dem Meer. Kein gedämpftes, heiseres Nebelhorn auf dem Fjord. Der Tag war ein Messer. Er stand noch da und drohte dem Winter.

Sie konnte sich nicht erinnern, ob sie das Buch ins Regal zurückgestellt hatte. Einen Augenblick ergriff sie Panik. Dann entschied sie, dass es keine Rolle spielte.

34

Agnar Mykle wurde freigesprochen.

Die Schüler der Kommunalen Realschule Breiland hatten wichtige Meinungen über *Das Lied vom roten Rubin*. Die meisten sympathisierten mit dem jungen Autor. Sie schimpften über die alten, verstaubten Greise, die die Moral bewachten und sich heimlich selbst befriedigten. Sie hielten lange, feurige Schmähreden über diejenigen, die bestimmten, was richtig und was falsch war. Einige Mädchen erklärten dagegen, dass das Ganze eine Schweinerei sei. Das Buch sei von vorne bis hinten eine Schweinerei. Sie wurden beschuldigt, das Buch nur dort aufgeschlagen zu haben, wo es sich von selbst aufschlug, weil die Leute nur die Seiten lasen, wo es stand. Und die von Schweinerei gesprochen hatten, setzten eine beleidigte Miene auf und gingen Arm in Arm um die Schule und steckten die Köpfe zusammen.

Jon war derjenige, der am lautesten über die im Gesetz verankerte Vergreisung in diesem verdammten provinziellen Land redete. Er schnitt Bilder und Texte aus den Zeitungen aus und sammelte sie in einem großen gelben Umschlag.

Tora hatte das Buch noch nicht gelesen. Hatte nicht den Mut gehabt, in der Bibliothek danach zu fragen. Sie hielt sich zurück. Sah Jon an, wenn er loslegte. Er wagte, Meinungen zu haben. Erwachsene Meinungen. Sie war stolz auf ihn, und der Stolz übertrug sich auf sie – dabei. Es schien ohne Bedeutung, dass sie keine Meinung hatte – wenn er eine hatte. Bis sie plötzlich Tante Rakels eifriges Gesicht vor sich sah. Sie hätte bestimmt eine Meinung gehabt. Sie hätte nicht einfach auf das gehört, was Simon über ein Buch äußerte, sondern herauszufinden versucht, ob er recht hatte.

Aber Tora hatte keinen Platz für so etwas. Das war eine Wirklichkeit, die sie nicht betraf. Sie stand vermutlich außerhalb von allem, was eine Meinung hatte. Ging ihren eigenen Weg im Labyrinth. Sie fühlte sich müde – immer. Der Morgen war wie ein betrunkener Mann, dem man gut zureden musste, damit er sich beruhigte. Sie bewegte sich langsam und freudlos. Trotzdem musste sie Freude vorweisen. Essen konnte sie nichts. Es kam ihr alles hoch. Sie musste mehrere Minuten auf der Toilette sitzen, bevor sie sich aufrichten konnte, ohne sich zu übergeben. Das Bett machte sie erst nach der Schule.

Wenn sie morgens in die frische Luft gekommen war, ging es meistens gut. Die Schule verlangte, dass sie eine Rolle spielte. Sie fühlte sich etwas sicherer in dieser Rolle. Besonders seit sie den Pullover fertig gestrickt hatte. Sie hielt sich von allem fern, bis sie ihre Hausaufgaben gemacht hatte. Da war es dann, als ob die Verzweiflung aus einem Sack herausgelassen würde. Sie hatte ihre ganze Stärke für das unerlässliche Spiel gebraucht. Das Spiel auf Leben und Tod. Das Spiel, dass sie eine Tora war, die auf die Realschule in Breiland ging und an nichts anderes zu denken hatte als nur an das.

Das Spiel war lebensnotwendig. An dem Tag, an dem es nichts mehr nützte, sich von dem Körper wegzuspielen, und alle Augen sie erfassten, da war Schluss. Es war nur eine Frage der Zeit. Trotzdem schob sie sie von sich weg.

Das Leben wurde so kostbar. Die Stunden in der Schule, wo sie anerkannt war. Die sog sie in sich ein. Versuchte verzweifelt, sie in der Erinnerung festzuhalten. Die Gesichter, die Worte, die Arbeitsfreude, das neue Gefühl, zu einer Clique zu gehören, selbstverständlicher Teil einer Gruppe zu sein. Das waren alles die Dinge, von denen sie geträumt hatte, die geschehen würden, wenn sie nur hinauskam – fort von der Insel und den Schatten dort, wo es passiert war. Und sie kämpfte darum, die Schatten von all dem Schönen fernzuhalten. Sie wurde sich der kleinen Freuden des Lebens bewusst – wie eine zum Tode Verurteilte umfasste sie die heiße Teetasse, wärmte abends die Füße am Ofen, nahm die Eindrücke vom Schulhof in sich auf. Die Dunkelheit würde so groß werden – nachher. Es war alles nur geliehen.

Manchmal dachte sie bewusst daran, wie das Ende kommen würde, und sie fühlte sich stark genug, sich auszumalen, dass sie auch das noch in die Hand nehmen müsste. Der Gedanke trieb ihr den kalten Schweiß über den Rücken. Und die Mundwinkel fielen kraftlos herunter. Das Zittern. Das Entsetzen.

Ab und zu tauchte Rakels Gesicht auf. Was würde sie machen? Aber das konnte Tora sich nicht vorstellen. Die Tante hatte keine Schande. Sie hatte unbekümmerte, stolze Augen. Offene. Tora hängte ihre Verzweiflung gelegentlich an den wahnsinnigen Gedanken, dass sie auf die Insel fahren und nach Bekkejordet hinaufrennen und sich in Tante Rakels Schoß verbergen könnte. Aber das war unmöglich.

Toras Leben war zu hässlich. Sie konnte sich nirgendwo verstecken außer bei sich selbst.

Hin und wieder ließ sie ihn in das Zimmer herein. Versuchte den Hass heraufzubeschwören. Um sich daran zu wärmen. Aber der Hass kam nicht. Er löste sich auf in dem Wunsch, die Schande und den Abscheu zu ertränken. Der Hass bekam keine Chance, weil sie ihn als Mensch denken musste. Und sie wusste, dass sie in dem Augenblick, in dem sie ihn als Mensch hereinließ, verloren war. Der Sturm! Warum hatte das große Blechschild sie damals nicht getroffen? Der Riesenrochen hatte sie verschont. Warum? Um sie langsam zu Tode zu quälen? Um zu sehen, was alles in ihr steckte? War es Elisifs Gott, der alles so lenkte?

Und dann bekam sie einen Brief, dass sie eine Freistelle in

der Schule erhalten hatte. Das bedeutete, dass sie reich war. Sechzig Kronen wurden ihr zurückvergütet. Einen ganzen Tag hielt sie sich an dieser Neuigkeit fest. Sie ging ins Konfektionsgeschäft und kaufte für Ingrid einen Kleiderstoff, beinahe für das ganze Geld. Königsblau, leichte Wolle.

Zu Hause packte sie das Paket mehrmals aus. Ließ die Hände über den weichen Stoff gleiten. Und es war, als ob sie sich damit Ablass und Vergebung bei der Mutter erkaufte. Sie verstand es selbst nicht richtig, aber es machte den Tag heller. Tora kroch in ihrem weiten Pullover in sich zusammen und hatte einen Aufschub für alles bekommen.

Auf Bekkejordet saß Rakel und las, dass die Liebe den Krebs besiegen könne. Ein berühmter englischer Forscher hatte mehrere Artikel über etwas geschrieben, das er »Wunderheilung« nannte. Er behauptete, dass ein totaler Stimmungsumschwung der menschlichen Psyche entscheidend für das Krankheitsbild sein könne. Große Sorgen oder Eifersucht seien gefährliche Krankheitserreger, während Freude, Zufriedenheit, glückliche Liebe gegen den Krebs halfen. Rakel ließ die Zeitung sinken. Seufzte. Die Müdigkeit hatte sie in dieser Woche wieder überfallen. Ließ sie nicht los. Sie hatte sogar Simon abgewiesen …

So musste sie sich wohl etwas Liebe erlauben können! Sie war ja wieder gesund – so einigermaßen. Sie hatten es ihr bei der letzten Kontrolle gesagt. Aber der zündende Funke war trotzdem weg. Sie schien nicht einmal die Kraft zu haben, wenigstens für die Katze Weihnachten vorzubereiten, in diesem Jahr. Sie konnte sich nicht darüber freuen, dass sie gesund geworden war … Als ob sie ihr damals etwas Wesentliches aus dem Körper herausgeschnitten hätten, als ob ein wichtiges Kraftzentrum nicht mehr da wäre. Rakel fragte sich zum ersten Mal nach dem Sinn des Lebens. War es nur das Diesseitige? Sie vermisste Tora. Erst als Tora nach Breiland fuhr, wurde ihr klar, was sie ihr bedeutete. Sie hatte sich für dieses schweigsame, schüchterne Mädchen verantwortlich gefühlt, Tora war ihre Freude.

Sie beschloss, mit Tora über ihre Krankheit zu sprechen, wenn sie Weihnachten nach Hause kam. Sie würde mit ihr wie mit einer Erwachsenen sprechen. Nicht um nett zu sein, sondern weil Rakel zu der Erkenntnis gelangt war, dass sie niemanden hatte. Das hatte die Krankheit sie gelehrt. Einsamkeit.

Nicht einmal Simon begriff. Er war ein lebendiges, aktives Muskelpaket. Er würde nie verstehen, wie es war, zerbrochen zu werden. Simon lebte so, als ob er ewig leben würde. Er betrachtete seinen zähen, kräftigen Körper als eine Selbstverständlichkeit. Wenn ihm etwas misslang, fasste er es als eine persönliche Beleidigung auf. Sie hatte ihn damals nach dem Brand in der Webstube hin- und hergehen gehört. Hatte den harten, scharfen Angriff gegen die innigste Liebe gespürt – den Angriff, der Verachtung hieß. Hatte es nicht vergessen. Aber sie erinnerte sich daran nur, wenn es nötig war. Sie sah in Simon ihren großen Jungen, ein Kind, das getröstet werden musste, weil seine geliebte Mutter krank war und ihn verlassen würde.

Eines Abends, spät im November, tobte der Sturm gegen die Hauswände, und der Schnee fiel auf das Land der Krähen. Weit draußen auf der windgepeitschten Landzunge, zur Schiffsroute und zum Meer hin, lagen einige Dekar eingezäunte Erde. Kleine Schneewehen versperrten die Straße und den Eingang. Die düsteren Eisenkreuze ragten hoch empor, da draußen auf der Landzunge. An der äußersten Spitze standen zwischen den prächtigen Grabsteinen drei Holzkreuze. Sie waren einmal weiß gewesen. Hatten hinauf in den freien Himmel gezeigt. Das war vor langer Zeit gewesen. Die Grabhügel waren seit vielen Jahren eingesunken. Sie fielen in der ungepflegten Umgebung fast nicht mehr auf. Aber um diese Jahreszeit gab es sowieso keinen Unterschied zwischen den Gräbern. Die treu gepflegten waren ebenso weiß wie die vergessenen Hügel mit den schiefen Kreuzen. Ebenso kalt. Es wehte ein durchdringender Wind vom Meer her. Die kleinen Schneehügel mit ihren Holzkreuzen, die wie zufällig angeschwemmtes Treibholz aussahen, hielten die schlimmsten Windstöße ab und führten den Schnee unmittelbar hinter den prunkvollen Grabstein des Bischofs. Es sah so aus, als ob die Großen sich hinter den Kleinen versteckten, wie schon im Leben.

Tora war unterwegs; eine Art Bußgang für Zukünftiges. Sie hatte eine Idee und glaubte, es würde alles leichter für sie werden, wenn sie sich um die kleinsten Kinder Gottes kümmerte. Hatte die niedrigen, dem Wind ausgesetzten Grabhügel bereits gesehen, bevor der Schnee kam.

Sie stapfte allein durch die Schneewehen und kletterte über das Tor. Spürte ihren eigenen Herzschlag. Kroch in sich zusammen, während sie am Zaun entlangging. Da die Lichtkegel sie jetzt nicht mehr erreichen konnten, nahm sie den frischen Seegeruch und alles, was ihr entgegentrieb, wahr, und sie wusste, dass sie allein war. Sie kniete der Reihe nach an den kleinen Gräbern nieder. Fegte den Schnee von den morschen Holzkreuzen und verharrte noch ein oder zwei Augenblicke. Bis die Herzschläge im Dröhnen der Meereswellen untergingen, die Knie erstarrten und die Hände von selbst den Weg in die kalten Taschen fanden.

Draußen im Fjord glitt langsam ein Schiff mit erleuchteten Laternen heran. Die Maschinen arbeiteten in gleichmäßigem Takt. Ein schweres Stampfen, das sich in die ewige Jagd des Windes über alle Dinge und über die Welle, die sich brach und wieder zurückzog, mischte. Immer.

Wie ein verzweifeltes Gebet zu Elisifs Gott klopfte ihr Herz. »Lass mich das alles schaffen! Alles zusammen …« Sie spürte, dass sich etwas in ihr bewegte. Ein Flügel. Ein kleiner Stoß. Eine Mahnung. Ein Hammer aus Scham und

Erniedrigung! Und sie verbarg sich bei den Kleinen mit den schiefen, verwitterten Kreuzen draußen auf der Landzunge, weil sie es nicht aushielt, allein zu sein. Musste irgendwo Trost suchen.

Das Mädchen Tora machte Pläne, von denen sie nichts wusste. Sie hatte sich geweigert zu planen und sich selbst gesagt, dass es nicht mehr ihre Sache sei, aus dem Labyrinth hinauszufinden. Sie konnte nicht allein kämpfen. Sie wusste, dass es nur Angst war.

Sie hatte den Weg gesehen, den sie gehen musste. Und sie hatte nicht genügend Energie für die Angst. Die Zeit war genau bemessen. Es würde sie zuletzt in Stücke sprengen.

Es lag eine dichte wellige Haut aus gerade gefrorenem Neuschnee über den Steinen am Strand und an der Hochwasserlinie. Das Meer stieg und zog behutsam alles in seinen zwingenden Rhythmus.

Tora ging in ihren eigenen Fußspuren zurück. Bald würden sie zugedeckt sein.

Elisifs Gott hatte viele Kleine, die nichts anderes als die Elemente und den tobenden Himmel kannten. Sie war nicht allein.

35

Tora hatte vergessen, dass die Gerüche auf der Insel so deutlich waren. Die Geräusche so klar. Die Menschen waren auf eine andere Weise aktiv als in Breiland.

Sie spürte, wie eine ganze Welle von Leben sich über die Reling hob, als sie an Deck stand und darauf wartete, dass das Schiff anlegte. Sie hörte die Stimmen vom Kai schon, ehe sie die Gesichter erkennen konnte. Die herzlichen Flüche. Die Möwen, die in Scharen über den Fischereibetrieben hingen, erzählten, dass die Boote mit dem Fang hereingekommen waren. Es war jetzt die Zeit. So allmählich. Sie sah die Tobiashütte, die sich an die neuen Häuser anlehnte. Die Farbe abgeblättert und schief auf den Grundmauern sitzend. Ottar stand da in seiner guten Hose, im weißen Hemd und im Kittel, dessen Schöße nach hinten flatterten – und machte sich lächerlich. Und niemand auf dem Kai verzog den Mund auch nur zu einem Lächeln. Sie sah, dass die Kinder ungepflegt, rotznäsig und schmutzig waren, wie sie da über der Trosse hingen und ungeniert glotzten.

Sie hatte erwartet, dass das Wiedersehen mit der Insel, mit Været eine schmerzliche Erinnerung an alles sein würde. Die alte und die neue Schande. Und da stand sie nun und fühlte sich etwas klüger, etwas besser, etwas wertvoller als die anderen. Ihr schauderte, als ihr das klar wurde. Hochmut würde Elisif das nennen. Hochmut – kommt vor dem Fall.

Trotzdem. Es war ein schönes Gefühl. Und niemand konnte schon etwas sehen. Weihnachten würde sie schaffen. Sie hatte den Reißverschluss der Jeans gewaltsam zugezogen und der Pullover reichte bis über den Hintern. Sie war insgesamt ein bisschen dicker geworden, gewiss. Konnte jetzt auch das Essen bei sich behalten. Alle neckten sie damit, dass das Budenleben sie rundlicher, kräftiger gemacht hatte. Und sie hatte ihre Aufgabe gelernt: lächeln und eine frohe Miene aufsetzen und sich etwas recken, wenn man lächelte. Es bedeutete auch Sicherheit, die anzusehen, die gerade etwas sagten. Munter. Sorglos. Ein wenig zu erröten ging an. Falls man es fertigbrachte, alles andere zu verbergen.

Sie hatte einen stärkeren Brustumfang bekommen. In die alten Blusen passte sie nicht mehr. Hatte sich eine karierte Bluse gekauft und sich eine ähnliche genäht. Hatte sich Frau Karlsens alte Nähmaschine geliehen und sich sehr geplagt und war dem Weinen nahe gewesen. Aber sie bekam die Bluse fertig, bevor sie der Mutter unter die Augen treten musste. Sie wusste, dass es eine Feuerprobe werden würde. Hatte bei diesem Gedanken immer unter den Armen geschwitzt. Nicht einmal die guten Noten zu Weihnachten konnten sie vergessen lassen, dass sie nach Hause musste. Der Tatsache, dass auch er da war, konnte sie nicht in die Augen blicken. Das war zu viel. Sollte es gehen, wie es wollte.

Und nun war sie da. War die Übelkeit los. Ölgeruch und Seegang. Hatte den Kleiderstoff für die Mutter bei sich. Den Passierschein zur Liebe ihrer Mutter. Zu ihren Worten, damit sie Tora ansehen sollte. Mit ihr sprechen sollte. Ihr alles vergeben, was sie nicht wusste und was sie nicht wissen durfte. Alles überwältigte Tora in dem Augenblick, als sie Ingrid an der Lagerwand unter dem Schild stehen sah:

KOLONIAL/SCHIFFSHANDEL AG
TAUE ALLER ART
TONNEN UND SALZ

Es war eine niederschmetternde Erkenntnis. Als ob sie diese Frau nie zuvor gesehen hätte. Das bleiche Gesicht über dem vertrauten, abgetragenen Mantel. Die Gesichtszüge glitten ihr langsam entgegen. Waren sie wirklich so hart? Mit so vielen Furchen? Oder war die Mutter in diesen Monaten alt geworden?

Tora ging hinein in die vertraute, aber unwirkliche Welt und gab der Mutter steif die Hand. Bestimmt weinte die Mutter irgendwo. Die Worte waren wie weggeflogen.

Es war für Tora ein Schock, dass Mutters Gesicht so hart war. So verschlossen. Auch wenn Ingrid lächelte. Einen Augenblick hatte Tora den Eindruck, dass die Mutter sehen könnte, wie es um sie stand. Alles durch die Kleider hindurch sehen könnte. Aber dann beruhigte sie sich – und fiel in das angelernte Spiel: nicht entspannen, immer auf der Hut sein. Bewegungen, Wörter, Mienenspiel. Sah die Mama trotzdem etwas?

Sie lag in dem dreckigen Schnee auf dem Kai. Direkt unter der grellen Lampe. Sie lag in Fischabfällen und Tabakklumpen. Nackt. Ausgebreitet vor aller Augen. Sie wollte etwas sagen, um Gnade bitten – brachte es aber nicht fertig. Es war Winter, und dennoch presste das Farnkraut sich dicht an ihre erfrorene Haut. Mutters Gesicht wirbelte in einem ungleichmäßigen Kreis herum.

Aber Tora blieb stehen. Aufrecht. Sie schaffte es gerade noch. Ingrid wollte einkaufen – wo sie schon einmal in Været war und den Schubkarren geliehen hatte, weil sie glaubte, Tora werde ebenso viel bei sich haben wie bei der Abreise. Tora hatte ein Netz und den alten Koffer. Das war so wenig, dass sie es gut tragen konnte. Der Koffer war nicht schwer. Toras Garderobe war noch leichter auszuwählen gewesen als damals, da sie von zu Hause weggegangen war. Sie hatte nur zwei, drei Dinge zum Wechseln für den neuen Körper. In Ottars Laden war alles wie früher – und trotzdem war es anders. Tora verspürte nur schwach das alte Gefühl der Unterlegenheit – den Drang, sich unsichtbar zu machen. Das wunderte sie. Der Laden war so klein geworden. Die Gerüche waren die gleichen. Die Waren hingen an der Decke, wie früher. Oder waren in den Regalen verstaut. Alles durcheinander wie Kraut und Rüben. Und Menschen, die sicherlich keinen Gedanken zu Ende dachten. Trotzdem wusste Tora, dass sie die Macht hatten, sie auf den Grund zu stoßen. Sie hatten Macht über andere. Hatten wenige, aber treffende Wörter. Giftig genug. Verrieten die Mitwisserschaft. Unter den Blechkannen und Anstreicherpinseln. Ein selbstverständliches Recht, einander herunterzumachen. Aber es gab einen Unterschied zwischen früher und jetzt – für Tora.

Dass sie nämlich fortgegangen und auf die Schule gekommen war. Das verschaffte ihr eine Art Respekt. Man konnte Leute, die wegzogen, zum Narren halten. Man konnte sie des Hochmuts und der Faulheit bezichtigen. Aber dennoch: Respekt. Es verwirrte außerdem doppelt, dass Ingrids Kind von der Insel fortgekommen war. Das Gespräch verstummte, als die Männer dem mit einer Jeans bekleideten jungen Mädchen von der Tür bis zum Ladentisch mit den Augen folgten. Die Männer begutachteten sie ohne ein Wort, nickten nur stumm zu Ingrid hinüber. Man brauchte ein junges Mädchen nicht zu grüßen, auch wenn es in Breiland auf die Schule ging. Das war übrigens nicht in Ordnung. Großmannssucht. Ein Kind aus dem Tausendheim! Ja, wenn es noch dem Pastor oder dem Dahl sein Kind gewesen wäre.

Ja, ja, man wusste ja, wer die ganzen Kosten dafür trug. Simon war es. Er wollte wohl wiedergutmachen, dass er seinen Schwager wegen Brandstiftung angezeigt hatte. Er tat, was er konnte … Rakel steckte sicher auch dahinter! Sie war hochgestochen genug, um darauf zu bestehen, dass Ingrids uneheliches Kind nach Breiland auf die Schule kam.

Und die Männer verloren das Interesse. Sie wandten sich einander zu und nahmen das Thema von vorhin wieder auf, bevor die Frauen den Laden betreten hatten. Sie verbargen ihre Gedanken, und ihre Blicke streiften Toras wippenden roten Pferdeschwanz. Die Blicke wurden dorthin gezogen, ob sie es wollten oder nicht. Es war einfach so. Aber das Gespräch ging gleichmäßig weiter. Zwang sich durch den Tabakrauch wie eine stumpf mahlende Kaffeemühle. Die Wörter summten und klapperten durch einen gleichförmigen, monotonen Adventsnachmittag. Sie setzten sich in den Bewegungen fort, legten sich auf die Wände und die Decke wie unsichtbare Tiere. Immer anwesend. Immer da. Das Gespräch war ein träger, selbstverständlicher Klang, voll alltäglicher, sich selbst behauptender Männlichkeit.

Nur Ottar redete mit Tora. Er verbeugte sich wie vor einer Erwachsenen. Fragte mit dem Bleistift hinter dem Ohr und einer schwungvollen Handbewegung über die Haare und den kahlen Seitenscheitel, wie es ihr gehe und wie es ihr in Breiland gefalle. Und Tora antwortete, alles sei bestens.

Zum ersten Mal sah Tora, dass Ottar auch einer von ihnen war. Einer, der nicht auf die Insel gehörte – eigentlich. Er hatte nicht die gleichen Bewegungen, hob sich von den anderen ab. Versuchte verzweifelt zu zeigen, dass er der Kaufmann Ottar Larsen war. Und fiel durch. Einfach, weil er weder Dahl noch der Pastor noch der Doktor war. Wurde verachtet, weil er versuchte sich zu behaupten, ohne die Voraussetzung dafür zu besitzen, nämlich dass er von draußen kam. Aus einer Welt, von der niemand etwas wusste. Er war einer von ihnen – aber wollte es nicht sein. Auf dieser einfachen Tatsache beruhte ihr Recht, ihn zu verachten. Tora sah Ottar so, wie sie ihn vorher noch nie gesehen hatte.

Das gelbweiße Licht über dem Ladentisch. Die mannigfaltigen Gerüche, die ihr sofort entgegenströmten, als sie die Ladentür öffnete. Die leeren Gesichter mit einem schwachen Funken von neugierigem Interesse, als sie die Mutter und Tora erblickten. Ihre stumme, kleinliche Art.

Alles! Es stand vor ihr als Rest eines Albtraums, den sie vor langer Zeit gehabt hatte. Aber es machte ihr nichts mehr aus. Nie mehr!

Ohne es zu merken, richtete sie sich auf. Sie trug den Kopf in einer Weise, die die Umstehenden provozierte. Für wen hielt die Kleine sich denn wohl! Und noch wussten sie nicht …

Er saß nicht am Tischende, wie sie erwartet hatte. Tora ging in ihre Kammer. Ingrid hatte es dort hübsch gemacht. Erzählte, dass sie oft mit der Nähmaschine dort saß. Da habe sie nicht die Unordnung in der Küche. Sie habe im Herbst mit Nähen ganz gut verdient. Sie habe einen entzündeten Finger, weswegen sie nicht im Akkord in der Fischfabrik habe arbeiten können … Nein, sie habe davon nichts geschrieben, es sei ja auch nichts … Ingrids Augen hingen die ganze Zeit an der Tochter. Ein Schatten von Zärtlichkeit huschte ab und zu über ihr Gesicht. Wenn niemand es sah.

Sie saßen in der Küche beim Essen, als er kam. Nüchtern. Tora war gerade in die Kammer gegangen, wegen eines Buches, das sie der Mutter zeigen wollte. Stand in der Tür und begegnete seinem Blick. Verfolgte seinen Blick, als er ihrem Blick auswich. Fühlte etwas wie Stärke. Wusste es selbst kaum. Schlimmer konnte es nicht mehr werden. Noch tiefer konnte sie nicht mehr sinken.

Woher bekommen die Menschen ihre Stärke? Diejenigen, die sich ihr ganzes Leben der Stärke anderer unterworfen haben?

Wie kann es sein, dass sie sich plötzlich erheben? Wenn sie geschlagen am Boden liegen sollten? Ist es die Fähigkeit der Schwachen, aufzuspeichern – alles Unglück, alle Faustschläge, alle Erniedrigungen, allen Hohn –, bis zum Schluss eine selbstzündende Kraft daraus wird, die Funken aus Hass und Rache sprüht? Die tatsächlich alles entzünden kann?

Alles? Tora hatte alles zusammen versteckt. Es gut versteckt. Hinter der Angst.

Sie stand in der verhassten Kammertür, mit zerstörtem Selbstgefühl, und unter ihrem Herzen hatte die Manneskraft sich eingepflanzt wie ein zum Tode verurteilter Parasit. Trotzdem sah sie den Mann an, bis sein Blick auswich. Eine sonderbare kalte Freude breitete sich da in ihr aus. Sie dachte böse Gedanken. Schlimme Gedanken. Die unsäglich wohltaten.

Sie blieb ganz brav – Ingrids wegen. Aber es entfachte einen Funken reinen, schönen Hasses, als sie die Lücke in seinem Mund sah. Ein Zahn im Oberkiefer fehlte.

Plötzlich brauchte sie das Scheußliche nicht in Träumen zu verstecken und die guten Gedanken zu beschwören. Sie gönnte sich einfach ein gutes Gefühl. Sie hatte getroffen. Einmal hatte sie ihn getroffen! Er trägt ein Zeichen mitten im Gesicht, dachte sie froh.

Als sie abends allein in der Kammer lag, kam dennoch die Angst. Hatte er gesehen, was sie dachte? Ob er trotzdem kommen würde? Aber dann könnte es auch nicht schlimmer werden!

Und sie lag wieder im Farnkraut. Sie trat und trat gegen etwas, was gewesen war, etwas Weiches, Blutendes. Es wuchs aus dem Grün heraus. Dehnte sich aus. Eine fürchterliche Menge Fleisch und Blut – und sie spürte nichts anderes, als dass sie trat und trat. Auch nachdem es zusammengeschrumpft war zu einem kleinen Bündel, das wie ein Neugeborenes weinte – trat sie. Sie hatte gewaltige Kräfte. Sie war so stark, dass das Lachen überall aus ihr herausblubberte. Das gab einen großen, guten Widerhall in der ganzen Welt. Eine schrecklich große Freude.

Ein paarmal fühlte sie Großmutters Atem in ihrem Gesicht, aber sie schob sie fort.

Am nächsten Tag ging Tora in Simons Betrieb. Es war so wichtig, Simon zu sehen, bevor sie Rakel sah. Ihn allein zu sehen. Oder hatte sie Angst vor den klugen Augen der Tante? Angst, dass Rakel das sah, was sonst niemand sah?

Tora nahm ein paar von Mutters Weihnachtsplätzchen und einen Kerzenstumpf mit. Sie wollte ein Fest im Büro feiern und für Simon Kaffee kochen.

Auf dem ganzen Weg nach Været wärmte sie sich an dem Gedanken. Das würde eine Überraschung werden! Plötzlich fiel ihr ein, dass er sie vielleicht bis an die Decke schwingen würde. Sie um die Taille fassen. Wie in alten Zeiten ... Nein, das musste sie verhindern! Sie konnte wegspringen. So! Sie machte einen Satz zur Seite, dass es in der Plätzchenbüchse in ihrem Netz gefährlich rappelte. Waffelröllchen!

Den Rest des Weges ging sie wie ein erwachsenes Mädchen. Simon saß bereits in der Kaffeestube. Die Männer, die für die Feiertage nicht freigenommen hatten, waren dort zu Kaffee und einem Schwatz versammelt.

Almar aus Hestvika war fest angestellter Netzflicker geworden, seit er bei dem Sturm Boot und Haus verloren hatte. Er kränkelte und hatte auch seine gute Laune eingebüßt. Lief meist als verbissener Sonderling zwischen den anderen herum. Meistens konnten sie ihn gerade noch ertragen. Simon ließ sich ab und zu auf ein Gespräch mit ihm ein, über das Wetter oder die zerrissenen Netze. Zwang sich zu dem Gespräch und sorgte dafür, dass er mit dem alten Griesgram nicht allein war. Da war es leichter, wieder loszukommen.

Seitdem die hübsche Lehrerin aus dem Süden fortgegangen war, hatte Almar keine Lust mehr auf seine Stelle als Schulheizer und Hausmeister. Er drohte den Kindern und war so unfreundlich, dass die Leute fanden, es sei eine Schande. Alt war er ja noch nicht. Trotzdem kamen nur Streit und Spucke und Schimpfworte aus dem Mann heraus.

Und dann das törichte Gerede, dass er die Schäre in die Luft sprengen wolle. Ein lästerlicher Gedanke. Bei einem Unwetter nützte es sowieso wenig. Eine Schäre war eine Schäre. Konnte der Mann sich über seinen Verlust nicht beruhigen? Was weg war, war weg! Man musste eben neu anfangen. Er konnte sich doch ein anderes Boot kaufen? Geld aufnehmen? Warum hielt er nicht wenigstens den Mund, so dass man friedlich seine Pfeife rauchen konnte?

Aber nein! Almar war ein übellauniger alter Netzflicker geworden, der keine Kompromisse einging – weder mit Gott noch mit dem Teufel. Und schon gar nicht mit den Leuten. Er legte das verhasste Nylonnetz mit leisen, deutlichen Flüchen über die Knie. Schob die Finger durch die Maschen. Nicht schnell, aber beständig und im Takt – wie ein alter, zu starker Motor. Das Nylongarn war hart und glatt und verdammt schlecht in den Griff zu bekommen. Immer wieder glitten die Zugmaschen aus den Knoten und liefen kreuz und quer durch das ganze Netz.

Almar spuckte Tabak darauf, und dann hielten vielleicht ein oder zwei Knoten. Aber das Teufelsgebilde hatte über zwanzigtausend Knoten! Da konnte man ja eine Wüste davon im Mund bekommen. Almar spürte, dass die Gicht im Anzug war. Es war bald Weihnachten mit allem Elend, und das Biest, die Kopftuch-Johanna, hatte in ganz Været ausposaunt, dass Almar zwei Bündel Dynamitpatronen unter dem Bett liegen habe! So sei er eine Bedrohung für jegliche gute Nachbarschaft. Ja, sogar für den Weltfrieden. Als ob es unter dem Bett nicht trocken genug für zwei einsame dicke Dynamitbündel wäre! Bis zum Jüngsten Gericht, wenn es sein müsste.

Simon setzte sich hin und sah die anderen Männer hinter Almars Rücken an. Das Lachen lag wie Niespulver in der Luft und drohte sie zu verraten.

»Es kommen bessere Zeiten, Almar«, sagte er munter.

»Pah, bessere Zeiten? Boote kosten eine Million und

Kabeljaunetze beinah zehntausend Kronen, und Dynamit ist verboten. Sind das bessere Zeiten? Die Fischer haben Lakaien an Land, solche wie mich, die ihnen die Netze flicken, damit sie sich nicht bequemen müssen, es selber zu machen – aber bei den Weibern liegen, sobald sie an Land gehn, das können sie. Öl! Kostet auch Geld! Die Kajüte wird mit Öl geheizt. Und selbst wenn du das Geld hast, ein Boot zu kaufen, dann haste kein Geld, um es zu benutzen. Man muss anfangen, den Fisch über die Reling zu schwatzen, sag ich! Und die Jungen sind nur noch Herumtreiber und Diebe – und wollen auch noch dafür bezahlt werden, dass sie während der Arbeitszeit essen! Und jetzt wollen sie auch noch Geld haben, wenn sie krank sind. Und dafür, dass sie Ferien haben!«

Simon konnte nur grinsen. Er gab es auf. Der Mann hatte eine Schraube locker. Er trank Kaffee und überhörte den Wortschwall, so gut er konnte.

»Nu machen die Frauen auch noch mit in dem Heulchor. Ist's nicht so, dass die Rakel in diesem Jahr einen zum Schafscheren hatte? Wie? Sie war sich doch sonst nicht zu fein, die Beine über den Schafen zu spreizen und die Zotteln herunterzuscheren?«

Simon bekam einen harten Zug um den Mund, als Rakel mit hineingezogen wurde. Er dachte daran, dass sie seit dem Krankenhausaufenthalt kränklich und mager war und dass sie einen Mann für die Schafschur angestellt hatten. Er vergaß das nicht, oh nein! Er wollte gerade dem Mann ein Schloss vor sein Mundwerk setzen – da ging die Tür auf, und Tora stand da.

Er war nicht darauf vorbereitet.

Sie hatte das üppige Haar lose um den Kopf hängen. Ein Feuer in dem grauen Dezemberraum. Die Kälte hatte ihr Gesicht gerötet. Sie hielt ein schüchternes Lächeln mit Mühe zurück.

Und die junge Rakel stand leibhaftig vor ihm. Der Schock war ein Peitschenschlag in sein Gesicht. Er bückte sich unter dem Schlag und fasste sich. Dann öffnete sich sein Gesicht zum Lächeln, und er lief zu ihr hin. Die Waffeln rappelten ungehindert in der Büchse. Sie wehrte sich nicht, als er sie um die Taille packte und in die Höhe hob. Sie hatte das Gefühl, dass er sie zwischen den Männern direkt in den Himmel schwenkte. Sie sah seinen weichen roten Mund unter sich. Die leuchtenden Augen. Sie spürte, dass er die ganze Kraft seiner Arme brauchte, so dass sie zitterten. Da hing sie nun. Vergaß, dass sie nur noch eine kurz bemessene Zeitspanne hatte. Dass sie um die Taille herum nicht mehr allein war. Dass sie kein Leben und keine Zukunft hatte. Vergaß alles. Und sie brannte sein Gesicht in sich ein. Dort wollte sie es haben. Immer. Der Augenblick war so groß.

Die Männer grinsten ein bisschen. Aber auf eine andere Weise als kurz vorher.

Sie setzten sich wieder an den Kaffeetisch. Tora brachte sie zerbrochenen Waffeln. Als die Büchse einmal die Runde gemacht hatte, waren noch zwei Waffeln und ein paar Bruchstücke da. Tora hatte plötzlich richtig guten Appetit. Sie nahm sich eine Waffel und setzte sich neben Simon auf die Bank.

Und Simon verwickelte sie in ein Gespräch. Fragte nach allem. Nach der Schule, dem Zimmer, den Aufgaben. Sie glühte. Knöpfte den Mantel auf und antwortete mit raschen, sicheren Sätzen. Die Männer wurden mitgerissen. Sie vergaßen sich. Vergaßen ihre träge Würde, sie fragten und kommentierten. Sprachen mit Tora, als ob sie erwachsen und eine von ihnen wäre. Almar taute auf, auch er. Wurde richtig mitteilsam, als Tora erwähnte, dass sie auf der Realschule in Breiland keine solchen Lehrer hätten wie Gunn. Die wunderbare Gunn und ihr ganzes Verhalten. Sie war und blieb ein liebenswerter Mensch. Und nun war sie fortgegangen …

»Aus euch hätte ein Paar werden sollen«, meinte einer der Männer. Simon schickte einen warnenden Blick über den Tisch, und Tora griff ein anderes Thema auf.

Almar schaute argwöhnisch drein und fing wieder vom Netzeflicken an.

»Nein, dass du in den wenigen Monaten so erwachsen geworden bist«, wunderte sich Simon, als sie allein oben in seinem Büro waren. »Es geht dir gut?«, fragte er mit immer noch strahlenden Augen.

Da überfiel Tora die Schande wie eine große Trauer. Simon hatte so viel Geld für sie ausgegeben. Und zu keinerlei Nutzen.

Den Hang hinauf, über die Heide, wiederholte sie dennoch einen dunklen, eiskalten Gedanken immer und immer wieder: entweder es oder sie.

36

Tora saß auf der Torfkiste in Bekkejordet. Wieder. Das Leben war all die schwarzen Tage und Nächte wert.

Rakel hatte nur gute Augen für Tora. Sie dachte wohl, dass das Mädchen ziemlich an Umfang zugenommen hatte, zart gebaut, wie sie war. Aber sie sagte nichts. Rakel hatte eine klare Vorstellung davon, dass man die Menschen nicht mit Dingen belästigen sollte, die doch zu nichts führten. Aber sie wunderte sich, dass der Babyspeck sich jetzt an Toras Körper festgesetzt hatte und sie so kräftig über der Brust und dem Rücken machte. Aber das war sicher ihr Weg, erwachsen zu werden. Das Fett erst, nachdem sie aufgehört hatte zu wachsen. Mit der Zeit würde sich das allmählich ausgleichen. Rakel konnte sich erinnern, dass es ihr auch so gegangen war. Aber sie sagte nichts dazu. Stattdessen sagte sie, dass Tora die offenen Haare gut ständen.

Sie erzählte, was sich auf der Insel alles ereignet hatte in der Zeit, in der Tora fort gewesen war. Sie erklärte, warum der Kerl, der Almar, so sonderbar geworden sei. Rakel glaubte nämlich, dass die Pelzmütze in der unglückseligen Sturmnacht nicht den ganzen Stoß abgefangen hatte.

Sie erzählte, dass Sol sich nach Oslo abgesetzt habe. Dort im Süden habe sie Arbeit in einem Büro bekommen. Sol habe eben die nötige Härte und Energie. Gott mochte wissen, woher, meinte Rakel. »Von Elisif – vielleicht«, fügte sie mit einem Lächeln hinzu.

Tora war nicht so sicher. Aber Oslo? Das waren ja große Ereignisse. Dass sie das wagte? Ganz allein?

Tora erinnerte sich an Simons Fest. Sol in dem ungewohnten neuen Kleid. Sol, als sie an dem Totempfahl saß und unanständige Verse dichtete, aus lauter Wut, dass sie nicht von zu Hause wegkam. Tora konnte plötzlich alle

Augen verstehen, die ihr hier begegnet waren. Ritas Augen. Jørgens. Die Augen der anderen. Etwas verlegen hatten sie Tora gegrüßt. Als ob sie nie zusammen gespielt oder sich geprügelt hätten. Nie Schlagball gespielt hätten oder ins Kino gegangen wären. Zusammen. Lag es daran: dass sie die Insel verlassen hatte? Auf die Schule nach Breiland ging? Eine andere geworden war? Und damit unnahbar und fremd? Rakel erzählte, dass Randi und Frits nach Bodø gezogen seien. Tora senkte schnell den Blick – und fühlte eine tiefe Erleichterung darüber, dass sie die beiden nicht sehen würde. Gleichzeitig eine brennende und schmerzliche Sehnsucht nach der Musik, den Büchern, dem Kakao. Randis Geplauder. Frits' vollständiger Stummheit. Nach seinen Händen auf der Strickdecke in dem Etagenbett … Das Mädchen sackte zusammen. Nicht viel, aber man konnte es gerade noch bemerken. Sie war so jung und hatte ihr ganzes Leben aufgebraucht.

»Biste denn jetzt gesund?«, fragte Tora vorsichtig.

»Sowohl als auch. Ich hab einen Knacks bekommen. Aber das wird schon wieder. Außerdem … glauben die Leute, dass ich aussätzig bin. Krebs … Die Leute sind wie die Kinder. Alles, was sie nicht verstehn, ist ansteckend und gefährlich. Es ist, als ob sie mich bis zu einem gewissen Grad meiden … Und der Simon …« Sie hielt inne. Da war Rakels Grenze. Sie warf Tora einen schnellen Blick zu. Dann lachte sie. Beinahe das gleiche Lachen wie früher.

Aber Rakel wunderte sich, dass Tora überhaupt fragte. Im August hatte sie die Krankheit nicht einmal erwähnt. Die Jugend ist lernfähig, dachte Rakel. Darin lag eine Hoffnung. Die Jugendlichen konnten zu Menschlichkeit und Offenheit erzogen werden. Aber dass Tora fragte! Rakels Gesicht wurde für einen Augenblick mit Röte übergossen und die Tränen standen ihr in den Augen – so dass sie sich umdrehen und sich an irgendetwas im Wohnzimmer zu schaffen machen musste. Als sie mit zwei geblümten guten

Tassen und Plätzchen zum Kaffee zurückkam, sprach sie von ihrer Krankheit. Erzählte vom Krankenhaus. Von der Erleichterung nach der Operation. Der Müdigkeit. Der bedrückenden Isolation. Aber Simon erwähnte sie nicht. Der gute, kräftige Geruch nach Brot, Schmierseife, Haustieren und Rakel. Die Küche in Bekkejordet war das, was sie am meisten vermisst hatte, dachte Tora.

»Wie geht's bei euch?« Rakel schnitt noch mehr Scheiben vom Brot und belegte sie dick mit Hammelwurst. Rote Bete. Ein wenig von der Lake lief über. Färbte das Fleisch purpurrot. Die Übelkeit stieg Tora bis in den Hals. Plötzlich. Aber sie nahm sich zusammen.

»Was meinste?«, fragte sie unsicher.

»Ich mein den Henrik.«

»Ach, es geht – einigermaßen. Er ist ziemlich friedlich.«

»Es ist den ganzen Herbst still gewesen. So still, dass ich da unten öfter nach deiner Mutter schauen musste. Ich werd ganz unruhig, wenn die Leute plötzlich so still werden. Man kann sich nicht darauf verlassen, dass dann alles in Ordnung ist.« Rakel seufzte. »Ja, ja. Das ist ein Kampf mit allem, weißte. Deiner Mutter ging's sicher besser, als er im Gefängnis saß. Obwohl es auch hart für sie war.«

Tora sah sie mit weit offenen Augen an.

Rakel sagte lauter Dinge, die die Leute sonst nie sagten. Nur dachten. All die beschämenden Dinge hörten sich wie alltägliche Selbstverständlichkeiten an und wurden ins rechte Licht gerückt – wenn Rakel sie aussprach.

»Aber sie klagt ja nicht, auch wenn man sie zu Tode quält – deine Mutter. So ist sie schon immer gewesen. Sie steht mit beiden Beinen im Leben und ist zäh wie eine Weide. Sie hat sich mit niemandem ausgesprochen. Nicht einmal mit mir.«

»Glaubste, dass er sie zu Tode quält?«

Tora war wieder ein ängstliches kleines Mädchen. Es war schön, ein ängstliches Mädchen in Bekkejordet zu sein, sie fühlte sich wie in einem warmen Schoß.

»Es ist immer ein Kampf in uns Frauen gewesen. Du bist so erwachsen, dass du das schon verstehst. Es ist sicher eine Art Fluch. Ein Kampf, um alles zu bewahren. Damit es überlebt. Ein Kampf für das Wohl der andern. Ich werd ganz fuchsteufelswild, wenn ich an die vielen Kämpfe denk, die ich im Meer versenken und dort liegen lassen musste – weil ich nicht alles geschafft hab. Du, Tora, bist sicher solch ein ertrunkener Kampf. Das – das kannste glauben. Du bist kein kleines Kind mehr …«

Etwas in Rakels Augen sprang ihr entgegen. Der kleine gelbe Punkt in der Pupille. Einer in jedem Auge. Wie ein trotziges kleines Haltetau, das sie beide verknüpfte. Band ihre Gedanken in einer Vertrautheit zusammen, die Tora für keinen anderen Menschen empfand. Es war beinahe, als ob man allein saß. Nur dass dieser Augenblick schön war und sie zu zweit waren.

Rakel hatte einen »seekranken« Tag gehabt. Nun war sie auf dem Weg der Besserung. Niemand auf der ganzen Insel konnte dickköpfiger sein als Rakel, wenn sie nach einer Seekrankheit wieder gesund wurde. Tora wusste das.

Und die Tante nahm Toras Kampf auf sich. Obwohl es vergeblich war. Rakel würde Verständnis haben. Sie würde nicht am Wegrand stehen und mit verdammenden Augen starren. Rakel war ein Mensch, der anderer Menschen Schmerzen fühlen konnte. Wie viele solcher Menschen gab es? Tora glaubte, dass es schrecklich wenig sein müssten. Die Tante hatte gesehen, dass sie Toras Kampf auf sich nehmen musste, weil die Mutter *seinen* hatte. Rakel war der einzige Mensch, mit dem sie über die Mutter reden konnte, ohne das Gefühl, die Mutter zu verraten.

»Wenn er nur irgendwo anders eine Arbeit bekommen hätte – danach.« Rakel sagte es nachdenklich, als ob sie bereits an eine bestimmte Arbeit an einem bestimmten Ort gedacht hätte.

»Er ist jetzt immer nüchtern, glaub ich.«

»Na ja, es geht auf und ab, nach dem, was ich so hör.«

Rakel sah Tora kurz an und schenkte noch mal Kaffee in die Tasse, die Tora bei sich auf der Torfkiste hatte. Rakel saß in der Ecke auf der Couch mit der Tasse im Schoß. Sie saßen nie am Tisch, wenn sie beide allein waren. Darüber brauchte nicht diskutiert zu werden. Es war eine Gewohnheit, die Bekkejordet zu einem – Zuhause werden ließ.

»Er hätt sein sollen wie – der Onkel.«

Die Worte fielen Tora heraus. Sie biss sich auf die Lippen und wollte Rakel nicht ansehen.

Aber Rakel lachte und meinte, dass ein Simon auf der Insel genug sei. Es lag etwas in der Stimme. War es etwas Hartes? Was wollte sie damit sagen? Wo war der gelbe Fleck in jedem Auge? Rakel hatte die Augen auf die Katze gerichtet, die auf ihren Schoß gesprungen war.

Tora spürte einen gefährlichen Drang, alles zu erzählen, eine ohnmächtige Sehnsucht, den Kopf in Rakels Schoß zu legen und alles von sich abzustreifen. Das Entsetzliche. Nichtauszuhaltende.

Auf dem Heimweg trat sie in eine gefrorene Pfütze. Es knirschte und klirrte. Ein spröder Ton, der unten auf dem Weg in eine Art Gesang überging. Lange. Die dünnen Eisplättchen glitten über den gefrorenen Weg und blieben irgendwo liegen und spiegelten sich in der Dunkelheit. Der Mond ließ die zerbrechlichen Eisstückchen aufblitzen. Tora nahm Licht und Ton in sich auf und sie verschmolzen mit der Stimmung in der Küche von Bekkejordet. Der Ton bekam Verstärkung. Er breitete sich immer mehr nach innen aus. Ins Unendliche. Die großen Bäume am Zaun des Pfarrhauses hoben ihr verzweigtes schwarzes Muster vor dem

Himmel. Je mehr Tora sich dem großen schmutzig grauen Haus am Strand und den klammen unwirklichen Nächten näherte, desto schwächer wurde der Ton. Und als sie die Hand auf das dunkelbraune Geländer unter der nackten Glühbirne im Flur legte, war es nur noch ein schwaches Säuseln. Ein kleiner Trost. Sie erinnerte sich plötzlich an die alte Fischerhütte. Vor dem Brand. Dort war sie allein gewesen. Frei und unsichtbar. Hatte sich selbst besessen. Ihren eigenen Körper besessen. Es war schon lange her, dass sie den zerbrechlichen Flötenton in sich gehört hatte. Sie erinnerte sich, dass sie ihn hatte heraufbeschwören können aus dem Anblick des Himmels und des Meeres – die eins wurden. Sie hatte oben auf dem leeren Dachboden Musik gehört. Musik, die von irgendwoher kam. Ein spröder, leicht verängstigter Ton, der sofort verschwand, wenn sie sich von der alten Wolldecke und dem Segeltuch erhob, wenn sie ihre Papiere zusammen mit dem Kopierstift unter die Heringskiste legte und die steile Leiter hinunterkletterte.

Es war bitterkalt.

Als Tora in die Küche kam, hatte die Mutter gerade einen Topf mit heißem Wasser aus dem Ofen genommen. Sie hatte ein paar Küchentücher gekocht und schüttete nun kaltes Wasser dazu, damit sie die Hände hineinstecken und die Tücher waschen konnte. Der Dampf lag auf den Fensterscheiben und den verwohnten Flächen in der Küche. Auf Wänden und Türen. Der Spiegel über dem Ausguss weinte drei kleine Tropfen, die ungleichmäßig herunterliefen und sich eine wellige Spur auf der feuchten Haut erzwangen. Tora steckte beide Hände in den Topf. Fühlte die wohltuende Linderung, als sie die Finger in dem warmen Wasser spreizte. Ohne ein Wort zu verlieren, wusch sie die Küchentücher. Stand noch im Mantel hinten beim Herd. Drückte den verschlissenen Baumwollstoff. Atmete den säuerlichen Geruch von Waschpulver und Dampf ein.

Tora hatte das Kleid anprobiert, das sie Weihnachten anziehen musste. Das einzige, das sie für den Winter besaß. Sie hatte hier nicht Frau Karlsens großen Spiegel. Aber sie konnte trotzdem feststellen, dass es ging. Sie war rundum dicker geworden, seitdem sie sich morgens nicht mehr übergeben musste. Sie sah so aus, als ob sie sich gut herausgemacht hätte. Die Erleichterung war so enorm, dass sie die Holztreppe von der dritten Etage bis hinunter zur Glasveranda in Angriff genommen hatte. Unten gefror der Boden sofort, als sie versuchte ihn zu putzen, so dass Ingrid alle warnte, die die Treppe hinuntergingen oder von draußen hereinkamen.

Das Kleid war im vergangenen Winter genäht worden. Um hineinzuwachsen, wie Ingrid gesagt hatte. Es rettete eine Verlorene – bis auf weiteres.

Henrik Toste wurde am Heiligen Abend von Elisifs Gott oder dem »Teufel« eingeholt. Er war unten in der Tobiashütte gewesen, zusammen mit Gleichgesinnten, die es auch nicht eilig hatten, Weihnachten mit Frau und Kindern zu feiern. Er trug Schuhe mit glatten Ledersohlen und kam in dem Augenblick zur Haustür herein, als Elisif und Torstein und die Kinder Weihnachten einsangen. Ein mehrstimmiger Lobgesang erscholl durch das Treppenhaus. Die Decke hob sich feierlich dort oben in dem Dachgeschoss. Und es hallte fromm von allen Decken und Wänden wider, deshalb hörte Ingrid nicht, dass die Haustür ging. Konnte nicht rechtzeitig warnen. Henrik Toste brach sich den Fuß, und der musste in Gips gelegt werden. Später saß er nüchtern und wütend am Küchentisch und schuf sich seine eigene Weihnachtsstimmung. Für Ingrid war es qualvoll. Sie konnte nicht ein Wort mit Tora wechseln, ohne dass er hörte, was sie sagte. Alle Gespräche, die sie sich ausgemalt hatte, alle Vertraulichkeiten unter Erwachsenen, die sie wagen wollte – jetzt wo Tora endlich für ein paar Tage nach Hause gekommen war –, waren unmöglich geworden.

Aber Tora blühte auf. Sie erfand ein neues Spiel. Ein Spiel, für das sie ihre ganze Klugheit einsetzte. Es fing damit an, dass sie die Kaffeetasse so weit entfernt von ihm hinstellte, dass er sie nicht erreichen konnte. Er musste sie bitten, ihm behilflich zu sein.

Sie weigerte sich. Schnitt Sirupkuchen auf, ohne ihm ein Stück anzubieten. Während sie ihn ansah. Die Stärke kam direkt aus der Realschule von Breiland. Direkt von der Clique. Eine Stärke, von der sie nichts wusste, weil sie sie auf der Insel nicht gehabt hatte. Sie kam über zwei Fjorde herüber und auf einem holprigen Weg bis hier herein zu ihr. Kam aus einer Welt, die nur ihr gehörte. Sie setzte sich auf ihre Schulter und sagte ihr, was sie tun solle. Und Henrik musste auf alles warten, worum er sie bat. Er brüllte. Er flehte. Er drohte. Aber Tora schwieg, so dass das Schweigen stärker war als der Hass, und sie erledigte zuerst das, was sie gerade vorhatte, ehe sie ihm half.

Eines Tages wollte er aufs Klo. Alle Treppen hinunter. Es war zwischen den Jahren und sehr kalt. Ingrid war nicht da. Er musste Tora bitten. Da lachte sie schallend. Sie fror selbst, als sie es hörte. »Hilf dir selbst! Ich mach's nicht! Scheiß in die Hose!« Der Mann starrte sie an. Vergaß zu fluchen. Vergaß, wer er war. Für einen kurzen Augenblick. Dann brach es los, so dass die Kopftuch-Johanna warnend klopfte.

Aber Tora stand an der Tür und lachte. Sie lachte so sehr, dass sie fühlte, wie das Weinen dahinter alles zusammendrückte. Sie war auf dem Sprung, falls er versuchte, mit dem gebrochenen Fuß zu gehen und sich auf sie zu werfen. Aber das konnte er noch nicht. Sie hatte noch Zeit ...

Sie betrachtete ihn, wie er da saß und mit dem schwarzen Loch im Mund vor Wut schäumte. Wusste selbst nicht, dass sie solche Kräfte in sich hatte. Sie schlüpften wie aus einem Sack heraus. »Du Krüppel, du Krüppel! Hilf dir selbst! Bleib sitzen in deiner eigenen Scheiße, bis du daran verreckst, hörst du! Hörst du, was ich sage!« Sie war bereits die Treppe hinuntergelaufen, da hörte sie, dass er hinfiel und brüllte, weil er versucht hatte zu gehen. Endlich hatte sie es geschafft, alles ans Tageslicht zu bringen und aus dem Schweigen herauszukommen. Sie hatte es in Worte gefasst und ihn die Worte hören lassen. Sie wollte, dass er es wusste, es als eine Drohung empfand. Es sollte ihn immer verfolgen – wenn alles vorüber wäre. Sie wollte ihn zu der Einsicht bringen, dass Toras Hass viel, viel größer war als sein eigener.

Trotzdem fand sie sich im Keller wieder, vor der Kartoffelkiste kniend, zitternd und außerstande, sich zu rühren. Ein Glück, dass es schon so spät am Tag war, da brauchte niemand mehr Kartoffeln zu holen. Sie presste sich die Hände auf den Bauch und spürte ihre Körperwärme.

Ein Menschenbündel unter dem großen Haus mit all den dumpfen Geräuschen. Die dicken Granitwände umgaben sie mit ihren Schatten und ihren Rissen, mit uraltem Staub und Spinnweben. Sie hatte das Gefühl, sich durch das meterdicke Gestein einen Durchbruch schaffen zu müssen, um hinaus ins Freie zu gelangen. »Sieben Tage bin ich noch hier. Nur noch sieben Tage und Nächte.« Das dachte sie.

Nach und nach sah sie alles, was sich dort unten befand. Die Tonnen. Die Böcke mit den dicken Eichenplatten, auf denen die geschlachteten Tiere zerteilt wurden. Die Kästen und die vollen Kartoffelkisten. All die roten Vertiefungen in den weißgelben Kartoffeln. Unter der grellen Glühbirne. Sie schwankte ein wenig. Ein leuchtendes Pendel in dem Dunkel des Kellers.

Solange sie zu Hause war, blieb er am Küchentisch sitzen. Ingrid vermittelte zwischen Toras bedeutungsvollen Blicken und den Wutausbrüchen des Mannes.

Tora verfeinerte ihr Spiel. Sie blieb da, wenn die Mutter wegging. Stand an der Tür und lachte den Mann boshaft aus. Ohne etwas zu sagen.

Wie eine zum Tode Verurteilte, der nichts anderes bleibt als ihr Hass auf den Henker – so stand sie da und verspottete ihn.

Sie sandte manchmal ein Stoßgebet zu Elisifs Gott, dass sie ihren Körper verlassen dürfe. Aber das war ja unmöglich. Sie musste sich selbst helfen.

Tora hatte nur wenig Zeit, um sich zu rächen. Und sie hatte genauso wenig Zeit für Elisifs Gott, wie er in all den Jahren für sie gehabt hatte.

37

Es krachte!

Ein lauter deutlicher Knall erschütterte ganz Været. Es war am letzten Tag des Jahres. Doch dafür war der Knall zu gewaltig. Ein Regen aus Steinen und Tang und Meerwasser ergoss sich wie eine Warnung vor dem Jüngsten Gericht über die Wellblechdächer der Hafenschuppen. Ein Felsbrocken bahnte sich den Weg in eine Köderhütte und zerschmetterte drei Fässer mit fertig beköderten Leinen zu einer unkenntlichen Masse aus Heringsstücken, Kleinholz, Angelhaken und Tauen.

Es war während der Mittagsruhe, und die Leute liebten um diese Tageszeit solche Streiche nicht. Es dauerte eine Weile, bis das Geschrei der Kinder sie darauf brachte, dass es sich nicht um eine vorzeitig abgeschossene Rakete handeln könnte.

Die Rufe kamen vereinzelt und klangen verwirrt. Sie wurden allmählich lauter und näherten sich. Zum Schluss waren sie schon fast im Haus. Es lag Unglück und Angst darin. Die Leute hatten solche Rufe schon früher gehört. Bei Schiffbruch und Unwetter. Bei Brand und Arbeitsunfällen.

So kamen sie auf die Beine. Die Männer. Die Frauen. Sie warfen sich das Allernötigste über und eilten hinaus in den dunklen Nachmittag. Den letzten Nachmittag des Jahres.

Sie fanden sie zwischen den Steinen am Strand. Eine Lebende und einen Toten. Sie erkannten den Toten nur an den Kleidern. Niemand in Været hatte bisher eine solche Leiche gesehen. Er hatte sich selbst für alle Zeit in die Ewigkeit gesprengt. Die Pelzmütze hatte nicht viel genutzt – diesmal. Noch nie hatte jemand einen so übel zugerichteten Menschen gesehen. Es stieg Dampf und Zerstörung von dem noch warmen Fleischbündel auf.

Tora hatte einen Spaziergang gemacht. War ganz in der Nähe gewesen, als es knallte. Sie hatte geglaubt, wieder im Sturm gelandet zu sein. Der Rochen kam angeflogen. Drohte sie in zwei Teile zu zerspalten. Aber stattdessen landete er direkt vor ihr und war ein zerrissener, rot bespritzter Körper. Hatte keine Ähnlichkeit mit allem, was sie bisher gesehen hatte. Dann verschwand alles zusammen.

Sie kam auf einem Stein wieder zu sich. Niemand hatte Zeit für sie. Ein unerträglicher Schmerz im Rücken. Als ob er mitten durchgebrochen wäre. In dem Augenblick, da sie erwachte, wusste sie, wo sie war. Almars zerfetzter Körper kam ihr vor wie ihr eigener. Sie konnte den Kopf zur Seite drehen und sehen, dass die Leute sich um das Bündel drängten. Hörte die fürchterliche Stille und den Atem derer, die ihr am nächsten standen. Mühsam richtete sie sich auf dem vereisten Stein auf, gegen den sie gefallen war. Etwas hatte sich in ihr gelöst. Sie spürte es jetzt.

Jemand half ihr auf die Beine und stützte sie. Es war eines der Mädchen aus der Fischfabrik. Sie wollte mit ihr reden, aber sie vermochte kein Wort herauszubringen. Die andere schien sie zu verstehen. Es ging in Simons Fischerhütte. Dort war niemand. Die Türen standen offen. Sie warf sich auf ein Bett. Dann war das Mädchen fort. Ein zitterndes, kaltes Licht kam durch das zugeschneite Fenster. Tora lag ruhig auf dem Rücken und fühlte, dass etwas in ihr arbeitete, ein scharfer, reißender Schmerz. Dann schwanden ihr die Sinne. Sie erwachte von einem neuen Schmerzanfall. Kalter Schweiß brach aus. Und wieder verlor sie das Bewusstsein.

Jemand bewegte sich im Raum. Jemand berührte sie. Sie wollte sich wehren. Schlug mit den Armen.

»Ruhig liegen bleiben!«

Das war Mutters Stimme, eine besorgte, bekümmerte Stimme. Voller Angst.

»Herrgott!«, hörte sie die Mutter sagen. »Herrgott! Dass

ausgerechnet Tora ihn finden musste. Herrgott, Herrgott! Was ist das für eine Welt?«

»Nimm's nicht so tragisch. Sei froh, dass sie nicht ums Leben gekommen ist!«

Rakels Stimme krächzte ein wenig. Tora merkte, dass etwas über sie gelegt wurde. Ein seltsamer Geruch nach Tabakrauch und Schweiß ging von der groben Wolldecke aus. Dann glitt sie wieder weg. Diesmal kämpfte sie nicht dagegen an.

Sie hatte das Gefühl, sich von außen zu sehen. Sie lag an den Stein gelehnt. Und sah direkt in Almars gebrochene Augen. Nun nickte er mit dem Kopf und lächelte ihr zu. Genau wie damals, als er die Schule heizte und mit viel Krach und mit den schweren Kohlenkästen in Gunns Stunden hereinkam und sich am Ofen zu schaffen machte. Eine kindliche Freude im Gesicht. Eine schüchterne, unbeholfene Bewegung mit der Hand. Ein Versuch, der Held zu sein, der er nicht war. Dann wandte sie den Kopf, um ihn mit seinen verdrehten, toten Augen in Frieden zu lassen. Sie sah sich selbst dort. Es war ihr Körper, der an dem steinigen Strand zerschlagen worden war. In Almars Frieshose und Pullover. Es war ihr Fleisch und Blut. Da war gar nichts mehr zu machen. Es war vorüber. Alles war zu Ende. Sie hatte nicht gewusst, dass es so grauenhaft sein würde. So sinnlos.

Spätabends ging sie nach Hause. Zwischen Simon, Rakel und der Mutter. Sie sprachen nicht von dem, was geschehen war. Sie sprachen vom Essen. Und ob es nach Schnee aussah. Ein seltsam banales Gespräch, nur ihretwegen.

Der Silvesterabend war ebenso schweigsam wie jeder verdammte andere Abend auch. Es fing in dichten Flocken an zu schneien. Der blutige Matsch zwischen den Steinen, wo Almars Körper gelandet war, bekam eine weiße Schicht, die durchsickerte und das Ganze rosa färbte. Dann gefror es. Langsam. Als ob der Herrgott meinte, jetzt müsse Schluss sein. Das Meer flutete darüber und verbarg alles. Die Spuren, die die Tragbahre auf dem Weg hinterlassen hatte, bekamen auch eine weiße Schicht. Schonend und schlicht verbarg die Natur Almars letzte Überreste.

Rakel blieb einen Augenblick am Vorbau ihres Hauses stehen und weinte hemmungslos, als Simon und sie in Bekkejordet angekommen waren. Dann schlug sie mit der Faust gegen die Tür und schrie in die schneeschwangere Nacht hinaus: »Der Teufel soll den Wahnsinn holen!«

Simon nahm sie in beide Arme und legte sein Gesicht an ihren Kopf. Er weinte. So standen sie eng umschlungen und weinten.

Almar hatte es ja immer wieder gesagt: Die Schäre musste fort! Sie war zu einem Symbol für Sturm und Zerstörung und Ohnmacht geworden. Das mit dem Haus war nicht so wichtig. Das war nur ein Haus gewesen – wie alle anderen Häuser. Aber das Boot … das geliebte … Alle hatten gelächelt und den Kopf geschüttelt. Almar hatte in der Sturmnacht einen Knacks abgekriegt – ganz klar. Niemand hatte etwas getan, um ihm zu einem neuen Boot zu verhelfen. Simon hatte ihm Arbeit gegeben. Die Leute hatten heimlich über ihn gelacht. Ein selbstgefälliges Lachen.

Ins Tausendheim war er als eine besondere Plage gekommen. Er störte das normale Leben. Mit all seinen Rachegeschichten. Seiner üblen Laune. Seinen Klagen. Er hatte der Kopftuch-Johanna einen Raum weggenommen und alle Leute mit der Geschichte von dem Dynamit unter dem Bett erschreckt. Und Rakel schlug mit den Fäusten an die Eingangstür und verstand nicht, wieso Menschen wie sie, wie Simon so herzlos sein konnten. Elisif saß im Dachgeschoss und betete für Almars unsterbliche Seele. Er könne es wohl brauchen, meinte sie. Betete, während die Stille das neue Jahr einläutete. Die Kopftuch-Johanna wartete eine Woche, ehe sie wieder in das Zimmer einzog. Sie fühlte sich gekränkt, weil er gerade dort gewohnt hatte. Aber das gab sich irgendwann.

Tora lag im Bett, ohne daran zu denken, dass irgendeine Gefahr für sie bestehen könnte. Es war plötzlich alles so unwichtig geworden. Sie schleppte eine Menge Wörter mit sich herum – die sie nicht herausbrachte. Sie fasste manchmal nach der Mutter. Suchte ihre Hand, wenn sie hereinkam. Die anderen sprachen schließlich davon, dass sie den Arzt holen wollten. Sie hörte sogar, dass er dort draußen am Küchentisch vom Arzt sprach.

Sie stand auf. Sie blutete. Viel. Durch alles hindurch. Stand im kalten Klo und wunderte sich. Dass sie blutete. Sie machte sich zurecht, so gut sie konnte, bevor sie wieder hineinging. Es wurde jedoch mit der Zeit besser. Die Schmerzen im Rücken gaben sich.

Aber das Bild von Almars verstümmelter Leiche hatte sich über alles gelegt, was sie ansah.

An dem Tag, an dem sie an Deck stand und die Kais hinten in der Bucht kleiner und kleiner werden sah, sah sie es:

Die Schäre war weg.

Und nachdem sie in ihr Zimmer zurückgekommen war, stand das Bild deutlich vor ihr. Nicht das grausame. Nicht das blutige Bündel am Strand, sondern das phantastische: dass – die Schäre weg war!

Im Übrigen war die Dunkelheit vollkommen.

Sie zwang sich dazu, nicht mehr daran zu denken, was ihr bevorstand. Sie hatte feste Rituale, die sie sich Tag und Nacht auferlegte. Sogar den Schlaf versuchte sie zu kontrollieren. Hatte es schon lange getan. Bevor sie Weihnachten nach Hause auf die Insel gefahren war. Bevor Almar … Sie saß oft im Pullover am Ofen. Aber sie öffnete die Ofentür nicht. Das war nicht nötig.

Sie ging nicht mehr ins Café oder ins Kino. Mit Unlust verzehrte sie ihre Mahlzeiten über der neuen Wachstuchdecke. Ab und zu rief Frau Karlsen die Treppe hinauf, dass sie zum Essen herunterkommen solle. Es gebe frisches Brot und Kaffee.

Sie ging gehorsam hinunter. Immer in einem von den beiden großen Pullovern.

Saß immer vornübergebeugt da und hatte die Augen auf die Bilder an der Wand oder zum Fenster hinaus oder auf die gestickte Kaffeedecke gerichtet.

Und Frau Karlsen schwatzte über Dinge, die in der kleinen Stadt am Meer passiert waren.

Krähengeschwätz sogar innerhalb des Hauses. Hier in Breiland gab es keinen Fischgeruch und keine Fischgestelle, keine Filetfabrik, keinen Ottarladen, nichts dergleichen wie das Tausendheim. Nur ein paar Baracken von den Deutschen. Und nun ein Deutschenkind, das kaum jemand bemerkte.

Sie lernte Deutsch und Englisch. Sie brachte es fertig, völlig abzuschalten. Allein, über den Hausaufgaben oder auf der Strickdecke in dem schmalen Bett. So schaffte sie es. Auch ohne den Traum von der Großmutter. Ohne das Haus und die Straßen in Berlin. Und mit einem unsicheren Willen, zu überleben.

An einem Dienstagabend kam sie mit etlichen Büchern in dem schwarzen Nylonnetz nach Hause. Sie zog eine frische Bluse an, nachdem sie sich gewaschen hatte. Sie legte im Ofen nach und schrieb eine deutsche Übersetzung, ehe sie zu den Büchern griff. Ruhig. In die Bibliothek zu gehen – andere Menschen zu treffen als die, vor denen sie sich verstecken musste, verursachte ihr Schweißausbrüche und eine Art klamme Angst, die anhielt, bis sie wieder in ihrem Zimmer stand, den Schlüssel umgedreht und sich gewaschen und zurechtgemacht hatte. Sie wusste, dass ihr das bevorstand, trotzdem ging sie in die Bibliothek, ins Geschäft, auf die Post, in den Buchladen. Mobilisierte ihre ganzen Kräfte. Wusste, dass dies nur eine Vorübung war, ehe alles über sie hereinbrechen würde. Sie wollte vorbereitet sein.

Glücklicherweise blutete sie jetzt nicht mehr. Einmal hatte sie den Flügel da innen gespürt. Sie saß am Schreibtisch und zwang sich, nicht darauf zu reagieren. Eine Disziplin, die ihr immer weniger Mühe bereitete.

Sie war nicht mehr die Hauptperson in ihrem Dasein, sie war ein Medium für ihren Wissensdurst. Die Schule war ihre einzige Wirklichkeit. So wurde die Illusion wirklicher, wichtiger für das Mädchen Tora als ihr eigenes Leben.

Nachdem sie alles getan hatte, was zu tun war, kroch sie auf ihre Strickdecke und nahm das Buch mit, das einiges verändern sollte, den Vorhang zur Seite reißen, Dinge aufdecken, die ihr bis jetzt niemand gezeigt hatte. Niemand hatte Tora erzählt, dass jeder Krieg mindestens zwei Wahrheiten hat. Dann fing sie an, das kleine, dünne Buch von etwa zweihundert Seiten zu lesen. *Unter einem härteren Himmel* von Jens Bjørneboe.

Tora wusste nichts von ihrer eigenen Unschuld. Hatte keine Ahnung davon, dass jeden Tag in allen Himmelsrichtungen Recht und Unrecht durcheinandergebracht werden. Dass Recht einfach deshalb Recht ist, weil es zum Recht des Stärkeren erklärt wird. Und dass es sich ebenso schnell ändert wie die Jahreszeiten oder wenigstens ebenso schnell, wie die Generäle und die Parteiführer wechseln. Das Recht ist stets auf der Seite des Stärkeren. Was auch geschehen mag. Aber sie hatte ja immer gewusst, dass es wichtig war, der Stärkere zu sein.

Während das Haus in den Nachtstunden allmählich ins Dunkel tauchte, las sie noch über sich selbst. Über die Mutter. Über die Wahl der falschen Seite. Sie fand Rakels

Wort bestätigt: Der Krieg und die Leiden waren nicht die Schande der Frauen. Sie verstand, dass es eine Freude war zu leben. Aber sie verstand auch: die Rache. Einige mussten büßen. Sie verstand, warum die Mutter im Jugendheim ihre Haare verloren hatte und nichts mit den anderen zu tun haben wollte, außer der Tante und den Arbeiterinnen in der Fischfabrik. Verstand, dass die Mutter ihren eigenen kümmerlichen Stolz bewahren musste und warum sie nie mit ihr – Tora – über diese Dinge sprach. Die Sprache auf der Insel hatte keine Worte für alles das, was die Mutter hätte sagen müssen. Und Tora sehnte sich mehr denn je nach Rakel. Denn die Tante fand für das meiste Worte. Oder sie vereinfachte die Worte, so dass die Leute sie verstanden. Die Tante gehörte nicht mit in den stummen Raum. War außerhalb aller Räume. Tora fragte sich, ob das wohl immer so gewesen war. Dass die Tante außerhalb der Rache, des Hasses und des Verschweigens gestanden hatte. Plötzlich, zwischen den Zeilen, mitten in der Erzählung über Franziska, die in einem deutschen Krankenhaus die Verwundeten pflegte, sah sie Rakels rötliches Gesicht vor sich. Die Tante würde wohl zur falschen Seite übergehen – wenn sie meinte, dass es nötig wäre. Sie würde für Onkel Simon sicher Haare und Ehre geopfert haben ... Und die Mutter erfuhr in Toras Gedanken Genugtuung.

Sie legte vorsichtig zwei Schaufeln Kohle in den Ofen. Sie durfte Frau Karlsen nicht beunruhigen. Es war ein Uhr. Nachts. Dann stellte sie sich ans Fenster und starrte auf ihren Schatten auf dem Rollo. Wandte den Blick und sah zum anderen Fenster. Dort war ein schräger, gebrochener Schatten auf dem Rollo. Sie hatte zwei Schatten. Einen gebrochenen und einen unversehrten. Tora starrte so lange, bis die Bilder sie nicht mehr erschreckten und das Herz sich wieder in seinem gewohnten Rhythmus beruhigte. Dann zog sie sich langsam aus und nahm das Buch über den harten Himmel mit ins Bett.

Die Nazis, Franziska im Gefangenenlager, die verurteilten Frauen nach der Befreiung – die Mutter – stiegen zu ihr ins Bett. Frierend und kahlgeschoren trug die Mutter Tora unter der straffen Bauchdecke. Tora sah das Jugendheim und die starrenden Gesichter: die Hände, die nach der Mutter griffen und sie unter die Schere zwangen. Tora sah das alles. Ein langsam ablaufender Film.

Und sie fühlte eine mächtige Wut in sich hochsteigen und sie ganz erfüllen. Es nutzte nichts, dass sie vor einer halben Stunde die Rache verstanden hatte. Dass sie sehen konnte, warum die Menschen so reagierten, wie sie es taten. Sie schaffte es nicht, von Mutters Gesicht und dem gebeugten Nacken loszukommen. In all den Jahren ein gebeugter Nacken. Während die Hände sich wie Trommelschlegel bewegten, um alle möglichen Arbeiten für die auszuführen, die nicht gezwungen worden waren, eine Seite zu wählen. Die Mutter! Die zu Fuß von Trondheim nach Bodø gegangen war, mit ihr, Tora, unter dem Herzen! Allein. Ohne Zukunft. Ohne den Willen oder den Mut, Schluss zu machen.

Tora wollte nicht so enden. Niemals! Sie würde sich retten. Als sie das Buch zu Ende gelesen hatte, war sie sicher, dass es für sie geschrieben worden war. Sie kümmerte sich nicht um das politische System, das der Autor zu enthüllen und zu erklären versuchte. Oder um die unaufhörlichen Kettenreaktionen des Krieges. Kümmerte sich nur um das, was sie als ihr eigenes Problem und das der Mutter wiedererkannte.

Endlich schloss sie das Buch und schlief tief und fest, bis der Wecker hämmerte und klingelte und den Morgen ankündigte.

Sie hatte inzwischen das Ganze durchdacht. Sich überlegt, wie es werden würde. Sie studierte Bücher, in denen sie sich gründlich über die Geburt informieren konnte. In aller

Heimlichkeit stahl sie sie aus den Regalen in der Bibliothek und stellte sie heimlich wieder an ihren Platz.

Verborgen hinter den Regalen las sie Wort für Wort. Hatte mehrere andere Bücher im Schoß, so dass sie das Buch, das sie gerade las, schnell zuunterst stecken konnte – falls jemand sie hier überraschte. Sie hatte gerade Mut genug. So konnte sie planen. Eine messerscharfe Nüchternheit: Das Entsetzen ersticken. Die Einsamkeit. Die stumme Scham. Alles einsetzen, um es hinter sich zu bringen. Sie würde sich selbst die Hand halten. Sie würde nachher für die anderen dieselbe sein. Es war wichtig, dieselbe zu sein. Nichts außerhalb des gewöhnlichen Verhaltensmusters. Ruhig. Tüchtig und wach. Zuhören. Im Café. Mit im Gespräch sein. Dabei sein. Nicht mit den Gefühlen. Nicht mit Freude oder Zorn. Nur ruhig. Ohne die Farbe im Gesicht zu wechseln. Ohne zu verletzen oder zu verärgern. Neutral. Unangreifbar. Nachher! Oh Gott!

Sie schaffte es trotzdem nicht, sich alles vorzustellen. Wusste nur, dass nachher – die Freude alle Poren durchbohren und als ein großes, gutes Lachen zum Fenster und zur Tür hereinkommen und den ganzen Raum erfüllen würde. Sie würde tanzen! Und lachen. Und dann würde sie im Regen und in der Sonne herumlaufen, und es würde Frühling sein und Luft und Wind.

Tora sehnte sich so sehr nach der vollkommenen Freude. Wie sie nur Rakel zeigen konnte. Die Freude, die aus einer Sicherheit kam, die größer war als das Urteil und das Gesetz und die Macht der Menschen. Die Freude …

Sie träumte, dass sie über die Moore ging. Das Gras überwucherte das Heidekraut. Schob sich hoch zwischen den Heidekrautbüscheln. Dunkelgrün und weich unter den Füßen. Das Licht war wie ein guter Gedanke. Nichts, wovor man Angst haben musste. Und sie fühlte, dass ihr Arme und Beine am Körper befestigt wurden, bis sie zuletzt ein anderer Mensch war. Und im Bauch kam alles wieder auf seinen alten Platz. Alles heilte. Und sie trug die Küchendeckchen, die Tante Rakel und sie zusammen gestickt hatten, mit sich herum. Sie ging alle Treppen hinauf, und sie ging alle Treppen im Tausendheim hinunter. Mehrmals. Und ständig war sie in den Mooren. Ständig ging sie durch das Gras. Die Farben waren im Licht – nicht in den Dingen. Die Natur war durchsichtig. Flimmerte und lebte im Licht. Und sie besaß das alles zusammen. Sie ging hindurch und fühlte, dass sie gesund und rein war und dass die Finger sich um den weichen Stoff krümmten. Sie spürte das Haar im warmen Wind herumwirbeln. Sie besaß die Luft, durch die sie ging. Sie besaß sich selbst. Und nichts war scheußlich oder gefährlich oder bedrohlich. Denn sie war allein.

Tora war wie erlöst, als die Turnlehrerin für mehrere Wochen krank wurde. Ein Ersatz war nicht aufzutreiben. Die Mädchen gingen in den Turnstunden spazieren. Oder sie saßen in den Schneewehen auf der Straße zum Friedhof hin und verspeisten ihr Frühstück und lachten in die Sonne. Sie waren zu neunt. Sie hatten Spaß. Die Sonne, die den Schnee schon im Januar zum Schmelzen brachte, war eine Wohltat.

Niemand hatte Mitleid mit der Lehrerin im Krankenhaus. Sie gingen im Sonnenschein oder bei trübem Wetter spazieren und unterhielten sich über die Samstagabende und die Liebe und das Leben. Tora wusch den stärker werdenden Körper in aller Zurückgezogenheit. In der großen Plastikschüssel in ihrem Zimmer. Sie war nach und nach gleichmäßig rund geworden. Ein gleichmäßig tarnender Speck legte sich schützend über den unfertigen Körper. Deckte den wachsenden Bauch, indem er die Arme und die Schenkel und den ganzen Körper rundete. Die Jeans war zu eng geworden. Tora musste an ihrem Essensgeld sparen und eine neue kaufen. Niemand fand das seltsam. Niemand kommentierte es. Die Mädchen nickten nur und sahen sie von der Seite an. Die Hose war schön. Hatte schöne karierte Aufschläge. Nieten an den Taschen. Tora war so geschickt im Musterstricken! Der Pullover war schön! Ob Tora ihnen nicht beim Pulloverstricken helfen wolle? Und Tora lächelte freundlich. Vielleicht. Wenn sie nicht zu viel Aufgaben hätte. Sie wich Jon so oft aus, dass es nicht mehr wehtat. Das musste sein. Sie konnte nicht riskieren, einen Menschen in ihrer Nähe zu haben.

Eines Tages im März rief Frau Karlsen sie zu sich herein, als sie aus der Schule kam.

Sie sah anders aus als sonst. Tora hatte sofort schreckliche Angst. Wusste sie etwas? Hatte sie einen Verdacht geschöpft? Aber nein. Frau Karlsen erzählte, dass ihr Mann gestorben sei. Genauso unbewegt, wie sie von den Schwächen und dem Unglück der Nachbarn erzählte. Sie servierte Tora Rosinenbrötchen mit Erdbeermarmelade. Erzählte bis ins Detail von den letzten Tagen. Dass Herr Karlsen mächtig geschwitzt habe. Dass er bewusstlos geworden sei und alles habe unter sich gehen lassen. Dass er Zuckungen im Gesicht und Atembeschwerden gehabt habe. Dass sie nicht eine einzige Minute von seiner Seite gewichen sei, von gestern Abend sechs Uhr bis zu seinem Tod um vier Uhr in der Nacht. Sie hätte Ablösung bekommen können, wenn sie gewollt hätte. Aber sie habe nicht gewollt. Sie sei heute Morgen in die Bank gegangen. Jedoch der Chef, Herr Kristoffersen, habe sie nach Hause geschickt. Resolut. Der Chef sei ein guter Mensch. Und so ein tüchtiger Bankdirektor. Ein ordnungsliebender Mensch. Schade, dass er nicht besser reden könne, der arme Mann. Dass er etwas ängstlich sei. Er habe so eine zänkische Frau. Ja, nicht dass sie, Frau Karlsen, sich zur Richterin über jemanden machen wolle – am allerwenigsten über Frau Bankdirektor Kristoffersen. Aber dass sie in die Bank hereingefegt komme und ihren Mann zurechtweise, das könne ein Bankdirektor doch nicht hinnehmen. Genug davon: Er sei ein guter Mensch! Tora fielen beinahe die Augen aus dem Kopf, als Frau Karlsens Geschichte nach und nach über die schmalen Lippen strömte. Sie sah, dass Frau Karlsen mitten in der Trauer die runzligen Mundwinkel verzog, während sie erzählte. Unverändert. Immer dieselbe. Sie hatte bei ihrem sterbenden Mann gewacht. Sie hatte einen Menschen sterben sehen. Und konnte sich über die unmögliche Frau Bankdirektor auslassen!

Tora aß das Brötchen nicht auf. Sie versuchte in das Innere dieses Menschen zu sehen, und sie konnte es nicht. Gleichzeitig ging es ihr auf: Bald müsste sie selbst so sein. Ja, so musste sie sein – schon jetzt. Sie hatte sich versteckt, als Almar starb. Ihr Blut versteckt.

Nach außen trug Tora einen Panzer, wie die Leute es von ihr erwarteten. Eine Schnecke, die gezwungen war, langsam mitten in einer Wagenspur zu kriechen.

Ging es Frau Karlsen auch so? Versuchte sie die ganze Zeit, sich hinter einem Wortschwall zu verstecken? War sie eine Wortmaschine, die die Leute so stark beeindruckte, dass sie ihre Einsamkeit nicht sahen? Und Tora wurde unvorsichtig. Vergaß sich und setzte die Tasse behutsam auf die Untertasse, während sie sagte: »Sie Ärmste.«

Einen Augenblick war es still im Raum. Die grünen Veloursvorhänge hingen wachsam da und hüteten den Winterstaub. Die Uhr hatte noch ein wenig Zeit, bis sie wieder schlug. Sie tickte nur traurig an der Wand zwischen dem Bücherregal und der Tür. Der Nachmittag war schläfrig unter der kalten Deckenlampe. Hinter den Fensterscheiben lag ein schöner blauer Schimmer.

Frau Karlsen warf einen schnellen Blick auf die Realschülerin. Sie war unterbrochen worden in einer langen Einleitung darüber, dass sie nach dem Tode ihres Mannes eine gute Rente bekommen würde, aber dass sie weiter arbeiten wollte, weil sie sich noch jung und arbeitsfähig fühlte. Das sei doch selbstverständlich.

Und Frau Karlsen verbiss sich in Toras demütigender Bemerkung und kniff ihren Mund zu einem Strich zusammen. Antwortete nicht. Tat so, als ob sie nicht gehört hätte. Sprang auf und sagte, dass sie noch ein paar Telefongespräche führen müsse. Es müssten noch tausend Dinge geregelt werden. Die Beerdigung. Die Verwandten. Ja, natürlich komme der Zollmeister Karlsen aus dem Süden. Zur Beerdigung. Er sei zwar ein lästiger Gast. Aber was mache man nicht alles durch. Es sei nicht nur die Trauer. Nein. Es sei all das andere, was mit der Beerdigung zusammenhinge. Alle Papiere. Ja, ja.

Als Tora gerade zur Tür hinaus in den Flur ging, schien Frau Karlsen sie plötzlich zu sehen. Einen Augenblick zitterte es leicht um ihren Mund. Dann nahm sie sich zusammen. »Du musst an dem Tag aber auch herunterkommen und mit uns essen. Es kommen wohl viele. Mein Mann … war sehr beliebt.«

Tora schloss die Tür mit einem leisen Knall. Es war ziemlich dunkel im Flur. Sie fühlte, wie sich plötzlich eine unheilvolle Stimmung über das ganze Haus legte. Alle starben …

Sie heizte im Ofen ein und zündete alle Kerzen an. Aber es half nichts. Es war Samstag. Sie musste raus. Musste plötzlich jung sein. Frisch und gesund. Mit anderen zusammen. Zusammen! Das war ein magisches Wort. Stark genug, um alles andere auszuschließen.

Sie ging zu Anne und fand eine verschlossene Tür. Sie ging ins Café, und niemand war da. Da fiel ihr ein, dass sie Klassenfest hatten und dass sie gelogen hatte, sie würde Besuch bekommen – von zu Hause, deshalb könne sie nicht mitfeiern. Sie schlich sich wie eine Diebin heim und ging so leise durch die Türen und die Treppe hinauf, wie sie nur konnte. Als sie oben war, drehte sie sich um und sah ihr eigenes Spiegelbild.

Eine alte, zart gebaute Frau, die auf leisen Sohlen die Treppe hinaufgestiegen war. Die Stufe für Stufe geschlichen war, damit die Menschen nicht sehen oder hören könnten, dass sie da war. Die ganze Nacht hatte sie Angst vor der Dunkelheit und hielt sich wach, weil sie sich vor den Träumen fürchtete und vor den Flügelschlägen in ihrem Bauch, von denen sie nicht geweckt werden wollte. Sie konnte sie ertragen, wenn sie wach und darauf vorbereitet war. Sie konnte sie ertragen, wenn sie an ihrem Pult in der Schule saß. Selbst wenn sie die Hausaufgaben abgefragt wurde. Jetzt war es schon lange still da drinnen. Sie hatte Bilder von Embryos in den Büchern gesehen – kleine, tierähnliche Wesen. Aber sie zwang sich dazu, sich das kleine Wesen, das sie in sich trug, nicht so vorzustellen. Es war niemals etwas anderes als ein Flügel. Ein forderndes Gewächs, mit dem sie sich abfinden musste, bis die Zeit gekommen war. Sie hatte entschieden, dass es so war. Konnte nicht zulassen, dass die Träume ihre Vorstellung veränderten.

Der Totengräber von Breiland hatte Probleme. Zwar war die Friedhofserde fast frostfrei und der Winter milde. Zwar lag der Friedhof nach Südwesten und zum salzigen Fjord hin – weit draußen auf Gottes Außenposten, mit einem niedergebrochenen alten Maschendrahtzaun, der in zwei prächtigen, schmiedeeisernen Torpfosten zu beiden Seiten des Eingangs endete. Das schon! Aber es war dennoch teuflisch, in der steinharten Erde ein Grab auszuheben.

Eines Abends war er zufällig vorbeigegangen und hatte deutlich etwas gesehen. Er hatte nicht vorgehabt, den Friedhof zu betreten. Es herrschte dichtes Schneetreiben, gleichzeitig segelte der Mond in einer aufgerissenen Wolke und warf sein kaltes Licht über die blauschwarzen Gräber und die schwarzen Tannenkränze, die alle Nadeln verloren hatten und ebenso tot waren wie die, für die sie ein Schmuck sein sollten.

Weihnachten hatten die Leute sich so etwas wie Mitleid mit den Toten übergestülpt und waren mit brennenden Kerzen und Tannenkränzen und Wachsblumen und Tränen in den Augen gekommen. Das Letzte zum Teil aufgrund des Südwestwindes, der über den Fjord fegte und alle Wärme aus den Leuten herausriss und in der langen, trägen Dunkelheit den Gesichtern eine verblasene, wässrige Haut bescherte. Jetzt dachte niemand mehr an die Gräber. Die Sonne war gekommen und Weihnachten war ein farbiges Gespenst, das längst die Macht über das Gefühlsleben der Leute verloren hatte. Und die durchweichten Wachsblumen hingen wie alte Huren über Grabmälern und Urnen, und die Tannennadeln lagen wie Mäusedreck in allen Vertiefungen, während der Draht die nackten gebogenen Tannenzweige noch in seinem zwingenden Eisengriff hielt.

Hier hatte also eines Abends spät der Totengräber mit seinen müden Augen leibhaftig eine kleine gebückte Gestalt zwischen den Gräbern gesehen. Es sah so aus, als ob sie direkt aus einem der kleinen Kindergräber ganz unten am Strand heraufkletterte. Hätte er es nicht selbst gesehen, würde er es für dummes Zeug befunden haben. Aber er hatte es gesehen. Und er hatte es einigen Auserwählten mit leiser, eindringlicher Stimme erzählt. Allerdings hatte er bemerkt, dass sie sich Blicke zuwarfen. Er wusste, dass man von ihm, dem Totengräber in Breiland, behauptete, er habe Angst vor der Dunkelheit. Aber er hatte das Ganze so gut beschrieben, dass sie zugehört hatten. Sie wussten eben nicht, was sie glauben sollten.

Im Land der Krähen sagte man einem anderen nicht ins Gesicht, dass er log. Und eine Lüge konnte nur zur Lüge erklärt werden, wenn der Lügner selbst nicht anwesend war. So höflich war man.

Er entschloss sich, in Zukunft über das zu schweigen, was er sah. Die Leute waren nicht würdig oder nicht reif genug für Parapsychologie und Spuk.

Er stieß einen Fluch aus, spuckte in die Hände und konnte aus dem verhassten Loch steigen. Er war schnell fertig geworden.

Alles war vollbracht für den Plattenwerksdirektor und seine jahrelange Senilität.

38

Zuerst ein dumpfer, schwelender Schmerz im Schoß. Dann spürte sie den Griff. Es war nicht so, wie sie es sich vorgestellt hatte: Krallen. Eisenharken. Große Angelhaken. Sie hatte nicht gewusst, dass es so plötzlich beginnen würde. Man musste durch Zeit und Raum, um es zu überstehen. Es war wichtig, dass niemand fragte – dass niemand sich wunderte. Es konnte keine Rede mehr davon sein, an diesem Tage noch englische Vokabeln zu büffeln. Sie fand einen armseligen Trost darin, dass sie zu Hause war. Sie hatte den Schlüssel innen stecken. Drehte ihn um. Sie erinnerte sich an Elisifs Schreie, wenn es dem Ende zuging. Aber sie erlaubte sich nicht, weiter daran zu denken. Schreien war ein Luxus, den ein von Gott und den Menschen verlassenes Wesen sich nicht leisten durfte.

Sie hatte alles zu verlieren, nichts zu gewinnen. Alles war bestimmt von Kräften, die größer waren, als man sich vorstellen konnte. Und sie wusste, dass es mühsam genug werden würde, sich am Leben zu erhalten – denn es war zu früh, und sie hatte so lange geblutet. Die kleine Menschenfrau. Die fruchtbare. Sie richtete sich auf dem harten Fußboden ein Lager aus einer alten, wattierten Decke. Breitete Frau Karlsens alte Wachstuchdecke darüber. Sie hatte Elisifs Matratze nach dem totgeborenen Kind gesehen. Sie konnte nicht ein ganzes Bett aufs Spiel setzen. Sie hatte eine winzig kleine Hoffnung, dass noch weitere Nächte kommen würden. Nächte zum Schlafen – mit großer Dunkelheit, um einen geschundenen, gereinigten Körper zu verbergen. Das Bett wollte sie schonen. Dann wanderte sie umher, vom Bett zum Fenster. Vom Fenster zum Bett.

Einmal hörte sie Frau Karlsens Wohnzimmeruhr schlagen. Einmal war der Kopf voll von alter, schweißnasser Angst. Sie ging schnell zur Tür. Musste hinaus.

Aber ein Schmerzanfall rettete sie.

Und die Wachstuchdecke war kalt und klebte an den Unterarmen, als sie darauf sank.

Später wusste sie nicht mehr, wie oft sie die Wohnzimmeruhr gehört hatte. Oder wie oft die Haustür zugeschlagen worden war. Die Stunden waren ein nebelhafter Ring um ihr Lager. Das Fenster. Die Gardinen. Wurden immer grauer. Bis es vor ihren Augen blutrot explodierte. Dieser Schmerz war nicht wirklich. Er war von einer anderen Art. Sprengte sie innerlich. Rohe Gewalt. Sprengte heraus. Gewaltige Kräfte. Hörten nicht auf. Würden nie aufhören. Es gab nur eins: nicht aufgeben. Ums Leben kämpfen.

Unwirklich? Dass alles Unwirkliche so wirklich empfunden werden konnte! War dies das Ende?

Dabei wusste sie nicht einmal, ob sie das Leben überhaupt wollte. Plötzlich: Geruch von trockenem Heu.

Ein anderes Mal war sie im Sturm. Sie sah den Riesenrochen vorbeijagen. Aber er machte kein Geräusch.

Sie sah ihn in der Hüttenwand stecken, auf dem abgerissenen Kai dort draußen in der Bucht. Dann kamen die Gesichter hervor. Reihenweise Gesichter. Die Augen glitten übereinander. Sie spiegelten einen großen Ekel wider.

Tante Rakel sah Tora da auf der Wachstuchdecke. Sie hatte sie gesehen!

»Lieber Gott, du solltest doch wohl nicht zulassen, dass die Tante mich sieht … Wie konntest du?«

Mutters Gesicht. War eins mit ihrem eigenen Schmerz. Es glitt schnell fort und kam schnell wieder hervor – zusammen mit den anderen Gesichtern und über ihnen.

Mitten in alldem war die Sehnsucht! Nach einem Menschen, der in dem Raum atmete, der nur dasaß – oder stand. Das war auch ein Schmerz. Könnte es nicht einen Menschen geben, der nicht nur die Schande sah?

Dann hatte sie genug damit zu tun, den Körper zusammenzuhalten. Sie hielt zurück. Hielt krampfhaft zusammen. Wollte es herauspressen. Wollte es überstanden haben. Aber wagte nicht nachzugeben, bis es schließlich Kräfte waren, die alles niederrissen, was sie besaß, die Haut und Körper zersplitterten und herausglitten als ein schweres, glattes Bündel. Tora spürte, wie die Schwere des Bündels ihren Körper verließ. Sie würde es immer wieder spüren. Immer! Den dumpfen Laut, ein schwaches Klatschen auf die Wachstuchdecke, ein Bündel auf dem Weg hinaus in das tote Leben. Ohne darum gebeten zu haben.

Mit zwei Wehen hatte sie die letzte große Hürde genommen. Und sie wusste, dass sie ihren Körper nun wieder besaß. Vorläufig. Sie blieb lange liegen und keuchte in unregelmäßigen, zerrissenen Stößen.

Das Licht über dem Bett! Aber sie wagte nicht, daran zu glauben. Die Geräusche im Raum waren so weit weg. Das waren keine Geräusche. Das war nur ein endloser Strom von verbrauchter Luft. Luft, die man nicht bei sich behalten konnte. Einmal hörte sie ein Schnaufen von da unten. Aber es dauerte nicht lange.

Sie sah IHN wie einen Schatten an der Tür vorbeischleichen. Mit dem Rücken zu ihr. Stand in der Türecke. Sah sie bestimmt. Aber sie konnte ihn nicht sehen. Sie drehte den Kopf in eine andere Richtung und lag ganz still. Er musste doch gehen. Verstehen, dass da kein Platz war. Für mehr hatte sie keinen Raum. Sie konnte von mehr als diesem einen nicht erlöst werden. Sie war frei von ihm. Das war vorüber.

Bald würde sie vom Boden aufstehen und sich reinigen. Bald würde sie in die Wirklichkeit der anderen zurückkehren. Aber jetzt noch nicht.

Mit einem Mal spürte sie, dass die Kälte in ihrem Gesicht und an den Teilen ihres Körpers, die nackt waren, brannte. Der Ofen musste schon vor langem ausgegangen sein. Ein nasskalter Dunst stieg von ihr auf. Ein schwerer, mächtiger, bedrängender Geruch von Blut und Schweiß. Dann kamen plötzlich mehrere Schmerzanfälle hintereinander, ohne dass sie eigentlich darauf achtete. Und die letzte Verbindung zwischen ihm und ihr war zerrissen. Sie zwang sich, daran zu denken. Obwohl dann alles zu einem nicht ausgemisteten Stall wurde und nicht auszuhalten war.

Noch hatte sie nicht ein einziges Mal nach unten gesehen. Hatte nicht getan, wovor ihr graute: den Körper beugen und nach unten auf das Bündel sehen. Noch musste sie sich ausruhen. Aber die Ruhe kam nicht. Nur viele Leute kamen, die sie anstarrten. Sie gingen an ihr vorbei. Sie blieben stehen, bevor sie sich voller Abscheu abwandten. Sie sahen sie an, als ob sie die Katze am Bretterzaun wäre.

Lieber Gott. Lass mich nicht am Bretterzaun sterben. Und sie schob alle Gesichter von sich fort. Fuchtelte mit den Armen in der Luft.

Schob und schob. Kniff Augen und Lippen zusammen. Verwehrte den Einblick. Warum war die Wirklichkeit so scheußlich? War das nötig? »Gott! Nimm es jetzt weg – alles!«

Waren da Stimmen im Flur? Waren es Stimmen auf der Straße? Plötzlich brach deren Welt in ihre Welt ein, die Stunden rannen wie in einem gleichförmigen Ritual dahin, und niemand war ganz allein auf einer blutigen Wachstuchdecke in einem Zimmer, dessen Tür man zuschließen konnte.

Und eine gewisse Leere bedrückte sie.

Sie lag ganz ruhig und dachte an nichts. Spürte die Kälte. Spürte den trocknenden Schweiß. Ihr eigener Geruch war scharf und nah. Aber das ging sie nichts an. Nach dem Licht streckte sie sich nicht mehr. Das war für andere da. Für die mit den Stimmen und Geräuschen. Für die, die es wagten, ihr Gesicht dort draußen auf den Straßen in der sicheren

Märzdämmerung zu zeigen. Es musste jetzt Abend sein. Die Wirklichkeit tauchte auf und weckte sie allmählich, aber sie schloss die Augen und lag ganz ruhig. Wollte so gerne weinen. Hatte jedoch keine Luft mehr. Also ließ sie es sein. Konnte einfach nicht weinen.

Einmal drehte sie den Kopf. Jemand hatte sich direkt neben ihrem Gesicht erbrochen. Das gehörte wohl dazu …

Ein anderes Mal streckte sie ein Bein aus. Der Schenkel stieß gegen etwas. Nach dieser Bewegung kannte sie den Unterschied zwischen lebender und toter Haut. Es war ihr klar, dass sie die lebende Haut hatte.

Sie stützte sich auf die zitternden Arme – und sah an sich hinunter. Und völlig unerwartet überfiel sie eine große Trauer. Sie kroch in ihrem zerschlagenen Körper herum. Tora versuchte, sie vom Kopf fernzuhalten. Aber sie war bereits dort. Sie saß in der Kehle wie eine würgende, glitschige Masse. Trauer. Und Tora wusste nicht, um was. Sie hatte die Tür verschlossen.

Die Menschenfrau, die sich selbst verleugnen musste. Sie hatte eine Trauer, die zu groß war, als dass sie sie ganz hätte erfassen können.

Nachher wusste sie nicht mehr genau, was sie gesehen hatte. Ein bläuliches, kleines, zusammengekrümmtes Hautbündel. Es hatte verklebte Augen. Ähnelte einem frisch geschlüpften Vogeljungen. Der gewundene, schleimige Nabelstrang, der irgendwo innen drin festsaß, endete gut verzweigt in dem blutigen losgerissenen Mutterkuchen.

Das Bündel glich einer knorrigen Wurzel. Bestand aus lauter Haut. Es war nicht so entsetzlich, wie sie gefürchtet hatte. War nicht hässlich. Nur seltsam. Es war – ein kleiner Teil von ihr … Das getrocknete Blut … Altes Blut war immer hässlich anzusehen. Als sie sich auf die Knie kauerte, kam die Sonne zu ihr herein, ein Zeichen aus einer Welt, zu der sie nicht mehr gehörte. Die Sonnenstrahlen legten sich über das Bündel auf der Wachstuchdecke. Sie sah die feinen Äderchen auf der Stirn. Die kleinen Hände, die in einem ohnmächtigen Faustschlag erstarrt waren gegen eine Welt, die für es, das kleine Bündel, auch keinen Platz hatte. Fäuste, die niemals andere schlagen würden, die nur sie geschlagen hatten, die ihnen das Leben gab.

Denn so weise ist alles eingerichtet. Wer geschlagen wird, wird in alle Ewigkeit geschlagen. Wieder und wieder. Und die frei sind – sollen auch weiter frei sein dürfen. Die Gerechtigkeit ist eine Utopie, für die niemand sich ein Opfer leisten kann. Wichtig ist nur zu sehen, dass man weiterkommt.

Für einen Augenblick schloss Tora die Hand um den kleinen kalten Rücken. Sie legte beide Hände auf das Menschenbündel. Wollte es zum Leben erwärmen. Sie legte ihre Hände auf andere Stellen des Körpers. Streichelte und streichelte. Wilde, gierige Bewegungen. Die Wärme musste kommen. Das wusste sie doch. Guter Gott! Sie musste diese schreckliche Kälte aus dem kleinen Körper vertreiben. Musste! Musste! Sonne! Wärme!

Sie wagte nicht, den Vorhang zur Seite zu ziehen. Jemand könnte hereinsehen. Aber sie bekam einen Zipfel von der Strickdecke auf dem Bett zu fassen und zog sie zu sich auf den Boden. Hüllte das Kleine darin ein und drückte das Bündel an sich.

Sie hatte vergessen, dass sie das Bett und alles, was darin war, schonen wollte.

Aber jetzt war es zu spät. Es war schon lange zu spät gewesen. Für die Welt hatte ein neuer Tag begonnen. Tora hatte nicht mithalten können. Sie war bei dem Lauf zurückgefallen. Aber die Menschenfrau war bei dem Marathon um ihr Leben gelaufen.

Schließlich schob sie das Bündel mitsamt der Strickdecke unter das Bett. Dann zog sie den Flickenteppich über sich und entfernte sich von dem Blut, so weit es ging.

Sie fror fürchterlich. Lag zitternd da und wünschte, der Ofen wäre warm. Aber die Zuglöcher waren kalt. Es lagen nur kleine Kohlenstücke auf dem Fußboden. Der Staub stand im Morgenlicht und verhöhnte sie da unten. Sie schloss die Augen. Hatte einen seltsamen, toten Geschmack im Mund. Da begriff sie, dass sie Durst hatte.

Viel später, als die Geräusche von unten ihr erzählten, dass Frau Karlsen fortging und das Haus nun leer war, erhob sie sich mühsam und wankte hinaus in den Flur zum Ausguss. Trank unter dem laufenden Wasserhahn. Sie wollte sich Wasser heiß machen. Würde alle Spuren beseitigen. Langsam. Gründlich. Sie hatte das Gefühl, sie würde Jahre dafür brauchen. Sie half sich mit zwei Binden, um mit dem frischen Blut die Kleider nicht zu beschmutzen. Sie machte Feuer im Ofen. Es ging alles so langsam. Sie wusste nicht, ob sie jemals fertig werden würde.

Sie schnitt die Wachstuchdecke in so kleine Stücke, dass sie in den Ofen hineingingen. Verbrannte und verbrannte. Sie hatte zuerst gar keinen Überblick, was alles verbrannt werden musste – bekam ihn erst allmählich. Sie taumelte im Zimmer umher. Sah sich um. Die Augen wollten nicht gehorchen.

Dann nahm sie die Strickdecke mit dem Menschenbündel und legte sie in den Kleiderschrank, um eine bessere Sicht für andere Dinge zu haben. Das nützte. Es machte ihr auch ein bisschen Mut. Und sie tat die Arbeit, so wie man eine sinnlose Pflicht erledigt. Sie wunderte sich, dass sie nicht wusste, wann sie erbrochen hatte. Immer wieder sank sie auf den Boden. Auf die Beine war noch kein Verlass. Zum Schluss holte sie die große Plastikwanne, die sie zum Wäschewaschen benutzte, und wusch sich. Unendlich langsam. Das warme Seifenwasser tat gut. Aber es war sozusagen unwirklich. Sie wusste nicht, ob das, was sie jetzt an der Haut fühlte, eine Erinnerung an früher war, wenn sie sich gewaschen hatte, oder ob sie es jetzt fühlte. Sie glitt in einen ziemlich stumpfen Zustand hinein, der weder schrecklich noch schön war. Das Bullern des Ofens. Das Blut, das fort war. Sie hatte alles verbrannt, was Blutflecken aufwies. Der Raum trug offensichtlich keine Spuren mehr von dem, was geschehen war. Die Schmerzen im Unterleib waren nicht schlimmer als früher. Ihr kam der Gedanke, dass sie später immer in der Situation sein würde, schon schlimmere Schmerzen verspürt zu haben …

Sie würde nie davon loskommen. Würde es nie vergessen. Es würde ein unsichtbares Zeichen sein.

Zwischendurch sank sie auf das schmale Bett. Es hatte keine Strickdecke mehr, die Bettwäsche leuchtete bläulich weiß in dem blendenden Morgenlicht. Ein kleiner Sonnenstreifen hatte den Weg zwischen den Gardinen hindurch gefunden. War auf den Tisch neben dem Bett geklettert. Lag sicher und selbstverständlich auf den Buchdeckeln und dem Papier.

Und Tora erinnerte sich plötzlich, dass sie durch das Ganze hindurchgekommen war.

Hatte da jemand geklopft? War das gestern gewesen? Heute Morgen? Hatten sie etwas gehört? Nein, das schloss sie aus. Das Haus war nicht so hellhörig, dass man sie keuchen hören könnte. Aber wenn sie nicht einmal wusste, dass sie gebrochen hatte? Konnte sie da sicher sein, dass sie nicht geschrien hatte? Die Schmerzen … Sicher hatte sie geschrien!

Nein! Sie hatte nicht geschrien. Sie wollte nicht daran denken. Sie entschied, dass sie nicht geschrien und nicht gejammert hatte. Und die Schuhe hatte sie hereingenommen. Auch den Mantel. Sie war einfach nicht da gewesen.

Aber wo war sie gewesen? Was sollte sie sagen, wenn Frau Karlsen fragte? Ob sie krank gewesen sei? Krank! Ja, sie war krank gewesen. Sie war die ganze Zeit zu Hause gewesen.

Hatte sie geschlafen, so dass sie niemanden hatte klopfen hören? Ja. Hatte sie so fest geschlafen? Ja. Ja. Ja! Sie stellte sich diese Fragen, bis sie anfing zu schwitzen. Sie starrte auf das Sonnenlicht, das einen Wärmedunst über die Bücher legte.

Sie spürte, wie die Wärme von dem schwarzen Ofen in der Ecke in die Haut und in den Körper eindrang. Der Kopf glühte. Der Unterleib brannte. Brannte er? Ja, er brannte.

Sie schloss die Tür auf, schwankte hinaus in den Gang und lehnte sich über das Treppengeländer. Hielt sich an dem rotbraunen Geländer krampfhaft fest. Sah sich selbst in dem hohen Spiegel da unten. Die irren Augen, das weiße Gesicht. Das Haar, das in verschwitzten Strähnen an den Stäben des Geländers herunterhing. Sie sah sich verkehrt herum, mit dem Kopf nach unten. Dem Kopf nach unten. Die Katze an dem Bretterzaun. Fest. Fest!

Nein! Sie hatte es geschafft, so weit. Es geschafft. Sie war allein. Niemand wusste. Nichts sollte ans Licht kommen. Die Sonne konnte scheinen, so viel sie wollte, die Gesichter, die sie in der Nacht angesehen hatten, waren reine Phantasie. Nur etwas, was sie sich eingebildet hatte, als alles so schrecklich gewesen war. Niemand – wusste. Niemand – sollte – jemals – etwas – erfahren!

Sie atmete tief aus. Der eine Mundwinkel hing herunter und verriet sie. Im Spiegel. Der verzerrte Mundwinkel. Sie hatte ihn schon früher beobachtet. Aber nie hatte er so hässlich ausgesehen wie jetzt. Das verkehrte Spiegelbild, es blieb an ihr hängen. Etwas war ein für alle Mal abgerissen. Ein Strang, der ihr nacktes Leben beschützen sollte, war zu hart gespannt gewesen. Aber sie sollten sie nie bekommen. Die anderen! Vielleicht könnte sie hinunter ins Bad gehen und sich ordentlich waschen? Die Haare?

Nein, sie wagte es nicht. Es war am besten, wieder hineinzugehen und die Tür zuzuschließen.

Sie fand eine Bürste und versuchte die Haare in Ordnung zu bringen. Unsichere Bewegungen.

Sie hatte den Kampf gekämpft! Alles überstanden. Bis auf das Bündel im Schrank.

Zögernd ging sie zur Schranktür. Öffnete. Da lag die Strickdecke.

Rote und gelbe Farben glühten aus dem Schrankdunkel hervor. Glühten Löcher in ihre Augen. Es war, als ob sie am äußersten Rand eines Abgrunds stand und wollte … aber es nicht wagte. Tausend Pferde, die durch das müde Hirn galoppierten. Wie das Letzte schaffen? Sie legte das Bündel besser zurecht, nachdem sie die Schuhe herausgenommen hatte. Dann überlegte sie, dass sie einen anderen Ort finden müsste, wo sie es hinlegen könnte. Solange sie es noch könnte.

Was dachte sie da? Könnte! Sollte sie es nicht können? Wer war sie? Die so dachte? Lebte sie denn nicht mehr? Eine alte Angst überfiel sie, aber stärker denn je. Vielleicht lebte sie nur dafür. Immer wieder durchzukommen? Sich immer wieder herauszukämpfen? Gab es nichts anderes?

Der Karton, in dem sie Plätzchen von zu Hause bekommen hatte, stand noch hinten in der Ecke. Sie holte ihn zögernd. Machte ein kleines Lager.

Sie war das kleine Mädchen Tora, das einen toten Vogel begraben wollte. So kam Ordnung in das Mansardenzimmer in Breiland: Tod.

Ein Lager aus einem zerrissenen Kopfkissenbezug und einem Handtuch. Sie müsste den Vogel eigentlich waschen. Aber das war ihr unmöglich.

Oval, schön geformt. Schwarzes Haar. Dicht am – Kopf. Es lag noch eine bläuliche Haut darüber. Als ob die Haut nie daran gedacht hätte, hinaus in die Welt zu kommen. Uraltes, runzliges Gesicht. Das Bild eines unfertigen Vogels. Tot. In einem Karton.

Einmal wurde es auch Abend. Der Frühling blaute draußen im Fjord. Schimmerte blau von einem Schwarm Eisschollen auf dem Weg hinaus in das offene, gewaltige Meer. Dort sollten sie geopfert und für den neuen Sommer unsichtbar gemacht werden. Unsichtbar! So scheußlich war die Wirklichkeit. Langsam musste man schmale, gerade Wege bis zur nächsten Kreuzung gehen. Und alle Spuren verwischen. Allein.

Sie nahm den kleinen Rucksack, den sie benutzte, wenn sie in die Berge ging. In dem sie gewöhnlich Proviant und eine Thermosflasche hatte. Einen Pullover. Sie wusste nicht, ob ihre Füße sie überhaupt die Treppe hinuntertragen würden. Aber sie hatte den Willen. So versuchte sie es.

Es war so leicht – das Würmchen. Das Vögelchen. So leicht, so leicht. Sie hatte es gut in die Stoffteile eingebettet, damit es unterwegs im Karton nicht herumgeworfen würde und in Unordnung geriet.

Schritt für Schritt. Sie hatte nicht zurückgeblickt. Denn sie hatte alles bei sich. Alles.

Unterwegs traf sie niemanden.

Der Wind. Ins Gesicht. Seltsam, dass die Welt noch existierte. Erinnerte sich, dass sie die kalte, zarte Haut an ihrem Schenkel gespürt hatte. Kalter, erstarrter Schleim, mit Blut vermischt. War es lange her?

Salzluft trieb vom Meer heran. Sie war jetzt nahe am Strand. Konnte keine Häuser mehr sehen. Wusste nicht, wie lange sie gegangen war. Aber das Leuchtfeuer war in der Nähe. Gleich um die Bucht herum. Sie war tüchtig gewesen. War bald am Friedhof. Sie hatte plötzlich die Idee gehabt, dorthin zu gehen.

»Lieber Gott, du weißt, dass ich das tun muss. Weißt du es? Dass ich muss? Du musst mir helfen! Hörst du, lieber Gott? Um mehr bitte ich dich nicht. Aber das hier werd ich tun!«

Sie betete mit blutlosen Lippen und ohne Stimme. Und

sie glaubte, dass sie laut riefe. Sie drohte, dass ihr der Schweiß aus allen Poren drang. Er sollte dabei sein. Gott. Er sollte ihr helfen. Denn es war so schwer. Hatte er es schon selbst versucht? Zu leben? Auf dem letzten Stück des Weges hielt sie den Rucksack vor sich. Dicht am Körper. Als ob es so besser ginge.

Es gibt Augenblicke, in denen das Leben mit nichts anderem tröstet als mit toten Vogelkindern, die man an die Brust drückt. Dann stieg sie über den Drahtzaun und war da. Sie fand das frisch ausgehobene Grab. Wusste selbst nicht, dass sie vorgehabt hatte, es zu finden.

Die kurze, feste Leiter stand gleich neben der Pforte bei der weiß gestrichenen Gerätekiste.

Sie blieb einen Moment stehen und verschnaufte. Versuchte, in sich selbst hineinzukriechen und ein Nichts zwischen den Gräbern zu werden. Wollte schon die Leiter ergreifen, um sie zu dem leeren Grab zu ziehen, als sie merkte, dass sie kaum noch Kräfte hatte. Im tiefsten Herzen wusste sie, dass sie nicht stark genug war. Sie würde es nicht fertigbringen, mit dem Pappkarton in das dunkle Loch hinunterzusteigen und unten eine kleine Kuhle mit dem Holzlöffel zu graben, den sie mitgenommen hatte.

Die Wellen brachen sich an Eis und Stein – an der Hochwasserlinie. Ein brausendes, drohendes Geräusch. Alles war losgelöst. In Bewegung. Hart. Kalt. Feindlich. Kante wurde an Kante gewetzt. Schonungslos. Der Wind hielt den Atem an – um sich an Tora heranzuschleichen. Sie zu packen, wenn sie es am wenigsten vermutete. Sie in das schwarze Grab hinabzustoßen. Allein mit dem toten Vogel. Die großen, prachtvollen Grabmale der Bischöfe auf sie zu stürzen. Alle Löcher mit schwerem Schnee und zerbrochenen Kreuzen zu füllen. Sie zu einer Gefangenen da unten zu machen. So dass sie immer sehen müsste: den Himmel und die Kreuze. Immer. Sie stand am Rand. Und sie wich zurück.

Sie hatte auf dem Berg gestanden – über dem Abgrund

damals. Ganz nah am Rand. Eine einzige kleine Bewegung hätte genügt. Und sie war zurückgewichen.

Sie ließ die Leiter, die sie mit sich gezogen hatte, langsam in das schwarze Loch hinuntergleiten. Versuchte sich zu bewegen. Fort! Trotzdem verfolgte sie der schwarze Erdrachen. Sie wagte nicht, ihm den Rücken zuzuwenden, konnte nicht rennen und wagte auch nicht, sich langsam zu bewegen.

Als sie ans Tor kam, drehte sie sich blitzschnell um und versuchte zu rennen. Aber die Binde im Schritt erinnerte sie daran, wer sie war. Sie spürte abwechselnd die harte, getrocknete Blutkruste – und das warme, tröpfelnde Blut. Sie hatte sich selbst im Stich gelassen.

Es wäre so leicht gewesen. In dem Grab ein Loch zu graben. Tief unten. Die Leiter wieder an den Platz zu stellen. Sie würden kommen und Frau Karlsens Mann begraben. Dann wäre es verborgen gewesen.

Aber erst müsste sie da hinunter. Und das schaffte sie nicht.

Sie ging langsam weiter. Am Strand entlang. Ging auf verharschtem Schnee. Brach ein. Schleppte die Füße über trockenes gelbes Gras vom vorigen Jahr. Und über Steine. Verängstigte kleine Steine flüchteten leise klirrend unter ihren Füßen und drohten sie stolpern zu lassen.

Sie konnte den Karton dem Meer übergeben. Das Meer war groß. Aber sie wusste, während sie den Gedanken dachte, dass das nicht ging. Sie sah all das Gerümpel, das in der Dämmerung vor ihr auftauchte. Alles, was die Menschen verloren oder abgestoßen hatten. Plastikkanister, Tauenden, Flaschen, Kisten, Bretter, Korken – und Kartons. Aufgeweichte und auseinandergegangene Kartons. Die nichts mehr verbergen konnten.

Auf einem dicken Tanghaufen zwischen zwei großen Steinen lag der traurige Rest einer Zelluloidpuppe.

Sie lag genau in ihrem Blickfeld wie ein Gespenst. Der Kopf war halb abgerissen, und sie hatte weder Arme noch Beine. Tora sank auf die Knie und versuchte das wild schlagende Herz zu beruhigen. Begriff, dass sie in ihrem eigenen Entsetzen gefangen war. Dass es das war, was sie zur Strecke bringen würde. Alles andere hatte sie geschafft. Aber sie schaffte es nicht, in ein Erdloch für die Toten zu steigen und die Schande und die Angst in einer Pappschachtel dort abzuliefern. Der Puppenkörper leuchtete weiß-rosa, das Gesicht war weggewaschen. Gut, dass es gerade jetzt dämmerte. Sie kauerte sich nieder und schloss die Augen vor dem Anblick. Aber er drang durch die Lider hindurch.

Der Puppenkörper kam in der blauschimmernden Luft langsam auf sie zu. Er hob ihr das flache Gesicht entgegen. Wuchs vor ihr. Öffnete sich um das konturenlose Gesicht. Das Gesicht wurde ein großes weißes Auge mit einer schwachen Rötung. Als ob es eine Art zitterndes Leben wäre, das sich vorwärtskämpfte. Ein blutarmer kleiner Rochen. Er kreiste um sie herum. Sie lag mit verdrehtem Hals da und starrte durch die zusammengekniffenen Augenlider. Je mehr sie die Augen zusammenkniff, desto schneller schwirrte der Rochen um sie. Machte kleine Sturzflüge auf sie herab. Starrte ihr ins Gesicht. Sie konnte seinen Atem spüren. Dort war Leben. Die rosa Farbe ging allmählich in Rot über. Es blutete! Sie sah das Blut fließen. Sich in kleinen, sickernden Stößen herauspressen. Der Rochen zerriss. Er war nicht mehr aus Zelluloid. Er war ein blutiger, zerschlagener Körper auf den Strandsteinen der Insel. In Fetzen gesprengt. Alles quoll heraus. Alles. Die ganze Welt wurde blutrot und pumpte. Im Takt. In Stößen. In sie hinein. Sie wehrte sich. Aber sie wurde in einen warmen Dampf hineingedrückt.

Dort war sie lange.

Sie spürte die harte Kante des Kartons am Knie und an der Brust. Die Sonne hatte angefangen, an diesen blauen, durchsichtigen Abenden das Licht über den Bergen aufleben zu lassen. Es roch nach Frost, kaltem Niedrigwasser und vereistem Tang. Allmählich sah Tora wieder alles so, wie es war. Sie konnte mit dem Karton nicht nach Hause gehen. Entweder sie oder der Karton. Aber das hatte sie schon seit langem entschieden. Deshalb hatte sie sich durch alles hindurchgekämpft. Verstand Elisifs Gott das nicht? Sie setzte sich auf. Er konnte sie jetzt sehen! Gott musste damit noch warten. Das Blut fing an, durch die Binden durchzusickern. Es war zuerst warm. Aber dann gefror es an den Schenkeln zu eiskalten Nadeln. Sie hockte sich nieder. Nahm den Schal und legte ihn auch zwischen die Beine.

Sollte sie nach Hause gehen? In dem Dachzimmer war es warm. Dort könnte sie ausruhen. Nachdenken. Einen Ausweg finden. Nein!

Sie erhob sich und schleppte sich durch den Tang am Strand zum Heidekraut hinauf. Bis an den Rand des Gerölls. Das Geröll war einst eine Lawine gewesen: breit und bemoost. Fing ganz oben unter dem Bergüberhang an. Leuchtete grau in der Dämmerung.

Dort sollte es bleiben!

Tora zwang sich noch ein Stück – hinauf zwischen den großen Steinen, die schon vor langer Zeit heruntergestürzt waren. Ein paar einsame Krähen kreisten um sie und trieben ihr mit ihren Schreien den Schweiß aus dem Körper.

Dann war sie endlich an einem verborgenen Winkel angelangt und konnte beginnen. Sie wälzte ein paar Steine weg. Merkte, dass es bei der Anstrengung auch durch den Schal lief. Aber sie konnte jetzt nicht aufhören. Stellte mit einem kurzen Blick fest, dass sie es schaffen würde.

Sie stand auf dem Hesthammeren und sah, dass er sie über den Rand des Abgrunds hinausgeführt hatte. Sah sich selbst in dem Steingeröll liegen. Vollständig zerschmettert. Aber sie sah es mit Abstand. Denn sie stand dort oben. Hoch, hoch oben. Sie hatte sich gerettet. Selbst. Niemand wusste, dass sie dort in dem Geröll lag. Niemand. Diese Gewissheit machte den hellen Rand am Horizont zu einem einsamen, zitternden Strich zwischen ihr und den anderen.

Dieser Gedanke gab ihr Kraft. Sie richtete sich immer wieder von den Steinen auf. Mit den Handschuhen konnte sie nicht graben. Der Holzlöffel war für die rechte Hand eine brauchbare Hilfe. Die linke mühte sich ab, so gut es ging. Die Nägel hielten eine Weile stand. Sie kniete nieder und ruhte sich ein wenig aus, die Stirn gegen das gefrorene Moos gedrückt. Es roch salzig. Schmeckte salzig.

Endlich war das Loch groß genug, der Karton glitt an seinen Platz.

Erde. Moos. Steine. Geröll.

Sie hatte Elisifs Gott vergessen.

Er war nicht da.

Lange saß sie zwischen den großen, stummen Steinen. Bis sie die Kälte nicht mehr fühlte. Spürte einen Eisgriff gegen den Unterleib, als sie einen Augenblick ungeschützt dastand, weil sie die Hose öffnete und die Mütze in den Schritt legte. Dann drückte sie die Knie zusammen, so fest wie möglich.

Schwankend. In der eigenen Spur zurück. Es war jetzt fast ganz dunkel. So dunkel kann es werden, wenn die gesamte Natur auf das große Licht wartet.

Es fing an zu schneien. Dicke, saubere Flocken. Legten sich ruhig auf die ausgefranste Spur. Deckten schnell den brüchigen Harsch zu. Da lief ein kleiner Muttervogel ohne Flügel in seinen eigenen Fußstapfen, nur jetzt umgekehrt. Die Wangen leuchteten bläulich unter der üppigen roten

Mähne. Der Neuschnee lag bald wie ein weißer Schleier auf Haar und Schultern. Die Wollmütze war rot und von totem Leben getränkt. Unsichtbar.

Die Boote glitten auf den Fjord hinaus. Immer fuhren Boote irgendwohin.

Bevor Tora in den Lichtkreis der am nächsten gelegenen Häuser trat, blieb sie für einen schwerelosen Augenblick stehen. Holte tief und zitternd Luft.

Das war das Letzte, was sie tat, ehe sie zu den Menschen hinausging.

Literaturbibliothek
Argument · Ariadne

Herbjørg Wassmo
Deutschenkind
Der stumme Raum
Band 1 und 2 der Tora-Trilogie

Marge Piercy
Gone to Soldiers –
Menschen im Krieg
Der große historische Roman
über den Zweiten Weltkrieg

Gerhard Schoenberner
Fazit
Prosagedichte

Gerhard Schoenberner
Der gelbe Stern
Die Judenverfolgung in Europa 1933–1945

Peter Ambros
Das wortreiche deutsche Schweigen
Eine Abrechnung mit der bundesdeutschen
Gedenkkultur

Hanna Mandel
Beim Gehen entsteht der Weg
Gespräche über das Leben vor und nach Auschwitz

Lili Hahn
Bis alles in Scherben fällt
Tagebuchblätter 1933–45